新潮文庫

新任警視

下巻

古野まほろ著

新潮社版

下巻／目次

新任警視

下巻

第4章　警備犯罪

62

同日一〇月六日水曜日、午後。

時刻は一三〇五《ヒトサンマルゴー》。

僕が執務卓の椅子《いす》をくるりと回頭させ、城山の紅葉《もみじ》を愛《め》でていると——予想どおりの時刻に、予想どおりの部下が金属パーテをノックした。コンコン。

「どうぞ」

「広川警部入ります!!」

「ああどうぞ、ソファの方に」

「課長、ほしたら私も」

「無論だよ次長、ソファの方に」

広川補佐と宮岡次長を、腕と身振りとで応接卓の方へと誘導する。だがふたりとも、応接卓の一人掛けソファのたもとで立っている——着席にも、上官の許可が必要なのだ。

僕は、一三〇〇《ヒトサンマルマル》の鐘が鳴ってからまた彦里嬢が淹《い》れてくれた紅茶と緑茶を――予告どおり可愛《かわい》らしいあんパンが付いていた――執務卓から応接卓に移動させながら、三人掛けソファの定位置へと座る。座りながら、どうぞ掛けて、と次長と補佐をうながす。宮岡次長は慣れた様子で僕の真正面の一人掛けに座り、広川補佐はいささかカチコチしながらその隣の一人掛けに座った。

――ギロリとした瞳《め》で、広川補佐に発言を求める宮岡次長。

広川プロは律儀《りちぎ》に一礼をして、僕の方を見ながら語り始めた。

「まずは課長、御多用中、お時間をとっていただき有難うございます」

「いや広川補佐、次長から事前に調整があったから、時間は充分とってあるよ――何でも、課長検討《ケントウ》を要する問題だとか」

「ハイ課長。といっても、私の第一係の通常業務――〈親展《シンテン》〉に関する問題ではありません。課長・次長から特命を受けております、宇喜多課長殺害事件に関する問題であります」

……僕の前任の宇喜多課長は非命《ひめい》に倒れた。八月二日の月曜日に、毒殺された。

その死は東山本部長・渡会警備部長の判断により徹底して秘された。

実際、公式には、『宇喜多課長は八月一六日の月曜日、都内で交通事故死した』とアナウンスされている。むろん、東山本部長・渡会警備部長の意向だけでそうできるものではない。これに関係する諸実施は、あの鷹城理事官の〈八十七番地〉が遺漏《いろう》なく行っている。というか、警察庁〈八十七番地〉の権限と判断なくしてそのようなことができるはずもない。宇喜多課長の死は、警察庁であろうと愛予県警察であろうと、絶対に秘さねばならない最重要秘密のひとつである。ゆえにその捜査も、まさか刑事部門なり捜査一課なりに委《ゆだ》ねるわけにはゆかない。今現在も、警察庁〈八十七番地〉の指揮の下、宇喜多課長事件の第一発見者である宮岡次長と広川補佐とが、通常業務で多忙な中から時間を捻出《ねんしゅつ》して、地道な捜査を継続している……

「それでは課長、おさらいではありますが、宇喜多課長事件の概要について再整理をいたします」広川補佐がきびきびといった。「まずは、六何《ろっか》の原則に基づいて事件のあらましを述べますと、

【犯行時刻】
一九九九年八月二日（月）午後九時三〇分頃から午後一一時三〇分頃の間
【犯行場所】
愛予県警察本部警備部公安課長室（ここ応接セット）
【被害者】
宇喜多和宏・前公安課長（一名）
【犯行態様】

公安課長室内応接セットにおける、飲料への毒物混入による毒殺
【第一発見者】
臨場した宮岡次長及び広川補佐（二名）
【被害品】
宇喜多公安課長が所持していた公務用ＦＤ二枚（表面にラベル、記載等なし）
【遺留品等】
なし。ただし、応接セットの応接卓上には開封済みの缶ビールが一本。缶からは宇喜多公安課長の指紋・唾液《だえき》検出。ビールは三分の二ほど飲まれた形跡あり
【その他】
公安課冷蔵庫から缶ビール一本が消失。また公安課の茶器の棚《たな》からグラス一客が消失。加えて、公安課長卓上の課長用公用パソコンが使用された形跡あり
——となります」
「そうだったね」僕は備忘録やメモを用意せず続ける。「そして、その被害品からして」
「被疑者はＭＮの信者あるいは関係者。少なくともＭＮの意向を受けた者であります」
「確か、被害品のＦＤは——」
「一枚は、ＭＮに係る〈バス路線図〉。いま一枚はＭＮに係る〈健康診断表〉であります」
（バス路線図は、猟師が営業《エイギヨウ》で結婚したＭＮ内のオトモダチを記録したもの。

そして健康診断表は、猟師が防疫《ボウエキ》で解明した警察内のMNを記録したもの、だったな。既に公安課長室を僕に明け渡そうとしていた宇喜多課長が、肌身離さず所持していた奴）

「そして当日当夜、各警察署の猟師たちは、MN以外の他勢力について特異動向を把握してはおりません。というのも、それらに特異動向があれば日記《ニッキ》にて必ず捕捉《ほそく》できますので。また一九九九年八月の時点で、警視級を殺害してその所持する文書を奪うなど、そのような大胆不敵なことを実行する治安攪乱要因《チアンカクランヨウイン》は、MN以外にはおりません」

「要するに、『宇喜多課長はMNの意志によって殺害された』。これはガチだと」

「それは確定的だと考えております。また次長からも、追加の御報告があると思います」

「この八月二日月曜の夜は、公安課の全体送別会だったね」僕はいった。「その一次会には、渡会警備部長も出席なさっていた。一次会がハネたのは、確か午後九時一〇分頃……ところが宇喜多課長は、二次会の会場へ移動する前、いったん警察本部に帰った。確か宮岡次長に、『ちょっと警察本部に忘れ物がある』『ちょっと警察本部に戻らなきゃいけない用事ができた』『自分に構わず（二次会を）先に始めておいてほしい』とおっしゃって、自分が主賓であるにもかかわらず、単独で、誰の随行も断って、警察本部に向かった……そしてそのこと自体、奇妙といえば奇妙なことだった」

「ほうなります」宮岡次長が頷《うなず》いた。「宇喜多課長のお人柄からして、課員の心配りやもてなしを無視するような、そんな振る舞いは想定し難《がた》いものでしたけん……余程《よほど》の突発《トッパツ》事案でもないかぎり、ですが。そもそも『皆《みんな》に余計な気を遣わせると悪いから、次長かぎりの話にしておいて』『黙っておいて』『ほとんど行って帰ってくるだけのことだから』『時間が掛かりそうだったらタクシーを使うから』『最後の送別会だから、皆《みんな》には楽しんでほしい』ゆう御発言もありました」

「ゆえに次長はその気持ちを尊重したし、まして『所詮《しよせん》は三〇分程度のこと』と考え、むろん他の誰にも口外しなかった」

「ほうなります」

「そして確か、犯行推定時刻の『午後九時三〇分頃』というのは――」

「――宇喜多課長の通常の歩調からして」宮岡次長が続けた。「我々が離《わか》れた路上から、ここ警察本部八階の課長室に入られたんが、その時刻じゃ考えられる、ゆうことです」

「実際にも、おひとりで警察本部の当直室にお姿を現している。そこで、無人となっていた公安課の鍵《かぎ》を借り出されている――それが確か、簿冊《ぼさつ》の記録によれば『午後九時二六分』」

「ほうです。歩調とも、結局ここ課長室に入られたと思われる時刻とも矛盾しません」

「ところがここで、もっと大きな矛盾が出てくる。すなわち――」

「ハイ課長」広川補佐がいった。「宇喜多課長には、御自分がおっしゃったような『忘れ物』などないはずだ――という矛盾があるのです。というのも当夜、ここ公安課長室は既に『更地《さらち》』でしたので。言い換えれば、宇喜多課長は公用のもの・私用のものを問わず、すっかり課長室の片付けを終えておられたのです。そして警察庁に送付すべきものは荷出しを終え、東京の官舎に送付すべきものは宅配を終え、司馬課長に残すべき引継ぎの品は厳重に施錠《せじよう》した引き出しなり金庫なりに入れ終え、どうしても司馬課長に直接お手渡ししたい品は御自分の身に着けられ――

いずれにせよ、もうすっかり、公安課長室を司馬課長に引き渡せる状態にしておられました。このことは、宇喜多課長のそのお片付けが終わってから、我々公安課員が課長室の大掃除に入ったことからも裏付けられます。つまり我々は、宇喜多課長が完全に公安課長室を『手放した』『手放せる状態にした』のを確認したのです」

「とくれば、だよ広川補佐。宇喜多課長が自分主賓の宴席を離脱してまで回収すべき『忘れ物』などありはしない。まして、そのような言葉で誤魔化《ごまか》さねばならないような『急ぎの公務』が入ったわけでもない」

「そのとおりです、課長」広川補佐が続ける。「そのようなとき、宇喜多課長は女房役の宮岡次長に必ず相談されるはずですから。また、忘れ物も公務も無かったということは、御自分の執務室がもはや『更地』だった――という事実からも断言できると思います。何と言っても、もう既に、御自分で仕事を処理なさる状況ではなかったのですから」

「といって、犯行当夜、宇喜多課長はここ課長室の、その──」僕は既に自分用となっていい る、課長卓上の公用パソコンを見遣《みや》った。「──課長用公用パソコンを使用したらしい。それはログイン記録なるものから確実だ、という話だったよね？」

「ハイ課長」広川補佐がきびきび説明する。「情報通信部《ジョウツウ》に目的欺騙《モクテキギヘン》で確認したところによれば、『午後九時三六分から午後九時四四分まで』のログイン記録があります」

「僕自身の経験からしても、まさか次長や補佐にパスワードは教えない。パソコンであろうが、ＦＤであろうが。それは宇喜多課長も確実にそうだったね？」

「ほうです」宮岡次長が断言する。「基本のキの字ですし、私とてまさか訊《き》きません」

「なら、課長用公用パソコンを起《た》ち上げたのは──それを『約八分間』使ったのは、宇喜多課長御本人となる」

「常識的に考えればそうなります」広川補佐がいった。「ただし、それは例えば『文書作成のため』とは考えられません。ＣＳＺ－４を用いた警備文書など、八分弱で、しかも飲酒の上、作成できるものではありません。また宇喜多課長は、飲酒の上警備情報を取り扱うなど、そのような防衛心《ボウエイシン》のないことはなさいませんでした。ましてそもそも宇喜多課長が最後に課長用公用パソコンを使ったのは、『犯行の三日前、七月三〇日金曜日の午前八時四〇分から午後五時一〇分まで』であります。犯行当日、八月二日の日中には一切、パソコンにログインしておられません」

「公安課長室は既に『更地』だったんだものね……ただ唯一《ゆいいつ》、何故《なぜ》か犯行当日の『午後九時三六分から午後九時四四分まで』、文書作成すらできない短時間、ログインがあった。ちなみに、もう使用されるおつもりの無かった課長用公用パソコンには何が入っていたんだっけ？」

「誰にどう読まれても問題のない、オモテの中のオモテの文書ぎりでした」それを確認したという、宮岡次長が即答した。「それさえ、六文書ゆうか六ファイルぎり。まさか急ぎの対処が必要な文書ではありません。実際、それ以降、例えば私がそれを必要としただの、それがどうしても必要になっただの、そがいな事態は一切発生しとりません。それはむしろ、司馬課長の方がよう御存知のとおりですぞな」

「確かに。八月六日にそれを引き継いだのは僕自身だからね……あっ念《ねん》の為《ため》だけど、宇喜多課長は課長用公用パソコンにもFDにもパスワードを設定しておられたんだよね？　しかも、FDの表面にはラベルも記載も何もなかった。無地の黒いプラスチック板のままだった。ましてFD内の〈バス路線図〉〈健康診断表〉は、CSZ-4で記載されたものだった」

「そのとおりですぞな、課長」

「そうすると、たとえFDを強奪したところで、それがMN関係の重要文書だと確信することはできなかった。当該《とうがい》FDのパスも解除できなければ、そもそも解除した後に文書を読み下すこともできなかった。こうなる――

　ましてCSZ-4の二十一桁《けた》の『鍵』は、内規どおり犯行当日の朝、再設定されたばかり」

「それもそのとおりですぞな、課長。当県版のCSZ-4については、八月二日月曜日の朝イチで、私が再設定しました。それは、当課の警部以上の幹部に――宇喜多課長もこれに含まれますが――口頭で耳打ちして、その場で記憶してもらいました」

「次長、その二十一桁の鍵だけど、宇喜多課長には何処《どこ》で知らせたの？」

「ここ公安課長室です。むろん朝の点検消毒《テンケンショウドク》後に。そして課長御案内のとおり、課長室内での通常の会話は、絶対に課長室外には漏れません。また、課長以外の幹部には文字どおり耳打ちをしております。係長以下ですら、絶対にそれを聴き取れんように」

「なら、FDに記録された〈バス路線図〉〈健康診断表〉はまず安全だと考えられるけど」

「それについては機微《きび》にわたる報告が――広川から――ありますけん、取り敢《あ》えず現時点ではペンディングにしてやってつかあさい」

「……ちょっと不安になる口調だけど、司馬警視とりあえず了解。すると、だ。

　やはり最大の謎《なぞ》は、『宇喜多課長は何故単身、理由の詳細も告げず、公安課長室に帰ったのか？』ということになるね……しかもそれが結局、最重要秘密を記録したFD二枚の強奪に直結しているわけで」

「しかもその強奪そのものも」次長がいった。「ここ公安課長室で行われとりますけんね」

「それはやはり、ここ公安課長室の、この応接卓卓上に『缶ビール』があったから」

「ほうです……〈キューピッド〉入りの缶ビールが」

「〈キューピッド〉は我々でさえ、いや警察庁〈八十七番地〉でさえ未《いま》だ入手に至ってはいない『おたから』だから、それだけでもMNの仕業《しわざ》だということはガチだけど——次長、缶ビールを用意したのは宇喜多課長だと考えてよいね？」

「ハイ課長、当該《とうがい》缶からは宇喜多課長の指紋が検出されとるほか、その中身は三分の二ほど飲まれとりましたけん。缶に遺留された指紋は、宇喜多課長のものぎり。その附着《ふちゃく》の態様もまったく自然。誰かが着けたならすぐバレますけんね。また飲み口に遺留された唾液も、宇喜多課長のものぎり」

「しかも確か諸状況からして、宇喜多課長は客人と談話していた」

「そうなります」広川補佐がいった。「次長と私が初動措置において確認をしておりますが、当公安課の冷蔵庫から缶ビールが一本、当公安課の茶器の棚《たな》からグラスが一客、それぞれ消失しておりますので」

「課の冷蔵庫に缶ビールが何本ストックされとるか。課の食器棚にグラスが何客置いてあるか」宮岡次長がいった。「それらは、庶務係を統括する私がいちばん熟知しとりました。もっとも、グラスにあっては『キッカリ十二客ワンセット』を常備しとりましたけん、うち、ちょうど一客が紛失しとる――ゆうんは、指折り数えるまでもなく分かります」

「その、消えたグラスと缶ビールもまた、宇喜多課長が御用意されたものなんだろうか？」

「当夜、公安課の鍵を借り受けて開錠なさったのは、宇喜多課長御本人です」広川補佐がいった。「ゆえに、客人がここ公安課に先入りしていたということは想定できません。言い換えれば、主人役・亭主役は宇喜多課長のはずです。

　なら、消えたグラスと缶ビールを用意したのも宇喜多課長となります。

　実際、宇喜多課長を毒殺した缶ビールは――これは唾液の附着状況から明白ですが――宇喜多課長によって直飲《じか》みされておりました。すなわち宇喜多課長は、かなり気楽な感じで、自分にはグラスなど用意せず、軽く飲酒をされたのです。

　他方で、わざわざ『グラスと缶ビール』が隠滅《いんめつ》させられている以上、それは当夜使用されたと考えるのが自然。また、使用したのは宇喜多課長御本人ではない。そして使用された毒物が〈キューピッド〉である以上、宇喜多課長はほぼ即死で間違いない。ほぼ即死された宇喜多課長が、『グラスと缶ビール』を何処《いずこ》かに処分できるはずもない――

よって、当該《とうがい》『グラスと缶ビール』を用意したのは主人たる宇喜多課長御本人で、当該『グラスと缶ビール』を処分できたのは客人の側。こう考えております」

「確かに、自分は直飲みで客にはグラスを用意する……辻褄《つじつま》は合うね。そしてその客人こそが、いわば宇喜多課長を誘《おび》き出し、宇喜多課長の缶ビールに〈キューピッド〉を混入した。ならば『その客人とはいったい誰だ？』――ということになる」

「ただ、それが防カメ映像等で締《しぼ》り込めんのは、いつか申し上げたとおりですぞな」次長がいった。「当県警察本部で防カメが設置されとるんは、一階メインエントランスと裏口の二箇所。あと二機あるエレベータ――裏から言うたら、公安課なり公安課周辺には防カメの設置はない。これもいつか御説明したとおり。ほやけん、犯行当夜の防カメ映像で確認できたんは、宇喜多課長が単独で警察本部に入ったこと、宇喜多課長には連れなり客人なりがおらんかったこと、そして、警察本部八階まで二番エレベータを使われたことぎり。無論、エレベータ内で誰かと乗り合わせたあるいは接触したゆうことはございません。ほやけど、八階公安課に客人があったことは揺るがん事実ですけん、当該客人は八階まで階段を使《つこ》たゆうことになりましょうか」

「……まして当夜、エントランスなり裏口なりから警察本部に入庁した一般人・民間人は皆無《かいむ》なんだよね？」

「既に御報告したとおりでありますが」広川補佐がいった。「ただの一人もおりません。当日八月二日月曜の、午後五時一五分の勤務終了時間以降は——すなわち役所としては閉庁し、当直体制に移行して以降は——一般人・民間人は誰ひとり警察本部に入庁してはおりません。それが被害者であれ、相談者であれ、事件関係者であれ被疑者であれ、当該月曜の夜には誰ひとりおりませんでした。これは、当直員の証言と防カメ映像から、絶対に確実な事実です。また例えば、『昼間の内に入庁して、夜間も残っていた』などということもありません。当直体制に移行する際、庁内に一般人・民間人が残っていないかは確認されますし、その確認は極めて容易ですから——一般用の、入庁証が返納されているかいないかをチェックすればよいだけですから。そして無論、当該《とうがい》八月二日月曜日の午後五時一五分、すべての一般用入庁証は問題なく返納されておりました。これすなわち、すべての一般入庁者はそれまでに警察本部を出たということを意味します」

「で、宮岡次長と広川補佐は結局、当夜午後一一時三〇分、宇喜多課長殺害を認知した。ここで。この公安課長室で。そして当夜、誰ひとり一般人・民間人の入庁はない。

　ならば」

「既に検討を重ねてきたとおりですが」広川補佐がいった。「宇喜多課長殺しの被疑者は、当該時間帯に警察本部にいた警察職員であります。また、ＭＮしか所有していない〈キューピッド〉を使用していることから、当該警察職員とは、ＭＮの信者あるいはＭ

Nの影響下にある警察職員となります。

——以上が、再度とりまとめました『宇喜多課長毒殺事件』の概要であります課長」

「で、広川補佐」僕は緑茶を口に含んだ。「課長検討《ケントウ》を今求める——ということは、僕が何か判断をしなくてはならないような、情勢の変化があったということ？」

「ハイ課長。第一に、宮岡次長と私が特命として処理しております『被疑者の割り出し』についてであります。

まず当該《とうがい》『消えたグラスと缶ビール』に係る捜査ですが、既に警察本部のゴミが回収されてしまっていたことから、発見・領置《リョウチ》に至っておりません。警察官の常識として、水で洗った程度では指紋など消えませんから、それが確保できれば有力な客観証拠となったでしょうが……この線から攻め上がるのは事実上、不可能です。

次に、『当夜警察本部内に残っていたあらゆる警察職員』に係る捜査ですが、課長も御案内のとおり、警察本部に寝泊まりする警察官などザラにおります。また、本件捜査《し》は徹底的な秘匿《ひとく》を要するもの。他所属の超勤簿その他を適当な口実で借り受けるのは至難《なん》の業《わざ》です。どうにか入手できたのは、メインエントランスと裏口の防カメ映像、そしてエレベータ各機の防カメ映像でして、これらにより『誰が退庁したか』『誰が残っていたか』『誰が八階に上がったか』等々を虱潰《しらみつぶ》しに精査してきましたが……

確実に警察本部に残っていた者は、こちらの三十九名になります」

広川補佐はCSZ－4で記載されたA4一枚紙を、決裁挟《ばさ》みから取り出した。

「もとより、これは『確実に』立証できた者に限られます。というのも、警察本部の防犯カメラは解像度がとても悪く……警察本部の各課に布石しておりますオトモダチの助けを借りても、当夜在庁していた者総員を列挙するのは、これまた事実上不可能であります」

「事情は次長からも聴いているよ、広川補佐。むしろ三十九名も割り出してくれて有難い。しかし、部門も階級も多岐《たき》にわたるね。それこそ巡査部長から警視正まで、総警務《ソウケイム》部門から生安・刑事・交通、そして我が警備まで――我が警備にあっては、公安課については全体送別会があった以上、必然的に隣の警備課員となるけど――実に数多《あまた》の階級の、実に数多の警察官が超過勤務をしていたと、そういうことになる。確認できた分だけでもね。

そして、僕もいささか当県公安課で実務を経験し得たので、今だから訊けることも多い……

まず、警察本部のモグラさん等は、防疫《ボウエキ》でしっかり確認してあるはずだ。それは当然、MNの感染源となる者についてもそうだ。確か当県警察において既に感染している警察官は、解明できている分だけで警察本部に二人、警察署に四人。すると素直に考えて、被疑者は前者のふたり――確か〈カリグラ〉と〈カシウス〉のいずれかあるいはいずれも、となるはずだけど？」

「防疫《ボウエキ》につきましては、第三係の丸本補佐の担当ですので、私からは……」

「広川よ」宮岡次長がギラリと眼鏡を光らせた。「お前は当課の筆頭補佐じゃろがな。今更オモテがどうだのウラがどうだの、くだらんセクショナリズムを発揮しとる場合と違おうがな、もし――

かまん。第三係の丸本補佐の了解はとってある。お前自身とてこの課長検討《ケントウ》のために、しっかり丸本補佐からレクを受けとろうがな、もし。かまんけん、本件事件の捜査に必要な情報は、ウラの分も含めてお前が御説明せえや」

「了解しました、次長」広川補佐が若干、威儀《いぎ》を正す。「当県〈八十七番地〉の領分に若干、踏み入ることとなりますが――課長の御質問にお答えしますと、実は〈カリグラ〉〈カシウス〉のいずれも当夜、警察本部庁舎に入ってはおりません。〈カリグラ〉にあっては一八四五《ヒトハチヨンゴー》に、〈カシウス〉にあっては一九一〇《ヒトキユウヒトマル》にそれぞれ警察本部を退庁し、そのまま自宅あるいは官舎に入っております。むろん再出勤はございません。これは第三係の防疫《ボウエキ》の結果からして自明です。また念《ねん》の為《ため》に申し上げれば、当然ながら〈カリグラ〉〈カシウス〉のいずれも、先の三十九名のリストには入らないこととなります――推定犯行時刻に、警察本部には在庁しておりませんでしたので」

「八月二日月曜日の夜は全体送別会で、公安課員は誰も仕事をしていなかったのでは？」

「まさしくです。公安課の防疫《ボウエキ》担当も送別会対応。ゆえに第三係と第四係とで調整し、愛予警察署の〈八十七番地〉に、〈カリグラ〉〈カシウス〉関係の防疫《ボウエキ》を担当させました」

「成程《なるほど》、なら間違いないね、どのみち同じ穴の狢《ムジナ》だから……とすると、最も疑わしいふたりが捜査の射程圏外に外れることになっちゃうけど？」

「次長も私も、とりわけ枢機卿《すうききょう》の地位にある〈カリグラ〉の嫌疑が濃いとは考えておりました。しかしながら、防疫《ボウエキ》は二四時間体制でやります。また愛予署は筆頭署。筆頭署の猟師たちの眼を欺《あざむ》くのは絶対に不可能です。それはまだ司教でしかない〈カシウス〉についても同様です」

「とすると、警察本部内にまだ割れていない警察官信者がいるのか……？」

「その確率は著しく低いと考えております。というのも、やはり第三係の営業《エイギョウ》によって――これは課長も日々御確認いただいているとおりですが――当課はMNの対警察部隊に楔《くさび》を打ち込めておりますので」

「ああ、〈マルチノ〉さんだね。あれは確か、教皇庁人事部の大司教さんだったか」

「そのとおりです。そしてMNの対警察諸工作は、教皇庁人事部長が所掌《しょしょう》しております。ゆえに〈マルチノ〉にもその詳細が分かります――すなわち、少なくとも人事部長が管理運営している感染者は、警察本部についていえば、我々で言う〈カリグラ〉〈カシウス〉の二名のみ。よって、課長御下問《ごかもん》のような、『我々がまだ解明できていない警察官信者』というのは、俄《にわか》に想定し難《がた》いものと考えられます」

「ただ実際、〈キューピッド〉という手段からも、またFDという被害物件からも」僕はいった。「本件犯行がMNによって主導されたことに疑いの余地はない。そして宗教団体が、警察官殺しを外部に委託するとも考え難《がた》い。とすれば……当課の防諜《ぼうちょう》能力に鑑《かんが》みて俄《にわか》に信じ難《がた》いことではあるが……〈カリグラ〉〈カシウス〉以外にも既に感染ずみの警察官信者はいる。それが犯行状況の物語るところだ」

「しかもその警察官信者は」宮岡次長がいった。「宇喜多課長と極めて親しいか、宇喜多課長が安心して接することのできる、そがいな存在じゃった。これまた犯行状況からすれば、当然ほうなる。ゆうたら、課長室に招き入れた上、当課のビールまで振る舞っとられるけんの」

「次長、ちなみに」僕は訊いた。「警察本部内に、宇喜多課長が自室へ招き入れるような、そんな関係の警察官はいたの？」

「……警察本部内ゆうことなら、その……御同期の、出崎《でざき》捜査二課長しかおられません。部外からの客はそれなりにありましたし、他県から御同期その他がお見えになるゆうこともありましたが、警察本部内ゆうたら、御同期で御親友の、出崎捜査二課長ぎりです。ゆうたら、やはり宇喜多課長はキャリアの課長でしたけん、例えば隣の光宗《みつむね》警備課長でも、部を同じゅうする迫《さこ》機動隊長でも、それは御遠慮するところがありました。まして、課長室で飲酒する、ゆうことになれば……そがいな実例があったのは、出崎捜査二課長ぎりです。不定期にぶらりとお越しになることもあれば、宇喜多課長の方が不定期にぶらりと捜査二課に行かれるゆうこともありました」

「それ以外は」

「考えられません。同じキャリアゆうなら、あとは東山本部長か澤野警務部長かですが、まさか本部長が単身、八階にお見えになることはありませんし――あったら一大事ですぞな――澤野警務部長は御案内のとおり、渡会警備部長とまあ、アレですんで、まさか八階にお出ましになることはありません」

「……予断を持つのは掟《おきて》破り中の掟破りだけど」僕はいった。「出崎捜査二課長が、MNに籠絡《ろうらく》されているとか、既に感染者となっているとか、それはちょっと信じ難《がた》いけどなあ……？」

「ただ課長」次長は淡々《たんたん》とペーパーを指差した。「出崎捜査二課長はこのとおり、この『三十九名のリスト』に記載されとります。もっとも捜査二課は、捜査本部《ちょうば》が立ち上がっとるかぎり、夜が遅いのはむしろ当然ですけんど……」

「けどそれを言ったら次長、当該リストには警視正だなんて大物もいるしなあ。

いずれにしろ基礎捜査を進めなければ何も解《わか》らないし何も言えない。まだそんな段階だ」

「まして、それが誰であるにせよ」広川補佐がいった。「課長御指摘の感染者――『未知の警察官信者』は、教皇庁の大司教である〈マルチノ〉すら知り得ない、極めて非公然性の強い者、かつ教団内地位の高い者ということになりましょう。そしてそこまでとなると、そもそも対警察諸工作を担当している教皇庁人事部長すら知らない、例えば教皇直轄《ちょっかつ》のタマといった、極めて特殊な感染者となりましょう」

「それは犯行状況と矛盾しない」僕はいった。「何故と言って、〈キューピッド〉はMN自身にとっても最終兵器だから。そして、警察庁〈八十七番地〉からの諸情報を吟味《ぎんみ》するかぎり、〈キューピッド〉を持ち出せる者などかぎられる。そんなの、極めて高位の聖職者でなければ無理だ。まして、教皇自身の決裁なり裁可なりが必要なはず……

　宇喜多課長を毒殺した警察官信者がいるとすれば、それは極めて特殊な、あるいは極めて高位の、教皇自身とも直接の接点がある、そんな感染者だ」

「重ねて、それが誰であるにせよ」広川補佐がいった。「私に与えられた特命は、宇喜多課長毒殺事件の全容解明であります。そして目下のところ――被疑者が特殊な感染者であろうとなかろうと――捜査の糸口はこの『当夜警察本部に在庁していた三十九名のリスト』しかありません。よってこれらの者につきまして、架電記録、銀行口座、走行実績、インフラ契約等々の記録《ジャーナル》を洗い出す基礎捜査を実施する必要があります。また、容疑を解明すべき対象が抽出できましたらば、宇喜多課長との接点・交友等を丸裸にする必要もあります。したがって、当課事件係と連携し、数多《あまた》の捜査関係事項照会を打つ必要があります。

それについて、課長の御決裁を頂戴《ちょうだい》できますでしょうか？」

「むろん許可するよ。事件係の兵藤《ひょうどう》補佐には、僕からもそれ、頼んでおくから」

「ありがとうございます。

もっとも、真に『未把握の警察官信者』がいるとなれば、それは第三係・第四係の執《しつ》拗《よう》な追及を欺《あざむ》いているか、ほとんど感染者としての活動実績がないか……ゆえに、記録《ジャーナル》捜査でたちまち胡散臭《うさんくさ》さが露呈する可能性は低いかと思われます。

それなりのお時間を頂戴すること、どうぞお許しください」

「それも無論、了解だよ。最高位の非公然信者など、年単位で割るもの。まさか今日明日、結果が出るとは思っていない。けれど最優先で当たってほしい。第三係・第四係のパワーシフトが必要となれば、これも僕から丸本補佐・内田補佐に調整を掛ける」

「それも有難うございます。

あと申し訳ありません、宇喜多課長殺害に関し、更に御報告すべき事項があります」

「どうぞ、かまわない」

「これはすぐに〈親展《シンテン》〉で御報告いたしますが、警察庁にも課長にも、取り急ぎ口頭で至急報《シキユウホウ》を入れなければならない情報でして――

すなわち、先刻次長がお話ししかけた内容であり、また本来第三係から即報《ソクホウ》すべき内容なのですが……第三係も第四係も基本、大部屋にはおりませんので」

「広川、それはもうええ」次長が苦笑のような嘆息《ためいき》を吐《つ》いた。「お前は筆頭補佐じゃけん、そがいに丸本補佐や内田補佐に遠慮せんでもよかろうがな、もし。しかもお前のことやけん、既に両補佐には『課長に報告する』ゆうて了承をもらっとろうがな」

「ハイ次長。それでは僭越《せんえつ》ながら、私の方から。

実は、宇喜多課長殺害の被害品――くだんのFD二枚なのですが、これらはいずれも、MNによって解読された可能性が認められます」

「――何だって⁉」

「というのも、MN内に布石した当方のオトモダチ――課長御案内のとおり〈マルチノ〉〈ディエゴ〉〈フェリペ〉〈フランシスコ〉〈ガブリエル〉の五名でありますが――オトモダチのいずれも、今現在、既に連絡がとれない状態となっております。

第三係・第四係の猟師の方で、昨夜〈マルチノ〉及び〈ガブリエル〉との接触があったのですが……いえ接触する予定だったのですが、〈マルチノ〉はアジトからバタバタと中座し、また〈ガブリエル〉はそもそもアジトに現れませんでした」

「……〈マルチノ〉が中座したとはどういう状況？」

「突如、教団関係者と思《おぼ》しき者から携帯に呼び出しが入り、取るものも取り敢えずアジトを離脱したのです。むろん第三係の方で防衛《ボウエイ》と送《オク》り込《コ》みを試みましたが、これまた教団関係と思しきバンに拉致《らち》され、バンはそのまま教皇庁方面へ離脱。まして極端な点検《テンケン》動向が認められましたので、第三係も敢えて距離を置かざるを得ず……つい先刻まで広範囲な探知・捜索を試みていたのですが、入念に検索するも発見に至らず、この一二〇《ヒトフタマル》〇《マル》に無念の打ち切りをしたところであります」

「うっ、営業事故っぽいね……」

「もとより、〈マルチノ〉〈ガブリエル〉ともに結婚生活には満足しておりましたので、これは異常事態だということで急遽《きゅうきょ》、〈ディエゴ〉〈フェリペ〉〈フランシスコ〉の三者についても、第三係・第四係が所在確認を行ったのですが……天に上ったか、地に潜ったか。教皇庁及び拠点施設においても、また、各教会・居住地においても、昨夜以降まったく動静が把握できません。また昨夜以降、当方のラブコールにも全く応答がありません」

……当県公安課がＭＮに打ち込んでいる楔《くさび》は五本。それが右の五名だ。もちろんこれら以外に対しても、必死の、懸命な求愛オペレーションを実施しているが……結婚に至ったのは現時点、右の五名である。

特に〈マルチノ〉は教皇庁人事部の大司教、〈ディエゴ〉は教皇庁教理部の司教であり、教団内地位からしても教団内ポストからしても、あの鷹城理事官すら注目するほどのオトモダチである。他方で、〈フェリペ〉〈フランシスコ〉はそれぞれ美愛《みあい》市の美愛教会と国府《こう》市の国府教会を預かる司祭（神父）であり、教団内地位はそれほどでもないが、愛予県内の実態把握上とてもありがたいオトモダチといえる。最後の〈ガブリエル〉はいってみればヒラの修道士だが、教皇庁及び拠点施設の勤労奉仕を――掃除だの買い出しだのを――担当しているので、事件ネタを掘り起こすためにはとても大事なオトモダチといえるし、まだ年齢が二十四歳と若いゆえ、今後の教団内地位の上昇もまこと期待できる……

……はずだった。僕はいささかならず動揺した。背筋を冷たい汗が伝う。

「我が方の布石したMN定点――オトモダチ・ネットワークが、これすべて壊滅したと？」

「ハイ課長。『オトモダチ聖職者の五人狙《ねら》い撃ち』など、自然発生する事態ではありません」

「で、まさに今現在に至るまで、電話一本つながらないと」

「これまで諸々《もろもろ》の方法で確認できていた、安全と生存そのものすら確認できていません。とりわけ、美愛教会と国府教会には既に新しい司祭が着任している形跡があります」

「なら教皇庁・拠点施設のオトモダチにも何らかの事故が生じた蓋然性《がいぜんせい》が極めて高い」

「〈マルチノ〉と〈ディエゴ〉が同時に失脚するなど、これまでの分析からして空前絶後の事態だと考えております――」広川補佐は冷静にいった。「――すなわち、我が方との婚姻関係はMNに露見した」

「確証があるとは言い難いが……」

「課長」次長がいった。「オトモダチ五人全員――ゆうんが既に確証です。まして〈マルチノ〉についていえば、キレイに『警察官との接触を確認後』総括されとりますけんね。ゆうても、他の四人にしたところで、その確証がとれるまで泳がされとったんでしょうが。これすなわち、広川のいうとおり、我が方との婚姻関係が露見したゆうことです。そして」

「何故、我が方との婚姻関係が露見したかといえば」

「宇喜多課長のFD――とりわけそのうち〈バス路線図〉が解読されたから、でしょう」

「しかし、どうやって……」

MN関係オトモダチ一覧ともいえる〈バス路線図〉は、FDそのもののパスワードと、CSZ－4と、その二十一桁の鍵で防護されている。FDのパスが陳腐《ちんぷ》なものなら陳腐なものでいい。CSZ－4は絶対に解読できはしない。少なくとも、その二十一桁の鍵がなければ絶対に解読できはしない。そして二十一桁の鍵を解析するには、警察庁〈八十七番地〉を信頼するなら、市販のパソコンで二十三年から三十二年を要するはずだ。

これらを要するに、宇喜多課長のFD内の文書が解読されたなど物理的にありえない」

「ほやけど課長、当課からデータが持ち出されたゆうんなら、そのデータは宇喜多課長のFDしかありません。これは、私の職と命に懸けて断言できますぞな。要は、他のルートで流出したゆうことは絶対にございません――既に当課で二箇月を過ごされた司馬課長であれば、当然御納得されることじゃ思いますが」

「……それは確かにそのとおり。当課の保安体制は、そんななまやさしいものではない」

「ほやけん、MNはくだんのFDを、既に解読できたゆうことになる」

「けれどそれもまた解《げ》せない。

宇喜多課長の殺害現場で――要はここだが――FDは入手できる。けれどCSZ-4の二十一桁の鍵は絶対に入手できない。宇喜多課長がそんなもの『客人に』喋《しゃべ》るはずがないし、万々が一、宇喜多課長がそのFDを当夜、課長用公用パソコンで開いたとして――そんなもの『客人の前で』開くかという超絶的な疑問があるけど――宇喜多課長が開錠するのはパソコンとFDのパスワードだけだ。それで宇喜多課長が見られるのはCSZ-4の文面、すなわち無意味な記号の羅列《られつ》だけだ。その解読に必要な二十一桁の鍵など、宇喜多課長の脳内にしかない。まして宇喜多課長はほぼ即死のはず。どこをどのように考えても、FDに記録されたCSZ-4が解読されるはずがない。

念《ねん》の為《ため》にいえば、課長室を含む公安課内に秘聴器《ひちょうき》・秘匿《ひとく》撮影機の類《たぐい》がなかったことは、

これ次長とは前に議論したけど、全《すべ》ての大前提だし――」

「しかし課長」広川補佐が引き続き冷静にいった。「解読されたというのも既に前提です。なら、我々の知らない解読法があるのです。そう考えなければ、MNに布石したオトモダチが全て摘発される――などという事態はありえません」

「……議論の時間はあまりない」僕は自分を宥《なだ》めるようにいった。「これは全国警察に甚大《じんだい》な影響を及ぼしうる営業事故だ。直ちに鷹城理事官のところに報告をする。むろん渡会警備部長にも、東山本部長にもだ――次長、本部長室の予約を。鷹城理事官へのお電話が終わり次第、駆け込みます」

「宮岡警視了解ですぞな」

「で、最終的な確認だけど――FDに入っていたのは〈バス路線図〉と〈健康診断表〉の二文書。これは間違いないね？」

「ハイ課長」広川補佐がいった。「間違いありません。それは鷹城理事官も御存知です」

「要は、MN内の我が方の定点《オトモダチ》と、警察内のMNの病毒《ウイルス》が解読された……解読された蓋然性《がいぜんせい》が高い。こうなる」

「そのとおりです。そして前者は全員査問《さもん》され総括されたでしょうし……後者はもう、警察内において何らの諸工作を実行しなくなるでしょう。何故と言って、『既に我々が感染者であると認定していること』『それでいて極秘裡《ごくひり》に監視を続けていること』が、もうMNにバレてしまったのですから」

「それ以外の、想定される被害は？」

「当県版のCSZ-4が解析・解読されている可能性があること。ただしこれについては対処が容易です。非常事態用のマニュアルどおり、課長の御決裁を頂戴でき次第、一時的にCSZ-40を用いることとし、二十一桁の鍵は即座に変更します。ここで、CSZ-40はCSZ-4とまるで概念体系が異なりますから、それまでもが直ちに破れるリスクは零《ゼロ》に等しい。保安体制は再構築できます。

また、〈バス路線図〉及び〈健康診断表〉以外の情報が漏洩《ろうえい》したリスクも零に等しい。漏洩源が宇喜多課長のFDである以上、それ以外の当課のあらゆる秘密は――それが親展《シンテン》であろうと営業《エイギョウ》であろうと日記《ニッキ》であろうと防疫《ボウエキ》であろうと書庫《ショコ》であろうと――知りようもありませんので。例えば、当課の他のあらゆるオトモダチは安全ですし、当課が他に追っ掛けをしているあらゆるアイドルは何も気付いてはいません。それだけは救いです」

「確かに……ありがとう広川補佐。よく解った。一四〇〇《ヒトヨンマルマル》からの事件係との検討《ケントウ》の前に、急いで関係各所に御連絡をし、御報告をして処理しよう」

「課長、もうひとつだけ、申し訳ありません」広川補佐が背丈ある躯《からだ》をぐっと倒して頭《こうべ》を垂《た》れる。「これもまた、丸本補佐あるいは内田補佐から説明があると思いますが……

昨夜、第三係が〈マルチノ〉と接触したことは既に申し上げました。

実はその際、〈マルチノ〉が提報《テイホウ》してくれたことなのですが」

……ここまで煙草《たばこ》を我慢していたらしき広川補佐が、思わず、といった感じでマイルドセブンに着火する。そして着火した後で、焦燥《あわ》てて次長と僕に不作法を詫《わ》びる。といって、当課のルールは課長室内全面喫煙である。僕は広川補佐と宮岡次長に、大きなガラスの灰皿を差し出した。軽く頭を下げた次長が、こちらは豪快にピースを焚《た》き始める。

「その〈マルチノ〉が最後に提報《テイホウ》してくれたことなのですが、ＭＮは〈キューピッド〉の抜本的な改良に成功したと。既に野外実験・動物実験を開始するレベルに達したと。

そして……

弱点であった、高温と湿度への耐性を付与するのに成功したと。

悲願である、エアボーン能力の付与まで……あと週単位だと」

「……そうなると」僕は平然とした顔を保つのに全精力を傾けた。「Ｙ２Ｋの大晦日《おおみそか》には、間に合ってしまうね？」

「残念ながら」

「ならそれに関する親展《シンテン》を……いや採れたての材料でよいからすぐに渡して。

それもまた、鷹城理事官その他に即報《ソクホウ》しなければならないから」

「第一係において未だ分析を終えておりませんが」

「いや一刻を争う。分析後の親展《シンテン》は親展《シンテン》で、腐るほど送ればいい。いいよね、次長？」

「もとよりです。課長は鷹城理事官からの特命をかかえておられるけん、これは大急ぎの方がええ」

「じゃあ次長、補佐。ただいまの下命どおりの措置を始めて」

宮岡次長が鷹揚《おうよう》に、広川補佐が律儀《りちぎ》に敬礼をして、直ちに課長室を出てゆく。

僕は鷹城理事官等に御報告すべき内容と、想定されるツッコミ所を脳内で整理しながら、それでも『宇喜多課長殺し』に関する大きな謎、未解明の謎を想起せざるをえなかった。僕がずっと八月五日から考え続けているその大きな謎は、引き続き三つだ――

（第一。ＭＮは何故犯行当夜、宇喜多課長が当該《とうがい》ＦＤを所持していると知ったのか？
第二。ＭＮは何故わざわざ、宇喜多課長を警察本部内で殺害したのか？
第三。当夜宇喜多課長が警察本部に戻ったのは、ＭＮの指矩《さしがね》なのか偶然か――？）

63

――大急ぎで鷹城理事官への警電を終え、渡会警備部長の決裁を頂戴し、東山警察本部長への御報告も終えていると、時刻は既に一三五八《ヒトサンゴーハチ》である。

本日既に幾度《いくたび》かの、彦里嬢による紅茶と緑茶の交換を終え――僕が課長室の掛け時計と懐中時計とをもう一度見遣っていると、金属パーテの開口部が派手にノックされた。いや、殴り付けられたといってもいい。

ゴンゴン。ゴン。

「ホイ課長、事件係だけどもが。検討《ケントウ》始めてもいいかん？」

「ああ兵藤《ひょうどう》補佐、もちろんだよどうぞ――次長も呼んで」

「ほしたら私も」

第一係の広川補佐に引き続き、課長検討《ケントウ》をせがんできたのは、今度は事件係の兵藤警部だ（もちろん、せがまれるのは有難いことである）。そして、この係ばっかりは隠語も符牒《ふちょう》も隠微《いんび》なオペレーションもへったくれもない。そもそも当課の職務の二本柱のうち、『警備犯罪の捜査』を担当する係である。要は、具体的にガサ、逮捕、取調べ等々を行う、まあ公然部隊だ。当課は宇喜多課長時代、この事件係を充実させるため、かつて存在した企画係の補佐ポストと、あと〈八十七番地〉の補佐ポストをひとつ、警務課に財源として差し出したとか。ただその甲斐《かい》あってか、事件係にはどうにか捜査員二個班を置くことができていた。兵藤補佐は、二個班ある、警部補を班長とする捜査班のキャップである――

「あっそうだ」兵藤補佐はニカッと笑った。「ついでに、カンタンな決裁頼みたいんだわ」

「いいよ、どうぞ」

僕は課長卓から決裁用印鑑と朱肉を取った。事件係の場合、花押《かおう》とはゆかない場合が多いからだ。

兵藤補佐は、決裁挟《ばさ》みに挟んだやたら多い捜査書類を、ひとつずつ開いてゆく――

「ほいじゃあまず、この捜査書類《タテガキ》、ここにハンコ。それからこの捜査書類《タテガキ》、ここにハンコ。この捜査書類《タテガキ》、ここにもハンコ。

それから、まだまだあるでね、ええと」

「ええと……これは捜査報告書に、こっちは捜査関係事項照会書……」

「そんなんいちいち読まんでいいぞん。課長は言われたとおりハンコポンせりゃあいいだ」

「いやそういうわけにもゆかないからさ……ええと、これが……」

「まったく、アンタもあいかわらず貧乏性だでいかんわ。

課長なんざ、デンと座っとりゃあそれでいいじゃん。細かいことは俺らに任しときん」

「兵藤補佐」宮岡次長が思わずピースを焚《た》き始めた。「あんたもたいがい、変わらんの」

「俺はハイソな警備部門の育ちと違うもん、あっは」

僕は兵藤補佐が次々に出しては指し示す捜査書類に、懸命に印鑑を押していった。兵藤イズムとしては『いちいち読まんでいい』のだろうが……そして当課の事件係の実力からしてまさか不安はないのだが……しかしとりわけ捜査書類というのは、捜査員が所属長あてに作成するものである（差出人と宛先《あてさき》が、お手紙のように残る）。また、そもそも所属長でなければ作成できないというタイプのものもある。要は、『司法警察員警視　司馬達』に宛《あ》てたものか、あるいは『司法警察員警視　司馬達』が——現実の起案者はともかくとして——書いたもの。それを内容も読まずにハンコポンできるほど、僕は剛胆《ごうたん》じゃない。

——僕は総計一五箇所以上に印鑑を押し終えると、兵藤補佐にいった。

「ふう、またもやたくさんあったね、兵藤補佐？」

「俺らは猟犬だもんで」兵藤補佐は何の断りも遠慮もなくハイライトを灯《とも》した。「駆け回っとらんと死んじゃうんだわ。お陰様でナントカいう暗号を憶《おぼ》える余裕もないけども、マアそこは捜査書類《タテガキ》だもんで、大目に見てくれりゃあいいわ」

「まあ確かに、捜査書類は公判廷《こうはんてい》に出すことを念頭に置いているからね……」

兵藤補佐は、異質だ。

あの仙人・伊達補佐とならぶ当課で稀《まれ》なノンメガネ派というだけではない。そもそも、宇喜多前《ぜん》課長が——きっと逆座敷童《ざしきわらし》の粘《ね》ちっこい嫌がらせ警電に辟易《へきえき》して——同期の出《で》崎《ざき》捜二課長や東山本部長に頼み込み、捜査二課から当課にレンタルしてきた警部である。

ここで、我が警備部門は、情報警察としては一流だが、事件捜査能力に難《なん》がある。その理由はもう述べた。実戦の機会が少ないからだ（多かったらそれはそれで大変だが……）。例えば極左《キョクサ》やオウムによるテロゲリなど、未然防止すべきものであって、やられてからバタバタと捜査するものではない。やられた時点で警察の負けだ。ゆえに実戦の機会は少なくなる。

また、警備部門のお仕事のスパンは一〇年、二〇年、三〇年……と、他の部門に比べれば『天文学的な』ものとなる。敵は犯罪組織ゆえ、逃亡被疑者を狩り出すにも、事件ネタを掘り起こすにも、無闇矢鱈《むやみやたら》な歳月を要する。これまた、実戦の機会を少なくする。六〇年安保・七〇年安保といった警察戦国時代においては、日に機動隊が幾度も出動するような実戦ばかりだったのだが、目下の情勢でそういうことはない。すると、事件捜査のノウハウが伝承されないこととなる。

残念ながら、兵藤補佐が去年の異動で当課に着任するまでは、当課も、まあ、刑事部門だの生安部門だのに憫笑《びんしょう》されても仕方のない捜査能力しか持っていなかった。ゆえに純血主義を捨て、頼れるものは捜査二課長でも警察本部長でも使い、まったく警備部門の経験がない、しかも警部なる管理職を迎えたその経緯は、これまたかつて次長が説明をしてくれたとおり――

（ただ、その兵藤補佐が、こうもあっけらかんとした、とらえどころのない飄々《ひょうひょう》とした性格をしていなかったら……

公安課の課員とて、まさかここまで兵藤補佐を信頼しはしなかったろうな）

警備部門は情報警察ゆえ——いくらその情報は事件捜査のためのものとはいえ——どうしても隠微《いんび》で闇の多い組織となり、またそのような文化を有する。〈八十七番地〉しかり、ＣＳＺ‐４しかり、諸々《もろもろ》のオトモダチしかりだ。また、先刻広川補佐がさんざん第三係に遠慮していたように、係ごとの縦割り意識も実に強い。それはそうだ。それぞれが隣人にも漏らせない秘密を抱えているから。

——ただ、刑事のメンタリティは全然違う。

とりわけ、生粋《きっすい》の刑事、叩《たた》き上げの刑事である兵藤補佐のメンタリティは全然違う。『コソコソせんでもいいじゃん』『皆《みんな》でやればいいじゃん』『事件はやるかやらんかじゃん』『解らんかったら訊《き》いてくれりゃあいいじゃん』『俺を使ってくれりゃあいいじゃん』——

兵藤補佐は、そういった口癖とともに、他係に一切遠慮することなく、まあ、公安課をノッシノッシと闊歩《かっぽ》する。兵藤補佐は中肉中背で、黒髪をきちんと分けたむしろ紳士的な外貌《がいぼう》をしているのだが——まさに立場が人を作るというか——いかにも刑事的な、がらっぱちの、良くも悪くも猪《いのしし》的な、ひょっとしたらマル暴といわれても違和感がないような、そんな感じでノッシノッシと闊歩する。もちろん事件指揮のため公安課を外しているとも多いが――刑事は猟犬だ――公安課にいるとなったら、広川補佐だろうが赤松補佐だろうが、あるいは管理官だろうが次長だろうが課長だろうが、解らないことは何でも訊く。訊かれたことには何でも答える。そう、初任科のような捜査書類の書き方から、捜査二課で永年培《つちか》った知能犯捜査のノウハウまで何でも教える。さかしまに、聴くところによれば、兵藤補佐の着任後、最初は派手に警戒をして、兵藤補佐が通り掛かるたびワープロの画面を閉じていた公安課員も（警備部門の名物で悪癖《あくへき》だ……）、いよいよ兵藤補佐の性格に裏も表もないことを知り、今では事あるごとに『これは事件にならないか』『これをどう詰めれば事件になるか』『これを事件にするためには何が足りないか』等々を、我先《われさき》に兵藤補佐に相談するようになった――そう、〈八十七番地〉の第三係と第四係でさえ。警備部門の専門性のセクショナリズムを考えたとき、これはまさに革命的な現象である。そして理想的な現象でもあった。というのも、繰り返し繰り返し述べているとおり、僕らは『事件のためにこそ情報をやる』のであって、『情報のための情報をやる』のではないからだ。

（宇喜多課長の人事は、革命的で、しかも大成功を収めている――

残るはMNの事件化だが、それは兵藤補佐の力なくして考えられない）

――といって、兵藤補佐には何とも言えない愛嬌《あいきょう》がある。可愛《かわい》らしさがある。例えば、課内課長補佐会議のとき。必ずいちばん末席の、課長室パーテ直近に、態度と自信に見合わない小さな丸椅子《まるいす》を用意してはチョコンと座るのだ。僕の在任期間でもそうだし、宇喜多前課長の時代でもそうだったと聴く。ここで、兵藤補佐は五十四歳。当課の藤村管理官よりも、当課の宮岡次長よりも年上である。というか、あの仙人のような伊達《だて》補佐を別論とすれば、当課最年長補佐となる。それが、課長補佐が一堂に会する会議のとき、この課長室の入口直近に、猪のような圧《アツ》もどこへやら、チョコンと座る。可愛らしく座る。僕はある日、兵藤補佐がまたゴンゴンと金属パーテを殴るノックをして僕の印鑑を求めに来たとき、『どうしていつも末席に座るの？』『いちばん先輩の警部なんだから、次長や管理官の隣でもいいと思うけど？』と雑談をしてみたが、兵藤補佐いわく――『バカ言ったらいかんに、俺は公安課一年生だでね。一年生には一年生の行儀作法っちゅうもんがあるだらあ？』『俺は警備部門のこと何も知らんもんで、今《いま》懸命に物を教わっとるんだわ。要は初任科生みたいなもんじゃん？』『課長はまだ物を知らんで困るわ。俺は他県人だでね。愛予県人の信頼を勝ち獲《と》るのはまあ、並大抵のことじゃないでのん、ほい』とのこと――

（そしてそこに、まるで嫌味がない。刑事のいいところを凝縮したような警部だ。公安課員がいつしか警戒心を解き、むしろ『横町の御隠居《ごいんきょ》さんに懐《なつ》いている』感じになっているのも、実に頷《うなず》ける）

――むろん、公安課員が兵藤補佐を仲間と認め、むしろ師として頼っているのは、その飄然《ひょうぜん》とした性格ゆえ、というわけではない。まさかだ。警察で物を言うのは星の数と実績。偉くなりたいなら星の数が大事。職人として道を極めたいなら実績が大事だ。そして兵藤補佐は昨年の着任以来、当公安課がまったく手掛けていなかった事件検挙を三件、いきなり、立て続けにやってのけたのである。それ以前の三年間、穀潰《ごくつぶ》し、タダ飯《メシ》喰らいと揶揄《やゆ》されてきた事件係のキャップとなるや、すぐさま『中国人集団密航事件』『コロンビア・マフィアによる覚せい剤密輸事件』『極左《キョクサ》による免状不実記載《めんじょうふじつ》事件』を、まさに息を継ぐ暇《いとま》も許さず、電撃的に事件化し検挙した。むろんいずれも起訴事件となっている（恥ずかしながら、警備事件となると起訴すらしてもらえない奴も少なくないのだ……）。ここで前二者は、急増する外国人犯罪関係から警察庁外事課の評価も高く（第二係の赤松補佐のよろこんだこと、よろこんだこと）、また三つ目に至っては、なんと当県公安課七年ぶりの極左《キョクサ》事件である。これらのことは、トボけた猪のような兵藤補佐が、実は凄腕《すごうで》の事件職人であることを立証して余りあった。兵藤補佐が、他県人で他部門人でレンタル人事であることを踏まえると、この事件職人としての辣腕《らつわん》ぶりこそ、兵藤補佐を見る目を一変させたのは想像に難《かた》くない。

（ゆえに、公安課長として望むのはあとひとつ――

そう、もちろんMNの事件化だ。そしてそれができるのも、兵藤補佐だけだ）

僕は、今日も兵藤補佐が大量に出してきた捜査書類の山を、兵藤補佐に返す。他係の

親展《シンテン》なり営業《エイギョウ》なり日記《ニッキ》なりと違って、日本語そのままの書類であるのはまだ救いだが
――兵藤補佐は休むことを知らない猟犬ゆえ、事件係の決裁書類はやたらと多い。

「ほいじゃあ課長、欲しいハンコはもらったでね、また明日」

「ちょ、ちょっとお待ちな、兵藤補佐」物に動じない次長が焦燥《あわ》てていう。「あんた今日、課長検討《ケントウ》のためにここへ来たんじゃろがな、もし。儂《わし》にも言うとったろうが。司馬課長のお耳に入れんといけん大事な報告がある、ゆうて」

「ああ、そういえばそうだわ。

いや、課長も例のMNにたいそう心を痛めとるもんで、事件係としても、どうにか急いで事件化のネタ拾ってこにゃならんと思っとったところ……」

――僕は思わず大声を上げた。

「何かあったの⁉　着手できるような奴が⁉」

「いやそれは全然だわ」

「……そうか、いやそれもそうだね」

「こういう奴は、圧力鍋《なべ》でコトコト、コトコト、じっくり煮詰める時間が必要だでね」

「解った。そうしたらこれまでに捜査してもらっていること、それを整理しながら、それぞれの進捗《しんちょく》状況を教えてほしい」

ここで兵藤補佐はキョトンとした顔をした。そしていった。

「これまで実施した捜査の報告をすればいいだかん？」

「……そうだけど？」

「課長が、どうしてもそうせえ言うんだったらそうするけどもが……

じゃあ、既に報告しとる奴の展望っちゅうか先行き、説明すればいいかん？」

「是非《ぜひ》そうしてくれ。

ええと、僕が憶えているかぎり——まずは愛予署管内の〈拠点施設〉と、御油《ごゆ》署管内の〈教皇庁〉。どちらも消防法違反で狙いを付けていたね。自動火災報知設備に屋内消火栓設備。拠点施設も教皇庁も改築を繰り返しているから、絶対これには引っ掛かるはずだ」

「それぞれの実態把握は、そう第三係がかなり緻密《ちみつ》にやっとるもんで、俺ら事件係は、消防署との連携とか、必要な行政手続を踏んどるかとか、そうした違法性の立証の関係から、照会をしまくったり参考人調べをしまくったりしとるんだけどもが——

まず残念なことに、拠点施設と教皇庁。これどっちも管轄消防署の立入検査が入っとって、結論としては『法令違反ナシ』。まあ何件か行政指導はやったらしいけどもが、抵抗することなく素直に従っちゃっとるもんでね。例えば消防サンがする、『設備の設置命令』『施設の使用停止命令』に違反したとなりゃあ別論だけど、そこは敵もバカでなし。まして、たとえこの設置命令に違反したとしても、これ行政法規じゃん？　だもんで、まずは消防サンが何度も命令を掛け続けて、それでもお言う事聴かんと、まあこうなったら着手も考えられるけどもが……よっぽど悪性が強くないと、いきなり警察が出てゆくのは無理筋だわ。そもそも消防サンにもプライドがあるもんだで、軽微な違反だったら、告発してくれるかどうかも怪しいもんだに？」

「ああ、そういえば僕、消防署さんへの挨拶《あいさつ》回りのとき必死でお願いしたんだよなあ……僕も一緒に立入検査に連れて行ってくれと。そして絶対に御迷惑はお掛けしないから、拠点施設なり教皇庁なりの中で、いきなりバトルになったりいきなりすっ転んだりするのを見逃してくれと……」

「まあったく、これだから警備警察は……アンタまだ二十六歳の癖《くせ》して、どこでそんな『転び公妨《コロコウボウ》』なんて邪道を教わってきたんだか。そりゃ警察の捜査は結果がすべてだもんで、どうしてもっちゅうことならそれもアリだろうけどもが――そんなあからさまなこと、この御時世《ごじせい》でやらかしたら週刊誌に袋叩きにされて恥掻《か》くだけだに？　そもそも、消防職員でもないのに立入検査に混じっとったら、それだけで手続は違法だらあが」

「うう……貧《ひん》すれば鈍《どん》すだなあ」僕が殴られたり転んだりするだけでMNに討ち入りを掛けられるのなら、嬉々《きき》として、本懐《ほんかい》としてそうするのだが。「そうしたら、例の、拠点施設と教皇庁の建築基準法違反はどう？　これまた、いずれも改築を繰り返しているかぎり、何らかのミスなり懈怠《けたい》なりはやらかしているはずだ。最もシンプルなパターンとしては、建築確認申請をしていないだとか、指定検査機関の検査を受けていないだとか——」

「確かに、拠点施設の一部について、建築確認申請をしとらん事実はあったけどもが……これむしろ設計業者がワルで、MNは被害者っちゅうことが分かっちゃったんだわ。設計業者が工期の遅れを気に病んで、確認済証の偽造をやらかした——っちゅうのがホントのところ。MNはそのコピーに基づいて着工したんだけどもが、まあ当然、建築確認が下りとらんっちゅうことで、愛予市役所から建築物撤去の行政指導を受けた。もちろんこの指導には大人しく従っとる。指導を受けた部分については、着工前の状態に戻しとる。まあ、さっきの消防法違反の話と一緒で、これまた行政指導を聴かんとか、建築物を撤去せんとか、そうしたところまで気合いを入れてやってくれれば別論だけどもが……そうだとして、やっぱり建築基準法は行政法規だもんで、まずは市役所サンが行政指導をして、行政処分をして、それでも言う事聴かんとなれば、そこでいよいよ警察が動ける。警察に告発が回ってくる。とはいえ、建築の世界は有象無象《うぞうむぞう》うごめく海千山千《うみせんやません》の世界だもんで、ぶっちゃけ市役所の建築確認なんか適当でずんざいなもんだし、これ、とりわけ事勿《ことなか》れ主義の強いジャンルだでね。できるなら警察沙汰《ざた》にはしたくないっちゅう連中ばっかりだわ。下手に警察に動かれて、普段からの仕事がデタラメだっちゅうことがバレたら一大事だもん」

「そうすると、例の都市計画法違反の方も――」

「――ウン筋が悪い。確かに、拠点施設のある愛予市の三《み》の頭恩賜《かしらおんし》公園のあたりは『市街化区域』で、しかも『住居系用途地域』に指定されとるもんだで、一定規模以上の建築物を建てたりするには市役所の許可がいるし、建ぺい率・敷地面積の規制も掛かっとる。ただ、事件係の方で協力者の建築士、宅建業者、不動産鑑定士等と詰めたかぎり――そもそも許可を得とらんとかいうバカな真似《まね》はしとらんし、敷地面積規制といった技術的な違反は、現在のところ『無い』か『在っても深刻なものではない』んだわ。それに一般論として、そりゃ耐震偽装とか、建築確認どおりに建築をせんとか、まあそうした悪質でデタラメな違反をしとるならともかく、違反も軽微で、地域社会に与える影響が少ないとなりゃあ……そりゃやっぱり行政指導から入るもんだし、仮に警察が動くとしても、身柄が獲《と》れる確率はかなり低い。ガサは打てるかも知れんけどもが、その場所もかなり限られる」

「御油署管内の教皇庁の方は？」

「ありゃさびれた温泉街のド田舎だでね。そもそも都市計画法の適用外だわ。論外」

――ＭＮの〈教皇庁〉なり〈拠点施設〉なりの現状については、さらにこの後、第三係の丸本補佐から説明があるだろう。ここでとりあえず大事なのは、『敵はなかなか法令違反を犯してはくれない』という事実だ。といって、それが個人であれ団体であれ、何の法令違反も犯さず社会生活を送るのは（例えば僕とて）絶対に不可能である。

ゆえに、僕は兵藤補佐への質問を続けた。

「なら観点を変えて、例の興行場《こうぎようじよう》法違反は？」

確か、拠点施設の二階で映画を上映しているはずだ。なら無許可営業の線はある」

「確かに興行場営業の許可は取っとらんわ。ただ、第三係に確認してもらったけどもが、ほとんどの客は信者で、しかも一五〇円だの二〇〇円だの、施設維持のための実費しか払っとらん。おまけに、まったく払わん奴すらおる。成程《なるほど》月に一、二度は映画を上映しとるけどもが、映画っちゅったら一、八〇〇円程度は取らんと営業にはならんに？」

「たとえ一度きりでも、たとえ一五〇円でも、業を営んでいることに変わりはないよ」

「いやだから課長、『業を営んどる』っちゅう立証が難しいじゃんね？　要は、『社会性』『反復継続性』の立証ができるかどうかじゃんね？　それが実費しか徴収せん、払わん奴もおる、月にせいぜい二度しか上映せん――っちゅう話に過ぎんかったら、そりゃ映画館の営業っちゅうより、信者のためのレクリエーションだわ。

確かに、『業を営んどる』なら一五〇円でも一五円でも一・五円でもいいけどもが、あそこの拠点施設のスクリーンは、確か収容人員が四八席だか四九席だか……なら満席だとしても売上は八、〇〇〇円程度じゃん？　マア正規料金をとっても九万行かんけど。八、〇〇〇円の無許可営業……サテ、どれだけ検事と裁判官が食いついてくれるか疑問だのん」

「なら食品衛生法違反なり風営法違反は？

　拠点施設は映画のみならず、一般向けのカフェを営業しているはずだ」

「飲食店営業の許可はがっちり取っとる。風営法は――課長は深夜酒類提供飲食店営業の届出のことを言っとると思うけどもが――深酒《シンサケ》の営業実態はまったく無い。ゆえに届出も必要ない。論外」

「食品衛生責任者を置いているかとか、許可証を掲示しているかとか、従業者名簿を備え付けているかとか、構造設備基準を遵守《じゅんしゅ》しているかとか、仮に深酒《シンサケ》であれば禁止地域営業でないかとか、騒音振動規制を遵守しているかとか、営業時間制限を遵守しているかとか……」

「すべて真っ白」

「……御油署管内の教皇庁は、元々がド田舎の温泉街だったところにある。MNの主要な〈行政機関〉も〈修道院〉もそこにある。修道院は、要は寄宿舎、寮だ――キレイな言葉を遣うなら。そして寮というなら、旅館業法・労働基準法・建築基準法に引っ掛かるはずだ」

「確かに附属《ふぞく》寄宿舎には労働基準法の規制が掛かっとるけどもが、これまた届出は必要な分、キチンと出とるに。まして、寮の広さについての法令上の規制はないんだわ。他方で、寮のいわゆる寮費と水道光熱費については規制があるけどもが、これそもそも罰則がない上、MNは――お布施《ふせ》なら別論――いちいち寮費だの水道光熱費だのを徴収しとらん慈善家だに？」

「建築基準法はどう？　今度は〈教皇庁〉の方だけど」

「これは御油町役場もまだ立ち入っとらんくらい放任されとるもんで、実態把握は俺らの眼で、俺らの脚でやるしかない。ただ、あの立地だと厳しい……あれはもう城塞《じようさい》だに。鉄壁の砦《とりで》だわ。外からの視認には限度がありすぎるぞん。まして〈教皇庁〉内部に立ち入るなんてのは……今ちょうど、第三係の協力者が出入りしてくれとるけどもが」

（オトモダチの〈ガブリエル〉だな。

といって最早《もはや》、過去形を遣うべきだが……）

「当然、写真をコッソリ撮るのも難しい。どうにか三、四枚撮ってくれたけど、とても、それだけで構造設備を分析するなんてことできんわ」

「かつての温泉街が今やまるごと、MNの巣窟《そうくつ》だからね……なら旅館業法違反は？　なにせMNの〈教皇庁〉だ。巡礼する信者は数知れない。その宿泊施設は、愛予市の拠点施設でないというのなら、御油町の〈修道院〉しかありえない」

「旅館業の無許可営業かん。理論的には立とうが……これまた『業を営んどる』かの立証が難しいわ。もう一度言うけどもが、MNはお布施ならともかく、寮費すら徴収せんもん。なら宿泊費を取っとるかどうかも怪しい。少なくともそんな情報は無い。あと、MNにはお布施以外でも『勤労奉仕』があるもんだで、それが宿泊費の代わりとなれば、ますますカネのやりとりがあるかどうかは疑わしい。

無論、第三係から『カネを取っとる』っちゅう情報が入ることもあるけど、それすらもシーツだのタオルだのの実費いやそれ未満程度……そして、もし仮に真っ当な宿泊費を取っとるとしても、どうせカネのやりとりは『いつもニコニコ現金払い』に決まっとるじゃんね？ 帳簿すら付けとらん可能性も高いじゃんね？ 現金に色はないじゃんね？なら、それが『宿泊費だ‼』とどう客観的に証明するかが問題になるわ。いやそれ以前に、そもそも施設の実態把握が難しい以上、『どこの誰がいつどれだけ泊まっとったか』を立証するのは、たとえ被疑者として立てるタマを三、四人に締《しぼ》っても厳しいわ。

要は、カネのやりとりがあるにせよ、『それが宿泊の対価だということ』『それが実費を超えるものであること』『業として、反復継続して旅館を営んでいること』が、客観証拠で語れんといかんでね。ここで当然、MNでも極左《キョクサ》でもいいけどもが、組織犯罪の被疑者は完黙《カンモク》が前提。自白その他の主観証拠なんぞ、アテにする方が間違っとるじゃん？」

「じゃあ――これは今まで兵藤補佐とは検討していなかったけど――まさにこないだや

ってくれた、極左《キョクサ》の免状不実記載はどうなのさ？　一年以下の懲役又は二〇万円以下の罰金。これMNにも適用できそうだし、まして超古典的手法だから、裁判所もMNの組織犯罪だと認めてくれやすいと思うけど？　要は、個人の免状不実から、組織のガサへとつなげやすいと思うけど？」

「……課長、それこそ貧《ひん》すれば鈍《どん》すだわ。アンタ東大法学部が泣くに？　極左《キョクサ》が何で嘘《うそ》の住所で免許更新するかっちゅったら、そりゃ『自分の真実の居所で免許更新するわけにはいかんから』だらあ？　だから、真実の居住実態を伏せながら、本拠地なり活動拠点なり実家なりに住んどることにして、嘘の免許更新をする――要は、非公然アジトなり非公然活動なりが知られたくないから、公然拠点を住所として申告するわけじゃん？」

「そりゃそうだ」

「ところが、これをMNについて考えてみりんやれ。MNの信者としては――そりゃ非公然部隊は別論だけどもが、九九％以上の一般信者としては――何も真実の居住実態を隠す必要がない。信者としては、世間から隠れるべき動機がないもんだで。むしろ当県についていえば、〈教皇庁〉なり〈拠点施設〉なりに住めるのは栄誉で昇進だわ。全国のどこから転入してくるんでもいいけどもが、〈教皇庁〉なり〈拠点施設〉なりに住んどること、行政にも警察にも隠す動機なんぞありゃせんて。要は、『真実の居住実態を隠したいから免状不実記載までやらかす』っちゅう極左《キヨクサ》とは、動機も行動パターンもまるで違うっちゅうことだわ。もちろん網は張っとるし、信者の免許更新はすぐに察知できるよう準備は整えとる。それは当然だわ。けどもが、サテ実際に嘘の住所を申告してくれるかっちゅうと……客観的に考えて、その確率は一％未満だぞん」

「けど、例えば、そうだな……

親が出家に反対していて、でも家を飛び出ちゃって、行方《ゆくえ》が当県だということを知られたくないから、例えば兄弟姉妹だの友達だのに頼んで、他県でその協力者と同居しているフリをする、嘘の転入届を出す――なんてパターンはありそうだけどなあ。これは、ええと――公正証書原本不実《ふじつ》記載か」

「ウン課長、その方がまだ筋がいいぞん。ただ幾つか難点がある。大きいのは……罰金に跳ね上がるしのん。罰則も五年以下の懲役又は五〇万円以下の罰金に跳ね上がるしのん。ただ幾つか難点がある。大きいのは……

たとえ〈教皇庁〉〈拠点施設〉に貼《は》り付いとっても、信者の顔に住民票は貼ってないもんだで、総当たりで被疑者を見付けようっちゅうのはまず無理だらあ？　仮に完璧《かんぺき》な信者名簿があったとして、正しい住所が記載してあるはずもなし。となれば、信者の群れから被疑者をスカウトしようっちゅうよりは、『こちらから決め打ちで』被疑者を狙い定めんといかん。そのためには情報がいる。具体的には、子を奪われた家族とか、住所を利用されとる兄弟姉妹・友達とかからの提報《テイホウ》がいる。ただ、そんな好都合な提報は期待薄……っちゅうのもそんな場合、家族なり友達なりとしては、背徳感もあれば、『共犯にされるかも知れない‼』っちゅう恐怖もあるもんだで、なるべく警察とは関わり合いにならずに済まそうとするもん。まして、利用される住所はこの場合、まず愛予県外だらあ？　愛予におることを隠そうとするもんだで。そんなら、そうした提報が仮にあったとして、それは当県警察じゃなくって他県警察に入るぞん。そして情報も情報提供者も他県警察に囲われてしまう。これが難点の一。

難点の二は、結局のところは捜査が長期化することだわ。そりゃそうだわ。『被疑者が結局は嘘の住所に住んどらん』っちゅうことと、『被疑者が結局は生活の本拠をMN施設に置いとる』っちゅうことを立証せんといかんもん。ここで、一週間二週間の旅行なら誰でもするもんだで、『それが旅行じゃない、定住だ』っちゅうことを、ガッチリ二四時間体制で確認して、検事と裁判官に立証せんといかん。これはヒトとカネと時間を食う……

そして難点の三は、そうまでして立件できたところで、それが組織犯罪だっちゅう立証が果たしてできるか、っちゅうことだぞん。俺らとしてはこれ、MN諸対策として立件するわけで、更にハッキリ言ったら〈教皇庁〉〈拠点施設〉にガサ掛けるためにやるわけだけどもが、そのためには『MNの指示命令で住民票のインチキをやりました』『MNは組織的にこの犯罪を行わせています』っちゅう立証が不可欠になる」

「極左《キョクサ》の免状不実ならそれは容易に認められるよ？」

「そりゃ先様《さきさま》は組織犯罪の実績も、だから犯罪組織としての実績もゆたかだからじゃん？

他方で、ことMNについていえば、まだあの警視庁や大阪府警察ですら討ち入りに成功しとらんじゃん？

そうすると、藤村管理官と第三係・第四係が『日頃の追っ掛け仕事』の成果、どれだけ裁判官に出せるか、どれだけ悪性を説明できるか、っちゅうことがポイントになってくるけど……全国初のお客さん、しかも宗教団体へのガサとなると、サテ……たとえオウム真理教に係る一連の事件のインパクトを考えても、裁判官が『ウン、この住民票のインチキは個人の犯罪じゃなくって教団の犯罪だね、ハイ令状どうぞ、頑晴《がんば》って‼』となるかどうかは……こりゃバクチだぞん。令状請求がアッサリ却下、なんて不祥事は昨今、めずらしくもないじゃん？」

「免状系も厳しいか……

そうするともっと肉弾的かつカルトらしい、逮捕・監禁・略取・誘拐・傷害等々のドンパチ系は？」

「被害届が現に出て、状況が比較的固着しとって、だからじっくり腰を据えて捜査できる場合ならともかく……俺らがそんなドンパチ系を認知するのは『イザ事案が発生してしまったとき』じゃん？　それまで鼻提灯《はなぢょうちん》ふくらませながら、そう警棒でも磨きながら一〇〇年でも待とうっていうなら別論だけどもが、そりゃ完全に運任せの丁半博打《ちょうはんばくち》だわ。できるかできんかの丁半博打――といって、できん確率が九九・九九％だと思うけどもが。だもんで丁半博打とすら呼べんけどもが。

課長、こういうんはね、一〇年寝て待っとっても果報《かほう》は来んのだわ。事件は掘り起こしてナンボ。博打そのものの是非《ぜひ》は別論、敵方のドンパチ系を待つタイプなんぞ、組織犯罪対策道としては下《げ》の下だぞん」

「……うーん、なんだか兵藤補佐のこと、MN側の弁護士のように思えてきたなあ!!」

「課長、アンタはそれがいかん。まあ俺もそうだけど、俺より短気なお人が、まして警備部門におるとは思わんかったわ。とりあえずカルシウム剤でも飲みんやれ、あっは」

「そんなことを彦里嬢にも言われたなあ。ただ、薬でどうこうなる話でもなし……

あっ、薬。そう薬、薬だ。薬といえば前《まえ》、兵藤補佐いってなかったたっけ？　MNは教団内で、違法薬物を使っているとかなんとか」

「ああ、課長それは違うぞん。違法薬物の使用だったら、麻薬取締法にしろ覚せい剤取締法にしろ、もっと話は早い。その狙い撃ちは俺の御家芸《おいえげい》だでのん。そして確かに、MNが覚醒剤《かくせいざい》の製造に手を染めたっちゅう情報は――まだまだ噂《うわさ》レベルでしかないけど――あることはある。事件係もかなりの期待を込めてその線を追っとる。なんちゅっても俺、捜査畑出身だもんでね。

けどもが、俺が課長に説明した……っちゅうか雑談をしたのは、違法薬物の使用じゃないぞん。薬物の違法な使用だぞん」

「……どう違うの？」

「あっ、俺の表現が悪かったわ。

要は、適法に購入した薬物を、違法に他人に譲渡《じょうと》しとる――っちゅう意味」

「あっ、薬事法にいう医薬品の無許可授与か」

「あるいは無許可販売かも知れんぞん」

「いずれにしろ、典型的なパターンとしては、そうだな――

信者にやたら病院を受診させて、やたら処方薬を入手させて、それを教団として貯《た》め込んで、売り捌《さば》くなり譲渡するなりする、そういうタイプのアレか」

「そうそう、そういうタイプのアレだわ。

そして、この手の無許可販売等では、ターゲットはまず『向精神薬』だでね。事件係が今興味を持っとるのは、とりわけリタリンとハルシオン。今愛予《いま》では、このマーケットに異変がある。今愛予では、かなりの安定供給と、販売ルートの固定が認められる。まして刑事出身の俺に言わせれば、胴元はマル暴じゃない。俺がマル暴に展《は》っとる線からは、何の情報も入って来ん。なにひとつ。にもかかわらず、ビジネスは組織的で大胆。

となれば」

「胴元がMNであると考えても矛盾はない」

「まだ病院や薬局の基礎捜査をしとる段階だもんで、課長には『雑談』としかいえんけど、こりゃ当たればデカいぞん。無許可販売あるいは無許可授与なら、ここでもまた『営利性』『業として』を立証せんといかんけどもが、ところがどうして、敵サンがわざわざ大々的に売り捌いとる——っちゅうことならその立証は朝飯前だわ。罰則も、三年以下の懲役又は三〇〇万円以下の罰金。まさか軽微犯罪じゃないばかりか、法人そのものも両罰《りょうばつ》規定で処罰できる。

おまけに、このタイプの事件を立件できれば、どんどん事件を広げられる確率が高い。理由はカンタン。偽造処方箋《しょほうせん》で薬を騙《だま》し取る『有印私文書偽造・同行使』が立つかも知れんし、他人の健康保険証を使って処方箋を騙しとる『詐欺《さぎ》』が立つかも知れんもん。医者でないのに医業をした『医師法違反』、薬剤師でないのに調剤をした『薬剤師法違反』も考えられる。さらには麻薬取締法にも引っ掛かる——課長御案内のとおり、アレは『麻薬及び向精神薬取締法』だもんでね」

「さて、その『雑談』が『端緒《たんちょ》』に生まれ変わる確率は？」

「俺の刑事の勘《カン》だけが根拠でいいなら——マア四五％だわ」

「……依然、丁半博打《ばくち》かあ」

「課長、刑事道はバクチ道。内偵道もバクチ道。そりゃそうだわ、俺ら生きとる人間を相手にしとるんだもん。絵に描いたような事件、計画どおりの事件なんぞひとつも無いわ。

ただ、刑事道は職人道でもある。もしバクチの勝率が悪いなら、法令の許す範囲で、どうにかその勝率を上げる——勝負の土俵《どひょう》を整える必要がある。犬は歩いとっても棒には当たらん。こっちから棒に突っ込んでゆくか、そもそも棒を挿《さ》す工夫をせんと。

そして俺が思うに、俺は警備部門なんぞ蛇蝎《だかつ》の如《ごと》く嫌っとったけどもが、いやどうして、公安課の事件係は小西《こにし》班も和気《わけ》班もいい子が揃《そろ》っとるぞん。だもんで——あっは、俺を含めて——犬の駒《こま》は揃《そろ》っとる。いや粒揃《つぶぞろ》いだわ。それが懸命に事件化、事件化っちゅうて血眼《ちまなこ》になって、どうにか棒へ当たりに行っとる。夜討ち朝駆けアタリマエ、二交替制アタリマエで、官品《カンピン》のゴム靴減らしまくっとる。その努力は課長、まさか疑ったらいかんに？

時が満ちたらきっと、MNの喉元《のどもと》にガッと食いつく——そのときまで短気を起こしたらいかんわ。せっかく特上のネタ、用意してきたでのん、ほい」

「いや、事件係のことも兵藤補佐のことも全然疑ってはいないし——」ちょっと最後の部分が理解不能だったが、チラと掛け時計を見れば時既に一四五三《ヒトヨンゴーサン》である。「——むしろ短期間で集団密航・覚醒剤密輸・免状不実と、大きな実績も上げてもらっている。ゆえに疑っていないどころか、大いに信用し頼っている。だから、とりわけ最後に『雑談』をしてくれた薬事法違反等について――」

――ここで。

僕がこの課長検討《ケントウ》のまとめに入ったとき、宮岡次長が初めて口を開いた。

宮岡次長は僕と兵藤補佐が話している間、首を傾《かし》げながらずっと押し黙っていたのだが……いよいよ我慢できなくなった、という感じでポツリといった。その手にしたピースから、火先のダマがぽとりと落ちる。

「ほい兵藤補佐。あんた午前中儂《わし》とこ来て、確か『課長に大事な話がある』ゆうとったやろ。ほやけん儂はてっきり、いよいよMNの事件化ができる端緒《たんちょ》、獲《と》ってきたんかと……」

「ほい次長、獲ってきとりますけど」

――一瞬、僕は兵藤補佐が何を言っているのか解《わか》らなかった。

あざやかに脳内がバグる。

宮岡次長もそうだったようだ。ただ僕より数瞬先に我に返り、思わず大声でいう。

「た、端緒が獲れた、ゆうたか？」

「はい次長」

「MNの事件化のネタが獲れた、ゆうことでええか？」

「はい次長」

「……何でそれを早よ言わん!! あんたが課長室に入って、もう五〇分は経《た》っとろうが!!」

「いや俺も、それを先に説明せんといかんと思っとったけどもが……何せ課長から『これまで実施した捜査の報告をしろ』『これまでの捜査を整理しながら進捗状況を教えろ』っちゅう下命《かめい》を受けたもんだで、まずそれを説明せにゃならんのかと思ってのん」

「た、ただ兵藤補佐」僕も焦燥《あわ》てて訊いた。「確か、着手できるようなネタは全然ないと」

「そりゃそうだわ。まだ端緒の段階だもんでね。

イザ着手できるまで、詰めんといかんことが腐るほどある。捜査が順調に行っても、着手はマア、ぎりぎり年内かあるいは年初か――」

「そ、それで、その端緒というのは。事件化のネタというのは」

……兵藤補佐は、トボけた性格をしているが、まさか底意地の悪い警察官じゃない。まさかだ。

だから、どこまでも悪意なく、この課長検討《ケントウ》の小一時間ずっと――いや僕についていえば着任日から約二箇月間ずっと――僕が心の底から待ち望んでいたそれを、そっと課長室の応接卓上に載せた。それはA4三枚紙ほどの資料だった。いや資料というより、

『証拠そのものの複写』というべきだ。何故《なぜ》ならばそれはどう見ても、捜査関係事項照会書で入手した、何者かの銀行口座の記録だったから。要は、通帳のコピーみたいなもんだ。

「兵藤補佐、これは？」

「これはMNの在家信者、小川裕美《おがわゆみ》二十八歳の、愛予銀行・普通預金口座の記録だわ。そして、ここ――

一九九九年九月一日、これ水曜日だけどもが、シヨクギヨウアンテイキヨ、なる所から一〇万七、一四五円の振込。

さらに、ここ――

一九九九年一〇月六日、これも同じく水曜日だけどもが、シヨクギヨウアンテイキヨ、なる所から一四万二、八六〇円の振込。

とくれば、もう説明の必要はないらあ？」

僕と次長は思わず顔を見合わせた。もし、パターンに入っているのなら……

「兵藤補佐」先に訊いたのは次長だった。「当該小川裕美、稼働先はどこなんぞ」

「三河屋《みかわ》――っちゅう弁当屋。大手チェーンじゃない。個人経営の、街の弁当屋さん。ちなみに第五係の伊達補佐に確認したかぎり、経営者・大崎有子《おおさきゆうこ》にMN色は確認されず」

「雇用保険の」次長は紫煙《しえん》をぶわっと吹いた。「不正受給か‼」

「テンプレだ」僕は思わず立ち上がる。「通帳からして、受給の事実はガチガチのガチ。あとは当該弁当屋における稼働《かどう》実態さえ押さえれば――」

「……実は、その九月一日から」

兵藤補佐はニヤッと笑った。刑事にはそういう性がある。稚気《ちき》と漢気《おとこぎ》と功名心《こうみょうしん》が――

「一項詐欺《いっこうさぎ》被疑者・小川裕美には、事件係が一個班・二交替制で貼り付いとるわ」

64

時刻は同日、一五一〇《ヒトゴーヒトマル》。

あまりに衝撃的な吉報をもたらして、兵藤補佐は課長室を出てゆく。

課長室に残った……いや残された次長と僕は、あらゆる意味で、今後の段取りを調整しなければならなかった。

「課長」当然、次長は訊く。「本庁報告はどうなさいますか？」

「問題はそれだよね。警察庁特対《トクタイ》室の逆ザシキ……じゃなかった牟礼田《むれた》補佐も、警察庁〈八十七番地〉の鷹城理事官も、ＭＮ事件化《ジケンカ》の端緒《たんちょ》を渇望《かつぼう》しておられるから。ましてこれは警備事件。警察本部長指揮事件であるばかりか、警察庁即報《ソクホウ》事項でもある。だから警察庁に忠誠を尽くすとすれば、只今《ただいま》この瞬間にでも御両者に警電を入れるべきだろう」「ただ、そうなると」次長は七本目のピースに着火した。「只今この瞬間の次の瞬間には、当課はお祭り騒ぎです」

「だろうね。大人《たいじん》の鷹城理事官はともかく、現場の尻《ケツ》叩きが本懐《ほんかい》だと勘違いしている牟礼田補佐なら――当然自分の上官ウケも狙《ねら》って――『直ちに事件チャートを送れ』『直ちにPowerPointのプレゼン資料を送れ』『直ちに一件書類をあるだけ送れ』『直ちに捜査本部の体制表を送れ』『直ちに今後の捜査方針を送れ』云々《うんぬん》と、現場の捜査活動には何のプラスにもならない小役人仕事を、三分置きに下命《かめい》してくるだろうから」

「といって、これ警察庁即報事項ですけん、オモテにもウラにも黙っとったら、私と課長の首が飛ぶことは確実ですぞな」

「ただ、まだ事件の最初の一頁《ページ》の最初のひと文字を読んだようなもの。この事件の物語が無事検挙までゆくかどうかなんて、誰にも分からない……

とりわけ、被疑者であるMN在家信者の小川裕美とやら。なるほど当該《とうがい》小川が職安《ハロワ》から雇用保険を受給しているのは一〇〇％確実な事実に思えるけど、僕らにとってより重要なのは、『にもかかわらず』『法令に違反して』『就職・就労をした』という事実の方だ。

裏から言えば、就職・就労がなかったとか、法令で許される内職・バイトの範囲だったとか、その届出もキチンとしているとか……そんなことが直ちに解明できてしまっては、大山鳴動《たいざんめいどう》して鼠《ねずみ》は鏖殺《みなごろ》しだよ。少なくとも、僕と次長と管理官とが警察庁特対室に呼びつけられて、そうだなあ、四時間は特対室長の査問《さもん》を受けることになるだろうね。

ゆえに――

事件係の内偵結果をもう少し詳細に聴きたい、知りたい。

同時に、渡会警備部長は当然のこと、当県の最高指揮官である東山本部長の指揮を仰《あお》がなければならない。当然、警察本部長への重要事件の指揮伺《うかが》いとなれば、そりゃ半日ないし一日掛かっても全く不思議じゃないだろう。実際のところは、あっは、あの東山本部長のことだから、『おう、よかったな‼』『いや説明はいいんだよ、やればいいんだよ、やれよ』『任せた』『俺がいるうちに着手だぞ‼』云々《うんぬん》といいながら、五分でハンコポンしてくれるだろうけど、さすがにそんな事情は、警察庁には分かりゃしないもの。

よって結論。明日木曜日にもう一度事件係から詳細なレクを受けつつ――特に小川裕美の『三河屋』なる弁当屋における稼働《かどう》実態についてだけど――警備部長と警察本部長の御決裁を頂戴《ちょうだい》して、そうだね、夕方の四時くらいを目途《もくと》に、鷹城理事官と牟礼田補佐に警電を入れよう。そしてそのあいだに、警察庁が要求してくるであろう基礎的な資料を作成し終えてしまおう。CSZ‐40だと、また余計な時間も掛かるからね」

「了解しました」次長は頷《うなず》いた。「しかし、いざ端緒があったらあったで、警察らしいしみじみとした部内政治《ブナイ》がありますねえ……ほしたら、兵藤補佐には明日の課長レクの準備と、必要な基礎資料の作成を命じます。あの調子なら、どうせ事件チャートも作り終えとるでしょうし。ほんで私は、警備部長と警察本部長に御覧《ごらん》いただくA４一枚紙を用意しておきましょうわい。で、問題の警電にあっては、大変申し訳ありませんが課長の方から――」

「いや、それは渡り鳥の僕の仕事だから、いっさいの気遣い無用で」

「恐縮ですぞな」

牟礼田補佐は警察庁の中堅警視だから（当然僕より偉い）、次長・管理官から報告をするのは警察文化に抵触《ていしょく》する。まして、鷹城理事官は警視正だから何をか言わんやだ。それに、赴任した都道府県警察と警察庁とのリエゾンをやるのは、渡り鳥であるキャリアの義務であり本旨《ほんし》である……やはり現場警察官にとって、警察庁とのやりとりは、たとえ腰が引けるようなものではないにしろ、神経に負荷が掛かるものだから。実は僕自身もだが。

あと、ここで。

大望の端緒を獲《え》た僕らが、直ちにその事実を警察庁に上げないことには理由がある。これは警察文化によるというよりも、日本の組織文化によるところ大だろう。僕は学生時代のバイト以外、民間で勤めたことはないが、民間企業とて、『一億円の商談が成立しました!!』『一〇億円の融資が得られました!!』『一〇〇億円の契約がとれました!!』などと報告してしまった後で、『……いややっぱりそれは間違い／勘違い／はやとちりでした』ではすまされないはずだ。何故そんな大事なことでそんなド派手な勘違いをするんだ、と激昂《げっこう》されるに違いない。だから報告する側としては、できるだけ話を詰めてから報告したい。ところが、万一上司の方《ほう》に先に話が漏れてしまったり、はたまた報告を遅らせて話が確実になるのを待ってから上司に上げたりすると、『何故そんな大事なことを最初に言わないんだ!!』と激昂されるのも疑いない。話を直ちに上げないのもマズいが、話を直ちに上げすぎるのも、我が国の組織文化上、問題が多いのだ。おまけに、話を直ちに上げれば上げるほど『あれはどうした』『これはどうなっている』『その資料をすぐよこせ』という報告仕事・書類仕事が激増し、本来の商談なり融資なり契約なりに割く時間がごっそり持っていかれるという弊害《へいがい》もある。民間企業の本社と支社、本店と支店ではそのようなことザラだろう。まして警察は役所だ。その組織編制も警察庁－警察本部－警察署と、キレイな本店支店関係になっている。おまけに警察は体育会系体育会だから、本社なり上司なりの締め付け締め上げにおいては、民間では想像を絶するような脅迫なり恫喝《どうかつ》なり罵詈《ばり》雑言《ぞうごん》なりも飛んでくる。僕など幾度アンポンタン、オタンコナス、トンチンカン、死ね、二度と顔を見せるな、出入り禁止だと面罵《めんば》されたことか。……僕は警察庁からの渡り鳥だが、現場におけるこうしたジレンマは、この二箇月で嫌というほど味わってきた。ゆえに次長以下、部下職員にはそれを味わわせたくないし、現場指揮官として腰を引きたくないとも思っている。無論、敬愛する東山本部長や、可愛がってくれている渡会警備部長に迷惑を掛けたくないし、恥を掻かせたくもない。

（これらの関数から、明日の午後に警察庁報告——というのは、まあギリギリ許されるタイミングだろう。実際、この端緒は次長と僕にとっても青天《せいてん》の霹靂《へきれき》、つい十五分前に聴きたてホヤホヤの、第一報ちゅうの第一報なのだから。それを小学生の伝言ゲームよろしく警察庁に伝えるなど、むしろ非常識だろう。

それに、警察庁には悪いが……結局これは東山本部長の指揮なさる事件であり、ゆえに、現場指揮官の僕に全権が委《ゆだ》ねられる事件だからな。いよいよ端緒を獲たこの事件、どう料理するかは任せてもらわねば。細工は流々《りゅうりゅう》、仕上げこそ御覧《ごろう》じろだ）

「あっ、ほやけど課長」次長は思わず手を拍《う》った。「明日の午前中は、課長、年休を取られる御予定ですぞな。午前八時三〇分から午後〇時三〇分までの四時間休」

「あっそうだ、しまった、今現在いちばん大事な予定を忘れていた……

あれって、もう警備部長の決裁はとっちゃったよね？」

「既に決裁は頂戴しとりますが、年休は権利ですけん、変更も放棄も可能ですぞな」

「書類上問題がなければ、そうだね……ちょっと悪いけどこの年休、どうしても譲《や》れない予定があるんで、まるまる取り止めるわけには……

ゆえに、午前八時三〇分から午前一〇時三〇分までで、警備部長決裁と年休簿、やり直してほしい。とはいえ無論、午前中に検討《ケントウ》時間がほしいんで、午前一〇時過ぎには登庁するよ」

「宮岡警視了解しました。

ちなみにその御用事の詳細ですが……私が承知しておくべき部分があれば」

「いや、今現在は何もない。純然たる充電とリフレッシュ。そう考えていてもらえれば」

「それならばそれも了解です。

おっと、喋《しゃべ》っとる内に時刻は一五一五《ヒトゴーヒトゴー》。課長、朝の打ち合わせでお伝えしたとおり、第三係と第四係の〈八十七番地〉での課長検討《ケントウ》は、一六〇〇《ヒトロクマルマル》から組んどります。

これから警察本部をお発《た》ちいただいて、レベルEの防衛《ボウエイ》体制ゆえ、現地まで一五分弱――庶務係の谷岡係長が、引き続き課長車の運転を務めます」

「了解。じゃあこれから準備ができ次第、ここ警察本部を出るよ。

念《ねん》の為《ため》だけど、音楽隊員としての指定書は引き続き有効だね？」

「むろん有効です。警察本部長からの指定書は、本年一二月三一日までとなっとります」

「週二の、定期練習の参加についての警備部長の御決裁は？」

「既に昨日、花押《かおう》を頂戴しとります」

「了解。それじゃあ『県民みかんホール』経由で、当県〈八十七番地〉へ。きっと検討《ケントウ》は定時の一七一五《ヒトナナヒトゴー》を越えるから、検討《ケントウ》が終わり次第直帰《ちょっき》——というか野暮用《やぼよう》に出ます。公安課へは帰らないので、何かあったらいつもどおり携帯を鳴らして。

じゃあまた明日の一〇〇〇《ヒトマルマルマル》過ぎに。それまでにできることは、諸々《もろもろ》任せるよ」

「課長も既にお慣れじゃ思いますけん、過干渉の母親みたいなことは申しませんが——事故は慣れてきた頃に起こります。むろん防衛《ボウエイ》には配置しますが、御自身でも充分な御警戒を」

「司馬警視了解」

「ほしたらいったん。宮岡警視退《さ》がります」

——次長が課長室を出てゆく。独りになった僕は、一六〇〇《ヒトロクマルマル》からの課長検討《ケントウ》に必要な文書をアタッシェケースに入れた。これに隠微《いんび》な細工がしてあるのは既述のとおり。そして直帰ゆえ、課長用公用パソコンの電源を落とし、引き出しその他に必要な施錠をし、肌身離さず持つべき鍵《かぎ》は持ち、執務卓上が『更地《さらち》』になったのを確認する。右ヨシ左ヨシ。問題なし。

日頃の癖《くせ》どおり、三つ揃い《スリーピース》の皺《しわ》とネクタイの結び目と革靴のテリを確認する。こちらも問題なし。それでは。

「彦里さん」僕は課長室を出ながら彦里嬢に声を掛ける。「情勢が落ち着いているから、音楽隊の定期練習に出るよ。悪いけど倉庫の楽器と楽譜、それから」

「あと譜面台ですね。了解いたしました、すぐお持ちします」

「願います。あと谷岡係長――」運転手の谷岡警部補も庶務係の島《シマ》にいる。「――じゃあそんなわけで悪いけどいつもどおり、『県民みかんホール』まで乗せていって」

「ハイ課長、もう次長から聴いとります。

エントランスの車寄せで待っとってください。概《おおむ》ね五分後に課長車を回します」

「願います」

僕は最後に、庶務係のいちばん奥に大きなデスクをかまえる次長にそっと頷《うなず》いた。次長もそっと頷き返す。そのあいまに彦里嬢が、僕愛用の、私物の、ホルトンのダブルホルンと楽譜そして譜面台を持ってきてくれる。僕は右手にアタッシェを、左手にホルンのケースを持ち、左脇《ひだりわき》に譜面台と楽譜を挟《はさ》むと、例によって例のごとく課員に自分の動静を伝える――

「それじゃあ音楽隊の練習経由で直帰します、お疲れ様!!」

お疲れ様でした!!

例によって例のごとく、課員の腹筋の利《き》いた声が公安課に響く。

僕はそれを背に公安課を離れ、八階エレベーターホールに出、二機あるエレベータのうち先着した一機に乗り、そのまま警察本部一階に下りた。

エントランスの自動ドアを出ると、立番《りつばん》警察官が敬礼をする。僕も答礼する。胸に着装した警察本部員の徽章《きしょう》——APバッジを外し、そのまま、自分の姿を見せ付けるように車寄せでポカンと立っている……立っている……

やがて三分も待たない内に、地下駐車場から、谷岡係長の運転する課長車がやってきて、バカみたいにポカンと立っている僕の眼前で停まった。助手席が、ちょうどキレイに僕の真正面へ来る。谷岡係長は、これまた何の警戒心も見せない感じで、運転席から下りてきては僕の楽器・楽譜・譜面台をトランクに入れる。僕は、それを終えた谷岡係長とほぼ同時に課長車に乗った。課長車がエントランスを発車するとき、また立番警察官が軽く敬礼をする——

「課長、次長に確認はしましたが」谷岡係長がいった。「レベルEでよろしいですね？」

「うんもちろん。すなわちノーガード。むしろ見せ付ける感じでいい」

「……毎度毎度のこと、言うてええですか？」

「予想はつくけど、もちろんだよ」

「課長には後部座席のほうに乗ってもらわんと、私、次長にまた気合《くうき》を入れられるんですが……」

「大丈夫だってば。次長とて僕が車移動嫌いだってこと知っているし。もっといえば、車酔いする方《ほう》だってこと知っているし。それに後部座席だと街の様子が分からない。課長職なんてのは、下手をすれば週に一度も庁外に出ないんだから、たまに出たときは目一杯、当県の治安情勢を確認しておかないとね、あっは」

「まあ私としては道中退屈しませんけん、お隣に乗っていただくのも嬉《うれ》しいんですが。ただ、各警察署ではちょっとした話題になったそうですよ。着任挨拶のとき。新しく来た公安課長は、随行《ズイコウ》の部下を後部座席に乗せて、自分は飄々《ひょうひょう》と助手席から下りてくるって。出迎えの副署長のほとんどが、随行の赤松補佐なり内田補佐なりに最敬礼をしたあとで、『それにしても年を食った二十五歳じゃの……』『助手席から下りてきた鞄《かばん》持ちは妙にめかしこんどるの……』と、ちょっとした混乱に陥ったとか、あっは」

「だって諏訪《すわ》署とか御油《ごゆ》署とか八幡島《やわたじま》署とかって、高速道路を使っても四時間五時間だよ？　そんな道中で後部座席だったら、車酔いが昂《こう》じてもう受傷事故《ジュシヨウジコ》いや殉職《じゅんしょく》だって。瀬戸内海を越えてやってきて、ああ、日本ってまだこんなに広いんだなあって実感したよ」

　水曜日の昼下がりとあって、中心市街地の道路事情は比較的よい。これが夕刻になれば、通勤ラッシュではないが、どこからともなく腐るほど車がわいてきて、四、五㎞先

の郊外へ抜けるのにも二〇分掛かったりするのだが。そうだ。日本って田舎といえども
そんなに混雑しているのだ。実際に行ってみないと分からないことは多い。それは、当
課の事件捜査なり実施《ザツへ》なりについてもいえることだが……
「音楽隊の定期練習は久々ですね、課長」
「流石《さすが》にね……意外に来る日も来る日も書類仕事が多くて。しかも、実際には幽霊隊員
というかニセ隊員だから、そうしばしば音楽隊にお邪魔をするのもなんだか悪い気がし
てさ」
「私、先月の音楽隊月例コンサート聴きにいきましたよ。昼休みに、一〇階大会議室で
開催されたあれ」
「うげっ、先月のってそれ……いや、わざわざ聴きにこなくてもいいのに‼」
「次長が『手ぇ空いとる者《もん》は総員出動じゃ』『割れるような拍手を忘れるな』ゆわれと
りましたけん、あっは。
けど課長、課長がいきなり音楽隊のコンサートに出られる腕前とは知りませんでした。
学生時代とかから嗜《たしな》んどられたんですか、あの蝸牛《かたつむり》みたいな奴？　確かホルン、いいよ
りましたか――」
「……まあ小学校から大学まで、真似事をやってはきたけどね。ただ警察音楽隊となる
と、もうバリバリの音大出がザラだから。それもうオリンピック選手級だから。まさか

素人《しろうと》が真っ当に御一緒できるもんじゃない。

ただ、音楽隊の楽長さんの強い御希望でもあったし、知ってのとおり次長は元々広報室長——すなわち音楽隊長だったたからなあ。ものすごく気後れしたし恥ずかしかったけど、こんな胡散臭《うさんくさ》いお願いをしている身でもあるから、なかなか断り切れなくて。ああ、そうそう、先月の月例コンサート!!　思い出してきた!!　あれは大恥を掻いた……ソロまであったし!!」

「いや、楽長としては嬉しい思とるはずですよ。

警察もリストラが進んどりますけん、常設の音楽隊に常勤の音楽隊員を置く——ゆうんはなかなか厳しい。ほやけん、音楽隊員はほとんどが普通の警察官として、普通の警察業務をこなしとります。そうなると、日々の業務に追われますけん、定期練習もなかなか難しいし、そもそも自分の署長なり課長なりが音楽隊活動に理解がある人ばかりじゃないですけんね……露骨に『人出し』『実質的な定員減』を嫌う所属長もおるんです。

そんな中、確かに『警備部』ゆうのはよう解らんけど、いずれにせよ庶務担当課長が自ら音楽隊活動に参加してくれるゆうんは、楽長としても音楽隊員としても、嬉しいとは思え、まさか迷惑だとは思わんでしょう。

楽長が司馬課長にあれこれ気を遣いよるのも、そのあたりの政治が絡《から》んどります

「大人の組織、大人の会社っていうのは……」

その主成分はしがらみで、ゆえに政治だね」

「そのこと自体は不可避ですし、良い悪いもないでしょう。要は、ええことに使うかどうか、それだけかと」

「まあこの陰謀とも謀略ともいえない小細工が、いいことかどうかは神のみぞ知る、だな」

「いえ確実にええことです」

「というと？」

「既に単車が二台、リレーでエスコートに着いてくれとりますけん!!」

「おやまあ。退勤時間より二時間弱も早いのに、よく捕捉《ほそく》できたもんだ──どこの客人？」

「識別できません。となれば」

「谷岡係長に識別できないのなら、それは新規顧客──MNだろうね」

「御下命《ごかめい》があれば切りますが」

「いや、レベルEだからこのままでいい。むしろ『県民みかんホール』入りを目撃してくれた方が有難い。釈迦《しゃか》に説法《せっぽう》で悪いけど」

「ほしたらこのまま、ブラブラと」

「そう、極めてゆったり、ブラブラと」

──既に会話から、あるいはその機知から解るとおり、谷岡係長はノーマルな庶務係長でもなければノーマルな運転手でもない。その実態は無論、当県〈八十七番地〉の若きエリートである。今現在はもちろん、大部屋にもしれっと素顔で座っている公然要員になっているが。しかしながら、『車種も塗色《としょく》もナンバーも割れている公安課長車』の運転手役として、上等にも課長車に集《たか》ってくる虫たちを、即座に発見して識別することもできれば、その運転技術で虫から即座に離脱することもできる（ちなみに谷岡警部補は当然、いわゆるP検──パトカー技能検定の一級を持っている。P検はPC勤務でなくとも使い甲斐《がい》があるのだ）。

ただ谷岡係長にとっては残念なことながら、今現在、僕らに集《たか》っている単車を切る必要はない。僕は飽くまで、警察本部長に指定された音楽隊員として、直属上官である警備部長の練習許可まで頂戴して、音楽隊の定期練習場所である『県民みかんホール』に赴《おもむ》いているだけのこと。すべての書類と手続は整っており、誰からも文句を言われる筋合いがなければ、むしろ誰からも目撃された方が都合がよい。そのために、恥を覚悟で音楽隊月例コンサートにまで参加し、音楽隊員としての公然たる活動実績を積んでいるのだから──

「おっと課長、あと三分で現着《ゲンチャク》です」

「了解。いつもどおり堂々と正面玄関前で下ろして。楽器その他もそこでもらうよ」

当該《とうがい》三分のあいだ、今日の単車のお客さんの追っ掛け技術を評価したりしていると、課長車はたちまち『県民みかんホール』に着いた。ここには地下駐車場が設置されているが、地下に入ってしまっては、実はこちらがおもしろくない。

僕は路肩《ろかた》で課長車を下り、谷岡係長がハッキリした仕草で渡してくれる楽器・楽譜・譜面台等を『県民みかんホール』前で受けとると、谷岡係長に大きく腕を振って別離の仕草をした。これを見ているのは無論単車二台のお客さんだろうが、実はそれ以外にも、確実にこれを視認《しにん》している者はいる……

（警察本部から、北東に二・五kmを一〇分で。実に標準的だったなあ。流石は谷岡係長）

僕はちょっとした荷をどっこいせ、と抱えつつ、『県民みかんホール』のエントランスを潜《くぐ》った。ここは文化会館ほどの施設ではないが、六二五席のコンサートホールと二五〇席の舞台とを備えた、立派な芸術拠点である。もちろん多数の楽屋があり、はたまた多数の会議室、あるいはレストランにカフェまである。また、二年前に落成したばかりとあって、地上二階地下二階の施設には、バブルの残光と新築の初々《ういうい》しさがあふれている。愛予県警察の音楽隊は、宮岡隊長時代の懸命の予算措置のかいあって、ここ『県民みかんホール』のリハーサル室を、週二回の定期練習に用いることができていた。

——僕は広々としたホワイエを、エレベータ目指して進む。

平日の昼下がり。特段のイベントもない。人気《ひとけ》もなければ、エレベータはすぐに来た。

そのまま地下一階へ。そして地下一階のリハーサル室へ——

ギィ、と防音の二重扉を開くと、そこには総員三一名の愛予県音楽隊員がそろってい
た。そろっていた、といっても、銘々《めいめい》がかなり自由に、銘々の音出しやメンテや練習を
しているのだが。

「お疲れ様で〜す!!」

お疲れ様です!!

本格的に腹筋の利いた挨拶が、僕を迎えてくれる。

僕はもう一度、真のプロたちに頭を下げると、楽長の下へ脚を進めた。何の偶然か、
楽長の専門もまた僕と同じホルンである。だからこそ『五番ホルン』だなんて、いても
いなくても大勢に全く影響のないポストを用意してくれたのだが（ホルンは四人いれば
よい）。

「お疲れ様です、楽長」

「お疲れ様です課長。

宮岡隊長……いや宮岡次長はお元気ですか？」

「いや元気も元気。日々怒られてばっかりですよ、あっは」

「でも宮岡次長には元気なままでいてくれなければ困ります。音楽隊長までやってくれ
た方《かた》が、将来の筆頭署長や刑事部長になる——それだけで、音楽隊がどれだけ動きやす

くなることか。

それで課長、今日は基礎練習に御参加いただけますか？」

「それがすみません、もう三〇分弱もすれば違う予定が入っていて……今日はメンテと音出しだけで失礼します。さすがに公安課長室や官舎で楽器を吹くわけにはゆかないから」

「了解しました。ちょうど海野楽器さんがいらしてますんで、どこか不調があったら何でもお訊《き》きになるといいですよ」

「有難うございます」

それじゃあ時間が来たら、楽器と一緒にそのまま出発しますんで」

「来月の月例コンサートにも席を用意してありますから、できるだけ練習時間を確保してくださいね――あっこれ来月用の楽譜です。宮岡次長から聴いて、課長の楽譜ファイルの中にある曲から選んでおきました」

「ら、来月の月例コンサートも出ないと駄目？」

「駄目です。課長が出るのと出ないのとでは、士気と集客に大きな違いが出ますから」

「ま、まあ集客の大部分は公安課員だと思うけど……それに士気はあまり上がらないとは思うけど、いずれにしろ司馬警視了解です。でも、機関誌用に僕の写真撮影をするのはもう駄目ですよ。あと、あんな立派な額縁に拡大写真を入れてくれるのも」

「お気に召しませんでしたか？」

「真逆。官舎にあんな立派な写真を飾っていると、昔を思い出して、へっぽこ音楽家の血が騒ぎすぎるから……渡り鳥であることを忘れちゃうから。それじゃあいったん!!」

僕は楽長に頭《こうべ》を垂《た》れると、いよいよ楽器と楽譜と譜面台のお店を開いて、楽器の調子をさぐりつつ息を通し始めた。音楽隊に出入りしてくれる海野楽器さんと、にこやかに雑談をかわしたり、同じホルンパートの先輩各位と、楽譜を前にちょっと議論をしたり、はたまた、生徒時代・学生時代から躯《からだ》に染《し》み着いている基礎練習をしてみたり――

そんなこんなで、たちまち時刻は一五五〇《ヒトゴーゴーマル》過ぎ。

（おっといけない。思わず自分の仕事を忘れるところだった）

僕は楽器の店仕舞いを始めた。急いでやればさしたる時間は掛からない。そのまま楽長と、いよいよ全体練習を開始しようとしている音楽隊員各位に頭を下げ、地下一階リハーサル室を出る。出たところで、エレベータ目指して歩きながら、携帯電話を架けた。

「――出ます」

『了解です』

携帯電話を切りながらエレベータを呼ぶ。またすぐに来た。ただし今度は、往路《おうろ》の地上一階ではなく地下二階へ。地下二階は、施設の規模に見合った地下駐車場だ。正確には、四七台分の駐車スペースがある。そして地下二階でエレベータを下りると、ちょっとしたロビーの先は、すぐさまコンクリの駐車場に通じる自動ドア。
――僕が、荷とともにその自動ドアを開くと。
もう眼前には、あたかもタクシーが客待ちをするように、一台の車が停まっている。
宅配便のバンだ。この御時世《ごじせい》、県内のいや全国のどこでも目撃できる奴。
（今日は宅配便か。
郵便車に引っ越しのトラック、介護車両にロードサービスの車。果ては救急車に、
様々なタクシーに至るまで……よくもここまでのものを調達できるものだ）

66

バンは直ちにドアを開ける。下りてきた者が僕の荷を回収し、また、僕自身をたちまち回収する。そのまま地下駐車場を何気《なにげ》なく走行し、むろん精算に手間取ることなどなく、やや急峻《きゅうしゅん》な地上へのスロープを登坂し、すぐさま地上へ。そしていよいよ渋滞の始まりつつある国道を、周囲の車に溶け込みながら、するする、するすると進んでゆく
――ただするすると――
僕は今日も無事『県民みかんホール』から離脱できたことを確信しつつ、宅配便のバンの運転席を見る。見た途端《とたん》、思わず声を上げてしまった。

「あれっ、内田補佐御自《おんみずか》らの運転？」

「そりゃあもう」第四係の内田警部がいった。「課長の御来臨《ごらいりん》は、実に一箇月ぶりですけんね。〈八十七番地〉の総力を挙げて歓待せんといけんじゃろ、思いまして」

「うわあ、恐《こわ》い。行く先も恐ければ担当補佐も恐い……手の震えが止まりません」

「私、もう課長にお仕えして長いですけんねえ」内田補佐は空々しい嘆息《ためいき》を吐《つ》いた。

「課長のおっしゃることの九五％は冗談――ゆうんはお見透しですぞな、もし。課長サン顔は流行《はや》りの野茂や松坂に似とられるけんど、十に一つもマジメなこと言わんと、公安課内全体に響き渡る莫迦《バカ》笑いで次長をホトホト泣かせとられますけんねえ」

（――いや、今《いま》僕がいったことは残りの五％に入るんだけどな）

そう、それが警察庁であろうと、愛予県警察であろうと……

〈八十七番地〉ほど戦慄《せんりつ》すべき係は、日本の何処《どこ》にもありはしないのだ。

67

ひとつの部屋を思い浮かべて！

当面、その部屋がどこにあるかは問題ではない。ただ、他のいかなる場所よりも、その部屋の中に愛予県警察〈八十七番地〉が存在していると、いっておけば充分だろう。

「課長、お疲れ様です」

「お疲れ様、管理官——」

あと丸本《まるもと》補佐、二日ぶりになるね。そうそう、いつも釣果《ちょうか》や山菜、旬のものの類《たぐい》をありがとう。それをいったら、誕生祝いをかねた七夕の笹《ささ》とか月見団子とかもだけど。お裾分《すそわ》けする東山本部長や出崎捜二課長も、とてもよろこんでくれるよ」

「いえ私は何も。全《すべ》て管理官の御下命ですし、そもそも猟師たちが多芸多才なだけですので。また飲み会で是非《ぜひ》とも親しく褒《ほ》めてやってください」

「それはもう!!」

管理官とは無論、当課の藤村《ふじむら》管理官だ。管理官は愛予県〈八十七番地〉の首魁《しゅかい》である。あえて警察庁で喩《たと》えれば、鷹城理事官のポストに相当しよう。当県において〈八十七番地〉を指揮監督する藤村管理官は、銀行員とみかん農家を足して二で割ったような牧歌的な印象をふりまきつつ、その実、第三係・第四係のあらゆる実施《ザッヘ》を——それが営業《エイギョウ》であれ日記《ニッキ》であれ防疫《ボウエキ》であれ——直接管理している恐るべき警察官だ。もし管理官が敵方に寝返ったなら、その被害は甚大《じんだい》どころの騒ぎではなく、また全国警察に波及するものとなるだろう。といって、まさか安手のスパイ小説のように、女性警察官を使ってとろけるようなハニートラップを仕込んだり、失態を犯した部下をいきなり死刑にしたり、道ですれ違ったテロリストを傘の先端のひと突きで暗殺したり、捕らえてきた女スパイをあてもないこうでもない形で拷問《ごうもん》するような、まあそんなロマンチックなことはしない。

まさかだ。

違法行為は絶対に行わない、違法だと裁判所に判断されうる行為も絶対に行わない——というのが、実は〈八十七番地〉の鉄の掟《おきて》だから。

それは、例えば諸外国に比べればなまやさしすぎるのかも知れない。費用対効果を考えればマヌケで、迂遠《うえん》に過ぎるのかも知れない。

しかし、僕らは飽くまで警察で、警察官である。それが僕らの限界で、かつ、職務倫理でもある。警察官が違法行為をすれば事件など立たない。警察官が違法行為をすれば対象勢力を利するだけだ。対象勢力に、公務員スキャンダルのネタを自ら提供してやることほど愚かしいことはない。暴露戦術で、国会でも県議会でも公安委員会でも、あるいは新聞でもTVでも週刊誌でもボコボコに叩《たた》かれてしまうから。そしてそのとき、ありとあらゆるオペレーションは無期限停止に追い込まれ、県民からは怒声罵声《どせいばせい》を染《あ》びせられ、言い訳の作文を書くだけで何箇月も何箇月も掛かり、おまけに法令違反にともなう懲戒処分者まで大量に出してしまう……

ゆえにむしろ、違法行為は絶対に行わない、というのが合理的な危機管理となるのだ。

（まあ、そんな難しいことを考えなくとも、藤村管理官は実は、縁側《えんがわ》で落語を聴きながら金魚を眺めているのが大好きな、社会的には極めて平凡かつ無害なおじいちゃんなんだけど）

――その一方で。

「課長、今朝は決裁に伺うことができず、申し訳ありませんでした。お聴き及びかと思いますが、例の〈マルチノ〉〈ガブリエル〉対応で、夜を徹しておりまして」

「うん丸本補佐、それはむろん聴いている。懸命な実態把握に努めてもらって、嬉しく思う――

問題自体は、頭を抱えたくなるほど深刻だけどね。まあ仕事は笑顔で、だ」

「ともかく、どうぞお掛けください」

「ありがとう」

僕は、ある意味迷路の奥にあるともいえるこの部屋の、唯一《ゆいいつ》の応接セットに座った。既に見たことはあるが、いつ見ても年代物だ。どう考えても僕より年上だし、昭和の半ばからあるといわれても全く違和感がない。想像するに、公安課長室の応接セットのお下がりなのだろう。

――応接セットは、四人掛けだ。

僕が片方のソファに独りで、そして管理官と補佐がもう片方にふたりで座る。

そして他に誰かいるかというと——実はいない。

ここを本拠地のひとつとする、第三係の猟師あるいは忍者たちは、まさに実施《ザッヘ》の真っ最中ゆえ、誰ひとり室内にはいない。僕を『県民みかんホール』から回収等した忍者らも、既に通常任務に復帰しているはずだ。そうすると、あとは……

「ああ、課長、すんませんすんません、車入れとったけん——おや、儂《わし》の席がないぞな」

「何を今更、遠慮する間柄でなし、そんなキャラクタでもなし……」僕は笑った。「どうぞ僕の隣にお座りください内田補佐。ガッチリ開けておきましたから」

「ほしたら、がいに緊張するけんど、マア遠慮なく」

ひょいひょい、と厳《いか》めしい部屋に出現して、ひょいひょい、と僕の隣の空席に座ったのは、やはり僕を宅配便の車で回収してくれた内田警部だ。これで応接卓には、必要な四人が集《つど》った。管理官の藤村警視。第三係の丸本警部。第四係の内田警部。この三人が愛予県〈八十七番地〉を動かしている。

——ここで、内田補佐については、その外貌《がいぼう》等を改めて説明するまでもない。僕の着任日に、ホテルまで迎えに来てくれたぞなぞなコロンボである。当課一、といってもよい人懐《ひとなつ》っこさが売りだ。また、ゴルフの腕前も当課トップクラス。コンペの都度、あの広川プロとにぎっているというから（違法行為は行わないので、一時娯楽物に限られるが……）、そのセンスは並大抵のものではない。第四係のキャップとして、警察署の猟師たちを指揮しているが、実によい人事だと思う。この胡散臭《うさんくさ》いほどの人懐っこさと意外に緻密《ちみつ》なセンスがなければ、一癖も二癖もある猟師たちに言うことを聴かせるなんてできはしない。

他方で、第三係のキャップとして、警察本部の猟師たちを直轄《ちょっかつ》している丸本補佐は、またキャラクタが異なる。まず外貌からして、内田補佐とはまるで違う。当課主流のメガネ派であることは別論として──ノンメガネ幹部は僕と伊達補佐と兵藤補佐だけだ──その眼鏡も昔の軍人さんのごとき綺麗《きれい》な丸眼鏡。それがまた、若々しく整えた短髪とあいまって、なんとも不思議な印象を与える。喩《たと》えるなら、武闘派の坊さんというか、俳人《はいじん》に化けた忍者というか……

そして実際、当課の補佐の中では気鋭の、若い部類に入る。眼前の内田補佐は確か五十一歳だが、丸本補佐はといえば確かまだ四十三歳である。当課最年少補佐が四十一の広川プロだから、生臭《なまぐさ》い話をすれば、丸本補佐は、これからどんどん出世階段を上ってゆけるポジションにいる──それはもちろん、最終的に警備部長・筆頭署長・刑事部長といった、県内最上位の顕官《けんかん》になる資格があるということだ。

実際、次長と僕は、丸本補佐を次の異動で公安委員会担当の課長補佐に送り込むプランを立ててもいる。管理部門である総警務《ソウケイム》の経験は、出世階段を上がってゆくうえで、警察庁出向とともに不可欠だからだ。ところがおもしろいことに、尺八《しゃくはち》とツーリングと井上陽水を趣味とするこの気鋭の丸本補佐は、何故かゴルフはからっきしで、来《きた》る月末の警備部ゴルフコンペでは、僕とブービーを競うであろうというのが、公安課におけるブックメイカーたちの定評である……

（公安委員の先生方にお仕えするとなれば、当県ではゴルフは不可欠だから、あっは、丸本補佐は苦労するだろうなあ。まあでも、それすら警視正になるための修行だしなあ）

そんなことを思っていると、いつしかソファを離れていた内田補佐が、珈琲《コーヒー》を三杯、紅茶を一杯、カップホルダーを使って持ってきた。ここには客など来ない。だから客用の茶器などはない……僕が内田補佐に軽く手を挙げて謝意を示していると、管理官の大きな執務卓の上で、充電器に載っていた携帯電話がぶるぶる震え始めた。

「あっ課長、ちいと失礼しますぞな」

「どうぞ遠慮無く――といって、きっと僕絡《がら》みの電話だろうし」

すると藤村管理官は、充電器ごと携帯電話を取り上げ、充電器の底を片手で抱えるようにして、そのまま会話を始めた。まるで、携帯電話だけを持ち上げてしまったら、通話が切れてしまうかのように……

――それじゃあ携帯電話にならんぞな、もし。

内田補佐のそのしれっとしたツッコミに、丸本補佐と僕が飲み物を噴き出す。

「ハイもしもし藤村です……ああ谷岡かな……了解、了解。こっちの検討《ケントウ》、何時に終わるかまだ分からんけん、帰途《きと》にあっては、また儂《わし》が次長と調整しようわい……うんそう、課長どのみち直帰じゃけん、課長官舎対策が必要になろう……ハイそれじゃあ」

管理官はまた、充電器に嵌《は》まったままの携帯電話を、大事に大事に執務卓に置く。

そして僕らの失笑を見ていたのか、可愛《かわい》らしく頰《ほお》を赤らめながら文句を言う――

「いや、内田補佐も丸本補佐も笑いよるけんど――儂どうにも新しい機械、使い方が分からんのよ。五十三歳にもなって、線の無い電話使えゆわれてもそりゃ途惑《とまど》おうがな、もし」

「大丈夫ですよ管理官」丸本補佐がニヤッとした。「内田補佐の技術レベルも、管理官と大して変わらんのですから。ゆうたら内田補佐は、インターネットのことを性風俗のテレクラだと思っとりますし、未《いま》だにワープロを人差し指二本だけで打ちよるんですからね」

「いや儂は管理官よりハイテク人間じゃけんね。携帯電話はもちろん携帯するし、娘からのメール、iモード使《つこ》て受信できるけん。丸ちゃんあの『センター問い合わせ』ゆう技《ワザ》、知っとる？」

「何言いよんで。その返信に勤務時間中の一時間以上を使とろうが」

「あっ丸ちゃん裏切りはナシ、個人攻撃はナシぞな。仕事は笑顔で。ほうよ、今日は課長サンもわざわざお見えになったんじゃけれ、儂の勤評《きんぴょう》に影響がある不規則発言は慎《つつし》んでもらわんと。

ほじゃけど課長、最後に言うときますが、儂はワープロで公用文作成するとき、ちゃんとワープロに直打《じか う》ちできますけんね。課長御着任のときお渡しした〈第三・第四係厳選《げん せん》!! 単身赴任で助かる地元人オススメのひとり飯《めし》用店舗・スーパーはこれだ!!〉のあのリスト、あれも儂ワープロの全機能を駆使して、そりゃあもうハイテクな感じにバシヤバシャ仕上げよりましたけん。ところが、これがまた管理官ときたら、いったんコピー用紙に鉛筆でぜんぶ下書きをしてからワープロで浄書せんと、よう文章作られんのじゃけん、これまたワープロの意味がない。これはもう大概《たいがい》ですぞな……

ほやけん、次の管理官は儂で大丈夫ですけんね？

いつでも昇任の準備はできとります」

「し、仕事は笑顔でしてほしいけどさ、〈八十七番地〉恒例の瀬戸内漫才はそろそろ満腹だよ……

そういえば管理官、け、携帯電話は……ぷっ……いや失礼!! 今の携帯電話は谷岡係長から？」

「ハイ課長、谷岡からですぞな」こんなとき嫌な顔ひとつしないのが、藤村さんの人徳者たる所以《ゆえん》だ。「で、課長の帰途ね。『県民みかんホール』はでかいですけん、集《たか》っとる蠅《はえ》もそがいに気にせんでええ思いますが——キレイに帰っていただくとすれば、いったんまた『県民みかんホール』に入っていただくのが、ええといえばええですぞな」

「そうだねえ、このまま県民みかんホールでロストしちゃった、と思ってくれるかどうかだねえ……

ただ僕、今夜は郊外でちょっとした野暮用《やぼよう》があるから、『県民みかんホール』経由はちょっと面倒かなあ。基本からの逸脱《いつだつ》になっちゃうけど」

「ああ、郊外の御用事ね」管理官は頷《うなず》いた。「ほしたらまた違う車で、郊外までお送りさせましょうわい。楽器と課長車の動きは、プランASじゃゆうて谷岡に伝えときますんで」

「それなら安心だな。どうせ課長官舎にも、ファンがべったり貼《は》り付いているだろうから。ただ、僕の代打は助手席に座らせるのを忘れずに──

さて、マクラが終わった所で、そろそろ本題に入ろうか……

第三係・第四係の課長検討《ケントウ》」

68

「ほしたら管理官、内田補佐」丸本補佐ががらりと表情を変えた。「私の方から、ちょっと大事な話をさせてもらってええですか？」

管理官と内田補佐が頷く。よって丸本補佐が語り始めた。ちなみにここの防衛《ボウエイ》水準なり消毒《シヨウドク》水準なりは、警察本部にある公安課そのものより堅牢《けんろう》を誇る。何を喋っても問題ない——

「そうしましたら課長、まずは迂遠《うえん》ですが、MNに係る最新の情勢を整理させてください。鷹城理事官のところから、いちばんフレッシュな情報が届いとりますんで」

「司馬警視了解。話の重複を恐れず、むしろ零《ゼロ》から講義する感じでやってください」

「了解しました。

まず教団の現勢《ゲンセイ》ですが、最新の概算で四万五〇〇人。うち修道士として出家している出家信者が一万四、九〇〇人、出家はしていない在家信者が二万五、六〇〇人となっております。ここで、現在の我が国における暴力団の構成員の総数が四万三、五〇〇人ですので、MNはほぼそれに匹敵する現勢を誇る組織だと、こう言うことができます。また、あのオウム真理教が最大時で一万五、〇〇〇人の規模でしたので——海外信者を含めると四万人との説もありますが——MNは実にその三倍近い現勢を誇る組織とも言えます。

その教団関連施設は全国一四都道府県に三二箇所あり、特に東京・埼玉・千葉・神奈川といった首都圏、そして北海道・愛知・大阪・京都・福岡といった大都市において活動が顕著《けんちよ》です。この教団関連施設には主に〈教会〉と〈修道院〉があり、その規模に応じ、司祭又は司教の階級にある出家信者が管理運営をしているほか、右の活動が顕著な都道府県には、大司教の階級にある出家信者とその事務局である〈大司教座〉が置かれております。

といって、最も活動が活発なのは、教団の総本山ともいえる〈教皇庁〉を擁《よう》する当県、愛予県でして、我が愛予県だけで実に二、一〇〇人の出家信者と二、六〇〇人の在家信者がおります。要は、教団の現勢のほぼ一〇%が当県に集中しているわけです。また当県には三の〈教会〉と六の〈修道院〉があり、これは、一県の施設としては東京より数が多い。

警察庁が当県警察に対し、強力なMN諸対策を強硬に求めている所以《ゆえん》であります」

「当《とう》愛予県だけで二、一〇〇人の出家信者となると、我が愛予県警察の警察官がたとえ『ひとり一殺』の覚悟で検挙に臨《のぞ》んでも、ちょうど共倒れになる規模だねえ……」

「我が方の定員に匹敵しとりますけんね。

ただ、これはどの治安攪乱要因《チアンカクランヨウイン》についても言えますが、正直、警察と対象勢力とでは、覚悟と対決姿勢が違います。瞳《め》の色からして違う。よって、我が愛予県警察が二、〇〇〇名総員を投入してドンパチしたとしても、さかしまに大量虐殺《ぎゃくさつ》の被害者となる確率の方が高いでしょう。当県に三ある〈教会〉のうち、愛予市の愛予教会だけですら、攻略することは無理だと思います。まあ、我々はまさか軍隊ではないので肉弾戦はしませんが……」

「なかでも、その愛予市の愛予教会は」僕はいった。「全国的な観点からも、極めて大規模かつ活発な教会だね？」

「ハイ課長。既に御案内のとおり、愛予教会——我々が普段から〈拠点施設〉ゆうとる奴ですが——これは大都市圏のどの教会より規模が大きい。よって、枢機卿《すうききょう》の階級にある出家信者がこれを統括しております。この〈拠点施設〉は愛予県におけるMNの活動中枢《ちゅうすう》というだけでなく、全国各地から出家信者が出入《しゅつにゅう》しており、人数は常に流動的で、またその全国各地への影響力は計り知れません」

「確か、愛予市駅のガード沿いに歩いて、一〇分弱の、閑静《かんせい》な住宅街近くにある——」

「ほうです、ほうです。課長には御着任の際、実際に御視察いただきましたが、〈拠点施設〉は、繁華街にある愛予市駅から中心市街地を一〇分ほど歩いた、住居地域にギリギリ隣り合わせた商業地域に置かれております。

また、これも御案内のとおりですが、この〈拠点施設〉は元々地元の劇場・映画館であったものを、MNが買収し最大の拠点としたもの。ゆえに、鉄筋コンクリート地上五階・地下二階の本館が一棟、それと公道を挟んで対《つい》をなす地上三階・地下一階の別館が一棟と、極めて堅牢《けんろう》かつ大規模なものとなっております。まあ元々、本館には二二〇〜二五〇人規模のスクリーンが三、別館には二四〇人規模の舞台が一、それぞれ存在しておりましたし、楽屋・会議室の類《たぐい》には事欠きませんでしたので、容積・収容人員ともに何の問題もない。ゆえに、宗教活動に加え、映画の上映だのカフェの併設だの、はたまた深酒《シンサケ》の営業だのといった、サイドビジネスの話にもなってきます。ただ無論、その〈拠点施設〉の内部は往時《おうじ》に比べ派手に改築されており、その実態は、オトモダチの提報《ティホウ》がなければ厳密に解明することができません。劇場時代に比べ、物理的な防衛《ボウエイ》水準が桁違《けたちが》いに上がっとります。その意味で、〈拠点施設〉にやっと打ち込めた楔《くさび》である〈ガブリエル〉の営業事故は、第三係・第四係にとって非常な痛手でありますが……」

「〈ガブリエル〉の安否確認は急務だとして」僕はいった。「どのみち、オトモダチからの提報《ティホウ》をそのまま事件捜査に用いることはできない――まさに彼ら彼女らの安全のために。それは我々の実態把握・腹入れ・腹括《はらくく》りに用いるだけだ。事件捜査をするというなら、具体的な犯罪の端緒《たんちょ》を獲《え》て、客観的な証拠を集め、その証拠をもって裁判官に土下座して令状を出してもらうしかない。要はガサ札の『開《ひら》け胡麻《ごま》』がなければ、〈拠点施設〉の全容を解明することなどできない――

そして我々としては、死んでも〈拠点施設〉の全容を解明しなければならない」

「ほうです。

愛予市駅徒歩一〇分弱の〈拠点施設〉は、全国最大規模の教会。愛予県内における教団の活動を統括しとるばかりか、関係都道府県における教団の活動をも統括しとります。ここで、『教団の活動』には、ミサ・祈禱《きとう》・洗礼・ゆるし・結婚・葬儀といった公然活動は無論のこと、資金獲得活動・出家推進活動・対権力活動といった非公然活動が含まれます。要するにこの〈拠点施設〉は、当県のみならず、全国におけるMNの諸活動を解明するための最重要対象。ゆえに我々としては、ここ〈拠点施設〉に討ち入りを掛け、公然・非公然を問わずあらゆる活動を丸裸にできる、押収《おうしゅう》資料をごっそり頂戴してこなければならない。今更ながら、それが喫緊《きっきん》の急務です」

「県都の繁華なところにある〈拠点施設〉が先様《さきさま》のオペレーションの中枢であるということは解《わか》るけど——それと〈教皇庁〉との関係は？」

「ゆうたら警視庁と警察庁ですね。最大の実働部隊がいるのが〈拠点施設〉、指揮監督・管理の中枢が〈教皇庁〉です。

そして——これは課長も既に御存知のことですので、いささか説明を端折《はしょ》りますが——その〈教皇庁〉は当県随一《ずいいち》のド田舎、御油《ごゆ》警察署管内にあります。御油町《ごゆちょう》にあります。漁村の奥の漁村の奥のそのまた奥の超僻地《へきち》です。漁村の奥といっても、日本のド田舎のことゆえ、すぐに猪《いのしし》と熊《くま》と鹿《しか》しかおらんような、急峻《きゅうしゅん》な山岳地帯になっておるわけですが……

現在、MNの〈教皇庁〉がある御油町のそのエリアは、かつて設楽《したら》温泉と呼ばれた、渓流《けいりゅう》と秘湯の地でした。今でも、ローカル線が日に二本ほど、息も絶え絶えで走ってはおりますが――といって、昭和四〇年あたりまでは湯治《とうじ》の地、県民の身近なレクリエーションの地として人気が高く、それなりに巨大な温泉旅館が一四も建ち並ぶほどの大盛況。昭和は団体旅行も盛んでしたけんね。ところが現在は……例えば県都の住田《すみた》温泉なり奥住田温泉なりが再開発・整備されて全国的に有名になった結果、また県内の高速道路が整備された結果、かつては一四あった温泉旅館が次々と破産、ゆえに激減。そのほとんどが廃墟《はいきょ》と化しました。この設楽温泉の凋落《ちょうらく》と反比例して、そのド田舎で勢力を拡大してきたのが無論ＭＮです。

元々、そこには一四もの巨大旅館があった。しかも他に存在するのは渓流《けいりゅう》と山岳のみ。こうなると、設楽温泉エリアそのものを、数多《あまた》の出家信者を収容する〈修道院〉としてしまうのも実にたやすい。妨害なり反対運動なりを気にせず好き勝手をするのも、この地理地勢だと実に都合がいい。実際、旧設楽温泉エリアは、そこを縦貫《じゅうかん》する国道を封鎖し、そこに発着するローカル線の駅を押さえてしまえば、ある意味巨大な密室となりますけんね。栄えとった頃は、まさかそんなことできませんでしたが、全ての旅館を買収し、あるいは廃墟を入手すれば、エリア丸ごと、いえ町《ちょう》丸ごとＭＮの独立王国とすることができる。

そがいな経緯で、ＭＮは設楽温泉を乗っ取りました。今では、設楽温泉を中心とした周辺山岳地帯なんと八万haが、言ってみればMNの統治下にあります。多数の出家信者は、かつて温泉旅館であった、ほとんど廃墟と化していた巨大旅館で、『清貧・貞潔・服従』のスローガンの下、教団が求める勤労奉仕に従事しています。従事しているのは主として農業・林業、狩猟・漁業ですが、むろん非公然活動・対権力活動をも行っている。

さて地理地勢がそのような感じである以上、情勢は我々にとって極めて不利。設楽温泉エリアに第三係・第四係の猟師を投入するなど自殺行為です。また周辺の、例えば山頂・山腹等に拠点を設けて観測を行うというのも無理。何故と言って、再論しますが、周辺山岳地帯八万haがMNの支配下にあるからです。MNがもう少しバカならやりようもあったでしょうが……さかしまに、資金力と技術力に物を言わせ、周辺山岳地帯にも『軍隊かよ⁉』と言いたくなる警備体制・警戒体制をとっているのが現状。これは機械警備でもあり人海戦術でもありますが、いずれにせよ足を踏み入れるだけで命懸けとなるでしょう、特に警察官は」

「その意味でも、〈マルチノ〉と〈ディエゴ〉が総括されたであろうことは、痛撃だね」

「ほうですね、〈マルチノ〉は教皇庁人事部の大司教、〈ディエゴ〉は教皇庁教理部の司教ですけんね……

ここでその〈教皇庁〉ですが、これは設楽温泉エリアを含む御油町の山岳地帯八万ha

を統括する、MNの総本山です。むろん設楽温泉エリアにあります。出家信者が居住する、かつて温泉旅館だった数多《あまた》の〈修道院〉とは違って、実に現代的な本部施設が建設されとります。より正確に言えば、〈教皇庁〉は巨大なドーム状施設です。これはガラスドームです。ドームの形状は真円です。その半径は二五〇m、地上からの高さなら一六〇m。面積というなら一九万㎡」

「……改めて聴くと、実に驚異的な建築物だね。なにせ一九万㎡といえば」

「東京ドームを四万七、〇〇〇㎡と考えれば、シンプルにその四倍以上ですからね」

「といって、MNの支配地域全体と比較すれば」

「俄然《がぜん》、巨大であるという印象は薄れてきます。何故と言って、MNのいわば『領土』は八万ha。他方でこの〈教皇庁〉は一九haに過ぎませんから――イヤ過ぎませんから、というのが既に感覚が麻痺《まひ》してきた証拠ですが」

「〈教皇庁〉は現代的なガラスドームだってことだけど、教団施設としては何が入っているの？　それは実態把握できている？」

「ハイ課長。〈マルチノ〉と〈ディエゴ〉の提報《テイホウ》により、相当程度の図面が引けました。――大きく言って、ドーム内部には四のビルが建設されています。一〇階建てのビルが二棟。六階建てのビルが一棟。三階建てのビルが一棟。そしてこれらは、どれも天頂から見たとき、十字架の形状をしています」

「真円《しんえん》に、四の十字架……となるとそれは」

「『真円の中に、大小四つの十字架が配置されているシンボル』、すなわち」

「MNの紋章。MNの象徴」

「そしてそれは間違いなく、この〈教皇庁〉の俯瞰図《ふかんず》を基にしています。無論デザイナーによって、小洒落《こじゃれ》た感じに――バブル風にリファインされとりますが。ただ真円と十字架の比率も、十字架の配置状況も、確実に〈教皇庁〉の施設と一致します」

「教皇がいるからそうしただけなのか、それとも他に教義上の意味があるのか……で、ガラスドームのガラスというのはどんな奴？」

「鉛バリウムガラスゆう奴です。ドーム全体で平均値を出すと、厚さ二八・五㎜――二・八五㎝にもなります」

「ドーム内の四棟のビルの概要は割れている？」

「完全な図面は引けませんが、これまでの提報《テイホウ》とヘリテレ画像情報を総合すると――一〇階建てのビル二棟は、大司教以上の出家信者とその家族、及び、教団に特に功労のあった出家信者とその家族が居住するビル。それに隣接した六階建てのビルは、それらの者のための典礼・儀式を行うためのビル。また、それら三棟とやや離れて建てられた三階建てのビルは、いよいよ教皇が――教祖が私的に用いるビルとなっています」

「収容人員の概算は出るかい？」

「少なくとも八〇〇人。多ければ一、〇〇〇人を詰め込むこともできるかと」

「〈教皇庁〉の機能は？　警察庁に相当するって比喩《ひゆ》が出ていたけど」

「はい、我々でいう総警務《ソウケイム》、すなわち管理部門の機能を果たします。教皇がおりますけん、警察本部長室があるといってもよいでしょう。いずれにせよ、人事・予算・法務・組織・物品・企画・広報・健康管理・教育訓練といった管理機能の中枢《ちゅうすう》で、ゆえに意思決定の中枢、教団の脳そのものです。もっともこのドーム、一九万㎡の施設ですけん、森林部分ゆうか植林部分もあれば畑部分もあり、あるいは物資の備蓄部分なり日用品・簡易な工業品の生産部分もありますが。ただそれらも含めて、まさに総本山であり、ゆえに教団そのもの」

「なら、愛予市駅近くの繁華街にある〈拠点施設〉にまして討ち入りをする必要性が高い」

「ほうなります。以上をまとめれば、愛予市の愛予教会＝〈拠点施設〉、そして御油町の総本山＝〈教皇庁〉を是《ぜ》が非《ひ》でも攻略するのが、当県の最重要課題となります」

「しかし、平成一一年現在で、それほどの威容を誇る大建築物を建てられるとは……技術的にも不可思議だし、財政的にはなお不可思議だ」

「技術的には、実は昭和末期あるいは平成初期のレベルでも――ゆうたら例えば平成元年のレベルでも、困難ではあるが不可能ではありません。これは〈マルチノ〉が提報《テイホウ》してくれとります。〈マルチノ〉はまさに現地の大司教ですけん。またその困難というのも、大部分は資金力により解決できるものでした」

「〈教皇庁〉の建設費用は？」

「これも〈マルチノ〉によれば、概《おおむ》ね七、五〇〇億円であったと」

「……貧乏公務員からすれば、天文学的だねえ」

「今現在でも、MNの現金資産は優に三兆円を超えますので、MNにとっては、まあ私達が『愛予市で戸建てなりマンションなりの住宅ローンを組む』程度の感覚でとらえられる額でしょう。八万haの山林だけでも、評価額四〇〇〇億円ですけんね」

「MNの財政がそれほど潤沢《じゅんたく》なのは――」

「御記憶のとおり、政・財・官・業からの、動機も真意も解らん巨額のヤミ献金ならぬヤミお布施《ふせ》があるのも大きいですが……

やはり、みかん農家としての成功があったからです。これが当初の暖簾《のれん》で、本業でした。

すなわち、これはMNの創設起源とも関わってきますが――MNを創設したのは村上《むらかみ》貞子《さだこ》ゆう、当県のみかん農家の娘です。出生が一九三三年と戦前で、親とともにかつての満州に渡っていた時期も多く、また顔写真・フィルムの類《たぐい》がほとんど入手できておりませんので、必要な個人情報が割れとらんのは痛いところですが」

「終戦と引き揚げのドサクサで、戸籍だの住民票だのの類が役に立たないということか」

「戦火で灰燼《かいじん》に帰しとりますけんね。

ただ生年月日と性別だけは、親が渡満する際の記録でどうにか判明しとります。あと、ひとり娘だったということも、現在は寡婦《かふ》だということも」

「情報が正しければ、終戦時に十二歳、今現在六十六歳といったところか――」

「そしてこの村上貞子ですが、元々の出がまさに御油町でして、終戦後の引き揚げ先もそこでした。そして地理地勢から、親とともに御油町の山あい、その傾斜地でみかん農家を始めた。みかんは当県自慢の名産品ですけん、そのことには何の不思議もない。ただ、みかん農家ゆうんはなかなか収益率の厳しい農家です。とりわけ天候・気温・鳥獣被害の影響を受けやすく、また豊作の翌年は収量が減る作物ゆえ、なかなか安定させるのが難しい。どれくらい難しいかと言えば、今現在の感覚でとらえるなら――多数派を占める小規模みかん農家だと、売上が年に五〇〇万、所得が年に二五〇万といったところでしょう。

そして、村上貞子の家もそうした小規模みかん農家だった。おまけに傾斜地での厳しい作業。もちろん機械の導入が難しいので、その厳しい作業とは手作業です。よって、戦後の村上貞子の暮らしは、決して楽なものではなかった。お国が求めてくるものも、食糧難の解消に役立つコメであり、まさかみかんではなかった」

「……だが、確か一九五〇年代に状況は一変する」

「ほうです。一九五四年からの、高度経済成長が状況を一変させます。経済成長率が一〇％ゆうんは、泥沼のポスト・バブルを生きる我々としては、夢物語か絵巻物のようですが……

いずれにせよ、この高度経済成長で、みかん栽培は大きな脚光を染《あ》びます。まあ元々、そう、戦前から日本人はみかんが好きですが、高度経済成長はコメでなく果物といった『余裕ある』農産物の需要につながりました。みかんの値段も高騰《こうとう》し、当時は『黄色いダイヤ』などと評されたものです。

これで村上貞子の家も息を吹き返した。いや暮らしに余裕さえできた。海岸沿いの南向き／西向き急斜面を買い足して、よりみかん栽培に適した農地をも獲得し規模を広げた。この余裕と規模は、いよいよ念願の品種改良につながった——人件費なり手数なりがそう大きくは変えられん以上、収益率を上げるには商品価値を上げるしかないですけんね」

「そしてとうとう村上貞子は、夫とともに『設楽《したら》みかん』の開発に成功する——

それが概《おおむ》ね一九六〇年前後のこと。悲しいかな、両親はそれを見ずして他界したが」

「正確な時期は本人のみぞ知るところですが、話の流れは課長御指摘のとおりです。

というのも、その新規開発ブランド品『設楽みかん』が、全国果実品評会で農林大臣賞を受賞したのが一九六三年。全国農業祭園芸部門で天皇杯を受賞したのが一九六五年。

これは確実なことですけん」

「その『設楽みかん』は、そうした箔《はく》もあいまって、全国で爆発的な人気を獲《え》た」――

「実際、薄皮は溶けるほど繊細で実《み》は甘い。甘いだけでなく絶妙な酸味がある――私は東京の大学を出させてもらっとりますんで、あまり郷土愛ゆうもんの無い人間ですが、これぱっかりは自慢せんわけにはゆきません。当県を、いや日本を代表するみかんでしょう。

課長にも実際に召し上がっていただきたいのですが、実はもう当県内では『設楽みかん』なぞ普通に流通しとらんのです……あらかた、東京の料亭なり有名百貨店なりが買い占めてしまっているので。ゆえに、我々がどうしても『設楽みかん』を買うとすれば、三越あたりで自分あてに御《お》歳暮《せいぼ》として一箱二箱、配送の手続をするしかありません。愛予県人としては、まったくおかしなことと感じますが……」

「……さて、それほどのサクセスロードを歩めた村上貞子が、いったい何故『カルトの教祖』なんぞに収まってしまったのか、だけど？」

「根本的には、みかん農業に関する考え方の違いからくる、他農家・農協との対立があります。

――今でこそ多少弱まっとりますが、当時の農協の支配ゆうたら過酷なものでした。

零細農家に対し、高額な肥料や農薬を独占的に売りつけ、銀行機能もあるから融資で支配し、売るもんが無くなったら農家を戸別訪問して家電だの宝飾品だのまで押し売りする。まあその代わり、農協は巨大な票田。当然政治力も強いですけん、組員であるうちは——たとえ違法行為を行っても——親分に守ってもらえますし、組の和を乱さんかぎり、零細のままながらみんな平等に生き残ることができる。行政の補助金といったブースターもある。

ただ、これはゆうたら社会主義・共産主義みたいなもの。言い換えれば、平等・横並びであることに価値を置くもの。すると当然、強力な商品をしかも独力で開発した村上貞子とは、利害の対立が生じる。村上貞子とその夫は、農協だの行政だのに頼らなくとも、莫大《ばくだい》な利益を上げることができるわけですから。さてこうなると」

「農協と村上家、あるいは農協に味方する農家と村上家との、深刻な対立が生じる」

「大きな図式としてはそうです。ただ当県でも、問題の設楽温泉エリアや御油町は、まあ県中央どころか国中央の統制を離れた……むしろ国や県から遺棄《いき》された……独立独歩の地ですけん、農家本来の反骨心が強いかたちで残っとりました。お上《かみ》何するものぞ、何だったら一揆《いっき》をするぞ、といった感じで。ほやけん、村上家に味方するみかん農家もかなりの数に上った。そうなると、県なり国なりとしては鎮圧の必要を感じる。またそうなると、村上派はどんどん依怙地《いこじ》になって、御油町以外に対して極めて閉鎖的な、排外的な意識をいだくようになる。

ここで、一九七〇年代に入ると『設楽みかん』のブランドはすっかり確立・安定し、収益的には村上派の圧勝が確定します。こうなると地滑《じすべ》り現象が起こる。まず税収の観点から、御油町の役場そのものが村上家に屈服する。広大なお山を持っとる地主たちも、どうせ相続税でお山をまるごと国に持っていかれるなら、高値・即金で買ってくれる村上家に売ってしまおうと考えるようになる。そして既に御油町において村上家は『地元の名士』ですから、もう警察も消防もバスも駅も電気水道ガス電話も何もかも、村上家の意向に叛《さか》らっては仕事ができんようになる。むろん町議、県議そして国会議員との癒《ゆ》着《ちゃく》は言うに及ばずです。ゆえに一九七〇年代の終わりに掛けて、村上派と反村上派の抗争は決着しました。すなわち、『設楽温泉を含む御油町の支配権は村上派に譲る』『ただし、御油町以外への進出は許さない』という、ある種の協定が結ばれたのです」

「いよいよ独立王国を建国したわけか……それを一九八〇年とすると、村上貞子は四十七歳。そして今の説明を踏まえると、くだんの『八万haの領土』というのはその時代に確立したものだね？」

「ほうなります。そしてそれが、現在では〈教皇庁〉〈修道院〉を擁するMNの首都になっとるわけです――いや、もう都市国家か」

「そういえば村上貞子の御主人は？　あまり物語に出てはこないけど……」

「一九八二年に病死しとります。性格的にも温厚で、どちらかといえば芸術家肌。実は貞子の同級生でして、貞子と知り合ったのは戦前の満州。終戦時に着の身着のまま、村上一家とともに引き揚げてきた孤児です。その孤児が、貞子の親に面倒を見てもらうようになり、そのまま月日を経るに連れ、なんとなしに貞子と結婚した感じになりました。ちなみに『村上』ゆうんは貞子の実家の姓で、旦那《だんな》の姓ではありません。ゆうたら婿《むこ》養子に入ったかたちになります――両者の関係からいって不合理はありませんが」

「とすれば、当初は村上貞子とその親を手伝って、みかん農家をやっていたわけだね？」

「ハイ課長。ただこの旦那の方は、なんというかかなりのインテリだったようで、みかん農家を手伝う傍《かたわ》ら、当県の愛予大学教育学部を卒業して教師になっとります。御油町で、小学校の音楽教師をやっとった記録がありまして。ですので、満州で孤児になる前は、それなりの家で、それなりの教育を受けることができとったんでしょう。基礎的な素養がなければ、当時の大学を出ることも、そんな教師を務めることも到底無理ですから」

「しかしその御主人はもう死亡している。貞子は寡婦とのことだから。

死亡の原因は？」

「脳腫瘍《のうしゅよう》です。

病院の記録は廃棄されとりましたが――あれはあっという間ですけんねえ――ただ当

時を知る町民三人の証言と、あと貞子自身のミサにおける説教によって判明しました。この病名は、同時に判明した、旦那の当時の症状とも全く矛盾しません。すなわち頭痛、嘔吐《おうと》、意識障害、視野障害、手足のしびれ……ああ念《ねん》の為《ため》ですが、事件性は全くありません。そもそも婿養子ですし、あらゆる財産は貞子名義なので、殺される理由もない」

「腫瘍……ガンとなると、ストレスとか、極度の心労が原因という訳でもなさそうだね？」

「ハイ課長。これはあまりMN諸対策に関係ないと思いますが、念の為に調べました。脳腫瘍の原因は、遺伝子の変異か、他の箇所のガンの転移だとか。すなわち、生活習慣とかストレスとかとは直接結び付きません。ただ、旦那はそうした芸術家肌の、繊細なインテリでしたので、幼い頃の壮絶な引揚げ体験とか、肉体的にも精神的にも厳しい農業への従事とか、専門外の慣れない新種開発だとか、先に述べたド田舎のどろどろギスギスねちねちした派閥抗争とかが、躯《からだ》を弱めた可能性はもちろんあるでしょう。他方で貞子の方は、少なくとも一九八〇年あたりまでは、かなりの女丈夫《じょじょうふ》というか、男勝りの性格をしていたようです」

「MNは一九八〇年あたりに御油町の支配権を確立した――という話だけど、その頃から所謂《いわゆる》カルト的な要素はあったの？」

「いえ全然。それまでは、地元零細農家を糾合《きゅうごう》した大地主・豪農といった要素しかありませんでした。それがカルト的な要素を胎《はら》むようになったのは、一九八二年、貞子の旦那が死亡してからです。実はこれこそが貞子に強い精神的変容を与えたのだと判明しています」

「というと？」

「旦那のガンはもう全身に転移してしまい、その最期《さいご》は激烈な苦痛を伴ったといいます。貞子は持てる財力と政治力を総動員し、旦那の治療を図ったのですが、敵がガンとあっては勝負にならない……ゆえに貞子はこれ以降、ガン患者を含む病者の救済を、自分の使命と感ずるようになりました。自分の社会的成功は、そのために還元しなければならないと」

「MNはいわばキリスト教原理主義だけど、キリスト教の要素はどこから？」

「ああ、元々御油町あたりでは、いわゆるキリシタン信仰が江戸時代を通じて連綿と続いとりまして。というのも、愛予の地は元来、松平家の統治する親藩《しんぱん》の地。ゆえに政治が苛烈《かれつ》ではありませんし、そもそも御油町など、今現在でも愛予城から車で四時間五時間はかかろうかというド田舎。また急峻《きゅうしゅん》な山岳地帯のふもとは、数多《あまた》の漁港を抱えとります。要は、藩行政の支配も及びにくければ、禁制品《きんせいひん》の密輸もたやすく、洞窟《どうくつ》なり鍾《しょう》乳洞《にゅうどう》なりにも事欠かない。かかる経緯から、あのあたりは元々隠れキリシタンの聖地だったんです。例えば禁制品の密輸の記録として、『南蛮《なんばん》』からハッカクキリンゆう植物

――これ漢方か何かだと思われとりますが――今でいうバラだかサボテンだかを仕入れとったゆう古文書があるほどです。ちなみにこれは今も、教団において熱心に栽培されとります」

「なるほどね」

「で、江戸時代は当然『地下教会』だったわけですが、明治時代以降は当然、ノーマルな教会ができます。またそれまでの文化・風土からして、当然信者も多くなる。この教会の宗派はカトリックでしたが、当時の御油教会を預かる神父ともなれば、愛予城下の教会の神父より、いえ大阪大司教とか東京大司教より実質的な権限があったでしょう――というのも、町民の信仰心からして、町長・町議・警察署長・消防署長・病院長等々をあわせてなお余りある権限があったわけですから。

そうした御油教会が、村上家の興隆《こうりゅう》と拡大に呑《の》み込まれるかたちで、いわば併合された。村上貞子はそれを併合して神父の権限を獲《え》るとともに、ある意味自分が併合され、旦那が激烈な苦痛の果てに他界したこともあいまって、カトリックの教えに深く帰依《きえ》するようになった。まあこれがMN――〈まもなくかなたの〉の起源です」

「MNは宗教法人だよね？　まあそれもMNの潤沢《じゅんたく》な財政に一役買っているはずだけど。宗教法人の規則の認証はいつ？」

「それが一九五八年なんです。むろん、適法に愛予県知事の規則の認証を受けています」

「一九五八年……それはまだ貞子が『設楽みかん』の開発に成功したかしないかっていう、そんな黎明期《れいめいき》だよね？　まだ財力も権力もなかった頃だ。時系列がおかしい気がする」

「御指摘はごもっともなのですが、MNは法律的には、旧来の御油教会を継承する……いえ、『御油教会の規則を一部だけ改正した同一団体』とされています。したがって、カトリックの御油教会が愛予県知事の認証を受けた一九五八年、これがそのまま、MNが宗教法人化した年となってしまうのです」

「成程《なるほど》……元々あった宗教法人の母屋《おもや》を、まるまる頂戴《ちょうだい》してしまったと。

　確かに宗教法人法上、『主たる事務所』の移転もなければ『活動実績が相当年にわたる』上、『規則変更にも同一性が認められる』のであれば、MNがカトリック御油教会を事実上乗っ取ったとして、何らの違法はない。そもそもオウム真理教に係る一連の事件以前は、宗教法人法だの宗教法人の規則の認証だのは、ザルもザル、脱税法人生産機みたいなもんだったからなあ……

ただ、カトリック御油教会はまさかキリスト教原理主義の教会ではなかったはずだ。それはそうだ。カトリックなんだから。キリスト教原理主義なんてむしろ異端《いたん》だ」

「村上貞子が旦那の死を経験してから、今年で実に十七年。そのあいだに、政治的にも文化的にも財政的にも独立王国となった御油町の中で、じわじわとカトリックの教義が変容していったのだと、こう見ております。

とりわけ貞子は、末期ガン患者その他の、甚大《じんだい》な苦痛にあえぐ病者の救済を自分の使命と考えておりましたので、御油町に大規模な病院を建設し——むろん適法にですし、無資格でない医師も看護婦も薬剤師もおります——今でいう緩和ケア・終末期ケア・ホスピスを運営するようになりました。それがやがて、目的のためには手段を選ばないようになる。違法な医薬品、承認されていない医薬品を使用するようになる。無論、承認されている医薬品を違法に・大量に入手することもある。そして実際、どのような医薬品によるどのような効果なのかは未だ実態把握できておりませんが、こと『苦痛を除去する』ことにあっては、MNは、我が国有数の医療行為能力を有するに至っているのです。それがMNの最大のウリだと言っても過言ではないでしょう。政・財・官・業、あるいは芸能界にいたるまで、隠れ患者なり隠れ信者なりが蔓延《まんえん》している所以《ゆえん》です。

いずれにしましても、それは摘発されていない／摘発できていないというだけで、明らかな違法行為で犯罪です。しかも、用語の厳密な意味で確信犯です。ただそれこそがMNの使命。たとえ法令に違反しても。たとえヒトの命を勝手気儘《かってきまま》に左右するとしても」

「……そこまでくると、『邪魔立てする者は全て敵』『賛同しない者は全て敵』まであと一歩だね」

「そして御存知のとおり、MNはもうその最後の一歩を越えております。

ここで、この十七年の間にMNが形成してきた教義は、出家主義による修道院制の確立、出家時における全財産布施《ふせ》義務の確立、教皇‐枢機卿‐大司教‐司教‐司祭というヒエラルキーの確立、修道院における共有財産制の確立、自給自足による相互扶助《ふじょ》共同体の確立、『清貧・貞潔・服従』の精神に基づく勤労奉仕義務の確立、共同体における祭政一致の確立、教皇翻訳による聖書のみを認める教皇聖書主義の確立等々、多岐《たき》にわたりますが……また、キリスト教原理主義らしい食事制限、すなわち一週間のうち、①キリストがユダに裏切られた日と、②キリストが十字架にかけられた日には、肉・魚・卵・乳製品・ワイン・オリーブ油を絶対に口にしてはならないといった斎《ものいみ》が設定されてもいますが……

　警察として最も重大な関心を払わなければならないのは、〈ノリテ・ダーレ〉の教義と〈オムニス・アルボル〉の教義、このふたつです」

「確かラテン語の教義だね。ラテン語訳聖書の言葉とか」

「幾度か御説明しましたが、再論すれば――

〈ノリテ・ダーレ〉は、MNの教皇聖書にある『聖なる物を犬に与《あた》ふな。また眞珠《しんじゅ》を豚の前に投ぐな。恐らくは足にて蹈《ふ》みつけ、向き返りて汝《なんじ》らを嚙《か》みやぶらん』という箇所のアタマです。また〈オムニス・アルボル〉は、『善き樹《き》は悪《あ》しき果を結ぶこと能《あた》はず、悪しき樹は善き果を結ぶこと能はず。すべて善き果を結ばぬ樹《き》は、伐られて火に投げ入れらる』という箇所のアタマです。ちなみにこれ、実はカトリックの文語聖書と全く同じ文言となっておりまして。MNの教皇聖書は、カトリックの文語聖書の我田引水《がでんいんすい》と摘まみ食いです――

とまれ前者の教義は、要はいわゆる豚に真珠。価値の解らない者に大事な物をくれてやるな、ということで、これは今では『大事な物の価値が解るのは教皇だけだ』『大事な物を分けてもらえるのは信者だけだ』という選民思想となっています。

また後者の教義は、要は善き信者だけが善行を積むことができる、といった感じなのでしょうが、これも今では『悪魔は決して善行を積むことがない』『悪魔は火に投げ入れてやった方が善行である』という殺人容認思想となっています」

「ゆえに警察としては、重大な関心を払わざるを得ない――なんといっても、殺人容認となれば、オウム真理教のタントラ・ヴァジラヤーナやマルクス＝レーニン主義の暴力革命論と、何も変わるところが無いのだから」

「まさしく。ゆえに全国警察において――オトモダチからの御協力をえて――MNの教皇聖書を確認するとき、〈ノリテ・ダーレ〉と〈オムニス・アルボル〉の教義が確認されるのであれば、我々としてはこれを治安攪乱要因《チアンカクランヨウイン》として警戒するほかありません。無論、今現在にいたるまでこれら教義が撤回された形跡は皆無《かいむ》です。

そしてさらに、今年平成一一年、すなわち二十世紀の終わりを目前にして、この二大教義に加え、極めて憂慮《ゆうりょ》すべき新教義が追加されました」

「ええと、それは確か……〈バビロン・マグナ〉だったね？」

「それもまさしく。これまたMNの教皇聖書によれば、『大なるバビロンは倒れたり、倒れたり、かつ悪魔の住家、もろもろの穢《けが》れたる靈《れい》の檻《おり》、もろもろの穢れたる憎むべき鳥の檻となれり。もろもろの國人《くにびと》はその淫行《いんこう》の憤恚《いきどおり》の葡萄酒《ぶどうしゅ》を飲み、地の王たちは彼と淫をおこなひ、地の商人らは彼の奢《おごり》の勢力によりて富みたればなり』云々《うんぬん》というくだりですが、これは要は、所謂《いわゆる》ヨハネの黙示録《もくしろく》からの引用。そしてヨハネの黙示録といえば」

「世界の終わりにおける、善と悪との最終戦争だ」

「もっとも、カトリックの正統な解釈はといえば、これがあまりに聖書の中で異色ゆえ、様々だそうですが……

　ただ今現在のMNが、これをどう信者に教えているかというと、『現在の外部世界は滅亡する』『教皇に叛《さか》らうあらゆる悪魔は死ぬ』『教皇の教えと救いを拒み、悪行を重ねたからだ』とまあ、いささか陳腐《ちんぷ》ながらこんな感じになります」

「よってますます攻撃性を強めていると……ただ、あの大警視庁でも大阪府警察でも、脱会トラブルひとつ、霊感商法トラブルひとつ検挙できていないのは何故《なぜ》？」

「ひとつには、他のカルトほど強引な勧誘なり商売なりを行っていないことによります。

それは財政基盤が確乎《かっこ》としているからです。

——教団設立の経緯から、既に教団は潤沢な資産を形成しているほか、それに基づく適法な投資によって、カネは倍々ゲームで増えた。とりわけ、一九九〇年あたりまでは狂気のバブル経済でしたから。そしてそもそも、教団は自給自足体制を確立しています。そこでは、無給・無休でいくらでもよろこんで勤労する膨大《ぼうだい》な数の出家信者がいる。言い換えれば、教団はそのあらゆる活動において、人件費を顧慮《こりょ》する必要がないのです。

また教団の苦痛緩和技倆《ぎりょう》、ホスピス運営能力は真実のもの。例えば『設楽みかん』のときのように画期的で新規な、苦痛除去医薬品を独自開発したと言われても面妖《おか》しくないほど真実のものです。むろんそれは未承認ですから、教団も患者もまさか公言はできませんが……とりわけエスタブリッシュメント層に『人気が高く』、ゆえにお代としての布施は巻き上げ放題、青天井《あおてんじょう》。また実際に家族が救済されれば、それを目《ま》の当たりにしてしまえば、当然、入信を決意する信者も増える。そして信者を出家さえさせてしまえば、その全財産は教団のもの。こうした絡繰《からく》りで、MNとしては、強引な勧誘なり商売なりをする必要がない。ゆえに、それに伴う刑事事件もない。

ちなみに、エスタブリッシュメント層の隠れ顧客が多いことから——MNは現役・OBを問わず国会議員・閣僚・高級官僚にまで浸透しています——『弾圧対策』が容易なばかりか、『穏健なキリスト教』『体制側』というイメージ作りにも成功している。よって、創業以来の暖簾《のれん》である『設楽みかん』の販売も依然として堅調、超堅調です」

「……苦痛緩和ビジネスだなんて、来たるべき超高齢化社会においてはそれだけで基幹産業・大躍進産業となるだろうけど、ちなみに他のビジネスはあるの？」

「諸情報から分析できるのは、自殺ビジネスと、医薬品譲渡ビジネスですね。

自殺ビジネスというのは、要は死にたいがその覚悟と手段のない者に、まあ安楽死を提供するもの。ＭＮの御家芸《おいえげい》は苦痛の緩和ですから、苦しまずにスウッとお亡《な》くなりいただく技倆《ぎりょう》も当然持っているわけです。そして最近のバブル崩壊、氷河期の始まり、そして社会の高齢化はその追い風になる。よって、またもや隠微《いんび》なかたちで顧客を増やし始めている――無論、顧客本人からは莫大な手数料と手持ち資産を頂戴すると。

他方で医薬品譲渡ビジネスというのは、事件係の兵藤補佐からレクがあったかも知れませんが、要は向精神薬の違法な横流しです。とりわけＭＮによってマーケットの変動が見られるのは、リタリンとハルシオン。リタリンは薬理作用からいえば覚醒剤《かくせいざい》そのものですし、ハルシオンの超速な導眠作用は、まあ病み疲れている方にとっても、レイプドラッグとして使用しようとするような輩《やから》にとっても垂涎《すいぜん》の的《まと》。そしてその仕入れは、現行法を前提とするかぎり難しくはない……医者の処方箋《しょほうせん》があれば全国どこの薬局でも買える。もちろん保険証は必要ですし、ひとりの信者が異様な数を求めたとなればそれだけで刑事事件でしょうが……ところがどうして、ＭＮの信者は全国なら四万五〇〇〇人、当県だけでも四、七〇〇人いるわけですから、全員が関与してはいないにしろ、一人当たりの薬剤数について何も怪しまれることなく膨大《ぼうだい》な量の薬剤を調達することができます。そしてその顧客にも困ることはない。メンタルヘルスは既に我が国社会の最重要課題のひとつですから」

「ありがとう丸本補佐。ＭＮの現勢等については充分に再整理できた。

再整理の最後に、教祖……〈教皇〉である村上貞子の現状を知りたい」

「先に述べたとおり、生年が正確なら六十六歳でしょう。女だということも間違いない。ただ、一九八二年の旦那の死以降、そう教団が独立王国化して以降、まず御油町の〈教皇庁〉から出てこない。当然、我が第三係も内田補佐の第四係も御油町に網を展《は》っとりますが、教皇らしき女の出入りは確認できとりません。むろん他の信者なら、出家在家を問わず、愛予市の〈拠点施設〉と御油町の〈教皇庁〉を始終往来《おうらい》しとりますんで、その実態把握を欠かしたことはありませんが……六十歳代の金満刀自《とじ》ゆうんは、年に一度の機会を除き、まったく現認《ゲンニン》することができておりません。まさか四万人組織の首魁《しゅかい》が、トラックの荷台に隠れるだの、漁船の倉庫に隠れるだの、そうしたことは教団の在り方からしてまず考えられませんし――」

「その、年に一度の機会というのは？」

「御案内のとおり、教皇生誕とされる十二月七日に、教皇生誕祭が行われます。これには必ず教皇・村上貞子が出席します。そしてその会場は、御油町ではなく東京なのです。MNの〈東京教会〉において挙行されます。よってこの日だけ、村上貞子も御油町を離れます。正確には、十二月五日の最終便で羽田に行き、九日の朝イチの便で羽田を発《た》つのですが。

これにあっては我々も捕捉《ほそく》できます。御油町を出てから、また御油町に帰るまで、それはもう熱烈なファン活動をさせていただきます。さすがに東京教会には入れませんが、我が方には〈マルチノ〉ら五名のオトモダチがおりますし、いやおりましたし、全国警察にあっても――それは鷹城理事官しか知り得ませんが――相当数のオトモダチを投入してくる。ゆえにミサの内容、説教の内容は入手できます。もっともこれは出家信者のみが参加できますので、在家信者に任務付与《ニンムフヨ》したりするのは無理ですが」

「それって去年も開催されたの？」

「ハイ課長。やはり同日程で、十二月七日に。教皇の動きもまた同日程です」

「それはさすがに着任前だし、特に関係公用文を決裁した記憶もないんで訊《き》くけど――ミサ・説教の内容で興味深いものはあった？」

「後程《のちほど》、昨年の教皇生誕祭に関する公用文を御覧《ごらん》に入れましょう。課長の御興味は時に多岐《たき》にわたりますけん、実際に読んでいただいた方が早い……ただ、私が奇妙に思ったことならここですぐお話しできます。それは表彰式での出来事です」

「教皇生誕祭では様々なイベントが挙行されますが——例えば教皇その人による、玄人《くろうと》裸足《はだし》のグランドピアノ演奏など——他にも表彰式がそのひとつです。これはまあ、警察の年間表彰とあまり変わりません。要は、教団に特に功労があった実績優秀信者あるいは実績優秀都道府県が舞台に上がり、教皇そのひとから直々に表彰状を受けるイベントです。そして表彰状とともに、教皇の署名公印が入った教皇聖書を贈呈される。信者からすれば、生き神様《いきがみさま》から褒《ほ》められたうえプレゼントまで頂戴できるわけですから、もう感無量でしょう」

「表彰式？」

「なら、丸本補佐が奇妙に思ったこととは？」

「それは、オトモダチの誰もが視認《しにん》できたことなのですが——昨年の表彰式において、教皇は幾度も幾度も、舞台上で、教皇聖書への署名公印をやり直しているのです。いってみれば、芸能人がサイン会でサインを失敗するようなものですね。

もっとも当然、一発で成功したケースもありました。

でも無視できない頻度《ひんど》で、対象によっては二度、三度と『作り直し』をしているのです。オトモダチが視認したところでは、目蓋《まぶた》を押さえるような仕草や、両腕をさするような仕草、強く顳《こめかみ》を押すような仕草、あるいは羽根ペンを跳ね上げるような仕草があったとのこと。そしてMNとしてはめずらしいことに、会場から喧騒《ざわ》めきまで生じました。

教皇臨席の表彰式など、針一本落とす音も聴こえるような、厳粛《げんしゅく》な静寂《せいじゃく》のうちに挙行されるものなのですが――」

「その表彰式自体は無事に？」

「まあ無事に終わりました。しかし終わった後も、信者の喧騒《ざわ》めきが完全に消えるまで、相当な時間を要したそうです。重ねて、そんな不作法はMNにおいては許されざる椿事《ちんじ》なのですが。ただ、信者の動揺も理解できないことはない」

「……成程《なるほど》、健康不安か」

「MNは、村上貞子のカリスマ性で持っているようなもの。そして彼女の後継者はまったく決まっておりません。村上貞子に子はありませんし――少なくとも教団ではそれが常識ですし、警察も子に関する情報など一切入手してはおりません――まして教皇に次ぐ地位にある枢機卿といえば、確認できているだけでも二〇人はおりますので。そしてその二〇人に優劣はまったくない。となれば、信者が教皇の『おいたわしい』御様子を目の当たりにし、激しく動揺したその気持ちは想像に難《かた》くありません」

「村上貞子の健康状態についての情報は？」

「それこそ警察庁特対室と警察庁〈八十七番地〉の垂涎《すいぜん》の的《まと》ですが――それぞれの言葉を信じるなら、全国警察のどこも入手できてはおりません。むろん当県警察もです。

もっとも、仮に村上貞子に健康不安があるとすれば、それはMNとしては、もう死んでも秘匿《ひとく》しなければならない超トップクラスの極秘事項。教団の後継者問題を考えれば尚更《なおさら》です。そうした『情報の性質』を考えれば、警察庁の言葉もあながち嘘《うそ》ではないでしょう」

「まったくの印象論だけどさ、さっき説明してくれた教皇の仕草から、僕は旦那さんの『脳腫瘍《のうしゆよう》』の話を思い出したなあ」

「ああ成程《なるほど》、それは確かに……ただ課長御自身がおっしゃったとおり、脳腫瘍の原因は遺伝的なもの。まさか血縁の無い旦那から、妻の村上貞子に移るものではありません。それに、信者の前で醜態《しゆうたい》をさらしかねないほどの症状が出ているというのも面妖《おか》しな話です。というのも、MNは高度な医療行為能力を有していますし、苦痛緩和の達人でもあるので。その教祖が、すぐさま治療を始めず、したがって顕著《けんちよ》な症状を呈したままというのは……教団のビジネスに対する不信感を醸成《じようせい》してしまいかねないという意味でも、ちょっと想定し難《がた》い状況ですね」

「確かに。丸本補佐のその指摘は正しい。

となるとサイン本の失敗というのは、『健康不安』などというたいそうな話ではなく、純然たる六十六歳のお婆《ばあ》ちゃんのヨボヨボ現象かなあ。ただ六十六歳というのは、昨今の高齢化社会を踏まえればまだ若いしなあ……

いずれにしろ、教皇生誕祭における特異動向については了解。

あと規模というか、その東京で開催されるイベントだけど、どれくらい賑《にぎ》わうの？」

「オトモダチは、御油町からいや全国から数多《あまた》の信者が集《つど》っている様子も視認《しにん》できます。ゆえに断言できますが、五日から九日までは、〈拠点施設〉の信者も〈教皇庁〉の信者も、それはもうごっそり東京にゆきますね。MNにとってのクリスマスですから。

またオトモダチは、その教皇生誕祭のミサなり説教なり表彰式なりが、六十歳代半ばと思《おぼ》しき老齢の、修道女姿の刀自《とじ》によって行われていることも視認できます。

――ところがここで、ひとつ課長に御説明をしておくべき問題が生じる。

というのも、村上貞子が日頃ずっと御油町に引き籠《こ》もっていることに加え、ミサ以外で最後に撮影できた彼女の顔写真は、なんと一九八三年のものなのです……しかも当時の機器の、最大望遠ギリギリで撮影したもの。その解像度はお話になりません。すなわち」

「ああなるほど。本人確認の問題があるのか」

「まさしくです。そして課長のお言葉を言い換えるなら――

MN諸対策を講じるに当たり、実は『村上貞子の面割《めんわ》りができる者は、全国警察にひとりもいない』ということです。無論、当該ミサに出席している『教皇なる女』はいくらでも確認できますし秘匿《ひとく》撮影もできました。ただそれが果たして真の『村上貞子』なのかどうかは誰にも断言できません。我々のうちの誰にも。これは実際上、特に事件化《ジケンカ》をする際、『被疑者が特定できない』『ミサに出席している者が教団トップだと特定できない』ということを意味します。とりわけ年寄りというのは『特徴がありすぎる』ものですから、例えば八十歳だの九十歳だのの老人が六十歳代半ばに化けるのには著しく無理がありますが、さかしまに本人より若い奴ならば、幾らでも年寄りの演技や化粧ができてしまう……

ここで無論、MN諸対策においては、教団施設に討ち入りするとともに、教祖本人の首級《しゅきゅう》を挙げなければ意味がありません。ゆえに第三係・第四係ともども、『村上貞子』の特定には総力を挙げておりますが、対象の来歴と動静から、困難を極めているのが現状です」

「了解。極めて了解――

じゃあ只今《ただいま》プレゼンしてもらったMNの現勢等を前提に、今日の課長検討《ケントウ》へ入ろうか」

69

「次長からは、〈八十七番地〉から大事な話があると聴いているけど？」

「ハイ課長」引き続き丸本補佐がいった。「では警察本部の猟師を直轄《ちょっかつ》している第三係として、報告と御決裁をお願い致します。内容は〈ミツヒデ〉関係であります。課長御案内のとおり、これは防疫《ボウエキ》のマル対であります。そして今朝方、当係の書類鞄《かばん》で置き決裁をさせていただいたとおり、昨日は特異動向が確認されませんでした」

「うんそれは読んだ。午前中に。酒量が多くなっているのは悲しかったけど」

「無論それ以降も、二四時間三六五日体制で追っ掛けを続けております。この〈ミツヒデ〉にあっては警察署の副署長ですので、本来であれば、警察署の猟師を統括する第四係の内田補佐に委《ゆだ》ねるべき実施《ザッヘ》なのですが、いかんせん御油警察署の副署長ドノとあっては……」

「足場と立場が悪すぎるけんね」内田補佐がいった。「如何《いか》に署の獲物じゃゆうても、自分とこのオフクロを追っ掛けるのはそりゃ無理ぞな。面《メン》が割れとるどころの騒ぎじゃない。おまけにそもそも、御油警察署には警備課員が一人しかおらん……あそこは県下十九署で唯一《ゆいいつ》の『一人署』やけんね。マル対を二四時間三六五日体制で追っ掛けるなんぞ絶対に無理ぞな。

　ほやけん、丸ちゃんとこの猟師を動員するしかないんです」

「〈ミツヒデ〉は無論、宇喜多前《ぜん》課長時代からずっとやってもらっている実施《ザッヘ》だけど」僕は訊いた。「我々としてもそうそう出会《でくわ》すことのない感染者が、なんとMN感染者で、しかも〈教皇庁〉のある御油警察署における感染者だ——というのは、まさか偶然だとは思えない」

「課長、〈ミツヒデ〉にあっては」丸本補佐がいった。「二年前の御油警察署副署長着任後直ちに、我々がやるような求愛を受け、これまた直ちに我々がするような結婚をしているタマです。そして無論、これは偶然ではありません。MNはお膝元《ひざもと》である御油警察署に対して、特にその署長・副署長に対して、活発な求愛活動を行います。無論、ほとんどの署長・副署長は、まさかプロポーズを受けてオトモダチになってしまうようなバカな真似《まね》はしないのですが……むしろそれ以降、我々のカウンターに御協力いただけます……しかし過去に署長がひとり、そして今現在副署長がひとり、感染者となってしまったという経緯があります」

「ほがいな対権力活動《タイケンリヨクカツドウ》を活発に仕掛けとる、ゆうことそれ自体が」内田補佐がいった。「MNのカルト性なり犯罪組織性なりを示す、何よりの証拠ぞな……ただ、例えばMNに秘指定《ヒシテイ》された部内《ブナイ》資料を流しよるとか、そのために警察署から文書を盗み出しよるとか、そうした地公法《ちこうほう》の守秘義務違反等でも立証できれば別論、MNもそこまでバカと違う。

まあ〈ミツヒデ〉はもう五十八歳で所属長未満。出世もなければ老い先も短いけん、そがいなバカなことをやらかしてくれる確率も少のうない。そしてもしそがいな現場が押さえられれば、事件係の兵藤補佐と相談してすぐ事件化《ジケンカ》するんじゃけんど……丸ちゃんとこが必死に追わえとるのに、残念ながら『絶好のファインプレー』は採証できとりません。ただそこは丸ちゃんのやることやけん、二四時間三六五日の水も漏らさぬ防疫《ボウエキ》には抜かりないですぞな」

「内田先輩にそこまで身内褒《ぼ》めされると気色悪いですねえ――

いずれにしましても課長、そんなわけで、〈ミツヒデ〉はMN諸対策上、重要なマル対のひとりです。そして課長御記憶のとおり、完全にMNのオトモダチとなってもいます。さてその〈ミツヒデ〉ですが――

本日の午前中に特異動向を示しました。警報を発するべき特異動向です」

「すなわち」

「〈ミツヒデ〉は刑事部門出身ですが、本日の午前中、かつての部下三名に対して俄《にわか》に警電を架けています。立て続けに。これは第三係の目と、署内協力者の証言と、警電の架電記録から確実です。その架電先は当然割れます。ひとりは筆頭署・愛予警察署の暴《ボウ》対《タイ》係長。ひとりは諏訪《すわ》警察署の強行《キヨウコウ》係長。そしていまひとりは、機動隊の隊長補佐です。そしてこのような動向は、〈ミツヒデ〉の防疫《ボウエキ》を開始してから初めて確認されたものです」

「……いずれの架電先もドンパチ系の人々だね？　架電内容は割れたかい？」

「詳細は不明です。御案内のとおり、直近で見られるわけではないので……ただ御油署の署内協力者がどうにか聴き取ってくれたことには、『再就職』『高給』『経歴を活《い》かして』『極めて安全な』『近い将来のために』云々《うんぬん》の発言があったとのこと」

「架電先となった、ドンパチ系の、元《もと》部下警察官三名の人定《ジンテイ》は？」

「それぞれ五十一歳の警部補、四十九歳の警部補、五十六歳の警部です。

宮岡次長そして平脇《ひらわき》監察官に確認を願いましたが、これ以上の昇任は厳しい者とのこと。昇任意欲も乏しければ、実績的にも低調。いつ交番に帰されても不思議ではないとのこと」

（そういえば、警務の平脇監察官は、宮岡次長の義理のお兄さんだったな。

そして警備部門においてとても強い影響力を持つ『平脇エコール』の師匠だ。確か丸本補佐と内田補佐は、平脇監察官のお弟子――小規模県の人脈というのはおもしろい）

「以上の兆《チヨウ》を踏まえますと」丸本補佐がいった。「警報の発令が必要であると具申《ぐしん》いたします」

「そうだね。確認できたキーワードと関係者の経歴からして、〈ミツヒデ〉が俄《にわか》に感染を拡大しようとしている蓋然性《がいぜんせい》が極めて高い。しかも、特に物騒な方々をリクルートしようとしている蓋然性が高い――何故、今このタイミングでそんなあからさまなことを開始したのかは、実に興味深いが。

いずれにしろ了解し、決裁する。

各警察署の警備課長に、防衛《ボウエイ》水準をレベル2にまで引き上げさせる。各警察署の猟師には、他に流行の兆《チョウ》がないかどうかを緊急点検させる。その警電は僕がこれからする。また、これにあっては以降、警察署の猟師を統括する内田補佐の担当とする。内田補佐、問題の御油・愛予・諏訪にかぎらず、全警察署の点検に抜かりのないよう監督してくれ」

「内田警部了解ですぞな」

「更に課長、御検討いただくべき事項があります」丸本補佐がいった。「やはり〈ミツヒデ〉関係の特異動向ですが、〈ミツヒデ〉は本日午前中、しきりに拳銃《けんじゅう》保管庫の保安体制を確認するとともに、関係簿冊《ぼさつ》のチェックを行っています。言ってみれば不良副署長である〈ミツヒデ〉としては、性格的にも経験的にも極めて稀有《けう》な動向《ゴンゾウ》です」

「……解りやすいといえば解りやすいか。

御油警察署は規模C署。確か定員は二九名。なら拳銃もその分だけある。裏から言えばそれだけしかない。そして無論警察署なんだから、特に阪神大震災以降は、拳銃の非常持ち出しマニュアルも整備されているだろう」

「しかもそれを管理するのは、警察署の庶務を統括する副署長となります。ゆえに」

「MNが銃器を安価で、というかコストゼロで調達するとすれば、そのあたりは実に狙《ねら》い目だね。筆頭署のように三〇〇丁以上となれば、嬉《うれ》しいことは嬉しいが搬出搬送に難《なん》がある。警戒も厳しい。御油署レベルの丁数《ちょうすう》あたりがやりやすい。そして例えば、次長なり僕なり警備部長なり警察本部長なりを銃撃するのに、まさか三〇丁は不要だ」

「よって第三係としましては、総警務部門《ソウケイム》と連携した装備資器材の防護体制強化を意見具申《ぐしん》いたします」

「了解し、決裁する。

取り急ぎ、僕から平脇監察官に警電を架ける。全部説明して所要の通達を発出してもらおう。無論、御油署だの拳銃だの、きわどいワードが出ないかたちで。また明日、東山本部長にこれまた全部御説明して、ＭＮの武装化方針とその対策について指揮を受けよう」

「いつも即断していただき有難うございます、課長」

「いやこれ僕のお仕事だから。お礼はおかしいよ――

他にまだ検討事項《ケントウ》はある？」

「〈ミツヒデ〉関係にあってはあと二点です。

まず第一点。実は本日の午前中、なんと司馬課長卓上にも警電を架けておりまして――御不在の折です」

「えっ今日の午前中に、僕のところへ？〈ミツヒデ〉が？」確かに今日の午前中、僕は本部長レクなり部課長会議なりで課長室をかなり外したが……「僕が不在だったなら、僕誰が警電を取ったの？　まあ距離と職務からいって、次長か谷岡係長か彦里嬢だろうけど」

「次長卓と庶務係が、課長室にいちばん近いですけんね。そして今般、実際に警電を取られたのは、警電で14プッシュをした次長です――次長は当然、〈ミツヒデ〉のことを何もかも御存知で、それでいてしれっと顔色ひとつ変えず普通の対応をしたのですが」

「で、〈ミツヒデ〉は何と？」

「概略、『大変恐縮だが、当署でもY2K問題に対応しなければならないので、公安課で作成しておられる資料等があれば、FAXなり逓送《ティソウ》なりしていただけないか』と。『地元町議や町役場と共有するから』と。ここで、課長は警備部門の庶務担当課長ですから、内容的には違和感ない依頼ではあります――階級的に極めて無礼ではありますが」

（そうだな、副署長に相当するのは次長。副署長のカウンターパートというなら、次長だ。

だのにいきなり、着任挨拶《あいさつ》の一度しか会っていない、警電でなんて声を聴いたこともない、東京からのキャリア課長にそんな願い立てをする……無礼はどうでもいいが、若干奇異だ）

「けど丸ちゃん」内田補佐がいった。「Y2K問題ゆうたら、これから儂《わし》も課長検討《ケントウ》をお願いするけんど、MN諸対策上まさか見逃せんキーワードぞな」

「ほうよ内田補佐。ほやけん宮岡次長は、『なら、ちょうど情報管理課長が部課長会議で使った資料があるけん、それ送ろうわい』ゆうてサラッと流した。ぶっちゃけ、情報管理課がしかも公然会議で用いた資料なんぞ、たとえ極左《キョクサ》にくれてやっても問題ないけんね」

「ほんで丸ちゃん、〈ミツヒデ〉はそれで納得したんかな？」

「そりゃせざるを得んでしょう。宮岡次長はじき署長で出られる、筆頭課の次長やけん。〈ミツヒデ〉とは格が違《ちご》おうわい。で、『ありがとうございます』ゆうて警電を終えた」

「……微妙に不可思議だね」僕はいった。「〈ミツヒデ〉は感染者で不良《ゴンゾウ》だけど、不良《ゴンゾウ》警察官ほど物理的な力関係には弱いものだ。いくらMNがY2K問題に甚大《じんだい》な興味を抱いているとはいえ、だから警察資料を渇望《かつぼう》しているとはいえ、まさか警察本部の公安課長なり公安課次長なりが、機微《きび》にわたる資料を『ハイそうですか、解《わ》っかりましたあ‼』と提供してくれる――なんて思うはずもなし。まして〈ミツヒデ〉は刑事部門出身なんだから、警備部門のガードがいかに堅いかは、不快感とともに熟知しているはずだ。

すなわち、やり方もあからさますぎれば、まさか効果を期待していたとも思えない――〈ミツヒデ〉が我々の想像を遥《はる》かに超越したマヌケでなければね」

「ただ課長」内田補佐がいった。「〈ミツヒデ〉は『地元町議や町役場と共有する』とも言うとりますけん、そのあたりから強硬に背《せ》っ突《つ》かれて渋々――ゆうストーリーは考えられますぞな、もし。ゆうたら町議だろうが町役場だろうが、これすべてMN、これすべて村上貞子の手足じゃ思って間違いありませんけん」

「……『仕方なく、効果の期待できないことをやらされた』か。うーん。ちょっとこの、僕への架電にはモヤッとした感じがある。何か別の目的が隠されている、そんな漠然とした疑惑を感じる。ゆえに内田補佐。これは内田補佐に任せるから、やはり各警察署の猟師に頼んで、〈ミツヒデ〉からそのような依頼が他にもなされていないかを洗い出してくれ。また同時に、各警察署がY2K問題に関してどのような資料を作成し、どのような資料を保存しているのかも洗い出してほしい。できる？」

「朝飯前ですぞな」

「第四係は」丸本補佐がニヤッとした。「警察署の猟師を完全に掌握《しょうあく》しとりますけんねえ。これも御人徳ですね、内田補佐？」

「何言いよんで。〈ミツヒデ〉関係はそもそも、将来の警備部長間違いナシの丸ちゃんの担当じゃろがな、もし。儂《わし》がこうして、丸ちゃんにええ再就職先斡旋《あっせん》してもらうため、丸ちゃんの下請け仕事をキチンとしよるゆうこと、まさか忘れたらいけんぞな、もし」

「それをいったら第一係の広川補佐に頼んだ方がええですよ。『宮岡エコール』が主流派であるかぎり、広川補佐は将来の警備部長、いや刑事部長当確ですけんね」

「また漫才が始まると長いですけん――」藤村管理官が純朴な瞳《ひとみ》を緩ませた。「――ホイ丸本補佐よ、第三係からはあと一点、課長検討《ケントウ》を願うことがあるゆうとったけんど？」

70

「はい管理官。ウチからはあと一点だけ」丸本補佐がいった。「そしてこれが、〈ミツヒデ〉以上に深刻なんですが……それがやはり本日昼休みの、〈ミツヒデ〉の架電先です」

「今日はあのひと活発に動いたねえ!!」僕は素直に吃驚《びっくり》した。日記《ニッキ》だろうが防疫《ボウエキ》だろうが、特異動向が把握される日などむしろ稀《まれ》なのだ。「お仕事がふえるのは、そりゃ嬉しいことだけどさ。それで丸本補佐、最後の最後のメインディッシュにとっておいた、当《とう》該《がい》架電先とは？」

「はい、当該〈ミツヒデ〉の架電先ですが、それはちょうど本日午後に課長決裁を頂戴し、よって課長に御命名いただきましたあの——」

「……えっちょっと待って、それって」

「架電先は、あの新規登録防疫《ボウエキ》〈ヒデアキ〉です」

「なんと!!」

「ただ、これについては流石《さすが》に〈ミツヒデ〉も著しく防衛《ボウエイ》水準を高めておりまして、極めて小声、かつ必要最小限の発話しかしておりません。よって御油署の署内協力者にあっても、全く内容を漏れ聴けてはおりません」

「……架電時間は？」

「約三分」

「裏付けは？」

「警電の架電記録から間違いありません。また署内協力者が気を利《き》かせ、〈ミツヒデ〉不在のスキを狙って、リダイヤルを試みてもくれました。その警電番号も無論〈ヒデアキ〉のものでした」

「となると、〈ヒデアキ〉の防疫《ボウエキ》は、もはや容疑解明などといった段階ではないな」

「──そこで、課長の御判断と御決裁を頂戴したいのです。

現在、第三係の防疫《ボウエキ》担当は御油警察署管内に拠点を設置し、〈ミツヒデ〉専従体制をとっておりますが、①これを中断、部隊をいったん撤収の後、マル対を〈ヒデアキ〉に変えて二四時間三六五日体制の追っ掛けをするべきか。②あるいは引き続き〈ミツヒデ〉専従をつらぬくか」

〈確かにそれは決断だ。ヒトひとり丸裸にする人的コストを考えれば、両者ともどもマル対とするわけにはゆかない〉

「ここで、第三係担当補佐としましては、〈ヒデアキ〉シフトを提案いたします。理由はシンプル。第一に御油警察署などとは違い、格段に足場がよいからです。我々の庭先といってもいい。第二に副署長などとは違い、格段に立場がよいからです。組織内地位が高い」

「なら指揮官としてそのリスクを提示すれば――露見したときの反撃リスクたるや、想像を絶するものがあるよ。当県公安課の存続にかかわるレベルでね」

「申し上げ難《にく》いのですが、宮岡次長からは、『それは課長がどうとでもするじゃろ』『儂《わし》も課長に連座するなら本懐《ほんかい》じゃ』との御発言を頂戴しています」

「……次長もそこまで腹を括《くく》っているなら是非《ぜひ》も無いか。

　了解した。丸本補佐の提案を是《ぜ》とする。

　現時刻をもって第三係防疫《ボウエキ》担当は任務を中断、御油警察署管内から撤収。本日中に体制を再構築し、明日朝イチから〈ヒデアキ〉の完全行動確認に移行。実施目的は、〈ヒデアキ〉をネットワークの要《かなめ》とする、MNの組織内浸透の解明及びその採証とする。なおマル対の特異性に鑑《かんが》み、防疫《ボウエキ》事故の絶無《ぜつむ》を期すこと。

　ただし、僕にちょっと考えがある。対〈ヒデアキ〉の部隊指揮官は僕に選ばせてくれ。

　そしてその部隊指揮官に、第三係防疫《ボウエキ》担当の全権を委ねてくれ。すなわちこれは当該部隊指揮官直轄の、特別のPTとし、藤村管理官の指揮権からも、丸本補佐の指揮権からも切り離してほしい。その理由は必ず追って説明する。僕からは以上だ」

「了解しました課長。

第三係として異例のことではありますが、課長とその部隊指揮官に全《すべ》てをお委ねいたします」

「是非《ぜひ》とも頼む」

「ほしたら、これで丸本補佐の方は課長検討《ケントウ》、終わりじゃけれ――」藤村管理官がいった。「――引き続き内田補佐から、御説明等を始めておくれんかな、もし」

71

「ああ、丸ちゃんインテリじゃけれ、もう話、長い長い。

　さすが青学出は違うぞな、もし」

「愛予の公安課で実施《ザッヘ》ゆうたら内田補佐、とまでゆわれとる実施《ザッヘ》の神様が何言いよんぞ」

内田補佐は俄《にわか》に人懐《ひとなつ》っこい、甚《はなは》だ照れた顔をしながらマイルドセブンに着火した。隠《いん》微《び》なスパイ稼業《かぎょう》の親玉とは思えないにやけぶり。スパイ小説でよく『スパイは孤独だ……』なんて台詞《セリフ》があるが、少なくとも当県公安課についていえば、国の公安に係る事務を行っているメンツは、どこにでもいる普通の勤め人であり、どこにでもいる普通の喜怒哀楽を持っている。というか、渡り鳥の僕からすれば、やや人情味が在り過ぎる気もするが……

「ほしたら課長サン、いよいよ第四係の出番ですぞな、もし。といって、日々の営業《エイギョウ》・日記《ニッキ》・防疫《ボウエキ》の公用文は置き決裁でお読みいただいとりますけん、今日御判断を頂戴したいのは、より重要な情報ですぞな」

「すなわちすなわち？」

「宇喜多前《ぜん》課長時代から当第四係に御下命《ごかめい》のあった、『MNのY2K問題に対する取組』の解明です。MNがこのY2K問題に異様な関心を有しとる、ゆうんは既報《きほう》のとおり。御着任時の事務概況説明でもレクさせていただきました」

「再論すれば、それは『終末論との結合』。『終末論との関連付け』」

「ほうです。MNが〈バビロン・マグナ〉とかゆう新教義を採用したのは丸ちゃんが延々御説明したとおり。けどもう一度ゆうたら、『現在の外部世界は滅亡する』『教皇に叛《さか》らうあらゆる悪魔は死ぬ』『教皇の教えと救いを拒み、悪行を重ねたからだ』云々《うんぬん》ゆうとる教義です。さらにもう一度ゆうたら、殺人容認思想です。ほんで、MNが何でまたこがいな新教義を採用したか、ゆうたら――」

「――本年がまさに一九九九年、来年がまさに二〇〇〇年だからだ。じき二十世紀も千年紀も終わろうとする、いわば終末だからだ」

「まさしくですぞな。そしてこれは、我々にとっては実に嫌なタイミングです。

公安課員としては、一生のうち誰もできんような、得難い経験ができるタイミングでもありますけんど」

「そりゃそうだ。一〇〇〇年に一度のことだから」

「そしてMNにとっても一〇〇〇年に一度のこと。さらにこの殺人容認の新教義〈バビロン・マグナ〉を踏まえたとき、こりゃ便乗テロ等を警戒せん方がおかしいですぞな。あのオウム真理教も、ハルマゲドンだの何だのゆうて、終末論に基づく武装蜂起《ほうき》とクーデタを計画しとった……いえ一部は実行までしましたけんね。ゆえに、宇喜多前《ぜん》課長時代から、『MNがY2K問題にどのように取り組むか』あるいは『MNが便乗テロ等を実行するリスクはどの程度のものか』、その実態把握とリスク評価が、警察署の猟師を指揮する当《とう》第四係に下命《かめい》されとったと、まあこれが経緯ですぞな」

「それは憶《おぼ》えているし了解しているよ。東山本部長の御関心も強いからね」

「そこでまず、昨夜〈マルチノ〉が提報《テイホウ》してくれた情報が重要になってきます」

「〈マルチノ〉が……」何度も出ているが、それは僕らの大事なオトモダチで、教皇庁の人事部の大司教である。しかし。「……ただ〈マルチノ〉との接触は流れたんじゃなかったっけ？」

「いえ、接触自体は開始されとりました。しばらく会話もできました。

ただ突如、教団関係者と思しき者から呼び出され、そのまま教団関係と思《おぼ》しきバンに拉致《らち》されてもうた。その後、我が方のMN定点が壊滅したのは御存知のとおりですが、いずれにせよ接触自体は行われとります。そして当該接触《とうがい》で〈マルチノ〉が提報《ティホウ》してくれた、いわば〈マルチノ〉最後の情報ですけんど……

第一に、来る十二月二十四日、教団は大規模な人事異動を行います。これまでに例を見ん大規模の人事異動で、とりわけ御油町の〈教皇庁〉に所属する出家信者について、全国規模のシャッフルを行い、〈教皇庁〉の人材を一新するとのこと。

第二に、〈教皇庁〉に所属する出家信者が、それに伴い増員されます。これまでは五〇〇人体制だったものが、十二月二十四日をもって九〇〇人体制となります。これらの九〇〇人にあっては、すべて〈教皇庁〉のあのドーム内に配置されます。

第三に、今月末——十月末から、〈教皇庁〉に建設業者が入ります。無論、MNが既に実質的な支配を確立した建設業者で、ゆうたら関連企業・フロント団体ですが。ほんでこの建設業者が何をするかというと、〈教皇庁〉の消火設備・防災設備・防水設備の修繕《しゅうぜん》その他の大規模修繕を行うとのこと。またその大規模修繕にあっては、おおむね十二月中旬まで行われるとのこと」

「人事の刷新《さっしん》と、大規模修繕か」僕は八本目のマイルドセブンに火を灯《とも》した。「それも、明々白々に年末を指向した奴を」

「MNの終末論を踏まえても、また増員・施設整備なる情報を踏まえても、MNが年末にむけて何らかの大規模な行動計画を有しとる、ゆうことは確実ですぞな、もし。しかもそれは、次の情報からも裏付けられます。すなわち第四に――」

「あれ、ちょっと待ってよ内田補佐。〈マルチノ〉って確か警察本部直轄だったよね？　公用文も第三係から上がっているし。どうして第四係の内田補佐がそんなに詳しいの？」

「課長、これ、実は課長のところにも上がらん情報なのですが……」丸本補佐が何故《なぜ》か申し訳なさそうにいった。「……この〈マルチノ〉の営業《エイギョウ》担当、実は、何を隠そう内田補佐本人なんです」

「えっ」僕は一瞬、絶句した。「警部直轄営業《エイギョウ》なの⁉　それはやり過ぎでしょ。警部は部隊指揮官なんだから。担当さんというなら、せめて警部補には下ろしてくれないと」

……当課では、不要な情報は課長にすら上がらない。そして『とある情報の猟師がいったい誰だったか？』は、課長にも次長にも不要な情報である。聴けば素直に答えてくれるだろうが、僕も係が理由あって秘していることを敢《あ》えて訊《き》いたりしない。その理由というのは当然、営業《エイギョウ》担当者の秘密と安全を守るべく、秘密を知る者を最小限に抑えることだ。だがしかし。

「警部ともあろう部隊指揮官が、まだ現場で実働員をやるっていうのは感心しないなあ」

「いや、それ課長にだけは言われとうないです」内田補佐はしれっといった。「課長もたいがいお茶目ゆうか、現場大好き警視ですけんね。よう鷹城理事官が怒らんもんじゃ」

「課長、これは決して内田補佐の我儘《わがまま》というだけではなく」丸本補佐がいう。「いえ我が儘ではあるのですが、若干の特殊事情もあり……というのも、実は〈マルチノ〉との結婚に成功した担当者が、誰あろう内田補佐本人なんです」

「……さ、さすがは実施《ザッヘ》の神様」

「無論、その後は実働員に引き継ぐのが定石《じようせき》ですが、内田補佐のこの性格ゆえ、〈マルチノ〉の方で担当換えを拒みまして。要は内田補佐以外とは結婚せん、ゆうとったんです」

「それで内田補佐が〈マルチノ〉の提報《テイホウ》について自棄《やけ》に詳しいと、成程《なるほど》ね」

「まだまだ現場仕事なら課長なんぞには負けませんけんね」

「それよりも早く警視昇任試験に受かって将来の公安課を支えてほしいよ……

まあ話は了解。それで？〈マルチノ〉が内田補佐に教えてくれた第四の情報とは？」

「第四に、〈キューピッド〉の抜本的な改良です。

これについては、もう第一係の広川補佐から報告があった思いますが、既に野外実験・動物実験を開始するレベルに達しとります。また弱点であった、高温と湿度への耐性を付与するのにも成功しとります」

「成程《なるほど》、確かにそれは聴いた」

ここで、次長と広川補佐以外は、〈キューピッド〉の存在は知っていても、それが宇喜多前《ぜん》課長を殺したことは知らない。だから列席している藤村管理官・丸本補佐・内田補佐は、宇喜多前課長は栄転後、交通事故死したと信じて疑わない——当県では、東山警察本部長－渡会警備部長－僕－宮岡次長－広川補佐のラインだけが、宇喜多前課長殺しを追っている。これまた、不要な情報は他と共有すべきではないからだ。ただ、ここにいるいずれもが、僕に仕えてくれているのと同様の誠実さをもって、宇喜多前課長に仕えてくれていたことは絶対確実である。ゆえに、僕の胸は若干ならず痛んだ。だから少々、焦燥《あわ》てて訊いた。

「そ、そして確か、MNの悲願であるエアボーン能力の付与まで、あと週単位だとか？」

「そのとおりですぞな。

これまた、年末に充分間に合うスケジューリングになっとります」

「内田補佐は直接の接触者だったというから訊くけど、そのときの〈マルチノ〉の感情なり仕草なり表情なり……要は、言語情報以外の情報はどうだった？」

「確実に蒼白《そうはく》でした。手もぶるぶる震えとったし、冷や汗もだらだら出とったです」

「それは……組織を裏切っているという恐怖？　それともあるいは」

「いえ課長、それは実戦に直面した恐怖でした。もっとゆうたら、途方《とほう》もないことに関与してもうたという後悔、おびえ、苦悶《くもん》。

——あとこれは裏付けが全然できとりませんけん、広川補佐にも言うとりませんが、最後にもうひとつ、情報あるいは雑談があります。すなわち〈マルチノ〉いわく、『鉛バリウムガラスは本来、外部放射線を遮蔽《しゃへい》し減衰《げんすい》させるためのものだった』とのこと。そして『MNは、冷戦下の全面核戦争を想定して、あのような〈教皇庁〉を建設したのだ』とのこと」

「鉛バリウムガラス——というのは、あの〈教皇庁〉のガラスドームの」

「ほうです、ほうです」

「それは核戦争を想定したものだったと」

「〈マルチノ〉はそがいにゆうとりました。

ただ儂、丸ちゃんと違《ちご》て高卒ですけん、鉛バリウムガラスが何なのか、外部放射線が何なのか、それを遮蔽するだの減衰させるだのゆうんはどがいなことなのか、皆目《かいもく》解りません。極論、儂の単語の聴き取り方が間違っとったんかも知れん。

ほやけん——本当は猟師が素材の選《よ》り好《ごの》みをしたらいけんのですが——この技術的な話ぎりは、儂がおつきあいしとる大学の先生なり建築士サンなり工務店サンなり、とにかくボランティア各位にレクチャーを受けてから広川補佐に説明しようと、そう思とりました」

ここで〈ボランティア〉というのは専門用語である——対象勢力に属しているわけではないオトモダチのことだ。情報分析において公然情報・公刊情報が実はとても大事なように、情報活動においてもいわばノーマルな、市井《しせい》の〈ボランティア〉の協力が欠かせない。

「いや内田補佐、私が思うに」すると丸本補佐がいった。「その雑談やけど、内田補佐の聴き取りにたぶん間違いはないですよ。少なくとも意味は通るし、〈教皇庁〉のドームのガラスは確か三cm弱もある剛毅《ごうき》な奴。それで放射線を止める、ゆうんは話としても理解できます」

「全面核戦争、か」藤村管理官がぽつりといった。「次長や儂の世代にとっては、現実的な物語ぞな。渡会部長の世代なら、いっそうリアルじゃったろう。なにせ八年前、一九九一年にソ連が崩壊するまでは、米ソ両国だけで人類すべてを殺せる量の、いや人類すべてを何度も何度も殺せる量の、それだけの核兵器を持っとったけんの……

ほやけん、解るぞな。

〈教皇庁〉は人類社会の終末をずっと意識しとった、ゆうことが。

しかもそれは本気じゃ。さもなくばあがいに巨大なガラスドームを建てたりはせん」

「ただ管理官」僕はいった。「核兵器による人類社会の終末は、今や現実性を失ったよ」

「ほやけど課長、ＭＮは、『終末についてのリアリティ』そのものは確実に信じとりますぞな、もし。なんでかゆうたら、今や〈教皇庁〉の大規模修繕を行うことは既定路線ですけんね。まして同時に、大規模な人事異動と〈教皇庁〉の増員を計画しとる。

これらの事実、それらのスケジューリング、そしてMNの新教義を踏まえれば――」

「MNは終末について真剣である」僕はいった。「その終末とは、一九九九年末である」

「おまけに、御油署の〈ミツヒデ〉の動きから考えても」

「その終末とは、Y2K問題と密接な関連を有する。

そしてもちろん、〈マルチノ〉の遺言ともいえる情報に鑑《かんが》みれば――」

「その終末とは」丸本補佐がいった。「〈キューピッド〉を利用したものですね、課長」

「エロスの化身、キューピッド……

誰が考えたか、安直な命名だ。そのもたらす結果は、まさか安直ではすまないけど。

――で、藤村管理官。

中華鍋はどうなっている？　〈キューピッド〉入手の見透しは？」

「……率直に申し上げます。それは正直、不可能に近くなりました。

ここで、オトモダチの〈ディエゴ〉は教皇庁教理部の司教でしたし、〈ガブリエル〉は教皇庁にも出入り自由な修道士でした。よって、特にこのふたりには緻密《ちみつ》な任務付与《ニンムフヨ》をし、大いに期待をしておったのですが……我が方のMN定点が壊滅したことを踏まえますと」

「任務達成の確率はゼロ近似、だね。少なくとも〈八十七番地〉の実施《ザッヘ》によっては」

「ほうなります。

ただ課長、儂からお伺《うかが》いするのも変な話ですが……〈八十七番地〉にも最後の手段はあります。それは課長御存知のあの営業《エイギョウ》、上級聖職者〈ガラシャ〉です。そう、教皇庁にも自由に出入りできる上級聖職者、〈ガラシャ〉」

「ゆえに少なくとも、枢機卿かあるいはそれ以上の地位にあることが極めて疑われる〈ガラシャ〉。

……管理官も、その関係の公用文は決裁してくれているね？」

「無論です。

これは当県〈八十七番地〉最重要の営業《エイギョウ》であり、かつ、実質的に警察庁〈八十七番地〉直轄営業《エイギョウ》でもある。ゆうたら鷹城理事官直轄です。ゆえに課長同様、CSZ－4の公用文を、水溶紙に穴が空くほど熟読しとります。また、これについては儂の参謀として、丸本補佐・内田補佐も、重ね重ね確認してくれとります」

「僕としては、担当者に若干の不安を感じなくもないが……」

「現在のところ、深刻な営業事故は発生しとりませんし、その兆《チヨウ》もありません」

「この担当者ですが」内田補佐はいった。「筋は悪うない。進捗《しんちょく》も悪うない。儂じゃったらもう少し果敢《かかん》に攻めますけんど、まあ営業《エイギョウ》は担当それぞれですけん。当課最若手にしてはようやっとる思います。まあ元々、課長もよう知っとるとおりマメな気配りのできる子ですけん、〈ガラシャ〉をやらせるにはぴったりでしょう。また、営業《エイギョウ》をさらに加速させることも、あながち不可能ではない。

儂の経験からゆうたら、加速させても七五％以上の確率で結婚に至ることができる思います」

「さすが実施《ザッヘ》の神様」丸本補佐がいった。「ものすごい上から目線ですねえ」

「儂これだけしかできんけんね。これだけは上から物言わせてもらおうわい」

「管理官」僕は訊いた。「今、〈ガラシャ〉の公用文ある？　ああ、前回接触の奴」

「もちろんございます」

――管理官はすぐさまＣＳＺ‐４の水溶紙公用文を用意した。

それは、ちょうど三週間前の、九月の一四日・一五日に行われた〈ガラシャ〉に対する営業《エイギョウ》結果の報告書だった。九月一五日水曜日は、敬老の日ゆえ祝日。ゆえに前日とあわせ、〈ガラシャ〉との接触が行われたのだ。僕が当県の公安課長に着任してからは、これが第二回目の接触となる。といって、実は通算四年弱をかけている営業《エイギョウ》なので、まさか〈ガラシャ〉に固さ険《けわ》しさはないし、あと一年もすればプロポーズまで持ってゆけるか、といった段階にはある。組織内地位も申し分ない。その基礎調査において解明できているだけでも、また、各回の接触において当課の防衛員《ボウエイイン》が確認できているだけでも、使用する車両の高級さといい、かしずく信者らのうやうやしい態度といい、教皇庁への出入りがまったくのフリーパスでボディチェックすら無いことといい、青天井で自由な予算執行を認められていることといい（このことについては教皇庁本庁のオトモダチ〈マルチノ〉から裏付け済みだ）、〈ガラシャ〉が枢機卿以下ということはあり得ない。いや、さらにその〈マルチノ〉によれば、〈ガラシャ〉に対する教団内の尊称はなんと『猊下《げいか》』とも『台下《だいか》』ともいう。それをありがたくも、何度も何度も確認してくれている。なら当然、枢機卿猊下か、あわよくば……

——僕は、やはり管理官同様、水溶紙に穴が空くほど読み返している当該《とうがい》公用文を、今一度確認してゆく。ＣＳＺ－４を読み下してゆく。もとより僕の決裁印というか花押《かおう》も、でかでかと描かれているのだが。ゆえに、内容など再確認するまでもないのだが。

（接触日時。接触場所。接触の目的。接触者。そして接触の態様。

この書き下《くだ》しの、生々しい『議事録』とも呼べる会話文は、やはり今一度この目にしてみなければ、臨場感をもって想起できるものではない……）

僕は、そう、一〇分弱もその公用文に没頭していただろうか。

そろそろ夕闇《ゆうやみ》が〈八十七番地〉をオレンジに染める中、紫煙《しえん》のコロイドが人生の霧のように靆引《たなび》くのを見遣《みや》りつつ、僕はようやく口を開く——

「この公用文に花押を描いた者として、また決裁権者として言う。

〈ガラシャ〉の営業《エイギョウ》を加速させることはできないよ。

成程《なるほど》、『こちらが警察官であること』、しかも『MN対策に従事している警察官であること』の身分開示は終わっているが……他方で〈ガラシャ〉の側からの身分開示がない。すなわち、〈ガラシャ〉は自分がMN聖職者、しかも枢機卿級の上位聖職者であることをまだ秘している。我々の側では必ず各月、教皇庁への自由な出入りを確認しているというのにね。そして担当者の技倆《ぎりょう》を考えれば、その身分開示をゲットするだけでもあと半年、いや頑晴《がんば》ったとしてあと三箇月は必要だろう。なら頑晴ったとして、プロポーズまで半年以上。

これでは話にならない。

僕らのデッドラインは十二月末だ。いや十二月末まで座して待つことはできないのだから、デッドラインは十二月上旬と考えるべきだ。そしてその十二月上旬まであとわずか二箇月。どうしても〈ガラシャ〉にオトモダチになってもらうというのなら、そのわずか二箇月で、プロポーズどころか結婚にこぎつけなければならない。それは無理だと判断する。

もし担当者が内田補佐クラスなら、その二箇月でどうにかなるのかも知れないが……

しかし現実はそうではない。そして担当者の変更など愚の骨頂《こっちょう》——ここの諸先輩方《がた》にいうまでもない釈迦《しゃか》に説法《せっぽう》だが、恋愛に担当者の交代などありえないからね。

よって我々の最終兵器候補、〈ガラシャ〉の営業《エイギョウ》を加速させることは断念する」

「ほやけど課長――」内田補佐がいった。「――ほうなると、中華鍋にしろ〈キューピッド〉にしろ、我々にはもう打つ手が無い、ゆうことになります」

「……そうでもないやろ内田補佐」丸本補佐がいった。「我々〈八十七番地〉としては打つ手が無いと、ただそれだけのことですけん。要は、何の実施《ザッヘ》もできんだけですけん」

「いやそれが重大問題なんじゃろがな、もし」

「いや、課長がおっしゃりたいのは、きっと……

『結婚を前提とした求愛は断念するが』『事件化《ジケンカ》を前提とした求愛は続行する』ゆうことだと思いますけん。ほうですね、課長？」

「まさしくそのとおりだ、丸本補佐。

これまで僕らは〈ガラシャ〉と結婚しようと思っていた。我々のオトモダチになってもらおうと思っていた。だがそれは物理的・時間的に無理だ。といって、〈ガラシャ〉ほどの上級聖職者を――その身分にあってはなお解明と裏付けが必要だが――こちらから無下《むげ》にする手はない。せっかくここまでの関係を構築したんだ。性格も性癖も趣味嗜《し》好《こう》も解明ずみ。なら引き続き求愛を続行すべきだ――ただし、今度は刑事事件の被疑者として」

「課長、それは」管理官がいった。「〈ガラシャ〉を被疑者とする事件ネタを徹底的に捜《さが》す、〈ガラシャ〉を検挙するために追っ掛けをする――そうゆうことですね？」

「まさしく。オトモダチになるのは諦《あきら》め……被疑者になってもらう。無論、〈ガラシャ〉の個人犯罪で片付けられるようなネタに興味は無い。〈ガラシャ〉がMNとして、MNの上級聖職者として行う組織犯罪。少なくとも裁判官がそう思ってくれる犯罪。そのネタを捜す――」

そのとき、実は既に注目すべき情報がある。この、第二回目の接触記録に記載してある。すなわち――『担当者が実施した所謂《いわゆる》マルゴミ』」

「ああ、担当者は九月一四日の夜」内田補佐がいった。「寝室の小さな屑籠《くずかご》から、ビニールの薬包《やくほう》を一パケ、回収しとりますけんねえ。むろん開封ずみ・使用ずみの薬包。意外に手癖《てくせ》が悪いし手が早いぞな」

「あっは、内田補佐」藤村管理官が激しく苦笑した。「マルゴミゆうんはそういうもんじゃろがな、もし。それをゆうたらあんた自身の十八番《おはこ》でもあろうがな、もし」

「そして薬とくれば」僕はいった。「MN諸対策上、実に大事なキーワードじゃないか。ねえ丸本補佐？」

「ハイ課長。それは先刻私がレクしたとおりです」

「しかもマルゴミにおいては」内田補佐がいった。「薬包はおたからのひとつですけんねえ。儂、実はこれで警察庁警備局長賞、頂戴《ちょうだい》したことがありよるんです」

「そ、それは知らなかったよ……そこまでとは。いや内田補佐、今は閑話《かんわ》は勘弁して。そして管理官。僕の記憶が確かなら、当該《とうがい》九月一四日に回収された薬包内の遺留《いりゅう》粉末、これ科捜研《かそうけん》の鑑定に出したはずだけど？」

「あっ、そうじゃそうじゃ!!　大変申し訳ありません課長。御報告をすっかり忘れとりました。弁解になりますが、〈ガラシャ〉はその重要性から、決裁手続が特殊ですけん……鷹城理事官には御報告しましたけんど、肝心の課長に御報告するの、すっかり忘れとりました」

「確かに事情は解るから謝罪はいらないよ。肝心の鑑定結果は？　薬包の中の粉末は何？」

「当該微《とうがいかす》かに薬包内に残っとった、青い粉末と白い粉末——青い粉末にあっては、ベンゾジアゼピンゆう薬物の一種で、名はトリアゾラム。白い粉末にあっては、やはりベンゾジアゼピンゆう薬物の一種で、名はロラゼパムじゃゆうとりました。次長のところに科捜研からの鑑定書が届いとります」

「ここで丸本補佐。当該『ベンゾジアゼピン』という言葉に聴き憶えは？」

「もちろんあります。それは向精神薬です——成程《なるほど》、そこから攻め上がると」

「……〈ガラシャ〉に依然価値があるとすれば、そこだ。

無論、他の事件ネタも徹底的に追うが、以降第三係・第四係にあっては、〈ガラシャ〉

への求愛活動を実施するに当たり、『薬物使用の実態解明』あるいは『薬物入手ルートの実態解明』に努めてほしい。たとえそれが一般の処方薬であろうとも、ことMNにかぎっては、譲渡《ゆずりわた》しその他の違法行為を行っている蓋然性《がいぜんせい》が極めて高いからだ。

そして管理官。そのような観点から〈ガラシャ〉営業《エイギョウ》を継続する。引き続き、担当者が幾度か接触を組むことになるだろう——十二月上旬まで。その際は、営業事故の絶無《ぜつむ》を期したい」

「了解しました。むろん防衛《ボウエイ》の万全を期しましょう、課長」

「私の方からも」内田補佐がいった。「担当者に厳しく指導いたします」

「是非よろしく頼む。

あと、現在只今《ただいま》をもって〈ガラシャ〉営業《エイギョウ》の目的が変わる。すなわち事件シフトとなる。よって違法行為を現認《ゲンニン》する、あるいは違法行為の端緒《たんちょ》を獲《え》るなどしたときは、躊躇《ちゅうちょ》せずオモテの事件係に——兵藤《ひょうどう》補佐に相談し、タイムリーかつ充分な連携をとるように。こと具体的な事件を前にしたとき、そこにオモテもウラもない。

また、詳細は追って知らせるが、事件係の地道な捜査活動が実を結びつつある。僕はそう報告を受けている。よって逆に事件係から、〈八十七番地〉の特殊技能を発揮してくれるよう、求められることがあるだろう。これについて、僕としては極めて積極に解する。もとより〈八十七番地〉の鉄の掟《おきて》と誓《ちか》いは承知の上だが、これからの二箇月間ほど当県〈八十七番地〉の特殊技能が脚光を染《あ》びるべきときはない。それこそ一〇〇〇年に一度の機会かも知れない。よって各位にあっては、事件係の相談を受けたときは、積極的にタイムリーかつ充分な連携をとってもらいたい。もう一度繰り返すが、こと具体的な事件を前にしたとき、そこにオモテもウラもありはしない――

僕の方からは以上だ。更に議論すべき事項がなければ、これから必要な警電を架ける。では、今日の課長検討《ケントウ》を終えよう」

――そして、そこはさすがに警察官。

部下の三名は三名とも、直ちにソファを起《た》って礼式どおりの気を付けをする。

僕は軽く頷《うなず》いて敬礼の代わりとし――

三名の敬礼を受けながら、やがて必要な警電を架けた後、内田補佐が用意してくれていた鞄《かばん》を受け取りつつ、ひとつの部屋を後にした。

――どこをどのようにどう帰ったか？

それを記すのは野暮《やぼ》というものだろう。すべては〈八十七番地〉のやることだ。

72

同日、一八二五《ヒトハチフタゴー》。

勤務時間が終わって、一時間強が過ぎた。

――僕は今、JR愛予駅の西口にいる。正確には、西口交番のたもとにいる。

JR愛予駅は、その東西に大きな交番を有するが、西口交番は、待ち合わせスポットとしてより人気が高い。というのも、西口側は大規模な再開発が行われている最中で、小綺麗《こぎれい》なファッションビルなりショッピングモールなりが整備されつつあるからだ。言い換えれば、愛予駅西口は若者が好む、人工的な街に生まれ変わりつつある。

そのような経緯もあってか、また、これからが夜本番だという時刻もあってか、僕のいる西口交番付近は、人待ち顔の群衆で人集《ひとだか》りができていた。それこそ、新宿駅西口交番のように。

そして僕も、その人待ち顔の群衆のひとりである。

実際、人を待ってもいた。

今日の日の入りは一七五〇《ヒトナナゴーマル》頃。ゆえにもはや夜の帷幕《とばり》が下りてしまったこの駅で、その闇と交番の陰に溶け込むようにしながら、もう一〇分も彼女を待っている。といって、彼女は何も悪くない。何事につけ先入りしようとする、警察官の本能がよくないだけだ。

(五分前行動の鉄則を厳守していると、特に待ち合わせのときなんか、『なら相手の五分前』『と考えるだろうから更に五分前』……と、無限に現着《ゲンチャク》時刻を前倒ししてしまうからなあ)

――警察官は、貧乏性なのかも知れない。

実際、僕も一八三〇《ヒトハチサンマル》の約束に対し、一八一五《ヒトハチヒトゴー》にはここに着いている。事情からして、あまり公共の場で顔をさらしているのは好ましくないが……

（といって、『僕』は本日無事、課長官舎に帰宅している。

そこは〈八十七番地〉と谷岡係長のやることだ。仕上げを御覧《ごろう》じるまでもない）

そして課長官舎そのものにも仕掛けはある。ささやかな風呂場《ふろば》、手洗い、台所、そしてもちろん畳の居間等は、設定された『就寝時刻』まで、適宜適切に消灯・点灯を繰り返すようになっている。御丁寧《ごていねい》に、生活騒音までを再現しながら、だ（実はもっと隠微《いんび》な、着任当初の僕を唖然《あぜん》とさせた仕掛けもある。機会があれば後述したいが……）。

これらを要するに、今日、愛予県警察本部警備部公安課長司馬達《とおる》警視は定時に官舎へ帰宅したし、二〇〇〇《フタマルマルマル》過ぎにはささやかな独り飯をして、二二五〇《フタフタゴーマル》あたりには就寝することとなっている。楽器と黒いアタッシェを持った『僕』が課長官舎に入ったのは、どのお客様でも目撃できただろうから――してもらわないと困るのだが――気短なお客様ならその送り込みを確信した時点で任務解除としてくれるだろうし、気の長いお客様でも二三三〇《フタサンサンマル》あたりまでには任務解除としてくれるだろう。このあたり、求愛者の多いスパイの親玉としてはなかなか大変である。

そんなことを考えていると――

「御免《ごめん》なさい、待った？」

「いや充香《みか》さん、時刻どおりだよ」

そして一八三〇《ヒトハチサンマル》、本栖《もとす》充香はやってきた。大学人らしいスーツが、凜々《りり》しくもあり美しくもある。確か彼女は午後に一コマ、学部学生への講義が入っていたはずだ。憲法の統治。

「先月も思ったんだけど」充香さんは小ぶりなキャリーケースを立てた。「デニムにスニーカー、ハーフコートだなんて、実に普通っぽい格好もするのね？」

「黒が好きなのは譲れないけどね」

「ただそのサングラスは似合っていないわ」

「充分自覚しているよ」僕は苦笑し、眼鏡のブリッジを微かに上げた。「ただ、目立たないサングラスっていうのは自己矛盾だからね……なかなか『ほどよい』デザインのものを捜すのは難しいんだ」

「有名人はつらいわね？」

「君に会うためなら万難《ばんなん》を排するさ」

「職場的にも不味《まず》いんじゃないの？」

「そこにオフの醍醐味《だいごみ》があるんじゃないかな？」

そしたら――と僕は彼女をうながして、西口のタクシー乗り場に進んだ。

人集りと時刻から予想できたとおり、そこには一台のタクシーもいなかった。また、まだ一九〇〇《ヒトキユウマルマル》前とあってか、乗り場に並ぶ人の行列もできてはいない。要は、タクシー乗り場は閑散としている。

――僕らはそのピクトグラムと標示を目指し進んだ。

「充香さん、そのビニール袋かさばりそうだね、持とうか？」

「いえ大丈夫。わざわざキャリーに入れるのも面倒だから、手に提げているだけ」

「……立ち入ったことで悪いけど、その袋からして、今日は病院だったの？」

「それ、今更立ち入ったことでもないわ。司馬君には特に隠していないし。今日、講義が終わってから、愛予大学の医学部附属病院に行ってきたの。ああ、といっても心配しないで。症状は安定しているから。よって、月イチの雑談会のようなものだから」

「でも、体調が悪くなったらすぐ言って」

「御心配なく。御存知のとおり、きちんとお医者先生に通ってきちんと処方箋《しょほうせん》を出してもらいさえすれば、生活に何の支障もないわ。御覧《ごらん》のとおり、大事なものも些末《さまつ》なものも引っくるめて、薬はかなりかさばるけどね」

「……なら安心することにするよ」

「遠慮無くそうしないと怒るわよ」

僕らが閑散としているタクシー乗り場に着くと、まるで待ちかねていたかのようなタイミングで、白い個人タクシーが一台やってくる。そして迷いなくドアを開ける。僕は手振りでトランクをも開けてくれるよう頼むと、充香さんのキャリーケースと、自分の鞄をそこに積み入れる。タクシーが乗り付けてきてから一分未満で、僕らは車中の人となり、また愛予市街を眺める人となった。

――愛予市は、五〇万都市といえど、やはり田舎のコンパクトな街だ。

車窓の景色はもう見慣れたものばかり。そして城山《しろやま》と愛予城があるから、自分がだいたい何処《どこ》にいるのかはすぐ分かる。今タクシーは主要街道を進んでいるゆえ、警察本部なり愛予警察署なりが見えるのは微妙に気まずかったが……といって、夕刻にしては道路事情も悪くない。少なくとも、僕にとって気まずい警察施設の前で、渋滞でじっくり止まってしまう――などというマヌケたイベントは無かった。

白い個人タクシーは、そのまま住田《すみた》温泉方向へ進む。

正確にはその先の山を越えたところ、奥住田《おくすみた》温泉へと進む。

といって、その奥住田温泉とて、例えば警察本部から二〇分と離れていないのは既述《きじゅつ》のとおりだ。中心市街地から二〇分と離れていないところに、観光客でごった返すレトロな温泉街・住田温泉とはまるで趣《おもむき》が異なる、隠れ家的な温泉地がある。充香さんと僕が目指しているのは、その奥住田温泉だ。雰囲気としては、箱根の高級旅館よりやや上、由布院《ゆふいん》の超高級旅館よりやや下といった感じだろうか。いずれにしろ、どきどきワクワクするいわばテーマパーク的な住田温泉とは異なり、価格設定も客層も構造設備も極めてハイソな温泉地である。といって、僕はこの二箇月強の愛予県暮らしの中で、既に幾度か住田温泉を訪れており（接待の場合もあればプライヴェートの場合もあった）、その大公衆浴場や老舗《しにせ》旅館も大いに気に入っていたから、もし旅の道連れが本栖充香でなければ、まさか露天風呂付き個室がデフォルトである、一泊ひとり五万円近くは取る奥住田温泉の超高級旅館など、到底使う気にはなれなかったろう。会計検査院も吃驚《びっくり》だ。

するど、僕などいないかの様《よう》に車窓を眺めていた充香さんが、そっと訊く——

「今回も一緒の宿？

あの無駄に贅沢《ぜいたく》な、一軒家式の」

「うんそう、先月使ったところ」

「何か理由でも？」

「もちろん『とても気に入ったから』——というのが私人としての意見だよ」

「なら公人としての意見は？」

「諸々《もろもろ》のチェックポイントを勘案するに、防衛上極めて有利なので」

「……悪い事をしなければ、そんなこと気にする必要はないのにね」

「僕は警察の神様に誓って、悪い事はいっさいしていないよ」

「平気で嘘《うそ》を吐《つ》く……三年前から全然、変わっていないわよ」

「どうだろうね。あのとき僕らは大学四年生、学部学生だった。それが就職をし、社会人になり、社会の部品となって動くことを学び……それでヒトが全然変わらないなんてこと、あるのかなあ」

「じゃあ、私は変わったかな？」

「ますます綺麗になったかな？」

「ほら、平気で嘘を吐く」

「うーん、僕は君に、もっと信頼してもらう努力をしなきゃいけないみたいだね」

「その必要はない」

「何故？」

「奥さん、もうじき愛予に来るんでしょう？　確か、お子さん生まれたの九月よね？」

「それが何か？」

「非道《ひど》い人。あらゆる意味で非道い人。ハンガリー舞曲の、無駄に執拗《しつよう》でいやらしいタメも非道い人だけど。だから断言しておくけれど、それまでには終わりにするの」

「……異論を挟める立場にないけど、できるだろうか？」

「奥さん、こちらにいらっしゃるのは何時頃《いつ》？」

「詳しくは詰めていないけれど、体調的には、家族でお正月を過ごせる感じだと言っていた。僕の側の仕事の都合がなければ、大晦日《おおみそか》までには来るんじゃないかな」

「大晦日までに……

だったら、司馬君にはもう、私のことなんか気にしている暇《いとま》が無くなるわよ」

「どうして？」

彼女はしばし黙った。僕が思いきって次の言葉を継ごうとした刹那《せつな》――

タクシーは宿に乗り入れた。

僕は彼女の荷を下ろし、自分の鞄も持って、その『奥住田　吉祥《きっしょう》』なる宿に入る。

――チェックイン。ウェルカムドリンク。部屋入り。夕食・朝食の時間設定と貸し切り風呂の予約。朝刊の種類の指定。手続的なことすべてが淡々《たんたん》と進む。そして時刻はもう一九〇〇《ヒトキュウマルマル》近く。日本旅館としては、すっかり夕食の時間だ。ゆえに、僕らは寺の境内《けいだい》を思わせる巨大な森の山道を進み、時に飛び石を踏み越え池を過ぎ越して目指す一軒家に入ると、ともかく浴衣《ゆかた》に着換えて食事をした。愛予の海の幸をふんだんに使った懐石料理だ。といって、自家製のオリーブオイルをたっぷり使ったモッツァレラチーズのカプレーゼが出てくるなど、創作懐石の趣《おもむき》が強いものだったが。ただまだ若い充香さんと僕にとっては、むしろ古典的な品々より嬉しいものだ。ゆえにふたりで若干のワインも嗜《たしな》んだが……僕が彼女の、隠すでもなく開き直るでもなく自然にした着換え姿の美しさばかりを想起していたのはいうまでもない。そんな食事が終わって二〇四五《フタマルヨンゴー》。貸し切り風呂の予約を二二〇〇《フタフタマルマル》から入れていたので、それまでは露天付きの内風呂でなく大風呂を使おう、そのまま貸し切り風呂で合流しようという話になり、僕が一軒家の鍵《かぎ》を預かって、ふたりで大風呂に向かった。当然、そこでは男女別になる。僕は彼女の姿が大風呂の紅の暖簾《のれん》の先へ消えたとき、部屋に洗顔フォームを置きっ放しにしていたことを想起するや、面倒ながらももう一度一軒家まで帰った。バタバタと所要の準備と確認をし直して、大風呂に入ったのが概《おおむ》ね二一一五《フタヒトヒトゴー》。といって男の入浴ゆえ、せいぜい身綺麗にしておこうと頑晴っても、大風呂の露天風呂を楽しむ時間は腐るほどあった。そしてまた警察官の性《さが》が出て——二一五〇《フタヒトゴーマル》には貸し切り風呂の前の、緋毛氈《ひもうせん》がいかにもな床几台《しょうぎだい》に座り、頭上の大きな和傘をめずらしく思いながら煙草盆《たばこぼん》に灰を落としていると、狂おしいほど美しい肌をほのかに上気させた、髪を上げた彼女が、愛らしい鼻緒《はなお》の下駄《げた》をからころ鳴らしてとことこ歩いてきた。重ねて、彼女は美しく小柄である。

　そこから先は……

　……そこから先を省略して、時刻は〇二一五《マルフタヒトゴー》。

貸し切り風呂の中で。ふかふかした布団《ふとん》の中で。そして、内風呂の露天風呂の中で。

僕らはまだ若いけれど、それゆえに限度を考えない。

そして彼女の病状は気懸かりだけど、彼女の躯《からだ》が思いきり動いてくれるのは嬉《うれ》しいことだ。ヒトがヒトを独占しているということが、これほど実感できる時間など他にあるだろうか。頭の奥の奥までは解らないにしろ、躯の奥の奥までが解るのなら、それはヒトとヒトとが解りあう態様のうち、いちばん正直で素直なかたちなのではないか。たとえそれが刹那《せつな》のことに過ぎないとしても、たとえそれが朝には醒《さ》める幻想に過ぎないとしても、だ。いま、ここ。求め、求められ。必要だとされているその瞬間が、ヒトとして生きているということなのではないか。その一瞬にすべてがある。それはかつて音楽者だった僕が幾度となく実感してくれていることでもあり、また、現に音楽者である充香さんがきっと実感してくれていることでもある。楽器と楽譜と舞台とを離れればそこはまた日常だが、日常こそがリアルだと誰が決め、そんなド派手な勘違いを誰がし始めたのだろう。そして音楽者は、次の舞台のためにこそ、次の演奏のためにこそ、あらゆる日常を犠牲にするものである……

(だからこそ、この一瞬一瞬が愛《いと》おしい。

そして、だからこそ……僕は道を誤った気がしてならない。僕が警察官になったのは、こんな女々《めめ》しい思いをするためだったのか？)

――重ねて、時刻は〇二一五《マルフタヒトゴー》。

充香さんは自分の敷き布団の上で、一幅の絵画のような裸身のまま寝入っている。

僕は十六畳の室内を朧《おぼろ》に浮かび上がらせていた行灯《あんどん》のともしびを弱め、彼女に掛け布団を掛けた。そして一軒家の縁側《えんがわ》に出、煙草を一服点《つ》ける。季《き》はじき新月。恐ろしく鋭い瞳のような、それでいて手折ればほろりと崩れてしまうような細い細い有明月《ありあけのつき》が、愛予県の夜を幽《かそ》けく照らしている。僕は煙草をもう一服して月を愛《め》で終えると、自分も室内に帰って布団に入った。躯が疲れているからすぐに眠れると思ったが、昨日の勤務でかなり頭を使っていること、そして緊張をしていることが響いたか……うつらうつらとはするものの、なかなか意識がすとんと落ちない。単身赴任生活で、独り寝に慣れすぎたというのもあるだろう。隣の充香さんの、音楽者らしいとてもリズミカルな寝息も、いったん気になるとそのまま鑑賞したくなる。おんなの生き方というものは、それがどんな些末《さまつ》で些細《ささい》なものであれ、おとこにとっては永遠の神秘で謎《なぞ》だ……

そうやって寝返りをしては布団を整え、枕《まくら》を直しては毛布を掻《か》き抱き、どれくらいの時間が過ぎただろうか。こうなったらもう一度煙草を――などと焦燥《しょうそう》していた僕の耳に、携帯電話の着信音が入った。この舞台下では、実に耳障《みみざわ》りなデジタル音だ。

僕は、常日頃の習性として枕元に置いてある、自分の携帯電話を採った。

採るまでに、ツーコールどころかその倍は鳴らしてしまった。思わず充香さんを見る。特段の動きがないのを確かめると、ディスプレイでカクカクした時刻表示を見遣ってから通話ボタンを押した。現時刻、〇二五五《マルフタゴーゴー》……

「はいもしもし」声量をできるだけ落とす。「司馬です」

ああ課長、宮岡ですとの声。僕は引き続き声量を落としながら、かつ、充香さんに背を向けながら、次長の声に耳を澄ませる……

しかし真夜中のこの電話は、確実に関係者を驚愕《きょうがく》させるべきものだ。すなわち。

「村上貞子の所在が割れたぁ⁉」僕は充香さんのこともかまわず大声を出してしまった。「村上貞子ってあの村上貞子だよね、MNの教皇の⁉　教皇は御油警察署管内にいるんじゃなかったの⁉」

えっ……ああ御免《ごめん》、つい興奮してしまって。うん大丈夫、周囲は安全だよまったく」

とはいいつつも、僕は充香さんが眠る十六畳の寝室を出た。ここは隠れ家式の一軒家である。スイートルームよろしく、和風の居室が別にある。こちらも十四畳ある。僕は丹前《たんぜん》を羽織って居室に移動すると、親切にも文机《ふづくえ》の上に用意されていたメモ用紙をバッと回収し、掘り炬燵《ごたつ》に入って筆記の準備を進める。バタバタと動いたため、居室の襖《ふすま》がぴたりと閉じられていないのが目に入ったが、今更直すのもどうかと思ったし、何より充香さんに聴かれても大した問題はない。また、問題のない喋《しゃべ》り方をすればよい。

「それで、御油町から出て来ないとされる教皇が、いったいどこに……？

えっ人相着衣もとれた⁉　それってどんな。やっぱり六十歳代半ばの……えっ何だって、愛予市街にいるぅ⁉　ちょ、ちょっと御免《ごめん》、情報が突然かつ衝撃的すぎて。まさか、警察本部から二㎞圏内なんてお膝元《ひざもと》にいるとは……

いや解《わか》った、言語を切り換えるよ、さすがに剣呑《けんのん》すぎる。CSZ－40のMDで大丈夫？　いや僕の方は……どうにか……大丈夫だよ。じゃあ筆記するから、MDで送信を」

何度も繰り返しているとおり、CSZ－4あるいはCSZ－40そのものが意味不明な記号の羅列《られつ》なのだが、いまだ電子メールでのやりとりが活発ではない昨今、それらは音声によっても伝達できるようになっている。それがMD版だ。この場合は、それこそモールス信号を受信・聴音するような感じになる。それを聴解し、頭の中で記号に変換して、CSZ－4等の暗号文をメモするかたちになる。特定の音声パターンを、漢字・ひらがな・数字・アルファベット等々に書き下《くだ》してゆくわけだ。ただもちろん、時間に余裕のある場合はともかく、今現在のような状況だと、MD版を聴解し書き下すのは非常にもどかしい。聴解ミスも懸念《けねん》される。僕の訓練も足りない。そんなこんなで、書き下《お》ろすべき情報は必要最小限に締《しぼ》ろうと考えた。

「うん次長、じゃあ詳細は登庁後に聴くから、現時点では取り敢えず――村上貞子の居《い》所《どころ》、現認者《ゲンニン》と発見の経緯、現認時の人相着衣だけをMDで送って。それだけで、CSZ－40の四〇〇字程度にはなってしまうだろうから。

ああ大丈夫、今筆記具あるから。それはむろん内容了解後、廃棄するよ。

「では頼む、MD版スタートで――ハイどうぞ」

僕は文机《ふづくえ》のメモ用紙に、CSZ-40の暗号文を書き下《くだ》し始めた。ボールペンというなら、これまた親切に備え付けっぽいものがある。また、ボールペンでメモというなら、下が堅いと筆先がすべるが……さすがに一泊ひとり五万円をとる旅館だけあって、常に分厚く用意されていると感じさせるメモの紙束それ自体が、実になめらかで書き心地のよい下敷きとなってくれた。といって、用いるのはいちばん上の一枚で充分だが。

僕は緊張もあってか、筆先の力をグッと強めながら――そうほとんど必死にマークシートを塗り潰《つぶ》す受験生のように気合いを入れながら――メモの紙束いちばん上の無地の紙に、思いっきりCSZ-40の暗号文を書き下してゆく。それはたちまち四〇字を超え、六〇字を超え、一〇〇字を超えて実に二三九字に達した。

「――送信終わり？　了解。

念《ねん》の為《ため》、MD版だけ、そう音声版だけ再送して。読み下しながら確認するから……」

僕は所要の確認をしてから、最後にもう一度字数を数えた。二三九字。間違いない。

「ありがとう次長、あとはこっちでCSZ-40を解読するから。

うん了解。詳細は明日の……じゃなかったもう今日の一〇三〇《ヒトマルサンマル》、年休を終えて登庁したときに報告を受けるよ。それじゃあいったん。夜分に報告してくれてホント有難う。

じゃあ」

——僕は最後に、携帯電話の通話ボタンを押した。

手元には、通話が切れた状態の携帯電話と、意味不明な文字を二三九字羅列したメモ用紙が一枚。通常は各種記号も混入するのだが、次長は敢えてシンプルな言葉を選んで文章を組んでくれたようだ。僕が聴解ミスを犯しやすい記号は、皆無。というか、漢字・ひらがな・数字・アルファベットのみである。

（さて問題は、この書き下したCSZ－40が意味を成すかどうかだが。

ただそれも熟練の次長の方で、入念に検討しているはずだ。なんといっても、次長は警大のロシア語専科にまで入校していた難解言語のスペシャリスト。あの宮岡次長にかぎって、文書事故を起こすような文章を用意するはずもなし）

——なら安心だ。

僕は携帯電話とメモ用紙一枚を持って居間を後にした。襖《ふすま》を越えて十六畳の寝室に入ると、引き続き充香さんはリズミカルな寝息を立てている。僕は自分の布団の上で丹前《たんぜん》も浴衣も脱ぐと、居住部分とは完全に分離されている内風呂へ向かった。洗顔所の脱衣駕籠《かご》に携帯電話を入れるや、メモ用紙、喫煙具、灰皿を持って、そのままこの一軒家の露天風呂に入る。

（さんざん風呂に入って躯は綺麗だからな……ってそうでもないか、運動したから。

まあ綺麗汚いで表現したくはないが、充香さんが朝風呂を使うようなら、先に謝って

おいた方がいいかもな)

といって、ざぶんと浸《つ》かってしまったものは仕方が無い。僕はそのまま庭園風の大きな岩を背にしながら、半身浴のようなかたちで、さっき書き下したメモを読み下し始めた。露天風呂から見えるのは瀟洒《しょうしゃ》な箱庭だけで、母屋《おもや》は完全に視界の外。またこうした宿ゆえ当然だが、外部から露天風呂を視認することはできない。お陰様で、僕は安心してCSZ-40の読解に没頭できた。時折、湯船の縁《ふち》に腰掛けながら煙草を嗜《たしな》みつつ、何度も何度も繰り返して確認をすると、さすがにのぼせてくる。それはそうだ、優に三〇分以上、源泉の熱い湯に浸かっているのだから……

(充分だ。内容も問題なし。風呂も頃合い)

――僕は湯船の縁に腰掛け直すと、メモ用紙にライターで火を点け、灰皿でメモ自体を焼却した。黒焦《こ》げになった紙を、ライターの尻《しり》で執拗《しつよう》に砕いておく。またさらに煙草を吸い、そのとき落ちた灰と一緒に、吸い殻を使って、紙の残骸《ざんがい》も何もかも、粉微塵《こなみじん》にする。

そして、〇四一五《マルヨンヒトゴー》。

僕は居間に灰皿を置き、自分が使ったボールペンをきちんと元通りに整え直すなどしてから、いよいよ十六畳の寝室で就寝態勢に入った。ひと仕事終えた安堵《あんど》からか、今度は、眠りはすぐに訪れた。

——朝食は、〇八三〇《マルハチサンマル》。

僕が充香さんに起こされたのは、その一〇分前だ。さすがに眠い。

「おはよう」

「おはよう」

僕は彼女の、美しすぎるともいえる朝の挨拶《あいさつ》を聴いたとき、何を今更な背徳感を強く感じた。おはよう。おはよう。ヒトは寝起きの顔を素直に見せられる異性を、一生に何人持つのだろうか。あるいは、派手な鼾《いびき》を聴かせてしまってかまわない、とすら思える異性を。寝起きの裸身ともいえる乱れた姿を見せてしまって恥ずかしくない、と思える異性を。

（といって、そこは完璧《かんぺき》主義の充香さんだ。

ある意味期待どおりの、パーフェクトな着付け姿……昨夜は騒がせてしまったのだが）

そんなことを思っていると、たちまち十四畳の居室で朝食が始まる。いや、質・量からしてもう朝餐《ちょうさん》だ。海の幸に山の幸、その温菜に冷菜がよりどりみどり。また、粒《つぶ》だった御飯に赤だしが食欲をそそる。生卵一個、漬け物ひとつ、いや冷水いっぱいに至るまで、じんわりした味わい深さがあった。旅館の朝食は何故異様に美味《うま》いのだろう。貧乏公務員としてはせいぜい元を取らねば。そんなことを考えながら三杯目の御飯に卵をかけようとしていると、しかし突然、既に水菓子を終えた充香さんが、危機的ともいえる声調で僕に告げる――

「いけない、薬が無いわ」

「……ひょっとして、例の朝の二錠？」

既出だが、充香さんにとってその朝の二錠は死活的だ。それをきちんと服用しないと、そう、あと一時間もすれば彼女はほぼ人事不省《じんじふせい》に陥《おちい》る。

「そう、あの大事な二錠。

正確には、その一箇月分のシート全部」

「ええと、でも確か――昨日病院に行ったばっかりじゃなかった？　確かその袋を」

「その袋はここにある。持ってきている。あれは食後服用だから。でも」

「でも？」

「……薬局さんの入れ忘れかしら。肝心のその薬だけが無いの」

「他に処方してもらった薬はある？」

「全部ある。そう、どうでもいい些末《さまつ》な薬はちゃんとあるのに」

「なら薬剤師さんがポカした可能性が強いね。

ここまでの道中で、その薬だけをピンポイントで落とすとは考え難《がた》いし」

「ただ、薬の明細を見ると――」彼女は例のビニール袋を捜《さぐ》った。「――間違いなく処方されたことにはなっている。受け取ったことにもなっている。月イチの恒例行事だから、碌《ろく》に確認もしなかったのが迂闊《うかつ》だったわ」

「ピルケースとか、持っている？」

「……敢えて置いてきてしまった。この旅行は病院の直後だったから。

また、仮に持っていたとしても意味は無い。

というのも――いつか教えたかも知れないけれど――問題の二錠はとても強い薬だから、確実に飲まなければならないし処方されるのも上限一杯。だから余りは一錠もない。

だからピルケースを持っていたとしても全く意味は無い」

「じゃあ家に帰っても」

「予備なんかは無いわ」

「そうしたら、かかりつけの、ええと……愛予大学附属病院に行って、事情を説明するしかないか」

「司馬君、大学病院を受診したことは？」

「……幸か不幸か、皆無」

「たとえ予約をしていたところで一時間二時間は平気で待たされるわ。まして予約が無いのなら、朝七時過ぎから集《つど》ってくる無数の患者さんの列の末尾になる……そもそも今日この日に予約が取れるかどうかも疑わしいけど。大学の神様の御利益《ごりやく》でどうにか拗《ね》じ込めたとして、受診できるのは正午を回っているわね。処方薬が受け取れる時間というならもっと遅くなる。これすなわち」

「そうか、充香さんに許された時間は、せいぜい一時間だったね……」そうなると、採りうる手段は限られる。「……今《いま》具合はどう？」

「まだ大丈夫。実は私も寝坊をして、起きてからまだ一時間程度だから。すなわち、ちょうど朝の二錠を飲み始める頃合いだから。だから」

「あと一時間程度は大丈夫、か」

「けれど、あと一時間もすれば」

……完璧主義の充香さんは、たとえ拷問《ごうもん》されても弱音は吐かないタイプだ。その充香さんが、こんなに蚊弱《かよわ》い台詞《セリフ》を吐くとは。これすなわち、彼女はかなりの危機的状況にある。この旅行に彼女を誘《いざな》ってしまった僕の胸は、かなり偽善的だが、後悔と背徳感とで激しく痛んだ。

　そんなとき。

　ちょうど、旅館の女将《おかみ》が一軒家へ朝の挨拶に来た。僕らがここを使うのはまだ二度目だが、組合せからしてまさか忘れはしないだろうし、そもそも宿の価格設定と利用頻度とを考えれば、常連あるいは上客と思われても不思議はない。

「おくつろぎのところ、大変失礼致します。奥住田・吉祥の女将でございます。

昨夕、略儀《りゃくぎ》な御挨拶をさせていただきましたが、この度も当館を御利用いただきまして、まことに――」

「タウンページはありますか?」僕は女将の言葉をぶった斬《ぎ》った。「あの黄色い、職業別電話帳ですが」

「た、タウンページでございますか……

申し訳ございません、当館は、お客様に都会の喧噪《けんそう》を完全にお忘れいただくことをコンセプトにしておりまして……電話帳の類《たぐい》はおろか、公衆電話もございません。お気付きかと思いますが、お客様の一軒家にも電話機を置かないほどで」

「――ちょっと失礼」

そのとき充香さんが、宿の瀟洒《しょうしゃ》な巾着《きんちゃく》を持ちながら朝餐の席を立った。そのまま居室を離れる。

彼女の進行方向からして、一軒家の玄関から外へ出るつもりのようだ。実際、からころと下駄の音も聴こえ始める。そしてこの御時世《ごじせい》、食事の席を中座してしかも屋外に出るということは、むろん特定の行為を連想させる――

(携帯電話か。

確かにここって、市街地から山を越えた奥地で電波が入りづらそうだしな)

「あの、司馬様……お連れ様、何かお困り事でも……?」

「いえ全然大丈夫。それよりチェックアウトを。できれば此処《ここ》で手続できます？」

「もちろんでございます。それでしたら併せてタクシーの御手配を――」

「それも大丈夫。さいわい携帯電話があるので、これからすぐ自分で手配をします。車が門前に駐車するのを御覧《ごらん》になったらひと声掛けてください。到着し次第、発《た》ちます」

「解りました。それでは御精算等を準備してまいりますので――」

さすがに女将は世馴《よな》れたもので、表情ひとつ変えずに僕らの一軒家を辞去した。と思ったら、入れ違いに充香さんが居室へ帰ってくる。物の三分と過ぎてはいない。

「電話かい？」

「ううん、メール。メールの送受信。愛予大学の医学部に知り合いがいるから、ちょっと訊《き》いてみたの――近くに手頃なクリニックその他が無いかどうかを」

「やっぱりタウンページでも調べてくれたのかい？」

「……ええ。そしてやっぱりこの近くには何も無いわ。病院・薬局・クリニックどころか、コンビニ・ドラッグストアの類《たぐい》もいっさい無い。一目瞭然《いちもくりょうぜん》」

「でもそれじゃあ……」

「ただ、中心市街地に適切なクリニックがあることを教えてくれた」彼女は携帯電話の画面をスクロールさせる。「そして、あらかたの情報は分かったわ。その正式名称と住所。念《ねん》の為《ため》に電話番号。施設への入り方。受付時間帯の始期と終期。混み合う時間帯とそうでない時間帯。初診のときに必要な書類や記載内容。そして、『これからすぐ来るのであれば、自分が頼んで一〇時までには優先的に見てもらえるようにしておく、受付時に必ず自分の名前と職名を出してくれ』――云々《うんぬん》とも書いてきてくれた。もちろん、私が求める薬を必ず出してくれるであろうことも」

「それはよかったね!!

――僕の方《ほう》で今、女将にはすぐに出発する旨《むね》を伝えておいたし、精算もすぐ終わる。また君が出ている内にタクシーを呼んでおいたから、あと物の五分程度でここに着くはずだ」

「いろいろ有難う、司馬君。

そして……せっかくの旅行なのに、最後にバタバタさせてしまって御免《ごめん》なさい」

「何を今更だよ。一緒に楽しむのが目的なのに、僕の方こそドタバタさせて御免――それで、タクシーの目的地だけど、何処《どこ》になる?」

「それはあまり気を遣わないで。だって司馬君、これから出勤でしょう?」

「まあそうだね」正確には一〇三〇《ヒトマルサンマル》までの二時間休を取ってはいるが、権利を放棄する分には問題ない。「だから君を当該クリニックまで送り込んで、それから警察本部に出るよ」

「その必要は無いわ」

ようやく充香さんは充香さんらしくなってきた。口調がぴしゃりとしている。元々気丈《きじよう》なのもあれば、問題の二錠を、彼女の制限時間内に調達する目途《めど》がついたからというのもあるだろう。それとも僕の口調・態度その他に、彼女の戦闘意欲を掻《か》き立てるものがあったか。

――いずれにしろ、よいことだ。

僕らは事態をマネージできている。

まあ、彼女が正規のルートを採らず――したがって処方箋《しよほうせん》を書いた主治医の診察を受けず――きっと飛び込みの初診で他の医師の処方箋を獲《え》ようとしていることは、必ずしも適正妥当な解決法でない気もする。だが、医者の階子《はしご》をすることに法的な規制はないはずだ。ここで、彼女の保険証なりお薬手帳なりから手繰《たぐ》られて、本来の主治医に連絡が行ったりすることは充分に想定されるが……今彼女は緊急事態の最中にある。多少の緊急避難は許されるだろう。

いずれにしろ、僕が警察官の立場に立って考えても――彼女が当該《とうがい》他の医師の診療と、他の薬剤師の処方を適法に受けてくれさえするかぎり——まさかそこに彼女を制止しあるいは彼女を咎《とが》めるべき違法な行為はない。僕としても、まさか違法な行為に加担するわけではない。この限りにおいて、僕の胸が痛む理由は何もない。

むしろ僕は安心した。

というのも、彼女の『問題の二錠』は、詳細は知らないがそこそこ強い薬のはず。そんなものを一見《いちげん》さんに出してくれるかくれないか、それこそが喫緊《きっきん》の課題のはず。だが彼女の言葉と態度からして、どうやらその課題もクリアできる。これまた、僕らは事態をマネージできている。

ゆえに彼女はいった。力強く断言した。

「今度のタクシー代は私が出すから、まず司馬君が警察本部前で下りて。私はそこから、今のメールを見つつ運転手さんを誘導する。そう、私の目的地も愛予城下の中心市街地にあるから、警察本部からもそう遠くはない。だから司馬君を先に下ろしたとしても、時間的な問題は全くない。

そして、まさか司馬君に一緒に来てもらう謂《い》われは無いし、さらにまさか、ふたり一緒に警察機関の真ん前で下りる訳にもゆかないでしょう。たとえ私が困らないとしても、あなたの後難《こうなん》に思いを馳《は》せると後味が悪いわ」

「いつもどおりの充香さんで安心したよ。

そして僕は、君の言葉には叛《さか》らわないことにしているので――」

――結局、僕の呼んだ個人タクシーは、僕を警察本部前で下ろすや、本栖充香を乗せたまま、愛予城下の何処《いずこ》へともなく疾駆していった。

やがて乾いた道に、乾いた風が吹き。

紅葉《もみじ》の乾いた枯葉が数枚、警察本部前で音も無く舞う。

(ほんとうに優しく、そして音も無く……

ピアフがそんなシャンソンを歌っていたな。そして、あれは確か)

恋人の足跡が消える歌だ。

第5章 事件検挙

73

平成一一年（一九九九年）一一月一〇日、水曜日。

事件捜査を担当する、当課第六係の兵藤補佐が朗報をもたらしてくれてから、約一箇月。

朗報というのは無論、MN信者に係る事件捜査の端緒《たんちょ》情報である。

具体的には、『MN在家信者・小川裕美《おがわゆみ》二十八歳なる者が、雇用保険の不正受給をやらかしている』――というあの端緒情報だ。そして事件検挙の達人である兵藤補佐は、実はその情報を九月初旬には獲《え》ていたので、実際に第六係二個班が基礎捜査を開始したのもその頃になる。要は、当課がいよいよ悲願のMN事件検挙にむけて動き出してから、約二箇月が過ぎたことになる。

ここで、兵藤補佐が当初、課長である僕にも次長である宮岡警視にも報告をせず、第六係二個班を独断専行で動かしたのには理由があった。それは無論、僕も次長も直ちに理解をした。

というのも、練達の事件職人である兵藤補佐としては——あるいは稚気《ちき》と漢気《おとこぎ》と功名心《こうみょうしん》あふれる刑事としては——警察用語でいうところの『ゲナゲナ話』を絶対に避けたかったからである。『ゲナゲナ話』というのはとりわけ捜査二課系統や公安課系統でよく用いられる用語で、恐らく推量・伝聞の助動詞『げな』（〜いわくありげな、みたいに使う奴）からきている用語だと思われる。要するに、『〜らしい!!』『〜みたいだ!!』『〜っぽいです!!』等といった、推量・伝聞の域に過ぎない願望・絵空事・画餅《がべい》をプレゼンすることを、我が社ではゲナゲナ話というのだ。汚職《サンズイ》・選挙違反などが典型的なゲナゲナ話の宝庫である。どうしても事件をやらなきゃいけないジャンルだが、といって何ら確たる端緒情報が獲《え》られないとき、絵空事と知りつつ警察本部長とかに『こんなことをやっているみたいです!!』『これの違反で検挙できそうです!!』と、キレイな事件チャートまで作って力説するパターンが多い。このとき警察本部長がそこそこの武闘派だと、『君のところはいつもゲナゲナ話ばかりだな!!』と勤評《きんぴょう》に関わるような怒声を発するだろうし、といって何の報告もできない荒涼とした日々が続くと警察本部長は『どうせできないだろうとは思うけど、君のところのいつものゲナゲナ話も聴かせてよ』と皮肉のひとつを利《き》かせてみたりもする。

無論、ゲナゲナ話は、生粋の猟犬・絡鋼入《すじがねい》りの刑事である兵藤補佐が最も嫌うものだ。

事件検挙は『できるかできないか』『できたかできなかったか』ただそれだけだからだ。そこに推量も伝聞もありはしない。はたまた刑事は人情家でもある。嫌いな上官など一見《いちげん》さんの目撃証人以下の取り扱いしかしないが（本人の眼前で逆パワハラをすることもザラである……）、意気に感じてくれれば彼等ほど仁義と忠義を尊《たつと》ぶ警察官はいない。そしてさいわい、僕は兵藤補佐の眼鏡に適《かな》ったようだ。

ゆえに兵藤補佐は、まず僕を糠喜《ぬかよろこ》びさせることを嫌った。僕がどれだけ警察庁に圧迫され、あるいは愛予県警察の名誉のため、ＭＮの事件《ジケン》化を希求しているか解《わか》ってくれたからだ。また兵藤補佐は、吐いた唾《つば》を飲み込むのを嫌った。『できます』といってから前言撤回することを拒んだ。ゆえにひとりの職人として、あるいは自分の第六係だけで詰められるだけのことを詰め、いよいよこれは間違いない――というレベルにまで煮詰めてから、僕と次長に報告をしてきたと、まあそういうことだ。もっとも、純粋培養の公安課員であれば、それがいかにゲナゲナ話であろうと九月初旬の段階で即報《ソクホウ》してきただろうから（情報は鮮度が命だ）、このあたりは部門の違いによるメンタリティの差としか言い様がない。

――いずれにしろ、九月初旬に端緒を獲てから、兵藤補佐は、手持ちの兵力だけでできるかぎりの基礎捜査を行った。それだけで一箇月を要したというのも、僕と次長が強く納得したところだ。基礎捜査だけでも、やるべきことは腐るほどある。被疑者・小川裕美の銀行口座。その生い立ち。経歴。前科前歴。性格。知的水準。趣味嗜好《しこう》。生活拠点。生活実態。職業。稼働《かどう》実態。健康状態。家族関係。交友関係。架電先。立ち回り先。MN信者としての活動実態。MN信者としての地位あるいは役割。MN入信の経緯。思想の堅固さ。これらの捜査は、足で稼ぐものでもあれば、書類で稼ぐものでもある。足で稼ぐ方は、拠点を設定して二四時間三六五日体制の行動確認を行わなければならないし、書類で稼ぐ方は、刑訴法の捜査関係事項照会書等を発出しまくって、関係先から書類を出してもらわなければならない。典型的には、銀行口座などは金融機関の協力がなければ何も割れないし、架電先などはNTTさんその他の電気通信事業者の協力がなければ何も割れない。そして詳論は措《お》くが、他にも書類で確認しなければならない諸事実の数は、まさか一〇、二〇程度で収まるものではない。ヒトひとりを完全行確《コウカク》すること。ヒトひとりの社会的実態を丸裸にすること。それはまさか、一箇月で仕上げられるものではない。そうだったら警察の内偵捜査に苦労なんかない。

重ねて言えば、それは基礎捜査についての話である。

言い換えれば、そのステージが煮詰まれば、いよいよ本格的な捜査に移行する。

――兵藤補佐が一〇月六日、満を持して僕と次長に端緒情報を報告してきたのは、まさにこの、基礎捜査が煮詰まったタイミングでもあった。

そして、そのときこそ……

警察伝統のタスクフォース、『捜査本部』を起《た》ち上げるべきときである。

74

改めて言えば、当公安課は六十八名体制だ。

そして事件係たる第六係が二個班・十一名であることはもう述べた。

この十一名で本格的な捜査を実施し、MN関連施設への討ち入りを行うのは、物理的に無理である。基礎捜査ならばどうにかできる。というか、ウチは小規模県としては異様に恵まれている方だろう。小規模県の公安課など、事件係が管理職を入れて四、五人なんてことも稀《まれ》ではないからだ。

――ゆえにこの時点で、現場指揮官には決断を下す必要が生じる。

体制を増強して臨時の特別PTを編制し、思いきった事件検挙シフトを行うかどうか。裏から言えば、その期間、他の通常業務を犠牲にするかどうか。これはトレード・オフだ。

ただ、当県公安課にとってMNの事件化が最重要課題であることは論を俟《ま》たない。よって、現場指揮官の決断としては当然、『捜査本部を起ち上げる』という解が大前提となり、かつ、『それをどの規模で起ち上げるか？』『それをどこに起ち上げるか？』

が具体的検討課題となる。これは、民間でもそうだと思うが意外に難事《なんじ》だ。要はヒト・カネ・モノをどこからどう捻出《ねんしゅつ》するかに帰結するから……さいわい、カネの心配は大きくない。当課で捜査する事件はすべていわゆる国費事件ゆえ、警察庁のそれは厳しい御指導御鞭撻《ごべんたつ》を受けることになるが――あの特対室《トクタイ》の逆座敷童《ざしきわらし》のごとく、スポンサーは連日連夜警電を架けてくるほど煩雑《うるさ》い――ただいわゆる県費事件に比べ、懐事情《ふところじじょう》の悩みは減る。あとはヒトとモノ。まさか当課員六十八名をすべて捜査本部にブチ込むわけにはゆかない。例えば〈八十七番地〉には引き続き営業《エイギョウ》・日記《ニッキ》・防疫《ボウエキ》といった諜報《ちょうほう》活動を行ってもらう必要がある。それは事件検挙にも資するからだ。あと例えば、庶務係がいなくなってしまえば当課のお仕事はすべてストップするし、第一係・第二係とて、日々の親展《シンテン》を生産し続けてもらわなければ、当県における治安攪乱要因《チアンカクランヨウイン》の動きはまったく見えなくなる。ゆえに、仮に第一係ないし第五係から人員を第六係に臨時編入するとしても、それぞれから引き抜けるのはせいぜい一人か二人でしかない。それが理論値二人だとして、総計は十人。事件係十一名と合わせ、それでも総計二十一名となるに過ぎない。重ねて、これは理論値だ。しかもここで、よくメディアを賑《にぎ》わす殺人事件の捜査本部について想起していただきたい。八〇名体制だの、一〇〇名体制だのといった言葉を聴くこともザラだろう。捜査本部なる臨時PTあるいはタスクフォースは、そうした規模の、戦力の集中投入と短期決戦の文脈で語るべきものである……

ゆえにここで、どうしても、『警察署』や『他所属』の力を借りることが不可欠になる、のだが。

ところが悩ましいことに、公安課の事件というものは、他のどの所属の事件にまして保秘《ホヒ》が重要なのだ。

……いや、そりゃ内偵捜査なら、薬物事犯だろうが銃器事犯だろうが賭博《とばく》事犯だろうが汚職だろうが、当然保秘《ホヒ》は重要である。被疑者に情報が抜《ヌ》ければ、当然あらゆる証拠は隠滅されるゆえ、バレた時点で内偵捜査は御釈迦《おしゃか》になるからだ。ただ公安課がやる警備犯罪は――例えば極左《キョクサ》なりオウム真理教なりが警察に対する諸工作をアクティヴに展開している事実がある以上――その本質は『戦争』である。敵も死に物狂いで攻め込んでくるし、当方も命懸けだ。そして警察官すら敵方に寝返ってしまうのも既に御案内のとおり……となると、極論『公安課以外誰も信じられない』『公安課以外に、絶対に情報は渡せない』とならざるをえない。これはジレンマである。事件検挙を果たしたいから保秘《ホヒ》を最優先にするのだが、保秘《ホヒ》を最優先にすると事件検挙に必要な人員を確保できないというジレンマ。これを言い換えれば――捜査本部を設置するための人員は不可欠だが、その人員のリクルートが大っぴらにできない、ということになろう。

あと、モノの問題。

これが、筆記具だの茶器だの長机《ちょうき》だのからコピー機にいたるまで、捜査本部に必要ないわゆる什器《じゅうき》・資器材の類《たぐい》を意味するのは言うまでもないが、そして宮岡次長は超絶的に優秀な女房役だったのでそれらの調達はどうにかなるだろうが、そもそも『それらを調達していること』『それらを準備していること』が露見してはならない。むろん保秘《ホヒ》のためだ。いやもっといえば、『物理的に捜査本部をどこに置くか？』が大問題となってくるし、『いかに捜査本部の所在を知られないか？』が悩みのタネとなってくる。むろん保秘《ホヒ》のためだ。そのあたり、既に事件がオープンになっている、殺人といったものとは本質が異なる。まして当然、我が公安課に大規模PTのためのスペースを設置する余裕などない。これまた民間でもそうだろう。いきなり営業第一課だの開発第二課だのに数十名規模のPTのスペースを作ります――だなんて、提案する方がどうかしている。要するに、『そんなことをするのであれば、何処《どこ》か知らないけど外で場所を見つけてくださいよ』というのが一般常識だろうし、それは警察でも全く変わらないということだ。

ゆえに、僕と今は亡《な》き宮岡次長が検討した結果……

「――ホイ課長!!」ここで、兵藤補佐が大きな声を出した。「そろそろ行こまいか!!」

「おっと、もうそんな時間かあ」

僕は自分が座していた次長卓から、公安課大部屋のカレンダーと掛け時計を見た。

平成一一年（一九九九年）一一月一〇日水曜。時刻は〇八四五《マルハチヨンゴー》。

三つ揃い《スリーピース》の上着を羽織り直し、次長卓わきの応接卓に置いてあった黒のチェスターコートを纏《まと》う。着任日は真夏だったが、今はもうこんな時季だ。

「じゃあ面倒だけど頼むよ、兵藤補佐」

「いや課長が来んと士気にかかわるでね。本当は捜本にずっとおってほしいぐらいだわ」

「御覧のとおり、今は次長の仕事もあるからね……」

「あんたまあ、ほんとに貧乏性だのん、ほい。いくら次長がおらんからって、課長室から出て、次長の席に座っとることあるまいに」

「いや、これも修行で勉強さ。

やってみて、次長がどれだけすごいかってこと、実感できたから……」

僕が警察本部を出ようと次長卓を立つ。

すると、今は僕の視線のすぐ先にいる彦里嬢が、ちょっと焦《あわ》てた感じでいった。

「課長、そうしましたら課長室にお入れした湯茶は、いったん引き上げましょうか？」

「ああ御免《ごめん》、そうしてくれる？

せっかく以前どおり、こまめに淹《い》れてくれているのにね。ただ課長室に置いておくと、ついつい飲むのを忘れてしまう」

——僕はこの一月一日から、課長卓ではなく次長卓に座ることにしていた。

次長亡き今、『次長の分までも現場指揮官をやる』『次長に自分の不在を嘆かせるようなことは絶対にしない』——という、まあ身勝手な性根《しょうね》と覚悟があったからだ。だから諸々《もろもろ》の決裁も、諸々の警電も、課長室ではなくここ次長卓で扱うことにしている。自分の筆記用具なり決裁用印鑑なりもここに持ち込む。日々次長が行っていた、領収書の整理だの帳簿の記帳だの金庫の管理だの現金の出納《すいとう》だの、そういったあらゆる庶務仕事も、今は僕が直轄《ちょっかつ》している。それで一〇日が経《た》った。ちなみに課長室とは異なり、次長卓周りはまさか防音措置などとられていないから（次長卓は大部屋にある）、大事なこととそうでないことを選別して、適切なときに適切な小声で話す癖《くせ》がついたし、そんなところからも、次長の仕事の一端が解ったような気がする。

ところが、だ。課長卓の感覚で書類等のお店を広げていると、次長卓の卓上は湯呑《ゆの》みもティーカップも置けないほど物で埋まってしまう。ゆえに彦里嬢は、朝から晩まで結局は無人の課長室に、湯茶や食事をセッティングすることになる。僕は、執務卓ひとつとっても、自分の執務環境がかなり恵まれていたことを再認識した。それはよいことだ。ただ彦里嬢は、こっそり観察していても、かなり残念そうである。というのも、これまでどおり実に頻繁《ひんぱん》に茶を淹れ直しているのに、僕が出不精《でぶしょう》で課長室に入るのを面倒がるため、ぶっちゃけ手付かずで無駄になる分が多いからだ……

（あの献身的な彦里嬢が、ちょっと瞳《め》の色を変えて、『課長は課長室にいらっしゃるのが仕事です』『幹部の方はお諫《いさ》めなさいませんが、課長が大部屋にずっとおられると課員が緊張する面もあります』等々と僕を叱《しか》ったからなあ。無論、これは叱られる方が悪

いが）

ゆえに、僕は警察本部を出る準備をしながら、ちょっと、おっかなびっくり彦里嬢の様子を観察した。確かに怒ってはいないが、諫言《かんげん》が容《い》れられなくて悲しそうではある。

「課長」彦里嬢が、直近の応接卓に投げてあったアタッシェを渡してくる。「お鞄《かばん》を」

「あっ、有難う彦里さん……そ、それじゃあ行ってくるよ。戻りは一四〇〇《ヒトヨンマルマル》目途《もくと》で」

「行ってらっしゃいませ」

「それじゃあ、外出でーす」

お疲れ様です!!

僕が自分の動静を大部屋に告げると、例によって腹筋の利いた課員の声が響いた。

75

「おう公安課長、よう来たの。マア相変わらず陰気な顔じゃ」

「御無沙汰《ごぶさた》しておりました、迫《さこ》機動隊長」

——愛予県警察機動隊、隊舎、機動隊長室。

僕は兵藤補佐と一緒に、機動隊長である迫警視の下を訪ねていた。機動隊の隊舎は、警察本部の南方へ、車で二〇分ほど駆けた郊外にある。郊外といっても、東京のそれとはイメージがかなり違う。周囲には田畑と河川と森が多く、郊外型の大型商業施設もぽつん、ぽつんとしか無い。本日はお日柄もよく、燦々《さんさん》とした陽光の下、実に牧歌的な雰囲気があった——といって、機動隊は警察で最も軍隊的な所属《ショゾク》ゆえ、その訓練は苛烈《かれつ》を極めるのだが。

「いや、先週の部課長会議で会《お》うたばかりじゃろがな。わざわざ田舎に何の用ぞな？」

「またまた～」

例によって、迫さんも僕に遠慮しないし、僕も迫さんには遠慮しない。ゆえにとっとと鞄を置いてコートを脱ぎ、とっととソファに着座した。

「それこそ先週の部課長会議でお願いしたじゃないですか。隊長には並々ならぬ恩義がありますんで、捜本の督励《とくれい》かたがたお邪魔しますよ～って」

「貧乏性な指揮官じゃの——ま、煙草《たばこ》でもお吸いな」

「じゃあ失礼して」

「ホイ迫サン」兵藤補佐がいった。「俺も一服していいかのん？」

「刑事はもう、これじゃけれ」迫隊長は笑った。「堂々と所属長警視のトップ会談に居座るどころか、機動隊長室の灰皿まで汚しよる。ホイ兵藤よ、お前も偉《えろ》なったもんじゃの？」

機動隊長室は、一国一城の主《あるじ》のものとあって、僕の課長室より広い。調度はほぼ一緒だが、警備部長室を超える開放感がある。隊舎施設の敷地面積に余裕があることも、隊長室の広さの理由だろう。僕の課長室と同様のソファをデン、と置いても、むしろスカスカした印象を受ける。ひょっとしたら、機動隊員三十六名をまるっと収容できるかも知れない。

――すると、迫隊長の嫌味をガン無視してハイライトに着火した兵藤補佐がいった。

「迫サン、バカこいとったらいかんに。そもそもアンタ俺の師匠じゃんか。俺、アンタから定規でビシバシ殴られながら躾《しつ》けられたこと、忘れとらんでね――刑事は星の数じゃない、刑事は落とした被疑者の数で決まるんぞ、言っとったじゃんか」

「このバカ、兵藤、何ちゅう恩知らずな口を叩《たた》きよんぞ。お前等が御立派なアジトで捜本なんぞ立てられるんも、儂《わし》が星の数ふやしとるお陰じゃろがな。それがもうお前ときたら……よりによって管理職試験の面接で『俺、現場の猟犬だもんで、そういうハイソな問題は解らんのだわ』『まあ一生現場で走っとるのがいいね』などとほざきよって!! 儂があんときどれだけ恥掻《か》かされたか。儂はお前なら捜査二課の次長も務まる思っとるのに!!

これだから他県人はどうにもならん……」

「まあまあ、まあまあ」

僕はマイルドセブンに火を点《つ》けながらバンザイをした。師弟漫才を延々続けられては話が進まない。といって、刑事部の重鎮《じゅうちん》である迫機動隊長と、刑事部からのレンタルである兵藤補佐が師弟関係にあるからこそ、公安課は捜本を立てるスペースを確保できたのだから、両者の良好な（？）関係には感謝しなければならないが……

「いずれにしろ迫隊長、機動隊舎の第二講堂をすっかり明け渡していただいて、ほんとうに有難うございます。あんな、学校の教室より広いスペースが確保できるとは思ってもみませんでした。本来なら、関係する警察署に立てるのが常道でしょうが、警察署は警察署でまた御存知の問題があり……正直、次長と苦慮していました。改めて感謝いたします」

「おう、そういえば、今はアンタが宮岡の次長席に座っとるらしいの。

こりゃまた面妖《めんよう》な降格人事ぞな、あっは」

「まさか、こういうかたちで、この肝心な時期に、次長を失うことになるとは……」

「いやいや、そりゃ儂や光宗《みつむね》サンや渡会《わたらい》部長の失態でもあるけんね。

確かに迂闊《うかつ》じゃった。アンタが着任したんは八月の頭。宮岡が消えるゆうんが決まったのは、あれは……警務部長決裁と本部長決裁が六月だか七月だかのことじゃけれ、アンタが知らんかったのも無理はない。宮岡自身は、ありゃすっかり断る決意をしとったけん、アンタには端《はな》から隠そう隠そうと思っとったんじゃろ。ただ、本人の為《ため》を思うとの……」

「そうそう、だから次長の説得には苦労しましたよ。次長、烈火《れっか》のごとく怒って抵抗して」

「そりゃアンタの指揮能力に不安があるからじゃろがな、もし」

「あっは、そこまでホントのことハッキリいう人ってそうはいませんよ」

とはいえ、そんな人だからこそ僕は迫機動隊長を信頼したし、兵藤補佐の進言をそのまま容れ、迫機動隊長に甘え、ＭＮ事件の捜査本部をここ、機動隊舎の第二講堂に設置することとしたのだった。これは僕にとって、三度目の捜査本部となる。僕は駆け出しの刑事見習い時代、殺人の捜本を、実働員刑事としてふたつ経験した。ゆえに今度立てた捜本は、僕にとって三つ目だ。ただこの捜本には、僕が過去に体験した捜本とは大きく違う点がある。それは大きく言って、警備事件の捜本であるという点、詐欺《さぎ》事件の捜本であるという点、そしてなにより僕が立てた捜本だという点だ。成程《なるほど》、警備犯罪の捜査はこれすべて警察本部長指揮事件となるし、捜査本部の長になれるのは担当部長だけだが（ウチでいえば渡会部長になる）、そもそもそれらの方々は事実上、決裁官である。現場指揮はこれすべて担当課長の任務だ。とりわけ、刑事部のようには事件慣れしていない警備部、まして小規模県の警備部となると、担当課長が現場指揮を、そして捜査主任官が部隊指揮をとることとなる。ちなみに捜査主任官というのは、ウチでいえば兵藤補佐だ——

「しかし、警備部ゴルフコンペで堂々と一五五を叩き出した恥知らずには、こがいな事件の指揮官は到底務まらんぞな。なんだったら儂が直接捜本を統括指揮しようかな、もし」

「うわあ、力強いお言葉」僕は咥《くわ》え煙草のまま首を大きく振った。「是非《ぜひ》今日こんにち只今《ただいま》からお願いします!! 司馬警視、よろこんで迫警視の指揮下に入ります!!」

「そうじゃろ、そうじゃろ」迫隊長は可愛《かわい》らしく思いきり舌を出した。「国家一〇〇年バカの、犯罪捜査のハの字も知らん警備部門の若僧課長になんぞ、詐欺事件《ゴンベン》は荷が重い重い——

——ほんで兵藤よ、捜本の方は今どがいなっとんぞ。体制にしろ書類にしろ、指揮官に恥掻かせたら、本部長公舎の裏門で切腹するぎりじゃ済まされんぞな、もし」

「心配いらん、いらん。アンタ俺の事件処理がどんなもんか、よく知っとるだらあが。おまけにこれ、詐欺事件っちゅったって、もう完全にパターンに入っとるもんでね。それはまた、捜本でプレゼンしようと思っとったけどもが——」

「ああ、細かい内容はいらん、いらん」迫機動隊長は聡明《そうめい》だ。ここで敢《あ》えて秘密を知るのを防いだ。それは僕ら双方に利益のあることだ。「けど現状を、進捗率《しんちょくりつ》で言うたら?」

「もう二箇月も捜査しとるもんで、マア六〇％弱かのん」

「ほしたら——これも細かい話はいらんけんど——着手は何時頃《いつ》を想定しとるんぞ」

「そりゃ年内に決まっとるじゃん。Y2K問題とやらがあるもんだで」

「なら検事協議はどがいなっとるん。まさか内偵モノで『年末ギリギリの着手』なんぞ、検事が頷《うなず》くわけなかろうが。いや、内偵モノなら十二月着手すら思いっきり嫌がろう？」

「確かにそれはあるわ。検事ほど春休み夏休み秋休み冬休みが好きな連中もないでのん。しかも担当検事が、あの栗城暁子《くりきあきこ》チャンときた」

「うぉっと、よりによってあの暁子チャンかな……

新任明けの二十八歳の癖《くせ》して、マル暴刑事も顔負けなえげつない取調べ、するけんの」

「またアレ雀鬼《じゃんき》じゃん？　事件を受ける受けん、起訴するせんを、得意の麻雀で決めるもんだでかなわんわ。

おまけにあのジジイ殺しの手練手管《てれんてくだ》ときたら。もう三席検事どころか次席検事、うん検事正の言う事すら聴きゃせん。何奴《どいつ》も此奴《こいつ》も掌《てのひら》で転がされとるもん」

「で、その暁子チャンにも当然相談はしとろう？」

「そりゃ当然だわ。事件を受けてもらうのは当然だけど、何より起訴してもらわんと話にならんもん。ガサ打って万々歳——っちゅうんは事件屋の恥だし、何より課長から聴くところによると、今年は警備警察、全国でまだ一件しか起訴事件がないっちゅう話だもんで。起訴事件が、日本全国で、何とたったの一件!!　刑事の俺らからしたらもう吃驚《びっくり》だらあ?」

「で、その一件ゆうんが、恐らくは……」

「そうそう。やっぱり大警視庁の実績。だもんでそれは実質、ノーカンでいいじゃん?」

「まあそうじゃの。どのみち情けない話じゃけんど――」刑事の大ボスである迫隊長は、嘆息《ためいき》とも憤慨《ふんがい》ともとれる紫煙《しえん》を大きく吐いた。「――ただそがいな状況じゃったら、年内に、しかも起訴事件をやりさえすれば、少なくとも警察庁警備局長賞は堅いぞな。いやこれ組織犯罪ゆう筋書きやけん、教団本体に与える打撃によっては、警察庁長官賞も充分ある」

「ほいだで今、懸命に暁子チャン対策をしとるんだけど……正直、そろそろ俺の手には負えんくなってきたわ。これが暁子チャン以外の検事だったら、俺もマアいろんなネタ使って『ウン!!』と言わせられるけどもが……だもんで課長、申し訳ないけどもが、ぼちぼち東大法学部同士の直接対決で話、つけておくれんやれ」

「いやそれは当然の話で、そもそも僕の仕事だよ。すぐに日程を組んでほしい」

「了解。暁子チャンの事務官に話通しとくわ。一緒に地検行こまい」

　実際、検察官との事件協議は課長自らがやれ――というのが警察庁で躾《しつ》けられる文化である。僕も逃げる気はない。ただ、次長としての業務が存外大量にあるほか、兵藤補佐は僕も知らない内に検察庁へ単騎駆けしてしまっていることが多いので、確かに担当検事との協議を疎《おろそ》かにしてしまっていた。

「あと兵藤よ、これ被害者誰になるんぞ？　愛予労働局かな？」

「そんなん当然捜査しとるわ。

マル害は労働局じゃないに。金払っとるの、職安だもんで」

「なら被害届《タレ》はどうなっとんぞ、職安の所長から取るんじゃろ？」

「まだ言《げん》を左右にしとるね。

ただ、こっちも情報漏れを警戒せんといかんもんで、今のところ『極左のような犯罪組織です』『暴力団のような犯罪組織です』っちゅう感じで説明して、どうにか被害届《タレ》出すように説得しとるけどもが……そりゃ一般の公務員にしたら後難《こうなん》が恐《こわ》いじゃん？　まして、あっちも組織として、決裁の段階をワンステップワンステップ踏まんといかんもんでね。要は、それだけ報復を恐れる善良な公務員の方々が増える――っちゅう物語だわ」

「今更お前に言うまでもなかろうが、被害届《タレ》も出んようなら起訴どころか着手もできんぞ？」

「いや、これは必要っちゅう以上に大前提だもんでね。必ず出させる。

――課長、そこはまた事態の進展に応じて相談させておくれんやれ」

「うん、それも僕が出よう。要はそれって労働省との協議だ。なら役人育ちの出番だ」

「ふぅむ……総じて『進捗率六〇％弱』ゆうた割りには宿題が多いの、兵藤……

　捜本の体制は大丈夫なんか？　もし必要じゃったら、さすがに右も左も解らん若い隊員はともかく、ウチの隊長補佐あたりを出してもええけんど？」

「それは大丈夫。確かに宿題も少なくないけど、粒《つぶ》ぞろいの優秀な人間を集めとるもん。あと、警備部の人間は経験不足だけど物解りは早い。ゆえに、経験不足からの指示待ちは多いけどもが、刑事と違って、言われたことは超愚直にやるもんでね。

　この事件が終わったら、何人か、刑事部門に逆リクルートしたいと思うぐらいだわ」

「現状はだいたい解った――ほしたら公安課長、一緒に督励《とくれい》、行ってみますか。ああ、荷は置いていってええよ。まさか、機動隊舎に泥棒は入らんわい……中で泥棒しよるバカは全国どこにもおる、ゆうんは、悲しい『警察あるある』やけどな」

　僕は鞄とコートを機動隊長室に置いたまま、隊舎内の第二講堂に向かった。

76

　機動隊隊舎、第二講堂。

――そこには、かつて僕が刑事見習いとして経験した捜査本部そのものがあった。

いや、それ以上の活気と喧騒《けんそう》につつまれた、よい意味での修羅場があった。黒板に長机《ちょうき》の群れ。幾つかのポットに、山と積まれた安い茶碗《ちゃわん》。急ぎ搬入された冷蔵庫に、ガンガン稼動しているコピー機が二台。

（僕が経験した殺人の捜本では、これほど紙が乱舞してはいなかったが……）

捜査書類。Ａ４コピー用紙。模造紙。時に厚紙に感熱紙、水溶紙。

それがまた、数多《あまた》設置された長机の上であふれている。いや、長机の上からあふれて、講堂の木製のゆかにわんさと乱れ飛んでは折り重なっている。喩《たと》えるなら戦争中の現地司令部か、懸命に暗号を解読している数学者の集まりのようだ。見取り図や図面などもあるから、巨大な建築物の設計に熱中している建築士の集団らしくもある。確かに、ある種の数学者・建築士の集合体には違いない。捜査員というのは、被疑者の行為を『罰則という方程式』に変換してゆく数学者であり、また、そのための事実を裁判官が納得するよう設計してゆく建築士である——

「ホイ若僧ども、差入れじゃ!!」

迫機動隊長が、気さくにも自ら搬《はこ》んできた栄養ドリンクの箱と一升瓶《いっしょうびん》を軽く掲げる。講堂内に残って書類仕事をしていた一〇人ほどから『ありがとうございます!!』の唱和が響く。それを聴くや、迫隊長は差入品を兵藤補佐に委《ゆだ》ね、僕の肩をポンと叩くと、飄々《ひょうひょう》と第二講堂を後にした。知らないことは知らないでいい。迫隊長のスマートさの現れだ。

「ホイ課長、何も突っ立っとらんでいいじゃん。サア、捜査副本部長の席に座りんやれ。お前ら、捜査副本部長がお越しになっとるのに挨拶《あいさつ》もせんのか!!」

——それで小西!! 和気《わけ》!!

僕が黒板の前に設《しつら》えられた雛壇《ひなだん》、その捜査副本部長席に座った刹那《せつな》、第六係の小西警部補と和気警部補が駆けてきた。ふたりは公安課育ちながら、すっかり兵藤イズムの洗礼を受けて刑事魂を吹き込まれた、当課期待の捜査班長たちである。五年後、一〇年後には、僕がそれを見ることはないが、このふたりが兵藤補佐のポジションに就き、公安課生え抜きの事件係補佐になっているはずだ。

「課長、こりゃ大変失礼しました。そして御無沙汰《ごぶさた》しとります——ちいと瘠《や》せました?」

「いや御無沙汰は当然だよ小西係長。ずっとMN事件の捜査に出てもらっているから。そして僕もこの事件のことばかり考えているんでね。瘠せるわ禿《は》げるわ嘔吐《えず》くわだよ。解るだろう、ねえ和気係長?」

「部下が優秀だと上官は大変やね」和気係長はしれっといった。「まあ、給料分は瘠せて禿げて嘔吐《えず》いてくださいや」

「給料分ときたか。僕は管理職だから超勤が一円もつかない上、その代わりの管理職手当はわずか四万三、〇〇〇円ポッキリなんだけどね……愛予県警察は優しいなあ」

「管理職なんぞなるもんじゃないね。そこで課長、儂、彦里嬢みたいには上手《うま》くお茶汲《く》みできんけど、ホイ、捜本名物マズい緑茶――」

「――はい、捜本名物マズい緑茶ありがとう和気係長。

きっと美味い酒で捜本の打ち上げができるって信じているよ、とてもごく近い将来に」

「ありゃまあ。こっちが大人しゅう聴いとったら、がいにプレッシャー掛けよる、掛けよる……」

――人間、三箇月もつきあっていれば為人《ひととなり》が分かる。まあ僕も解られているだろうが。

いずれにしろ事件係は当課で最も開放的で、最も陽気な係である。僕も実際、兵藤補佐といい小西係長といい和気係長といい、事件係の決裁は楽しい。といって重ねて、捜査は結果を出してナンボの世界だから、結果が出るまでは心底苦しい。苦しいが、『結果が出せるかどうか分からないそのことに全力投球する』『結果が出せないことに愚痴《ぐち》を言わない』『努力をしたことを言い訳にしない』。そうしたストイックな痩《や》せ我慢の精神力こそ、刑事の真骨頂《しんこっちょう》だ。飄々《ひょうひょう》とした軽口は、押し殺した愚痴のコインの表だ。

「でもさあ、兵藤補佐を支える両班長が、どっちも捜本の椅子《いす》温めていていいの？」

「この人いきなり来て何言いよんぞ……」小西係長が故意《わざ》とらしく天を仰いだ。「……捜査副本部長が来る、ゆうけん、わざわざ外回り延期して待っとったに決まっとろうが」

「いや解ってる、さすがにそれくらいは解りますよ。この時間がどれだけ貴重なものかも」

「そうしたら課長」捜本での兵藤補佐はひと味違う。親分の凄味《すごみ》がある。「此奴等《こいつら》に捜本の現状のさわりのさわり、レクさせる。小西からは捜本の今の体制について。和気からは捜本の今の捜査について――

オイ小西、和気、たわけたことほざいたら承知せんぞ」

77

「ほしたら儂から」小西係長が雛壇《ひなだん》の長机の前に折りたたみ椅子を持ってきた。「捜本の今の体制について――元々、事件係は二個班十一名おった。これに、公安課各係から有難く人出しをしてもらった。それで小幅増員。

またこの事件、被疑者の居住地が愛予警察署管内じゃけん、愛予警察署と一緒に事件やることにして、ぶっちゃけ愛予警察署の警備課員は総員、捜査本部に投入することになった……まあこれ、課長自身もように愛予署長に土下座《どげざ》してもろたけん、御自身がいちばんよう知っとると思うけど。いずれにせよこれで大幅増員。

またそれに加えて、実績評価に下駄《げた》履かせるからゆうて、隣接署の愛予南警察署・愛予西警察署の警備課員も、一定数を動員させてもろた。これでまた小幅増員……あっ、課長まだ愛予西署長の方には土下座しとらんと思うけん、今日すぐにでもそのマズい顔、署長に見せてやってくださいや。ちゃんと仁義切っとかんと、動員されとる愛予西署の警備課員が可哀想《かわいそう》やけんね」

「了解。愛予西署長のアポが取れ次第、直ちに。

――それで小西係長、現有戦力は足りている？」

「捜本に人が足りるなんて現象は世界が滅んでも発生せんけど、これは冗談抜きで、課長の御配慮でどうにかやっていけるだけの戦力は整った――『五十人規模』ゆうたら、六十八名の公安課としては課がもうひとつできたようなもんじゃけれ。これで文句を言うたら、そりゃ罰《ばち》が当たるゆうもんです」

「什器や資器材は？」

「紙はどんだけあっても足らんけん、あるだけ回して下さいや。あとできればコピー機、もう一台欲しい。あとできれば採証機器、特にビデオカメラ。ウチの課と機動隊の分だけでは足りん。隣の警備課にまだあるけん、それ、できればかっぱらってきてほしい。新しく買うてもらっても全然かまんけど。それから車。元々二輪はよう使《つこ》とるし慣れとるけど、追っ掛け以外の用務が存外多いけん、できれば車があと二台ほしい。もっとこんまいことをいえば、できれば朱肉のインクに大小各級の附箋《ふせん》、あとあのバケモノみたいな黒クリップが腐るほどほしい」

「できればできればが多いけど、あっは、必ず実現させる。どれもどうにかなる。車は若干悩むが、僕の課長車は投入してかまわないし、いざとなれば部長車もお強請《ねだ》りしよう」

「そういえば今、課長が次長もやっとるんやね。なんかややこしいけど。宮岡次長が草葉の陰で嘆かんよう、庶務関係はしっかり頼みますわ」

「しっかり頼まれた。あとカネは？」

「必要な分だけ頂戴《ちょうだい》しとる。謝金、拠点、ガソリン、電話、タクシー、寝具、あんパン、カップラーメン、牛丼《ぎゅうどん》チケット……このままの水準を維持してくれればええ」

「次長としていえば、もっと使ってもらってかまわない。宮岡次長はそれだけの準備をしていたし、今、ここが遣いどきだ。青天井《あおてんじょう》だと思って要求してくれ。全く心配無用だ」

「ありがとうございまっす!! 儂の方からは以上やね。あとは和気が説明する」

78

「ほしたら、儂の方から——」和気《わけ》係長は既に折り畳み椅子に座っている。「——捜本の今の捜査についてやけど、一言でいえば、嘘《うそ》偽りなく順調です。ゆうても課長は疑り深いけん、順次説明していきましょうわい。

まず被疑者。これ御案内のとおりMNの在家信者・小川裕美《おがわゆみ》二十八歳独身。住所・居住地ともに愛予警察署管内の、愛予市三蔵子町《さんぞうごちょう》四丁目一五番地二六号。ワンルームマンション『トロワ・クール』二〇一号室。家賃は月額八万三、〇〇〇円。小洒落《こじゃれ》た奴やし、オートロックとか宅配ボックスとか管理人とかを備えとるけん、県都の住宅街じゃゆうことも踏まえれば、まあ平均的な金額ですわ。

このマル被がMN在家信者じゃ——ゆうんは、伊達補佐の第五係の書庫《ショコ》と、もちろん儂ら事件係の行動確認で裏付けずみ。ゆうたら、愛予市内のMN〈拠点施設〉に修行のため週二回は出入りしとりますけんね。毎週、確実に」

「架電記録等の精査は？」

「先月までの分は終わっとる。よって、既把握《きはあく》の在家信者少なくとも四名、及び〈拠点施設〉と活発に通話しとる——ゆうことも分かっとる。まあ、あからさまなほどにね。ゆうたら、全く通話せんゆう日がほとんど無いけん。もしマル被が生活パターンを変えんかったら、これからもそうした架電の記録は陸続と押さえられる」

「ゆえに『教団との関連性』を裁判官に納得してもらうことは難しくない、か」

「また事件の性質から、この小川裕美の職業なり稼働《かどう》状況なりが大事になってきよるけど、結論を言うと現に稼働・就労しとる事実に疑いはない。これも事件係の行動確認の結果。それを詳しくゆうたら——

マル被は週四回、修行のない日の、昼前から五時間ないし八時間、弁当屋『三河屋』にて——これJR愛予駅東口から下町方面へ徒歩十五分の所にある個人経営の店やけど——アルバイトをしとる。勤務内容にあっては弁当作り・接客・清掃。店が貼《は》り出しとる求人ポスターによれば、時給は九〇〇円となっとるね。

ほやけん、週に一万八、〇〇〇円ないし二万八、八〇〇円程度、月でゆうたら七万二、〇〇〇円ないし一一万五、二〇〇円程度を稼いどることになる。そして事実、小川裕美が愛予銀行に持っとる普通預金口座の記録《ジャーナル》を解析すると——今年の九月から、通帳の『お支払金額』欄《らん》に、『ミカワヤ』なる振込名義人がカネを振り込んどるのがすぐ分かる。この振込は次の十月にも行われとる。ちなみに九月は十六日の木曜に『八、七一五円』が、そして十月は十五日の金曜に『九万七、六五〇円』が振り込まれとるけん、バイト代の支払日はきっと各月十五日やね。ゆうんも、九月十五日は祝日やったけん……

よって、今日から五日後の、来る十一月十五日月曜に、一定額の振込が行われるんもまた確実。なんでかゆうたら、マル被の行動確認は二四時間三六五日体制で今も行っとりますけん。その行動確認を開始した九月頭から現在に至るまで、マル被の修行パターンと就労パターンには全く変化がありませんけん」

「今現在解明できているバイト代は、ええと……総額で一〇万六、三六五円か。

もちろんだけど、当該《とうがい》『三河屋』内における稼働状況は現認《ゲンニン》しているんだよね？」

「そら当然ですわ。マル被が修行をするMNの〈拠点施設〉へはまず入れんけど、街の弁当屋を覗《のぞ》いたり使ったりするのに、さしたる危険はないですけんね。実際、マル被の稼働日には、望遠でマル被が店舗内の厨房《ちゅうぼう》その他で働いとる状況を現認《ゲンニン》しとります。またそれに加え、捜本から、ローテーションで、時間帯もズラして、実際にマル被が稼働しとるときに弁当を購入しに行っとります。当該店舗、大手チェーン店と違《ちご》て個人経営の手作りですけん、味は絶品、文句なし。捜本として、出入り業者の契約をしたくなるくらいですわ。御近所の評判もええ。常連客も多い。マル被もほんま大童《おおわらわ》で働いとります」

「マル被については了解。あと当該『三河屋』で働いているのは結局誰になる？」

「常勤しとるんが経営者の大崎有子《おおさきゆうこ》、まあこれはアタリマエやね。

あと、アルバイトがマル被の他に二人おる。二人ともマル被の先輩になる。それぞれ週三、四日程度出勤するけん、マル被とほとんど一緒に勤務しとるけど、勤務が重ならん日もある。ゆうたら、『三河屋』にはアルバイトが二人の日もあれば三人の日もある」

「当該他のバイト二人。まさかMNではないよね？」

「ほやったら真っ先に報告しとりますわ。マル被が増えよるかも知れんけんね。ただ当該他のバイト二人にあっては無色。これも伊達補佐に確認した上で念《ねん》の為《ため》一定期間行確《コウカク》した。立ち回り先・交友関係、あるいは架電記録その他の基礎捜査からしてMN色は一切ナシ」

「当該他のバイト二人の、バイト代受領状況——要は銀行口座の動くパターンは？」

「マル被と全く一緒やね。各月十五日に振込。むろん八月・九月は休み明けの十六日やけど。そしてその振込名義人もまた『ミカワヤ』。その振込額も二万円前後と、時給・就業年数・交通費・扶養控除《ふようこうじょ》等々からしておかしくない額。ほやけん」

「マル被の口座の動きもまた、当該『三河屋』のバイトとして極めてノーマルだと分かる」

「そうそう。他の同僚とパターンが一致しとるけん」

「あっそういえば、経営者・大崎有子本人のMN性は？」

「いやいや、大崎有子は事業主として無闇《むやみ》に多忙ですけん、まさか〈拠点施設〉に出入りしよる暇《ひま》なんぞない。日々の過労でブッ倒れてそのまま死によるんじゃないか——ゆうほど、早朝から深夜まで働いとります。

　ほやけん、事件係の基礎捜査と行動確認からは、MN性なんぞ全く出てこんかった」

「人定《ジンテイ》はしっかり取れている？」

「戸籍、住民票はマル被やバイト仲間と一緒に確認しとる。身元関係に怪しいところは無い。ちなみに大崎有子は四十八歳寡婦《かふ》で、先立った旦那《だんな》は、愛予大学の教務課に勤務しとった。まあ安定した公務員やね。その縁で、大崎有子はかつて、愛予大学の生協でバイトをしとった。ところがその旦那、まさに今年の四月、肺ガンゆうかそこから全身に転移したガンで死んでもうて……ゆえに残された大崎有子は、今年の六月から自営業に転じた。そんな物語がある。例の先輩バイト二人が採用されたんは、この六月の開業時になります」

「開業資金とかはどうしたんだろう？」

「元々からの老後の貯蓄と、旦那の退職金と、あと愛予大学の職員からのカンパがあった。カンパゆうんは大崎有子の銀行口座に現れとる。それが『職員からの』ゆうんは、振込名義人が『アイヨダイシヨクインクミ』やったから解った。金額は三〇〇万円強」

「なかなか義理堅い組織だなあ……まあ警察でもそれくらいはやるか。大崎有子としては、嬉《うれ》しい臨時収入だったろうな。ちなみに子供は？」

「大崎夫婦に子はおらんかった」

「解った。なら子のMN性を論じるまでも無い――」

　よって『三河屋』関係は了解」

「ほしたら、マル被がアルバイトとして稼働・就労しとるゆうんはもう前提になったけん」和気係長がいった。「いよいよ本丸。マル被がそれを隠して雇用保険を受給しとる――ゆう点に移ろうわい。といってこれテンプレ事案やけん、事件の筋としては何も難しくない。

まず、雇用保険を受給しとる、ゆう事実を整理しておけば——

マル被小川裕美は、本人が愛予銀行に持っとる普通預金口座の動きによると、今年の

①九月一日水曜日

『ショクギヨウアンテイキヨ』なる振込名義人から一〇万七、一四五円

②十月六日水曜日

『ショクギヨウアンテイキヨ』なる振込名義人から一四万二、八六〇円

③十一月三日水曜日

『ショクギヨウアンテイキヨ』なる振込名義人から一四万五、五二一円

の入金を受けとります。これらについて銀行口座の記録《ジャーナル》を解析すると、このカタカナの振込名義人は正確には『労働省職業安定局』。ただ、実際の事務をしとるんはその出先機関である『愛予公共職業安定所』。ゆうたら、愛予市内にある所謂《いわゆる》ハローワークやね」

「これ純然たる確認だけど、現在のところ、ええと……総額三九万五、五二六円のカネを、労働省のハロワが支払い、そのカネをマル被の小川裕美が受け取ったと、こういう物語か」

「そうそう。極めて単純な物語でしょ？」

「支払われたカネは『雇用保険』、すなわちいわゆる失業保険だと」

「まさしく」

「するとマル被小川裕美は、シンプルにいえば、『自分は失業した』『自分は失業の状態にある』と申告して、愛予市のハロワに所要の手続をしたわけだ」

「そのとおり。これ役所が払うカネですけん、そりゃ例えば住民票とるのと一緒で、役所に行って所要の手続をせんといけん。また住民票と違《ちご》てカネが動くけん、役所が必要な決定だの認定だのをせんといけん――医療費の確定申告かて、必要な書類そろえて税務署に行って窓口で手続して、返ってくる金額の決定を受けんといけんでしょう。それと一緒や」

「窓口における手続のあらましは？」

「この場合、マル被愛予市に住んどるけん、愛予市にあるハロワ――愛予公共職業安定所へ行って、まず『求職の申込み』を行う。なんでかゆうたら、労働省にゆわせたら、『就職しようとする意思といつでも就職できる能力があるにもかかわらず職業に就けず、積極的に求職活動を行っている状態にある』のが失業ですけん。ゆえに、まず求職活動をするんが雇用保険受給の前提なわけよ。実際、マル被もアリバイ的に、ハロワの相談を活用したりセミナーに参加したり、あるいは適当な非常勤職員の面接を受けたりはしとるね。法令で定められとる、必要最小限の数をこなしとるぎりやけど。

で、この最初の『求職の申込み』と同時に、儂らにとって肝心要《かんじんかなめ》の書類――『雇用保険被保険者離職票』をハロワに出す。いわゆる『離職票Ⅰ・Ⅱ』ゆうカード型の定型書類。これがどんな書類かゆうたら、この場合、マル被が退職した事実と、その退職理由、退職前の賃金、過去半年間の給料と出社日等々を証明する書類になる。ほやけん当然、これはマル被が退職した勤務先──マル被がかつて勤めとった勤務先が出す書類よ。

このいちばん最初の手続、そう『離職票の提出』『求職の申込み』の手続に、まあ窓口で三〇分から四〇分程度かかる。ここで制度の説明や、受給資格の確認が軽く質問されることもある。いずれにせよ離職票を受理すると、ハロワが雇用保険受給資格の審査をする──要はちゃんと失業の状態にあるんか、ちゃんとカネもらう資格を備えとるんか等々をチェックするんよ。

ほんでいよいよ『問題ナシ』『受給資格アリ』ゆうことになったら、ほぼ一週間後に受給資格の決定がある。要は、カネあげますよゆう決定がある。このとき必ず『雇用保険受給資格者証』が交付され、『雇用保険受給者初回説明会』ゆうんが開催される。ここで、なんでこんなややこしいことわざわざ強調するかゆうたら──その説明会ではガッチリと、そう二時間ほど、制度の説明がなされるけんね。そう、儂らにとって垂涎《すいぜん》の、不正受給に関する警告もなされるわけよ。それも、今度は本格的に、ガッチリと」

「だから、制度を知りませんでした、不正受給とは知りませんでした──なんて抗弁はできなくなる、絶対に」

「そこが儂らとしては狙《ねら》い目やね。そして次なる狙い目もある。というのも、それからは『二十八日に一度ずつ』、また失業の状態にあるんかどうかをチェックする、『失業の認定』ゆう手続があるけん。そこでは受給者は『失業認定申告書』なる書面を出さんといけん。そしてこの書面で、就職・就労・内職・手伝いをしていないか等を自分で申告することになる。そう、二十八日に一度ずつ、ホントのことを自分で申告せんといかん義務がある――

他にも細かいことはあるけど、手続のあらましとしてはこれで充分やろ？」

「和気係長、さっそく幾つか確認。

そもそもマル被が最初にハロワ窓口で手続をしたのは何時《いつ》？」

「今年八月十八日の水曜日。正確にはその午前一〇時二五分強から午前一一時〇〇分強までの間。ハロワの防犯カメラ映像と、受理した担当職員を捜査ずみ」

「そのときはマル被、もう弁当屋『三河屋』で稼働していたの？」

「それがまだ稼働しとらんのよ。マル被が『三河屋』で稼働し始めたのは、八月三十一日の火曜日。それで九月のバイト代がさっきゆうた『八、七一五円』なんて一日分＋αになる。これは確実に、雇用保険の受給資格の決定を待って、それから稼働し始めたからよ。というのも、受給決定は八月二十五日の水曜日やけん。

そういえば、最初のバイト代は九月にもらっとるけど、稼働は八月からやけん、これすなわち、課長の着任月から犯罪をやらかしてくれたことになる――課長、ツイとるね」

「まさか僕の着任を待って、新任課長へのサプライズプレゼントにしてくれた訳でもなかろうが……

いずれにしろこのマル被、受給資格の審査中は稼働を控えたということか。ただ受給決定後すぐさま稼働しているわけだから、そりゃもう就職することが既に決まっていたんだろって断言できるね。それをどう証明するかは別論だけど」

「確かに。まあ最初から、そう離職票を窓口に提出したときから騙《だま》す気満々ですわ」

「で、最初の受給が、ええと……今年の九月一日だと。窓口来訪から二週間で入金か」

「マル被の場合は会社都合退職と認定されたけんね。最初の受給が早いのよ」

「そうか、会社都合と自己都合では受給日程が違うと、何処《どこ》かで聴いたことがあるな。するとマル被が会社都合退職を強いられた『前の職場』とは？」

「個人経営の学習塾。

――実はマル被、愛予大の大学院出のインテリなんやけど、バブル崩壊の煽《あお》りを食らって、またつぶしの利かん文系院生やったゆうこともあって、就職活動が上手く行かんかったのよ。それで今年の五月まで、先輩が経営しとった、中高生相手の学習塾の常勤講師をやっとった。ところが、これが大手に押されてジリ貧。少子化もあって生徒はどんどん減り、とうとう今年の春には、もう経営が立ちゆかんようになった。ほやけんマル被も職を失った——これマル被の意思でも何でもないけん、問題なく会社都合退職になる」

「……なんだか愛予大学の関係者が多いね？」

「そら警察と一緒ですわ。こんなド田舎ですけん、大抵の大卒者は愛予大の出になる」

「なるほどね。確かに当県警察とて、愛予県人率九三％だったか。言われて納得。

あとは、そうだな、マル被が最初に窓口で手続をしたのは今年八月十八日とのことだけど、ええと……自分で『失業認定申告書』なるものを出したのは何時《いつ》？　これ、さっきの説明だと、二十八日に一度は出さないといけない書面らしいけど」

「現時点では、九月の十五日、及び十月の十五日。これも関係書類の任提《ニンテイ》を受けた。そして順調にゆけば、誤差を無視して十一月の十五日、十二月の十五日……と続くはず」

「要するに現時点で二度、『失業認定申告書』を出している。すなわち『働いてはいませんよ』と自ら申告している。だが、弁当屋からの入金状況を踏まえれば、これまた端《はな》から『騙す気満々』ってことだね……

ただ、いくらアルバイトとはいえ、そこには雇用主がいる。『三河屋』の大崎有子だ。そして雇用主には労働法制上、様々な行政手続が義務付けられている。おまけに、バイト代の所得税は源泉徴収《げんせんちょうしゅう》のはず。なら税務署が察知するし、その情報は市役所にも流れる。だって所得税の情報は、住民税を取るため、市役所にオートマチックで流れるんだから。

　これらの仕組みを考えると、『今現在バイトをしている』という事実は、ハロワなり労働局なりにすぐ抜けちゃいそうだけど？」

「まず、課長御指摘の労働法制の話をすると――もし仮にマル被が『三河屋』で新たに雇用保険にでも加入したとすれば、それはたちまちハロワに抜けますわ。それこそ労働局の領分やけん。で、就労事実がバレれば当然支給停止になるし、不正受給として所謂《いわゆる》『不正受給額の三倍返し』の納付命令が出る。例えば五〇万不正受給しとったら一五〇万耳を揃《そろ》えて返さんといけんし、それ以降の支給もありえんくなるんよ――

　ただ『三河屋』は個人経営やし、まあアットホームな職場やし、まして週二〇時間以内しかバイトせんなら雇用保険に入る義務なんぞないけんね。ここで、ミニマムな理論値を考えれば、マル被は週四日・五時間ずつの稼働やけん……こりゃ微妙なとこですわ。

　あと課長御指摘の税金の関係やけど、税務署＋市役所と労働局＋ハロワはシステム上情報交換をせんけんね。ほやけん例えば市役所は、『マル被には課税すべき所得があるから働いとるゆう事実は分かる』『けどマル被が失業保険をもらっとるゆう事実は全然知らん』――ゆう状態になるわけよ。別段、市役所の側でいちいち、全部の所得税納税者について、『あなた失業保険なんてもらってないですよね？』と確認する義務はない。

ゆえにそれをハロワに教えることもできん。また、そんなことしたらそれだけで市役所の業務はパンク」

「ゆえに不正受給を役所同士の連携で看破するのは難しい――と。成程《なるほど》ね。あとさ、雇用保険は一定の場合、たとえバイト等をしていても受給できちゃうはずだけど？」

「一定時間・一定賃金の範囲内に収まればね。かつ、そのことを『失業認定申告書』でキチンと自己申告しとればね。

そしてもちろん、マル被はそんな申告は一切しとらん。またマル被の『週四日』『一日五時間から八時間』『月額約一〇万』ゆう稼働実態は、どのみち範囲外でアウトよ」

「ならその無申告の立証のため、既に労働局と職安に捜査関係事項照会を掛けたんだね？」

「そら当然ですわ。必要な書面や回答はそろっとる。また、できる範囲で参考人調書も巻いとる……

ただまだハロワから被害届《タレ》が出とらんけん、わざわざ協力してくれる参考人も、上司の手前、そう大っぴらには動けん。もちろん端《はな》から協力してくれん奴もおれば、情報漏れのリスクが大きいけん接触しづらい奴もおる……ハロワ／労働局の偉い人対策は、急務やね」

「ありがとう和気係長。捜本の捜査の現状はよく解《わか》った」

79

「さて、ほいだら課長」兵藤補佐がニヤッとした。「俺が課長の昇任試験……いや違うな、課長の刑事任用試験をするでね。東大法学部出のキャリアらしく答えておくれんよ」

「ほほう、なかなかおもしろいね――すなわち？」

「まずは小手調べ。これ何罪に該当するかのん？」

「そりゃ刑法に規定する詐欺《さぎ》だ。雇用保険法が規定する、雇用保険の不正受給そのものに罰則はないからね。むろん行政処分なら、さっき和気係長がいっていたとおり『三倍返し』のペナルティ等があるが、それは罰則じゃない。だから刑法の詐欺を使うことになる」

「これ一項詐欺？　二項詐欺？」

「第二百四十六条第一項の、一項詐欺だ。

　銀行口座にカネを振り込ませることは、近時の実務では一項の『財物を交付させた』で問題ないから。なんだか学説では『財産上不法の利益を得た』二項の方が人気のようだけど……」

「ほいじゃあ、詐欺罪の構成要件を言ってみりん」

「あはは、そりゃ『人を欺《あざむ》いて財物を交付させる』ことだ。

ちなみに罰則は一〇年以下の懲役のみ。罰金刑の規定はない。ガッチリ重い犯罪だね」

「そんなこたあ誰でも知っとるわ。俺がアンタにそんなこと訊《き》くわけないじゃんか。

『人を欺いて財物を交付させる』――には重要なポイントがホラ、幾つかあるだらあ？」

「そう来るとは思ったよ。詐欺罪って大学教授とか検事とかが大好きな、実に試験に出しやすい、超理論的な構造をしているからね……検事がまあ、嬉々《きき》として喋《しゃべ》ること喋ること。

――じゃあ兵藤補佐の事件係に登用してもらうため頑晴《がんば》れば、それは、①欺罔《ぎもう》行為、②錯誤《さくご》、③処分行為、④移転。そして、⑤それらの間に因果関係があること、だよね？」

「ほいだら、①から⑤を本件マル被の一項詐欺に、具体的に当てはめてみりんやれ」

「①の欺罔行為は、要は被害者を騙《だま》すことだ。この場合は愛予公共職業安定所を騙すことだ。ここで本件マル被は、現実にはバイトをしているのに『していません!!』という申告をしている――九月十五日と十月十五日にその旨《むね》を書いた『失業認定申告書』を職安に提出しているからね。これぞ欺罔行為、教科書に載せたいくらいのガチの欺罔行為だ。

また、そもそもバイト先が決まっていたのであれば、手続のいちばん最初、八月十八日に『離職票』を提出して雇用保険の受給資格決定を求めたこと、これすらも職安を騙したことになるだろう。ただ実際にバイト先が決まっていたかどうかは、『三河屋』の大崎有子とマル被との、まあ極めて個人的な話し合いによるんだろうから、まさかそれらの直当《じかあ》たりができない以上、客観証拠でそれを証明するのは難しい。だからそれは結局、マル被の逮捕後に、マル被と大崎有子の取調べで解明すべきこととなるだろう。とまれ、どのみち『失業認定申告書』で欺罔行為を繰り返しているんだから、①はクリアできる」

「ほいだら②の、錯誤は？」

「②の錯誤とは、被害者の認識と、現実の事実が一致しない状態のことだ。この場合は、愛予公共職業安定所の認識が『マル被は働いておらず、雇用保険の受給資格がある』というものである一方、現実の事実は『マル被は三河屋でバイトをしており、雇用保険の受給資格がない』というものとなる。両者は正反対で、もちろん一致していない。ゆえに本件では②もクリアだ」

「③の処分行為はどうなるだん？」

「③の処分行為とは、要は被害者が自分の意思に基づいて、財産的損失を発生させる行為をすることだ。そして本件では、マル害たる愛予公共職業安定所が正規の決裁手続・

審査手続を踏んでマル被の受給資格を決定したわけだから、マル害本人の意思決定はガチ。

また、その意思決定に基づいて、本来は払わなくてもよいカネを現実にマル被の銀行口座に振り込んでしまっているのだから、財産的損害を発生させる行為もガチ。これまた③もクリア——ちなみに当初の当初からハロワを騙していたのであれば、まんまとハロワが『雇用保険受給資格者証』を与えてしまったことも、処分行為といえなくもないかな。ここちょっと自信ないから、解説本《あんちょこ》を調べたいけど。どのみち振込だけでも③はクリア」

「いよいよ煮詰まってきたのん。じゃあ④の移転について言ってみりん」

「④の移転とは、被害品なり被害物なりの事実上の支配が移転することだ。ここで本件では、現時点で解析されているだけでも『総額三九万五、五二六円』が、マル被の銀行口座に振り込まれている。そしてマル被は入金のときから『いつでもこのカネを引き出せる』。この被害金は、まさにマル被の事実上の支配下に入った——これで④もクリアだね？」

「なかなか小癪《こしやく》なこと言うじゃんか。けど、そいだけじゃあ詐欺罪は成立せんに？」

「もちろん。最後に⑤、これまで検討してきた①〜④にキレイな流れ、キレイな因果関係があることが必要になる。だから本件を検討すると、①職安はマル被に騙されたから、

②事実と違う認識を持ってしまい、それゆえに、③マル被の銀行口座にカネを振り込んだため、④被害金の支配がマル被に移ったんだ。ほら、①がなければ②もなく、②がなければ③もなく、③がなければ④もない。すべてが因果関係の鎖《くさり》でつながっている。もしこの鎖がひとつでも切れたなら詐欺罪は成立しないが――本件にあっては何の問題もないよ」
「ちっ、マア合格かなァ……口調と態度が偉そうだもんで評定は六九点として、公安課長なんぞにしとくのは勿体《もったい》ない。〈事件係見習い〉くらいにしてやってもいいかのん、ほい。

まして課長。今、自分自身でいっかい口に出して整理してみたら、本件がどれだけ堅いかはよく解っただらあ？　こんなんもう、ガチガチのガチだわ」

「だね。まだまだ捜査で詰めるべきことは腐るほどあるけど、事件の筋は理解した。それが極めてよいということ……そう、理想的なほど極めて美しいということも理解した。だけど」

「だけど？」

「兵藤補佐、マル被小川裕美の立ち寄り先に〈教皇庁〉はあるかい？」

「……今日こんにちまでの行確《コウカク》では出とらんぞん。そもそもマル被、週四でバイトして週二で修行だらあ？　その居所《いどころ》も愛予市なら、稼働先も修行先も愛予市。とても御油町の〈教皇庁〉にはゆけんと思うわ」

「マル被の教団内地位は？　在家信者としか聴いてはいないけど？」

「ヒラ信者もヒラ信者。MN用語でいったら〈修道女〉らしいけどもが。要は巡査だわ」

「〈教皇庁〉の上級聖職者との接触はある？」

「無いのん。生活実態と教団内地位からして、それもまた見込薄《みこみうす》だわ」

「そろそろ、この捜本検討会のまとめとして、僕が言いたいことも解ってくれたと思うが……」

「……ほうだのん。

　肝心要なのは、たかが小川裕美の個人犯罪じゃない。これが教団ぐるみの組織犯罪――組織的資金獲得活動だと立証すること。そしてそれによって、できるだけ多くの教団関連施設にガサを打つこと。なかんずく、教団の中枢《ちゅうすう》たる〈教皇庁〉への討ち入りを果たすこと。けどもが」

「現時点での捜査結果を総合するに、ガサを打てるのは小川裕美の自宅、そして修行先の愛予教会＝〈拠点施設〉だ。そりゃ稼働《かどう》先の三河屋とか関係信者の自宅とかもできるだろうが、小川裕美がこのままの生活パターンを継続するかぎり、まさか愛予市街から車で四時間五時間はかかろうかという御油町〈教皇庁〉には出入りしないし、できないだろう」

「〈拠点施設〉への討ち入りだけでも戦果は戦果だに？

——ただ事件係としても、課長の悲願と同じ悲願は持っとる。どうにか裁判官を説得できる材料を集めて、事件を〈教皇庁〉にまでつなげたい。そこは懸命にやるし懸命に考える。けどもが、俺らは客観的事実を証拠にする職人だでね。嘘やゲナゲナ話は扱わん。だもんで、事実としてマル被が〈教皇庁〉と無関係なら……あるいはそれを証明する客観的証拠が獲《え》られんかったら……俺らはそれ以上の小細工はできんし、せんよ。証拠の料理には思いっきり工夫を凝らすけどもが、証拠のでっちあげなんぞはせん。刑事のプライドに懸けてそれはできん。そこだけは今から解っといてほしいんだわ」

「もちろんだ。最高の端緒《たんちょ》、最高の筋、そして、最高の事件係……

それを薄汚いインチキ捜査で穢《けが》すような真似《まね》はしたくない。

討ち入りは正々堂々、かつ微塵《みじん》の違法も無く、だ」

「ありがとう課長。ちいと疑っとった。悪かった。

けどもが、どうしても〈教皇庁〉につながらんときは？　アンタそれでも着手する決意はあるかん？　〈拠点施設〉だけを攻めれば、当然無傷の〈教皇庁〉は防御を堅くするに？」

「……どうしても〈教皇庁〉とつながらないときは、確かに決断が必要になるけど。

僕に若干の考えがある。捜本と事件係には引き続きの努力を求めるが、〈教皇庁〉絡《がら》みは僕の方でも打てる手は打とう。どう考えても、両者を同時攻略するのが最も有利だから。

――さて、思わぬ長居をしちゃったね。

この捜本はこれから捜査書類を、そうだな、六〇㎏は作成しないといけないのに」

「まあ、課長の決裁の都合もあるでね。一ｔ以内には収まるよう頑晴るわ」

「目立つのであまり出入りできないが、また来る。小西係長も和気係長も、どうか頼む」

小西警部補はグッと親指を立て、和気警部補は僕の背をぱしん、と叩いた。

80

以降、捜本の捜査と並行して、いよいよ関係各所とのネゴシエーションが必要となってきた。

うち大きいのは、被害届についてのネゴである。

言い換えれば、『どうにか被害届を出してください』というネゴだ。

――ここで。

もし本件事件が個人を被害者とする詐欺であり、その個人が被害に憤《いきどお》っているときは、何の問題もありはしない。そこに何の交渉も必要ない。いわば、被害届を出す被害者と、被害届を受理する警察に利害の一致がある。

ところが。

そもそも本件詐欺は、個人を被害者とする詐欺じゃない。言ってみれば『法人』としての、公共職業安定所を被害者とする詐欺だ。そして法人に被害感情は無い。被害感情を持ってくれる者がいるとすれば、それはこの場合、公共職業安定所の意思決定に関与する公務員である。ところが、そのような公務員は、別段自分自身が詐欺の被害に遭《あ》っているわけじゃない。そこに、個人的な、被害への憤りなり犯罪への怒りなりが生まれるかどうかは担当公務員それぞれだし、もっといえば、その意思決定権者に左右される。無論、その担当公務員なり意思決定権者なりに激しい被害感情があって、『警察を是非《ぜひ》とも動かして事件を捜査させたい』『事件を捜査させて被疑者に処罰を受けさせたい』――と考えてくれるなら、実に話は早い。

ところがどうして、本件のような場合、話はむしろ逆になる確率の方が大きい。少なくとも、この平成一一年の時点においてはそうだ。ここで、話が逆になるというのは、すなわち……『警察に動いてもらうまでのことはありません』『事件を捜査して被疑者を処罰してほしいとまでは思いません』という意思決定をされてしまう、ということだ。

要は『被害届など出す気はありません』という意思決定をされてしまうことだ。

そして、そうなりがちな理由もまたシンプルである。

極論、他の役所にとっては——この場合ハロワを持っている労働省だが——警察による事件捜査など、あってもなくてもどうでもよいからだ。

いや、事件捜査など、むしろ厄介《やっかい》な後難《こうなん》を生みかねない。

そもそも労働省にとって、警察が事件をやろうがやるまいが、自分達の通常業務に一切メリットは無いのだ（今回のような事件を摘発することで、不正受給一般への威嚇《いかく》効果・抑止効果が生まれるというメリットはあるが、それは計測不能だし、それぞれの公務員の通常業務に直結するものでもないだろう）。しかも、メリットが無いばかりか、いったん被害届を出してしまったなら、あの書類を見せろこのデータを見せろ、あの公務員の参考人調べをさせろ、業務の具体的な内容についてレクチャーしろ云々《うんぬん》と、これまた通常業務を阻害するような要求ばかりが課せられる。それはハッキリ言って後難だろう。

まして、警察の手を借りなければ不正受給に対処できない、ということになっているのであれば別論……現実はまさかそうではない。まさかだ。労働省は、警察の手を一切借りることなく行政処分ができる権限を持つ。例えばくだんの『三倍返し』を求める権限がそれだし、そもそも不正受給者に対しては今後の支給をストップさせる権限もある。これらの手続はもちろん、労働省内で自己完結している。警察の事件捜査などあってもなくても関係がない（行政処分と刑事処分は全くの別立てだ）。ならば、よほど悪質で労働省としても怒り心頭――という事件なら別論、たいていの不正受給であれば労働省内で行政処分をして終わりにしよう、と考えるのも道理である。

ここでちなみに、一〇〇万二〇〇万の不正受給などめずらしくもない一方、本件事件の現時点での被害額は、総計『三九万五、五二六円』でしかないことにも留意する必要がある――来月十二月の頭の振込日には、更に一四万強が加算されることに疑いはないが、それでも被害総額は五〇万円強でしかない。無論、たとえ一円たりとも不正受給が許されないのは論を俟《ま》たないが、『三倍返し』『支給停止』で対処できるレベルなのであれば、『何も刑罰までは求めません』との結論になるのも――僕としては困るが‼――それはそれで合理的な判断である。またそうなれば、『被害者に処罰感情がない』『被害者も納得している』ということで、事件を検事に起訴させるなど、夢のまた夢になる。被害者に処罰感情がないときは、国が、有限の刑罰力を行使する必要性もまたグッと低減してしまうからだ。

これだけでも、公共職業安定所が被害届の提出を渋る理由としては充分なのだが……

(……本件については、被疑者の側に特殊性があるからなあ)

すなわち、マル被がMNの在家信者だという特殊性。

そして警察の筋書きでは、これはMNの組織犯罪だという特殊性……

ここで、警察はいわば『自分の身を自分で守れる』組織ゆえ、どうしても組織犯罪なり犯罪組織なりを……敢えて言えば……甘く考える傾向を持つ。甘く考えるという言葉が適切でないのなら、『恐怖を憶《おぼ》えない』の方が実態に近いだろうか。そう、警察にとってはカルトであれ極左《キヨクサ》であれ暴力団であれ、要はいつものお客さんである。むろん警察官は確かに殉職《じゅんしょく》の覚悟までして仕事をしているが、その戦争状態は慢性的なもので、ゆえに日常的なものだ。そこには、良い意味でも悪い意味でも慣れがある。

ところが、他の行政機関の公務員さんは、もちろんそうではない。

いくら不正受給事案に対処しなければならないといっても、できればカルトだの極左《キヨクサ》だの暴力団だのとは、生涯御縁《ごえん》を持ちたくないだろう。他の行政機関の公務員さんにとってそれらは『得体の知れない』敵であり、『何をやってくるか分からない』敵だから だ（その恐怖はオウム真理教に係る一連の事件を想起するまでもない）。

すると、安易に警察に協力をし、被害届を出すなどすることは、まさに厄介な後難を、それも肉体的なレベルで想定しなければならなくなることを意味する。そしてその心情は充分理解できる。警察とて協力をしてくれたあらゆる公務員の保護に万全を期すが、それとて完璧《かんぺき》ではないだろうし、仮に完璧だとして、『恐怖感』『不安感』まではどうしようもない……

（……既に暴力団等とのトラブルがあり、ゆえに地元警察署との御縁《ごえん》が深いハロワであれば、むしろ恩義に感じてくれて、親密な関係を維持してくれている場合もあるのだが）

ところが、本件不正受給の被害者たる愛予公共職業安定所にあっては、残念ながらそのような経緯もパイプもない。管轄《かんかつ》警察署である愛予警察署には幾度も確認したが、取っ掛かりすらえられない。現状、愛予公共職業安定所長さんは『上級庁の愛予労働局の決裁が下りない』の一点張りだし、その愛予労働局はといえば『現場である公共職業安定所の意向がまとまらない』の一点張り……要は盥回《たらい》しのピンポンである。

両者について、既に事件係の和気《わけ》係長が無数に、そして事件係の兵藤補佐が幾度か、実際に訪問してネゴを行ってくれているが、我が方に何のカードもない以上、暖簾《のれん》に腕押し、糠《ぬか》に釘《くぎ》だ。

(ここで、『事件をやること』は、そりゃ警察の都合といえば都合だが、既に話の前提だ。ましてや身勝手な都合でもない。断じてない。税金でMNを食わしているのを座して放置しておくなど、そんなの絶対に正義には適《かな》わない。たとえそれが、一円でも五〇万円でもだ)

ただ……詐欺事件の被害者がウンと言ってくれないことには、そもそも事件が立たない。マル害が事件化を求めないものを、警察がどれだけ無理押ししたところで、マル害側から充分な証拠を獲《え》ることもできなければ、起訴価値のある事件にもなりはしない。

(そう、スムーズに着手まで持ってゆくという意味でも、また、検事にどうしても起訴に持ってゆかせるという意味でも、いわゆる被害者対策は喫緊《きっきん》の急務だ)

——そのとき。

「課長、また難しい顔して書類仕事しとるじゃん？」

「ああ、兵藤補佐」僕はすっかり自分のものにしている次長卓から顔を上げた。「新任課長には悩みが多いのさ」

「マアそれも俸給の内だでね——ホイ、今日の決裁」

「ほい了解」

「ここと、ここと、ここハンコ——あとここも頼むぞん。

それから、今日の労働局／ハロワ挨拶だけどもが……」

「先方、何か折れる気配は？」

「残念ながら、無いんだわ」

「そうすると、あとは菓子折と土下座の靴舐《くつな》め攻勢しかないか……それ消防署で経験済みだけど、ぶっちゃけ何の効果も無いんだよなあ……」

「ただね、課長」

「ん？」

そのとき次長卓の前に立っていた兵藤補佐が、そう遠くはない第二係の方へ大きく手を翳《かざ》した。既に何らかの話が通っていたのか、第二係の赤松補佐が上着を着直し、サンダルを革靴に換えて、僕のいる次長卓まで駆けてくる。

「実は、第二係の赤松サンが、腹案がある──ちゅってくれたんだわ」

「労働局／ハロワ対策について？」

「ハイ課長」

──きちんと整えた銀髪に、理知的な銀眼鏡。赤松補佐は今日も実に穏やかだ。そう、田舎の中学校の、人気ある教頭先生のように。このあたり、生粋《きっすい》の事件屋である兵藤補佐とある意味好対照である。といって、赤松補佐もまた凄腕の職人であることに違いはないのだが。

「ただ、兵藤補佐の事件係の方で大いに頑晴っとられますけん、私があれこれ口出しするんは気が引けるんですけんど……」

「そんなん関係ないわ。俺らは猪突猛進《ちょとつもうしん》することしか知らん事件バカだもんで、第一係の広川サンや、第二係の赤松サンが知恵袋になってくれたら本当に有難いじゃんねえ？」

「ほしたら兵藤補佐、その言葉に甘えさせてもろて言うけんど──

本件被害者対策、私に引き取らせてもらえませんか？」

「そ、そりゃもう諸手《もろて》を挙げて大歓迎だわ。けどもが……

アンタ何か手はあるだかん？」

「ほら兵藤補佐、事件係が宇喜多前《ぜん》課長時代にやった『暴力団による中国人集団密航事件』憶えとる？」

「そりゃもちろん。アレは『コロンビア・マフィアによる覚せい剤密輸事件』と並んで、宇喜多前課長のオモテの実績にできた、そりゃ太い事件だったもん」

「あのとき私、宇喜多課長の御下命《ごかめい》で、入管対策と郵政監察対策やったんよ」

「アア、あのとき、入管は確かに噛《か》んどったね。あと郵政監察対策っちゅうんは——」

あっそうか、あのマル暴、偽造切手を派手にバラ撒《ま》いとったか、郵便法違反」

「あのとき、入管も郵政監察も、どっちもなかなか癖《クセ》があって、宇喜多前課長も御調整に苦労しとられたけんど……実は私、そのときのノウハウゆうか、他機関の動かし方について、事件を通じて勉強したことがありますけん……」

そこで課長。これから労働局／ハロワ挨拶へ御出発する前に、東山本部長の決裁を頂戴するお時間は取れますか？」

「——社長決裁？　うん、たぶん大丈夫。僕の方は出発までまだ一五分強ある。本部長の方も、秘書官の稲宮警視にお強請《ねだ》りすれば、どうにか五分くらいは確保してくれるだろう」

「ほしたら、課長に是非《ぜひ》、本部長の御了解をとっていただきたいことが——」

——二〇分後。

赤松補佐と僕を乗せた課長車は、愛予労働局に向かった。

僕らがその職業安定部長や、職業安定課長とそれぞれ話をすること五分。

そして愛予公共職業安定所には寄らず、そのまま警察本部に帰り、しばし次長卓で執務をしていると――

課長卓上の警電が鳴った。この鳴り方は外線からだ。

僕は14番をプッシュし、その外線を次長卓上の警電に引き取る。そしていう。

「ハイ愛予県警察本部公安課長司馬《しば》でございます」

『愛予公共職業安定所長の野瀬《のせ》ですが』

「これは大変お世話になっております」

『――さっそくではありますが。

上級庁とも入念に協議致しました結果、このような悪質な不正受給については、公共職業安定所と致しましても、警察さんと充分な連携をとり、事件にしていただくということで所内の意見の一致を見ました。つきましては――』

「了解しました、御判断ありがとうございます。

つきましては、もう幾度かお邪魔していると思いますが、当課の事件担当の警部及び警部補をそちらに向かわせますので、今後の実務的な段取りを調整させていただければと存じます。そのスケジューリング等が一段落つきましたら、私も僭越《せんえつ》ながら御挨拶に参上いたします」

『いえ、東京からのキャリアの課長さんに御挨拶いただくようなことは……』

「警察としては、いったん御協力いただくからには、今後の報道発表の在り方から、具体的な労働局さんあるいは公共職業安定所さんの保護措置にいたるまで、万全を期してまいりたいと考えております。捜査の責任者として、それをお打ち合わせさせていただければ」

『そのような御趣旨《ごしゅし》でしたら。ただ現場は現場どうしでやりますので、御多用の中、無理にお越しいただくような御配慮は無用です』

「了解しました、いずれにしましても兵藤や和気と充分に相談致します」

『では今後ともよろしくお願い致します。御多用中のお電話、大変失礼致しました』

――外線電話を終えた僕は、すぐさま次長卓に赤松補佐を呼んだ。

「課長、如何《いかが》でしたか？」

「開け胡麻《オープン・セサミ》、だったよ。これまでのノラリクラリが嘘みたいだ」

「よかった、利《き》きよった」

「東山本部長は、めずらしく超渋い顔をしていたけど、お強請《ねだ》りしてみてよかったよ」

「東山本部長は、行政機関相互で『感謝状』『表彰状』のやりとりをするなんぞ、極めて邪道だとお考えのようですから、サテどう転ぶかと思いましたが――」

「確かにあんまり聴かないけどね。身内褒《ぼ》め合戦みたいで恥ずかしいから」

「ところが入管も郵政監察も、警察本部長の感謝状なり表彰状、それはもうよろこびまして。もっとも、よろこぶのは上級庁の、これからまだまだ出世階段を上がってゆかなければならない幹部職員――勤評なり実績評価なりの、客観的なネタが必要な幹部職員です。

ほやけん、私なんぞヒラの警部に過ぎんのですが、『どうしても警察本部長名の紙を出してくれ』『そうせんと組織のメンツが立たん』ゆうことで、先様《さきさま》から高級中華の官官接待まで用意されまして――正直、文化が違いすぎて辟易《へきえき》しました。警察官も役人なのに、不思議なもんです」

「要は、解りやすい勲章かあ。僕、表彰状乱発する方だけど、これは気付かなかったな」

「その意味では、上級庁たる労働局は、現場たる公共職業安定所よりも攻めやすい――いずれにせよ課長、これで被害届が出、関係証拠も参考人調べもグッと進みます」

「了解。ならそうだな……そう、起訴のタイミングで、あっは、東山さんの御名御璽《ぎょめいぎょじ》がガッチリ入ったキンキラの感謝状なり表彰状なりを出せるよう、また稲宮秘書官と段取りしておこう。ありがとう赤松補佐」

81

内偵モノの事件をやるとき、極めて重要になってくるのは、担当検事とのネゴである。

というのも、例えば『殺人』『強盗』といった発生モノの事件の場合、それは警察にとっても検察にとっても寝耳に水、事前協議などしようがないが……他方で、じっくり内偵をして仕上げを御覧《ごろう》じるタイプの事件となると、時間的にも物理的にも権限的にも、担当検事の意見を聴かないわけにはゆかないからだ。

裏から言えば、汚職《サンズイ》、詐欺《ゴンベン》、偽造《ニンベン》その他の知能犯となると、これはいきなり発生するというより、警察が懸命に掘り起こしてゆくタイプの事件なので、警察も——諸条件の制約の中で——一定のスケジュールを立てて臨むし、ゆえに事件を送る先の検察もまた、一定のスケジュールを立てて臨むことになる。そこには当然、両者の協議なり調整なりがある。

ここで、検察と警察はまったく対等の行政機関なので、極論、警察が検察に『やりたい事件』の事件協議をする義務はないし、調整を図る義務もない（一般論としての、互いに協力する義務なるものがあるだけなので。刑訴法第百九十二条）。よって、警察が勝手に着手してしまって、あとはポイと検察に投げてしまっても、まさか違法ではない。

ただ、これをやらかすと……重大なデメリットが発生する。

デメリットの第一に、逮捕後の勾留《こうりゅう》請求。普通は一〇日×二セットのいわゆるツー勾留を請求するのだが、この請求権者は検察官だけである。そしてこれをやってもらわないと、実は、警察そのものの持ち時間は四十八時間しかない。無論、わずか四十八時間後にすぐ釈放となれば、それはむしろ誤認逮捕系の警察不祥事である。デメリットの第二に、起訴。勾留期間が終われば被疑者を起訴してもらわなければならない。この、被疑者を起訴する権限もまた検察官のみにある。一定の警備事件のように、ガサ主眼・起訴不起訴はどうでもよい――と開き直った事件であれば別論、今般の詐欺事件のように社会的にも重要な事件は、キチンと起訴をしてもらい、キチンと刑事裁判で有罪判決をゲットしてもらう必要がある。それが王道であり、事件捜査に社会的コストを掛ける理由だ。警察が最初から公判廷を無視するような事件捜査を行うのは、邪道とまでは言えないにしろ、著しい変化球である……

検察官の権限は他にも諸々《もろもろ》あるが、もし二〇日の勾留期間をゲットしたいと思い、かつ、事件を確実に起訴してもらいたいと思うなら、それはもう、法律論を離れたところで、担当検事と熱烈な事件協議をするしかない。要は、法令上どうかというより、『査定権者が誰か？』というのが大きいのだ。そして重ねて、起訴をする／しないの査定権者は検察官であり、検察官のみである。

ただ、実際のところは……その査定権をテコにして、かなりの我《わ》が儘《まま》なり無茶振りなりを仕掛けてくる検事も少なくない。極論、相談初日で『その事件はできません』とバッサリ斬《き》ってくる検事もいる。そして査定権者には、その理由を詳しく説明する必要などない。

——さて。

我が、〈MN在家信者に係る雇用保険の不正受給事件〉の担当検事ドノにあってはどうかというと——

「駄目ったら駄目よ」

栗城《くりき》暁子《あきこ》検事はしれっと、にべもなくいった。二十八歳独身。庁舎内であろうと公廷であろうと、大胆なソバージュと大胆な眼鏡と大胆なスーツとが『欧米のモデルかよ!!』とツッコミたくなるほど攻撃的かつ肉食的な外貌《がいぼう》を露《あら》わにしている。無論、被疑者を泣かしめるドSなピンヒールが常装《じょうそう》だ。まあ今は極めてカジュアルな格好をしているが……

「アンタんとこの兵藤サンにも、もう一〇〇回も二〇〇回も申し渡しているけれど？」

「だからこうして指揮官どうし」僕はいった。「親睦《しんぼく》を深めながら、もう一度調整をと」

彼女は二十五歳で検事に任官し、東京地検で一年新任検事をやったのち、その新任明けの本配置・地方配置として、当県の愛予地検にやってきた。ここで、検事の異動は警察と違ってそのほとんどが三月末なので、今年一九九九年が明けた二〇〇〇年三月末には、彼女は『満三年』の愛予地検勤務を経験することとなる。ここは何気に重要なポイントだ。というのも、検事の新任明けの地方配置は、最大でも『満四年』が不文律だからだし、短ければ『満二年』であっても面妖《おか》しくないから。

要は、じき『満三年』の彼女としては、次の正月が明けていきなり異動を命ぜられても何の不思議もないのである。その異動先は、俗に『A庁』と呼ばれる東京・大阪といった大規模地検なのだが、もし彼女が野心家なのであれば——基礎調査によれば確実にそうなのだが——そのうちでも栄誉あるポストを望むだろうし、あるいは、それ以上のポストをも望むだろう。官僚の野心というのは、要はポストへの野心であり、それは検察でも警察でも変わりはしない……

「ハッ、今更調整することなんて何も無いわよ。

しかもこんな夜分に、こんなところまでズカズカ押し掛けてきて……

……ちなみにそっちのお爺《じい》ちゃんは誰？　まさか、事件係の切り札警察官とかじゃないわよね、あっは」

「いやわざわざ『管内検察官会議』の夜に、お時間をとってもらって有難うございます。

ああ——こちらは当課で最年長警部・最年長警察官を務めている伊達補佐。検察庁を含め、私などより当県の事情に明るいものですから、せっかくの場ですし、同席させた次第」

「栗城検事先生、公安課の伊達警部と申します。これまで数多《あまた》の新任明け検事先生や、事務官サン方《がた》にお世話になりました、今夜もひとつよしなに、ホッホッ」

「……そういえば警察本部に、茶の湯と俳句のお師匠さんがいるとは聴いていたけど。

ウチの愛予地検なり各支部にもお弟子さんがいるようね。もっとも私には縁の無い世界だわ」

座卓にデンと座った栗城検事は、ホープの紫煙《しえん》ももうもうと、伊達補佐の方を見遣《みや》った。そう、好々爺然《こうこうや》とした、白髪《はくはつ》で、小柄な、長い髭《ひげ》とアカザの杖《つえ》さえあればもう『仙人そのもの』といった感じのあの伊達補佐である。

――さてこの昼行われた、県内四支部を含め総勢二〇名以上の検事・副検事が一堂に会する『管内検察官会議』は、県内検事の親睦会をかねている。その宿泊地は温泉地。もし愛予地検が持ち回りの担当役だったなら、これはもう住田《すみた》温泉と相場が決まっている。日中の会議が終われば、あとは湯船と宴会だ。そして伊達補佐と僕は無理をいって、二次会も終わり住田温泉の旅館でおくつろぎ中の栗城暁子検事と、いよいよ膝詰《ひざづ》め談判《だんぱん》を願い出た――というわけだ。

よって今、座卓を囲んでいるのは栗城検事、彼女とコンビの事務官さん、伊達補佐そして僕の四人である。そして無論、この奇妙なタイミングとシチュエーションにも、あるいは僕がわざわざ伊達補佐を伴ってきたことにも、充分な理由があった――二十六歳新任課長など歯牙《しが》にも掛けない栗城暁子の食指《しょくし》を動かす強い理由が。もっといえば、四人という人数そのものにも。

「それで栗城検事。事件そのものには何の宿題もないでしょう？」

「説明を聴くかぎりはね。陳腐《ちんぷ》な詐欺で構成要件そのものだし。ただガサ札が出るかどうかはまだ賭《か》けでしょ？」

「そのあたりは御心配なく。それこそ兵藤補佐が命に代えて獲《と》ってきますから」

「着手は何時《いつ》を望んでいるの？」

「それも事件係が内々に御相談していますが――十二月六日月曜日」

「自棄《やけ》にピンポイントね？」

「ぶっちゃけ話をすれば、十二月五日から十二月九日まで、対象団体が大規模なイベントを開催しますから。しかも、ここ愛予でなく東京で」

「成程《なるほど》、体制が弱い愛予県警察としては、ガラ空きになった根城《ねじろ》に侵入盗をしたいと」

「対象団体の拠点施設も本拠地も巨大ですから、防御力が一年で最も低下するタイミングを狙いたいと、そういうことです」

――これに加え、あと『十二月七日から十二月十日までは会計検査院による会計検査があり、警察本部の全所属長・全次長はその対応に大童《おおわらわ》となる』というしみじみした理由もあるが……それは所詮《しょせん》警察の部内的な都合。平時における最優先事項のひとつではあるにしろ、ヒトの生き死にに関わることでも発生すれば、そんなの極論どうとでもなるものだ。

（そう、訊かれもしないのに、ツッコミ所を提供してやる必要もあるまい）

「でもさあ、その東京での大規模なイベントってさあ、被疑者も教祖も出るんじゃないの？」

「被疑者は在家信者ゆえ出席できません。仮に出席動向があれば──絶対にありませんが──それはどのみち十二月五日の夜までには判明しますから、その時点で着手を前倒し。旅支度をするなどして家を出ようとしたとき、そのまま身柄を確保しガサに移ります」

「ゆえに令状には夜間執行をつけておく、か。

ただ教祖は……確か〈教皇〉だったわね……そりゃ何があったって東京に行くでしょう。その身柄は？」

「現時点までの捜査結果と証拠関係を総合すると、この被疑者小川裕美《ゆみ》に係る雇用保険の不正受給事件では、〈教皇〉村上貞子まで突き上げるのは無理、との結論に達しています。ゆえに、〈教皇〉には東京に行ってもらってかまわない。ただ空き巣狙いの本懐《ほんかい》としては、鬼の居ぬ間に本拠地を──〈教皇庁〉を攻略したいとは思っています。この点、被疑者小川裕美から更に突き上げられないか、懸命の捜査を実施中」

「でもやっぱ無理だわ」

「は？」

「だって十二月だもん。それってもう冬休みシーズンじゃん？　百歩譲って、億兆を譲って私が冬休みを年明けに持ち越すとして、トップの検事正もナンバー・ツーの次席検事も既に年末年始モード。事件決裁も事件検討も何もあったもんじゃないわよ」

「十二月二十八日火曜日までは、どこの役所も開庁日だと思うんだけどなあ……ましてや今年はY2K問題対策もあるから、年末年始も何も無いと思うんだけどなあ」

「ま、そういう下賤《げせん》な俗事は警察サンにお任せするわ。私達いちおう法曹《ほうそう》だしね。いずれにしろ、決裁官がハンコ仕舞っちゃう時季なんだから、たとえ私がやりたいって思ったところでそりゃ無理よ、お互い役所だもん。で、年明けは検事、どんどん異動内示が始まっちゃうから、そうねえ……穏当に考えれば、四月いえ五月着手が安全牌《あんぜんパイ》よ？　そうすれば被害額も積み重なって大きくなるし、ガサ場所も増やせるかも知れないし。

ああ、これ飽くまでも助言だからね、助言」

「うわあ、すごい指揮権っぽい助言もあったもんだ。

ただ、僕が兵藤警部その他から漏れ聴くところでは、栗城検事さえウンとおっしゃっていただければ、次席検事の決裁も検事正の決裁もするりするり――だとか？」

「だからさあ、その私が冬休みで事件処理できない、って言っているでしょ？」

「ただですね。

御異動前に、全国紙にもデカデカと載る事件を見事処理され、それで法務省に凱旋《がいせん》なさる──というのは決して悪い話ではないかと。だってしばらくは、事件処理をお離《はな》れになっちゃう見透しなわけですし」

「……何ですって？」

「いくら栗城検事が敏腕といえど、ここ愛予県では、そうですね……月に二〇件を処理するくらいでしょう。東京地検の半分以下ですね。ゆえに仕事は連日定時に終わり、昼休みには必ず庁舎内のテニスコートで汗が流せ、休日は県内名所めぐりもできる。ただせっかくの御手腕が、田舎特有の鳥獣保護法違反、内水面漁業調整規則違反、森林法違反等々の野趣《やしゅ》あふれる罪名にばかり発揮される……というのは、国民としては実に残念なかぎり。

ここらで一発、『典型的かつ悪質な刑法犯をおやりになって、法務省大臣官房に御栄転』というのは、それが全国的なインパクトを有する警備事件であることを踏まえれば、また今の御勤務先が野趣あふれる小規模地検であることを踏まえれば、決して損な話ではないかと思うんです……こころから、そう栗城検事の御為《おんため》に」

「……さっきから法務省に凱旋だとか、大臣官房に栄転だとか言っているけど、それって」

「むろん来る三月二十八日付《ヅケ》の御異動の話です、栗城検事」

「ど、どうしてそんなことを、アンタたち警察が」

「当課の伊達補佐は、先述のとおり顔が広くて。また、愛予地検その他にもオトモダチが多く」

「……それって要は、より詳しい話を聴きたいのなら、アンタんとこの詐欺事件を受けろと？」

「まあ、ほんのちょっとだけ、冬休みスケジュールをズラしていただけたらと。あと、せっかく事件をお受けいただくからには、まさか、不起訴などにして栗城検事に恥を掻《か》かせる訳にはまいりません。誓って必ず起訴事件とするため、愛予県警察公安課としてあらゆる努力を惜しみません」

「要は事件を受けるのみならず、勾留満期には必ず起訴しろと？」

「有り体《あてい》に言えば」

「慇懃《いんぎん》無礼《ぶれい》な坊やね」

「どうでしょう？　お約束いただければ、御異動に伴う御餞別《ごせんべつ》をさしあげます――直ちに」

「そんな言葉だけじゃあねえ。例えば？」

「なら伊達補佐」

「失礼します、栗城検事先生……こちらが、愛予市内で評判と実績のある英会話の個人レッスン先ですじゃ。御赴任までは、新しいお仕事に差し障《さわ》りのない水準にまで引き上げてくれましょうぞ、ホッホッ。

むろん御受講なさる際は、思い遣りある価格設定とするよう申し伝えておきました」

「……私が語学に弱いということなんて先刻御承知だと。しかも、私の異動先は語学能力を要する課だと……するとそれは……成程《なるほど》、あながち出鱈目《でたらめ》でも嘘《うそ》八百でもなさそうね？」

「さすれば、ウチの可愛《かわい》い課長の願い立て、お聴き容《い》れてはもらえますまいか？」

「解った。私も女よ。その取引、乗ろうじゃないの。

ただし」

「ただし？」

「情報はもらう。事件は処理する。そこまではいい。ただし、起訴するかどうかは……

形式的に、私の一存では決められないし、最終的には、勾留満期における証拠関係による。そこは軽々に約束できない。自分が精査してもいない証拠を元に取引するなど、私の職業人としての誇りにかかわる。起訴は確約しかねる」

「なら」僕はいった。「起訴するという方向で、最後まで頑晴ってもらう――これなら？」

「それならいい。

でもそれは今夜、私に勝ってからよ――

……この臨時の事件協議も、あと少しで六時間になる。そして現状、四人横並び。だから、アンタの提案は受けるけど、それは今夜、アンタたちが私に勝ってからの話にする。アンタたちの情報がそうそう裏の取れる性質のものでない以上、それくらいの博打《ばくち》にはさせてもらわないとフェアじゃない。アンタたちが虚を売り、私が実を売るというのはフェアじゃない――そう、最後にアンタたちが私に勝ったなら、そのときは死ぬ気で起訴事件にするよう最後まで頑晴ろうじゃない。これでどう？」

「うーん……どうだろう伊達補佐、大丈夫そう？」

「ま、なんとかなりますじゃろ、ホッホッ」

「じゃあまず情報をもらおうじゃないの。

三月二十八日付の、私の異動先とは？」

「法務省大臣官房秘書課です」僕はいった。「二名いる課付検事のおひとりになられます。これは、現在の法務省人事課長のお強い意向だとか」

「具体的な事務は？」

「特命として、裁判員裁判制度その他の司法制度改革担当。通常業務として、法務大臣秘書官を補佐しながらの大臣対応。国会対応。法曹記者クラブ対応――

そこでこちらの風呂敷《ふろしき》包み、僭越《せんえつ》ですが、また凶器のように厚いお荷物で恐縮ですが、司法制度改革審議会の議事録と現時点での意見書案を用意しておきました。また日弁連の、各単位弁護士会におけるキーパーソンとその意見はこちら。加えて御参考ですが、新大臣の認証式・就任会見・初登庁・TV出演対応要領など、早々に必要となるマニュアルの類《たぐい》を入手しておきました。あと国会対応については御心配ないと思いますが、内閣参事官室等による『国会答弁資料セットまでの流れ』はこちら」

「……警備警察というのは、成程《なるほど》、なんとも嫌らしいところね」

「例えば御社《おんしゃ》の公安調査庁と違い、ウチは死んでも事件をやらなければならないので」

「しかし、よりによって私がA庁どころか法務省とは……

いよいよ捜査検事とはお離《わか》れかあ」

「ただ裁判員裁判を具体化してゆくお仕事などは、まさに歴史に残るものでしょう」

「その前に、捜査検事として思い出作りをしておけ、か。反論の余地が無いのも嫌らしい。

人情論としても、まあ悪くないわ。

ただ重ねて断言しておくけど、これはまだ博打――」

――そのとき。

「ロン」

あまりにも牧歌的な伊達補佐の声が、紫煙《しえん》に充《み》ち満ちた和室に響いた。

それは浴衣《ゆかた》と丹前《たんぜん》姿の四人を仰天させるものだった。伊達補佐自身ですら。

それはまた、そう、今夜の横並びの勝負に蹴《け》りを付けるものでもあった――

「門前清《メンチン》一色、平和《ピンフ》、純全帯幺九《ジュンチャン》、二盃口《リャンペイコー》、ドラドラ。数え役満で三万二、〇〇〇点ですじゃ……ホッホッ、ホッ」

82

十一月二十二日、月曜日。

僕らの目指す事件着手の日まで、あと二週間。

……ようやく、次長が帰ってきてくれた。

僕が勝手に占拠してしまっている次長卓の前に立ち、帰任の申告《シンコク》をする宮岡次長。

「申告《シンコク》します。

愛予県警視宮岡公明は、本日、警察大学校警察運営科の課程を修了し、帰任しました。

以上申告《シンコク》します」

「お疲れ様、次長」

僕らは礼式どおり、起立したまま室内の敬礼を交換する。また辞令交付のときのように、次長の差し出す修了証書を僕が確認する。

既述《きじゅつ》だが、警察運営科は、今度所属長《ショゾクチョウ》になる上級警視が必ず三週間、東京の警察大学校に入校しなければならない義務的コースだ。『所属長』というのは、我が警備部でいえば僕、光宗《みつむね》警備課長そして迫《さこ》機動隊長がそれに当たる。我が警備部を離れれば、警察本部のあらゆる課長なり、あらゆる警察署長なりがそれだ。今『筆頭課の次長』という所属長級のポストにまで登り詰めている四十九歳の宮岡次長は、いよいよホンモノの所属長になるべく、東京で義務的な通過儀礼をへなければならないと、まあそういう一幕劇である。

そして実際、これまでの当県警察の不文律からして、次長が遠からず、小規模署の警察署長に栄転することは既定路線でもあった。それが来年の夏の異動に乗るのか、それともいきなり年明けの春の異動に乗るのかは、それこそ東山本部長のみぞ知るところだけど――もし後者だとするなら、年内に必ず実現させようと意気込んでいるMN討ち入りは、僕らの最後にして最大のコラボということになろう（といって、警備部内の人事異動を起案したり、課員の勤評を行ったり、会計監査に対応したりするといった、課長＝次長しか取り扱えない管理職業務のコラボは、他にも腐るほどあるのだけど）。

――僕はこの三週間で、ナチュラルに自分用として使っていた次長用の応接セットを指し示した。大部屋でいちばん大きい奴だ。

「ま、掛けてよ」

「課長」宮岡次長は苦笑した。「私の居場所が無くなりますけん、そろそろ課長には課長室に復帰いただいて――」

「あっそうか」

「ただ、さっき渡会《わたらい》部長にも帰任申告《シンコク》をしよったんですが、渡会部長、それは大いに笑っとられましたよ、司馬課長のこと」

「えっ、というと？」

「最初は、タツがいきなり次長席に座り始めて、サテどうなることかと気が気じゃ無かったけんど、指揮官が前線に出て来るのはええことじゃし、課内の空気もガッツリ締まったけん、タツのやりたいようにやらせておいたわい――と。じゃがまあ、タツはいささか貧乏性のきらいも無くはないのう――と」

「でも実際、金庫のこととか帳簿のこととかあるしね。次長には事後承諾で悪かったけど、もちろんデスク内とかには全く触れていないから」

「それはよう解っとります。課長が、御自分のとはまた違うデスクから課内を確認したかった、その訳《わけ》も」

「有難う。じゃあともかく久々の、課長室での課議に移るとしようか。彦里さん、悪いけどお茶を、次長の分も――」

「ハイ課長、御両者の分を、既に応接卓上に用意させていただいております」

「……あ、ありがとう」

そして、僕らが次長用応接セットから腰を浮かせようとしたそのとき――

「あっ次長、もう復帰しとるじゃん。どうだった、中野学校への拘留《こうりゅう》二十二日間は？」

「おう、兵藤補佐かな」

――事件係の兵藤補佐が、ちょうど恒例の捜査書類の決裁にやって来たことで、僕らは自然な流れのまま、次長用の応接セットに座ってしまうこととなった。そして例によって兵藤補佐は、ここにハンコ、ここにハンコ、こことここに訂正印……と僕の印鑑を求めてゆく。すると次長がいった。

「ホイ兵藤補佐よ。

これまでの捜査の概略じゃがの、あらましは和気《わけ》や小西からも口頭で聴いとる。重要な箇所は、課長から直々に説明してもろとる。ほやけん、流れは解っとる。あとは儂のハンコが必要な捜査書類《タテガキ》な、それ、どんどん儂の卓上に積んでおいてくれんかな。何と言っても、討ち入り予定日まであと二週間じゃけんの。

――ほんで課長、これ警備事件ですけん、しかも特異又は重要な事件ですけん、当然、警察本部長報告事件かつ警察本部長指揮事件となります。とりわけ逮捕状の請求とガサ札の請求は、所定の指揮伺《うかがい》に東山本部長の御印《ぎょいん》を頂戴《ちょうだい》せんといけんのですが――東山本部長への最終レクと指揮伺は、何時《いつ》を見込んどられますか？」

「十一月の月内には。より具体的には、稲宮秘書官に頼んで十一月二十六日金曜日の午後二時から、本部長レクと御決裁のお時間を頂戴しているよ。

というのも、その次の勤務日はもう十一月二十九日になっちゃうから、万々が一、一発決裁とゆかなかったときギリギリ感が強すぎる」

「そこは口八丁手八丁《くちはっちょうてはっちょう》、舌先三寸《したさきさんずん》の課長のことじゃけれ、まさか十一月二十六日金曜日に御印《ぎょいん》が頂戴できず逃げ帰って来られるようなことはない、と確信しとりますが……」

「うわあ、プレッシャー掛けるなあ……東山本部長は大人《たいじん》ながら詰める所は詰めるよ？　ただ、それにそなえて、此方《こっち》もそれなりの性根《しょうね》と覚悟を示す必要がある――って考えてはいるけどね」

「課長はケレンもお好きじゃけれ、そこはお任せして期待しとります。

ほんでの、兵藤補佐」

「ほいほい」

「令状請求は何時《いつ》を考えとるんぞ？」

「そりゃ十二月二日の木曜日だわ」

「……着手が十二月六日の月曜日じゃけれ、いささかケツカッチンと違うか？」

「そうでもないぞん、次長。

今更次長に講義する必要もないだらあが、初回の逮捕状とガサ札の有効期限は七日間。

なら最長で、『月末の十一月三十日に請求』っちゅうんも考えられるわ。ただ本件事件の証拠関係を踏まえたとき、俺らの令状請求が却下されるっちゅう大ポカは絶対にありえん。事件の性質からしても、捜本の働きからしても、裁判官に文句を言わせんだけの疎明《そめい》資料はガッチリ調《ととの》っとる。ほいだで、あとは戦術的に何時《いつ》がいいかを考える余裕もできる……

だもんで、俺としては『十二月一日水曜日』でも『十二月二日木曜日』でもいいけどもが――さすがに十二月三日金曜日はバクチが過ぎるもんでね――ただ実は、前者はお、い、い、日取りが悪いんだわ」

「ハハア、さては、裁判官の平日当番表かな？」

「まさしく。

前者の日程だと、若いボクチャン裁判官にヒットする確率が高いもんでね」

「……けど、若いボクチャン裁判官の方がやりやすいんと違うんかな？」

「いやいや、あのボクチャン、やる気が在り過ぎて空回っとるもん。下手すりゃあ、四時間も五時間も捜査実務の講義をせにゃならん破目《はめ》になるわ。

そこへくると、後者の日程なら、ほどほどにこなれたベテランにヒットする確率が高い」

「そして当該《とうがい》ベテラン裁判官は無論、兵藤補佐のオトモダチやな？」

「当ったり前じゃん。だもんでマア、一時間未満コースだらあね。課長のお強請《ねだ》りがここまで非道《ひど》くなければ、俺のプライドに懸けて三〇分コースで任務完了となるはずだけどもが、これだけの請求となると、マア一時間弱は欲しい」

「ただどのみち却下はないと。それだけの自信はあると」

「却下があるとすれば、その確率は〇・〇〇〇〇〇〇〇一％くらいかのん。ただそのときは」

「却下の記名押印《おういん》がデンと書かれる前に、兵藤補佐から取り下げを願い出る」

「そういうことだわ。ゆえにどのみち却下はない。

そして取り下げのそのときは、直ちに疎明資料をセットし直してまた当番表に基づいて攻める。ゆえにどのみち令状は出る」

（……まあ、そうなるだろうな。これだけの警備事件、これだけの内偵事件だ。せっかく被害届も出、検事もこころよく事件と起訴を引き受けてくれたのに、肝心要《かんじんかなめ》の令状請求が却下ともなれば、僕の首・僕の腹ひとつでは到底収まらない警察不祥事だからなあ）

「あとね、次長。

被疑者の愛予銀行の口座へ、次に雇用保険が振り込まれるのが実は『十二月一日水曜日』なんだわ。だもんで、それが確実に振り込まれて、その分についても労働局／ハロワから被害調書等が巻けりゃあ、現状ではそれがベストだらあ？　事件価値の観点からは、被害総額は大きけりゃあ大きいほどいいもんでね。

そこで現状、被疑者が既に巻き上げとるのは九月・十月・十一月分の『総額三九万五、五二六円』だけどもが——これに十二月分が入れば、被害総額はさらに積み増せるわ。要は悪性が強くなる。事件価値も上がる。暁子チャンもより起訴しやすくなる」

「アンタのことじゃけれ、当該《とうがい》『十二月分』も関係書類はとっくに下書きしとろうが?」

「当然じゃんか。

労働局／ハロワに執拗《しつこ》く確認したところ、当該『十二月分』は一四万六、六八〇円。これが間違いなく一日に振り込まれる。その額が分かりゃあ下書きできるもんは下書きできる。

またそれゆえに、令状請求をその翌日にすりゃあ結局、被疑者小川裕美が詐欺をやらかしたのは『総額五四万二、二〇六円』となるわ。そして、討ち入りまでこの総額でいよいよ確定——というのも、まさか小川裕美が突如改悛《かいしゅん》して、全部の事情をハロワに打ち明け、三倍返しその他のペナルティを自ら受けるとは到底思えんもん。

そしてこれは、まさか警察が犯罪を使嗾《そそのか》しとるわけでも見逃しとるわけでもない。そりゃそうだわ。例えば薬物犯罪の被疑者が薬物を使用するのを待って、そこで検挙するのと全く一緒のパターンだもんで。もし検挙されるのが嫌なら、今すぐに改悛して自白して犯罪を止めればいい。この女はそれをせん。それだけのことだわ……バカじゃんねえ……

ただ正直、俺個人の感慨はともかくとして、捜査二課の感覚だと、せめて『一〇〇万円以上』は積み増したいけどもが……まあそれは事情の為《な》せる業《わざ》だし、これ組織犯罪対策っちゅう性質もあるもんだで、現状が最大限の、精一杯の増資っちゅうことは理解しとる」

「最終的な被害総額は解《わか》った」次長がいう。「なら確認じゃけど、最終的なバイト代の総額は幾らなんぞ。マル被が違法に『三河屋』なる弁当屋で稼いだバイト代の総額は？」

「結局のところ、九月十六日・十月十五日・十一月十五日に――これマル被の給料日だけどもが――ミカワヤ名義の振込人から振り込まれたのは、総額で二〇万四、〇一五円になる。これも間違いない。既に報告しとる九月・十月分が一〇万六、三六五円、最後に振り込まれた十一月分が九万七、六五〇円だもんでね」

（ええと確か、バイト代の振込は三回で……）僕はどこか嫌な感覚に襲われ、訝《いぶか》しみながら計算をした。（……九月に八、七一五円。十月に九万七、六五〇円。十一月に九万七、六五〇円。なら計算は合っている。総額二〇万四、〇一五円だ。

だがしかし、何故《なぜ》そんなに数字が、カ、タ、イ、のか？

消費税五％込みの商品じゃあるまいし、バイト代なんて源泉徴収等々で、もっとバラエティにとんだ数字が出てくるんじゃないか。しかもだ。十月と十一月の金額がぴたり一致するというのは……税金対策か何かで、バイト代が計算しやすい金額になるよう工夫しているのか？ といって、僕は家庭教師だの塾講師だののバイト以外で働いたことがないから、民間の給与のことなど実際、何も解りはしないも同然だが……）

「次の給料日の十二月十五日以降までは待てんけん」すると次長がいった。「バイト代もいよいよそれで確定、ゆうことか――

なら兵藤補佐、令請《レイセイ》は逮捕状もガサ札も、十二月二日木曜日で決まりじゃな？」

「そうなるね。といって、もう何時《いつ》でも裁判官のところに行ける準備は終えとるよ」

「解った。ならさっき言ったとおり、儂の決裁印が必要な捜査書類《タテガキ》、どんどん置いといておくれんかな」

「兵藤警部、了解っ」

――兵藤補佐は辞去し、僕らはその流れのまま次長用応接セットで検討《ケントウ》に入った。

ここは課長室と異なり、大部屋に設《しつら》えられている。ゆえに僕らは直近の庶務係にすら聴こえない音量まで声を落とし、時にCSZ－40の暗号すら用いながら会話を続けた。

「まず次長、ありがとう。今般の警察運営科云々《うんぬん》では、次長に多大な犠牲を強いた」

「いや、実の所、どうということはないです。警察運営科なんぞどうとでもなります」

「もちろん東山本部長には全《すべ》てを御説明してある。次長の不利になるような処遇はしないものと確信している――あの東山本部長ならば」

「それは私も同感ですし、私は東山本部長以上に課長を信頼しとります。ほやけん、私の警察運営科云々《うんぬん》の話はさておいて、本丸の、事件捜査の最新の報告を」

「それじゃあ肝心要の〈ヒデアキ〉について、いってみようか。これ、東京の……警察庁〈八十七番地〉の鷹城《たかしろ》理事官には報告してくれたね？」

「ハイ課長。ほんで理事官からは、MN性の容疑を徹底解明するよう御下命《ごかめい》がありました」

「奴は既に御油署副署長〈ミツヒデ〉と架電連絡をとっていることから、そのMN性は『容疑』どころかほぼ『確定』ではあるが……如何《いかん》せん、客観証拠がいる」

「といって、〈ミツヒデ〉が防衛《ボウエイ》水準を高めとりますけん、〈ミツヒデ〉と〈ヒデアキ〉の接線を採証するのは事実上、不可能となっとります」

「ゆえに、僕らとしては。

第一、〈ヒデアキ〉と他のMN信者との接線を洗った。そして第二、〈ヒデアキ〉が敢行しているであろう、他のMN事件についての基礎捜査を行ったわけだが……」

「ほんで結論から言うたら、第一の点については、ズバリ接線を押さえました。すなわち」

「……〈ヒデアキ〉と〈ガラシャ〉の接線か。そしてその時期はやはり」

「課長も御案内のとおり、十月上旬です」

「場所は」

「〈ヒデアキ〉のオフィス、及びオフィス関連施設」

「ならばそれは〈ヒデアキ〉が〈ガラシャ〉を導き入れたという物語だね？」

「ハイ課長。両者について、防犯カメラ映像を確保しとります」

「動線も分かると」

「どの階でエレベータを使用したかは客観的に証明できます。この場合はそれで充分」

「……当該《とうがい》関連施設での動向は？」

「ハイ課長、それは給与厚生課に勤めとる昔の部下に洗わせました。またその結果は、私自身が目視《もくし》で確認しました――

結論として、〈ガラシャ〉は当該《とうがい》日、〈ヒデアキ〉の準備した公文書・身分証明書を行使しとります。ちなみにそれは〈ヒデアキ〉の家族名義の公文書ですが、これすなわち」

「二項詐欺、か」

「ほうです。

一項の『財物』そのものでのうて、『財産上不法の利益』を得とりますけん」

「確かにそうなる、そういう物語だ……

〈ヒデアキ〉と〈ガラシャ〉のその他の接線は？」

「基礎捜査の水準では、これ以上の実態把握は無理でした。また当課第三係防疫班《ボウエキ》をもってしても、未《いま》だ何らの特異動向を認知できとりません。

とはいえ、しかしながら先御下命《さきごかめい》の第二――すなわち〈ヒデアキ〉が敢行しているであろう他のMN事件については、端緒《たんちょ》以上の具体的な裏付けが取れとります」

「これすなわち？」

「先の、給厚に勤めとる昔の部下に洗わせた結果、また『データ上のサービス利用者』と『現実のサービス利用者』とを防犯カメラ映像にて総当たりで対照した結果――それぞれが全く一致せんケースが、確認できただけでも十九件に上っとります。

これすなわち、〈ヒデアキ〉が準備しあるいは準備させた公文書・身分証明書を使《つこ》て、データ上とはまるで違う者が、偽りその他不正の行為によって、現実には受けられんサービスを受けとる――ゆうことになります」

「これまた、財産上不法の利益を得た二項詐欺か。それが十九件も……

ちなみにその確認は、どうやって？」

「データ上のサービス利用者全てについて顔写真等を収集し、実際に関連施設に赴《おもむ》いて、その顔写真等の人物がキチンと訪問しとるかどうかを手作業・目視《もくし》でチェックしました。無論、関連施設の側で防カメ映像を廃棄しとるケースもあれば、廃棄まではされとらんでも精度が悪い防カメ映像がありましたけん、『十九件』ゆうんは確実に視認《しにん》できた数に限られます。ほやけん、実数はこの倍——いや三倍あっても面妖《おか》しくはないですぞな」

「そこで、具体的な話だけど。

データ上疑わしいと狙《ねら》いをつけた被疑者だけでも何人に及ぶ？」

「当県警察はこれでも二、〇〇〇人規模ですけん、家族分も合わせ、これぞという不審な利用者を『三〇〇人』抽出し、この総員について防カメ映像との対照を実施しました」

「実際に捜査に赴いた関連施設の数は？」

「県内『二七五施設』になります」

「それぞれにおける、防カメ映像の精査時間は？」

「一施設につき、概《おおむ》ね一時間ないし六時間」

「う、疑わしい三〇〇人について、現実にデータどおりの行動をとっていたのかいないのか、二七五施設を駆け回って、それぞれの防カメを最大六時間も確認したというのか……そして、本人と偽者《にせもの》とを篩《ふるい》に掛けたと。

おまけに防疫班《ボウエキ》は、〈ヒデアキ〉から二四時間三六五日眼が離せないのだから、実際のところ、たったひとりでそんな気の遠くなるような捜査を……なんとまあ!!」

「それで実際、十九件の二項詐欺が認知されましたけん、コスパは悪うない思とります。

また、ひさびさに単車であちこち駆け回る——ゆうんも乙《オツ》な経験ですけん。若い頃は確かにああじゃったわい。管理職なんぞをやっとると現場感覚が鈍りますけんね、あっは」

「ほんとうに頭が下がるよ……で、当該十九件の方。行使された公用文・身分証明書の名義は？」

「〈ヒデアキ〉及びその家族ではありませんでしたが、全て、我が方として実に興味深い公務員でした」

「やはりか。ならばそこに〈ヒデアキ〉の関与があっても不思議はないね？」

「そこは〈ヒデアキ〉に貼《は》っ付いとる防疫班《ボウエキ》に期待したいところですが……まさか〈ヒデアキ〉自身が配って回っとるとは思えません。そこは実際、解明しきれん思います。すると、〈ヒデアキ〉自身の関与が確実に立証できるんは、アレが家族名義の公文書を行使させとる〈ガラシャ〉の分ぎりでしょう。もっとも、すぐさま伊達補佐と広川補佐に確認をさせたところ、十九件の二項詐欺についても各々《おのおの》の被疑者は全てMNであると――MN出家信者又はMN在家信者であると――断言してくれとりますんで、〈ヒデアキ〉を無視するとしても、そちらのMN事件十九件は立ちます」

「確かに、今僕らが捜本を立てている事件とはまた違う奴が立つだろう、間違いなく。ただ、次長も充分理解した上で言っているんだと思うが、新たに掘り起こされた二項詐欺の方には、致命的な隘路《あいろ》がある……」

「ほうですね、大きく言うて、ふたつある」

「まさしくだ、ふたつある。

第一に、どう足掻《あが》いても時間が足りないということ。現在、五〇人規模の捜本だなんて、公安課がもうひとつ増殖したような体制をとっていながら、しかも被疑者一本《イッポン》の捜査でありながら、スケジューリングはまことギリギリだ。そしてその切実さの理由はといえば――」

「MNの終末論とY2K問題……なかんずく〈キューピッド〉の実戦使用ですね？」

「まさしく。僕らの最優先任務は、MNによる便乗テロ等の封圧《ふうあつ》だ。そのためには、何としても一九九九年内に、いやクリスマス前にMNを無力化しなければならない。そして現状、捜本も公安課もいっぱいいっぱいだ。まさか他の事件を同時並行でやる余裕は無い。

ただ……

ただそれは性根《しょうね》と覚悟の問題ではある。ゆえに、『どうしてもやる』『そちらにオールインする』という判断も無くはないし不合理でもない。

――ところがここで、致命的な隘路がもうひとつ出てくる。すなわち隘路の第二として」

「〈ヒデアキ〉の検挙は、警察組織に甚大《じんだい》なダメージを与えてしまう」

「そのとおり。僕らはMNにこそダメージを与えたいのであって、まさかさかしまに、県民の非難と不信とが警察組織を直撃するような事態は絶対に避けたい。それは不祥事隠し・組織防衛云々《うんぬん》というより、我々のMNへの打撃力が著しく減殺《げんさい》されてしまうからだ」

「ただ課長、それを敢《あ》えて甘受するとしても、〈ヒデアキ〉の検挙はMN諸対策上、著しいメリットをもたらします。ゆうたら、〈ヒデアキ〉と〈ガラシャ〉との接線は採証できとりますけん、その〈ガラシャ〉を伝っていよいよ教皇庁に攻め入ることができる。ここで〈ガラシャ〉は上級聖職者。必ず各月、教皇庁に出入りしとる上級聖職者で、その出入り状況については、我が方に充分な資料が整っとります。その既存資料ぎりでも、〈ガラシャ〉と教皇庁の結び付きを裁判官に疎明するんは児戯《じぎ》ですぞな。

私はこれは捨てられんメリットやと考えます。

なんでかゆうたら、現在の捜本が内偵しとる被疑者・小川裕美からはどうしても、教皇庁との結び付きが出てきませんけん。このままやったら、討ち入りは愛予市駅近くの〈拠点施設〉と当該《とうがい》小川の自宅等に限られる。事件はそれ以上、伸ばせん。

ところが〈ガラシャ〉を攻めたなら、それらに加え、いよいよ教皇庁にも討ち入りができる。いや、そのように教皇庁に討ち入りをせんかぎり、〈キューピッド〉の脅威は、絶対に除去することができん……この最も危険な教皇庁を放置したまま〈拠点施設〉ぎりを攻めれば、いよいよ年末にむけ、教皇庁の防衛水準は格段に上がりますけんね。ゆうたら、〈拠点施設〉ぎりを攻めることは、ＭＮ諸対策にとってむしろ悪手《あくしゅ》とも考えられる」

「次長。

僕は〈ガラシャ〉の組織内地位を知っているつもりだ。今《いま》断言は避けるが、〈ガラシャ〉は上級どころか最上級の聖職者といっていい。そしてもはや先月、僕らは決めている。〈ガラシャ〉には、いよいよ求婚対象から事件被疑者になってもらうと。僕らは〈ガラシャ〉との結婚を諦《あきら》めてでも、絶対にＭＮ事件をやると。

ここで。

次長のことだから、その〈ガラシャ〉についてもいま一度、基礎調査を終わらせてくれたことだと思う……とりわけ、その水曜日と金曜日の行動については。僕らが強く関心を持っているその曜日の動向については。それはどうだった？」

「課長が想定しとられたとおりです。

我々は危うく、巨大な釣り針に引っ掛かるところでした。他方で、当該曜日について〈ガラシャ〉に命令を下しとると思《おぼ》しきあの者を基礎調査したところ、そちらのＭＮ性は確実でしたぞな。なんでかいうたら、視認できたかぎり、確実に斎《ものいみ》を守っとりますけん」

「もう一度確認するが、〈ガラシャ〉と当該者の、教皇庁への出入りは？」

「私が確認したぎりでも、〈ガラシャ〉は二度教皇庁に出入りしとります。それは資料化しました。ただ無論、当該者については……まさか教皇庁には出入りしとりません」

「成程《なるほど》……教皇庁への出入り状況。斎《ものいみ》の遵守《じゅんしゅ》状況。

それらを考えれば、〈ガラシャ〉は壮大な罠《わな》ではあるが、だからあからさまな釣りではあるが、その釣果《ちょうか》はMN自身が御膳《おぜん》立てしてくれていることになる。罠であろうが釣りであろうが、〈ガラシャ〉について犯罪を立件できるガチな証拠があるのであれば、敢えてそれに乗ってみることも充分、勝算のある博打だ。

だから。

次長の進言どおり、〈ガラシャ〉の事件をやることについては僕も積極だ。よって残余の十九件はともかく、〈ガラシャ〉本人については二項詐欺で身柄を獲《と》ろう。そして〈ガラシャ〉に関する疎明資料で、いよいよ教皇庁にまで攻め上がろう……

……ただここで、やっぱり、幾つかの課題も浮き上がる。

まず、〈ヒデアキ〉の処理方針を決めなければならないね。次に、〈ガラシャ〉の身柄を獲《と》ったときの教団の激昂《げっこう》と反撃を想定しなければならないよ。いくら拠点施設も教皇庁も、東京での教皇生誕祭でガラ空きになるとはいえ、奴等《やつら》は少なくとも〈キューピッド〉を持っているからね。自暴自棄になったなら、何をやらかすか誰にも分からない。

加えて、〈ガラシャ〉ほどの存在を検挙するとなれば、その現場対応も著しく荒れたものとなることが想定されるよ。

と、すれば。

僕らは最小のコストと最小の犠牲で、最大の戦果を勝ち獲る必要がある……

そこで、僕にちょっとした考えがあるんだけど」

——一〇分後。

「課長」宮岡次長は煙草《たばこ》を咥《くわ》えた。「いささか課長好みの、謀略の度が過ぎるのでは？ 御存知のとおり、私のモットーは『迷ったら直球勝負』ですけん」

「次長」僕は次長を喫煙所に誘った。「僕らふたりの名前からして、当課のオペレーションにいささかも謀略の翳《かげ》りがないというのは、そりゃ無理なんじゃないか？」

「……死せる仲達、生ける孔明を走らす、とでもゆうんですか。

いやそりゃ、どがいな意味でも逆でしょうが。

それにこの博打。誰よりも賭け金を積むことになるんは、生首を賭ける課長ですよ？」

「おっと、それこそまさに、渡り鳥の僕なんかが愛予県に赴任した意味じゃん？

そうだ、こういう脚本になることは、きっと僕の赴任前から……いや大学四年の後期から誰かが決めていたに違いないさ。次長もそれを知らないとは言わせないよ？」

83

十一月二十五日、木曜日。

この日、ひさびさに次長が出席した〈課内課長補佐会議〉が開催された。

場所はいよいよ、僕が大部屋から引っ込んだ、公安課長室内である。

――といって、今般の〈課内課長補佐会議〉は臨時の、特別のものだ。

捜本が地道な捜査活動を続けてきた、MN在家信者・小川裕美に係る、雇用保険の不正受給事件（一項詐欺《さぎ》）――今般の会議はその総括と、討ち入りに向けた最終検討である。ここで捜査方針、捜査体制等を固め、渡会警備部長の御決裁を頂戴し、そしていよいよ明日は警察本部長への指揮伺《うかがい》となる。

「それでは僭越《せんえつ》ながら」筆頭補佐として僕の首席参謀を務めることとなった、第一係の広川補佐がいう。「次長より、本件事件における捜査方針を御伝達《ごでんたつ》願います」

「第一に、被疑者小川裕美の絶対確保。第二に、MN関連箇所〈拠点施設〉等における徹底したガサ。第三に、迅速な捜査活動による証拠隠滅《いんめつ》の絶対阻止。そして第四に、MNによる抗議・牽制《けんせい》・反撃その他の捜査妨害の封圧《ふうあつ》。以上じゃ」

「そして本件事件の最終的な捜査体制については、現在お配りしている体制表のとおりですが――これは平文ですので会議終了後回収します。あっ、CSZ-40の文書の方はそのままで――全体指揮官は司馬課長、部隊指揮官は宮岡次長、現場指揮官は藤村管理官。

司馬課長はここ警察本部公安課において、事件全体の指揮はもとより、記者レク、報道対応、関係機関対応を含むあらゆる事務の指揮をとっていただきます。着手当日の課長の補佐は、不肖《ふしょう》私が務めます。他方で、宮岡次長は捜本に臨場、捜本にて、着手当日の全部隊の指揮をとっていただきます。そして実際に〈拠点施設〉に討ち入りを掛ける部隊については、藤村管理官に現場指揮をとっていただきます」

――当課に警視は三人しかいない。それぞれの役割分担は直ちに決まった。公然部門として、あるいは総括責任者として警察本部を動かないのが僕。捜本で全捜査員を動かすのが次長。そして実際に城攻めをするのが、現場の長い藤村管理官である。

「現時点で、Xデーは十二月六日月曜日、Hアワーは同日〇六〇〇《マルロクマルマル》を想定しております。もとよりこれにあっては、令状請求の結果や、着手前における被疑者の動静その他の事情によって、フレキシブルに動くものと御承知おきください。それがたとえ〇五〇〇《マルゴーマルマル》になろうと〇四〇〇《マルヨンマルマル》になろうと、公安課員が非常呼集に応じないなどという椿事《ちんじ》はないと、警備専務員のプライドに懸けてそれはありえないと、そのように考えております。

さて、当該Xデーにおける捜査各班の動きでありますが――」

現時点、まだ保秘《ホヒ》を要するため伝達をしていない分があるが、それを含めれば、Xデーにおける討ち入りはいよいよ『二〇〇名体制』である。正確には、広川補佐が律儀《りちぎ》に弾き出してくれているとおり一九六名体制だが。いずれにしろ、当県警察官の約一〇％を投入するのである。そしてこれは現状、当警備部門に『最大動員』を掛けたものといってよい。

ゆえに当然、公安課の事件係はもとより、六十八名の公安課員のほとんどは『胴元』として中枢《ちゆうすう》部隊となる。他に、一緒に捜本を組んでいる愛予警察署＋愛予西警察署＋愛予南警察署の各警備課にも大規模動員を掛ける。交通事情の許す、他の警察署の警備課にあっても同様。また迫《さこ》機動隊長のこころよい支援もあって、三十六名の機動隊員はフルに使える。加えて、お隣の警備課からも、光宗《みつむね》課長の快諾とともに右翼事件係が合流する（念《ねん》の為《ため》再論すれば、右翼事件以外のすべての警備事件は当公安課がやるので、要は、警備部の事件係が総動員されることになる）。

「――うち特に困難が予想されるのは、〈拠点施設班〉及び〈被疑者自宅班〉、なかんずく前者であります。MN拠点施設は各位御案内のとおり、『鉄筋コンクリート地上五階・地下二階の本館』が一棟、それと公道を挟んで対《つい》をなす『地上三階・地下一階の別館』が一棟と、極めて堅牢《けんろう》かつ大規模なものとなっております。ところがその実態把握は――所轄《しよかつ》消防署等からの情報提供を受けてはおりますが――必ずしも充分とは言えません。受傷事故防止には特段の留意をする必要があります。

ここで、十二月七日のいわゆる教皇生誕祭に伴い、我が県だけでも二、一〇〇人を数えるMN出家信者の大多数は〈東京教会〉へ出払ってくれますので、大規模な抗議・牽《けん》制《せい》等はないものと判断しておりますが……他方で、当県には依然二、六〇〇人の在家信者がひろく分散居住しております。それらの動向は各警察署警備課において注視しておりますが、そして現時点不穏な動向は認められませんが、うち一定数が捜査妨害を繰り広げることを当然の前提として、迅速かつ適正な捜査活動を実施する必要があります。

したがいまして、まずこの〈拠点施設班〉は――」

……〈拠点施設〉だけで兵力の半分以上を割く。具体的には一二〇名以上を割く。何せ、フロア数でいえば、拠点施設には一一ものフロアがあるのだ。無論、かつては劇場・映画館だった施設なので、ギッシリ詰まったオフィスビルという訳ではないが……まさか各フロアにつき捜査員二名・三名というわけにもゆかない。またガサ実施時には出入の禁止措置がとれるしとらなければ意味が無いから、外周警戒班も必要になれば、突発的な職質検挙なり公務執行妨害なりに対処させるべき邀撃《ようげき》班も必要になる。おまけに、各フロアあるいは各館ごとの連携も不可欠になるから、伝令も相当数を確保しなければならない。

「他方で、同様に重要となる〈被疑者自宅班〉でありますが――」

僕らの目的は確かにMNへの物理的打撃と押収資料だが、その大前提は、被疑者小川裕美に係る一項詐欺が『事件としてキチンと立つ』ことだ。この基盤が崩れればすべては違法捜査、少なくとも不当捜査になる。メディアや活動家の指弾糾弾《きゅうだん》は、『冤罪《えんざい》』『違法捜査』『人権無視』『宗教弾圧』の垂れ幕を掲げた苛烈《かれつ》なものとなること必定《ひつじょう》――ゆえに、拠点施設への城攻め同様、マル被の自宅のガサも当然、極めて重要になってくる。そこでキチンと客観証拠を押さえ、よしんばMNと切り離したとしても『小川裕美の事件だけで』キチンと立つようにする必要がある――もっとも現在のところ、彼女とMNとを切り離さなければならないような事態など想定できないが。

ただ思考実験としては、『純然たる一般市民による詐欺』としても、本件を立件できるようにしておかなければならない。でなければ、あの栗城暁子検事が怒り狂って警察本部をテロることもまた必定――ゆえに、そこをガチガチに詰めた上で、なお自宅からステキな押収資料が出てきてくれるのがベストだ（例えば、極めて理想的には、自宅から教皇庁関連資料がぽろりと出てくるなど）。

「――拠点施設の城攻めは、再論ですが、藤村管理官に指揮をとっていただきます。またマル被自宅のガサと身柄確保は、事件係の兵藤補佐に指揮をとっていただきます」

ここで、いちばん洒落《しやれ》にならないシナリオは――被疑者に逃亡されるとか、そもそもピンポンしたときに被疑者が不在だったとか、そういった超絶的にマヌケたシナリオだ。

それはそうだ。縷々《るる》述べたとおり、被疑者小川裕美に係る一項詐欺事件を立件しなければならないのに、その最大の証拠である小川裕美本人を確保できないなど、これまた僕の首にかかわる警察不祥事となる——イザ二〇〇名体制でド派手な討ち入りをやって、吉良上野介《きらこうずけのすけ》の所在すら分からないなど、税金の無駄遣い以上にバカ丸出しだ。よって無論、既に現時点、貴重な人員を割いて小川裕美の二四時間三六五日行確《コウカク》を実施してはいる。とはいえ、暫定《ざんてい》Xデー十二月六日の暫定Hアワー〇六〇〇《マルロクマルマル》に『確実に被疑者が在宅してくれている‼』との確証が獲《え》られるまでは、若干ならず胃の痛む日々が続くだろう……赤穂《あこう》浪士の気持ちがよく解る。

また、小川裕美関係についていえば、マル被宅をガサするタイミング、マル被を逮捕するタイミング、マル被をガサに立ち会わせるタイミング、マル被を引致《いんち》してくるタイミング、マル被の弁解を録取《ろくしゅ》するタイミング、マル被の取調べを開始するタイミング……等々は、これは実際に事件慣れしている事件係に委《ゆだ》ねるのがいちばんよい。実にくだらないミスが、後々の公判廷で大きな打撃になりうるのが刑事手続の恐ろしい所だからだ。まして、事件にはひとつとして同じ事件がない。仮に、検挙現場でイレギュラーな事象が発生したとき——例えば被疑者による自傷・他害だの、乱入してきた他信者による奪還・逃走だのが考えられるが——たちまち手続的に正しい段取りを踏まなければならないのが、刑事のつらい所である。よってこれまた、練達の兵藤補佐に指揮をとってもらうのがベストだ。いずれにしろ、今の僕らほど、当日までの小川裕美の無事と健康とを祈っている人々もこの世に無いだろう。恐ろしく変わった愛のかたちだが。

「――私からの概略は以上であります」広川補佐がまとめに入った。「なお再論でありますが、本件において最も重要なのは保秘《ホヒ》であります。ゆえに、この会議に列席している方以外には、XデーいやHアワー直前まで、討ち入りの日程を伝達いたしません。私自身も、その暫定案が実際のものになるのかどうかを知りません。全ては課長の御判断によります。細かいことは申しませんが、部下職員・各班員の士気と統率に乱れがないよう、特段の配意を願います。

それでは次長、何か御訓示がありましたらお願い致します」

「……当県警察にとっても、全国警察にとっても初めてのMN事件じゃけんの。どう足掻《あが》いても警察史に名が残ろうわい。県民も見とる。卑怯《ひきよう》な真似《まね》だけはするな。愛予県警察がやるんは、これすべて直球勝負じゃ」

「課長から御訓示を賜《たまわ》ります」

「皆《みんな》と一緒にいよいよ実戦を迎えられること、嬉《うれ》しく思う。

――そして僕は覚悟を決めた。ゆえに各員も決めてほしい。

予想外のことは、起きるもの……何が起ころうと、僕と次長を信じて突っ走ってくれ」

「それでは、以上をもちまして」

「あにょう……」

ここで意外にも質問の手を挙げたのは、あのぞなぞな警部、第四係の内田補佐だった。

「課長サン、これ……儂《わし》いまCSZ-40の方、読み終わったけんど……なんでわざわざこがいなことを。このままじゃったらみすみす、MNを利することに」

「あっは、いや内田補佐、僕は欲ばりなのでね。皮を斬《き》らせて肉を斬り、肉を斬らせて骨を斬る。差し出す物が大きければ大きいほど、その見返りも大きい——勝負は一気に決める」

「ほじゃけど……次長もこれに賛成を？」

「それは愚問《ぐもん》ぞな、内田補佐」

課長の御判断が、儂の判断じゃ。

——そういってピースに着火した次長の顔は、だが、この上なく苦かった。

84

十一月二十六日、金曜日。

時刻は一三五〇《ヒトサンゴーマル》。

僕は課長室に内田補佐を呼んだ。待機していた内田補佐はすぐやってきた。

「課長内田です、失礼致します」

「ああどうぞ、内田補佐――

わざわざ呼びつけて申し訳なかった。最後の確認をと思ってね」

「ああ、例の件ですね。

それじゃったら、稲宮秘書官と連携の上、今朝方〇六五〇《マルロクゴーマル》には任務を終えとります」

「〈八十七番地〉の誰かを使ってくれたの？」

「ハイ課長。特に保秘《ホヒ》を要する――ゆうんが課長の御下命《ごかめい》でしたけん」

「ならば誰にも目撃されなかったとは思うけど、特段の問題は？」

「現時点、発生しとりません」

「現場である大会議室には、誰も出入りしてはいないね？」

「誰も出入りしとりません。

なんでかゆうたら、大会議室の鍵《かぎ》は、儂が稲宮秘書官からずっと預かっとりますけん」

「重畳《ちようじよう》――

そして時間的にもちょうどよい。さて内田補佐、これから一時間ほど時間空く？」

「そりゃ課長サンの御下命《ごかめい》でしたら、たとえ火の中水の中……

ただ、御下命いただく任務は何でしょう？」

「いや全然大した話じゃないよ。

実は今から例のＭＮ事件、東山本部長に指揮伺《うかがい》にゆくから、随行《ズイコウ》を頼もうと思って」

「えっ私がですか。ほがいに大事な任務じゃったら、広川補佐か赤松補佐が適任かと……」

「いや今のは半ば冗談。僕、仮初《かりそ》めにも指揮官だから、上官のハンコくらいは独りで頂戴してくるよ。そこで、内田補佐に頼みたいことというのは――」

――僕は内田補佐に任務付与《ニンムフヨ》を終えると、三つ揃い《スリーピース》の上着を羽織り直し、革靴をトントンと整えながら、本部長指揮伺《うかがい》用の決裁挟《ばさ》みを手に取った。そしてそのまま課長室を出、公安課の出入口のたもとで動静を明らかにする。

「本部長室でーす」

お疲れ様です、と腹筋の利《き》いた唱和の声。

僕は内田補佐が階段で五階まで下りてくるのを確信して、エレベータで五階に先着した。

そのまま総務課の大部屋に入る。稲宮秘書官が立ち上がり、軽く室内の敬礼をする。

「お疲れ様です、司馬課長」

「お疲れ様。予約してある本部長決裁だけど、もう大丈夫そうかな？」

「もちろんです。三分ほど早いですが、御予定ないので入っちゃってください」

「いつも有難う、稲宮さん――

あっあと、それに加えて今朝方は、朝も早よから余計なことお願いしちゃってゴメン」

「いえいえ」稲宮秘書官は唇にチャックをする仕草をした。「私も課長のお茶目なやり方、嫌いではないので」

「あっは、それも有難う。

それじゃあ社長室に入るね」

「願いますー」

僕は、今は開け放たれている、警察本部長室の雄壮なドアをノックした。

「失礼致します。公安課長司馬でございます」

「――おう司馬か。入れよ。

といっても毎朝のレクで飽きるほど会っているがな、あっは」

「マズい顔を、来る朝来る朝お見せして申し訳ございません。

いささか機微《きび》にわたる決裁なので、ドアを閉めさせていただいてよろしいでしょうか？」

「かまわんよ」

「改めまして、司馬警視入ります!!」

僕はとても重い、だが物音ひとつ立てないドアを閉めると、東山本部長がいつものように座している大会議卓へむかった。そして、これまたいつものように、頂点に座する東山本部長の右手側に着座する。

「しかし司馬、お前がわざわざドアを閉めるだなんて稀有《けう》なことだな？ そもそもお前のところの決裁で、機微にわたらないものなんてあったか？ あっは」

「まあその、これはその、儀式というか、出陣式のようなもので……自分に気合《くうき》を入れるためというか」

「ははあ……すると、いよいよか」

「いよいよです、東山本部長……着任以来の宿題につき、指揮伺《うかがい》にまいりました」

「解った。捜査方針等も固まっただろうから、最終的な話を聴かせてくれ」

僕は十九期上の、二階級上の、当県警察における最高指揮官に、公安課から持ってきた決裁挟《ばさ》みを差し出した。差し出しつつ、挟まれている幾枚かのA４用紙がよく御覧《ごらん》いただけるよう、それらの角度を整える。といって、別段媚《こ》びているわけでも諂《へつら》っているわけでもない。どのように決裁書類を御覧いただくかなど、警察庁では、見習い一年目の警部が最初の一週間で修得しておくべきマナーである。

「お前は八月六日の着任で、着手が……ええと？」

「現時点では、十二月六日払暁《ふつぎょう》を予定しております」

「ちょうど四箇月かあ。よい部下を持ったな」

「嬉しく思います。また、有難うございます」

「俺は何もしちゃいないよ――それで？」

「まずこちら、様式どおりの〈警察本部長事件指揮簿〉でございます。発生年月日時、認知年月日時、発生場所、被疑者、被害者……あと別紙として事案の概要、処理方針等。ただそちらは定型的に過ぎますので、Ａ４一枚紙に要旨をまとめておきました。こちらを御覧いただければ、事件の流れについては直ちに御理解いただけるかと思います。あとは時系列と、捜本の最新の体制表、現時点での想定問答等ですが……

……本部長。もしよろしければ、私に、そこの扉を――続きの間である五階大会議室に続くその扉を、開けさせていただけませんか？」

「ほう、俺が着任してからそんな願い出をした所属長はいないが、そのこころは？」

「――失礼します」

僕は会議卓を起《た》つと、あの部課長会議を行う大会議室に続く、その警察本部長専用ドアを開けた。

ドアを開けたその先、大会議室の此方《こちら》よりには――

書類綴《つづ》りがてんこもりの、二台の大きな台車をいつでも押し出せるように立っている、当課の内田補佐がいた。僕が頼んだとおりに、だ。

「保秘《ホヒ》のため」僕はいった。「警察本部の誰の目にも触れぬよう、秘密裡《ひみつり》に搬入させていただきました。公安課長が捜査書類を大量に搬《はこ》んでいるなど、それだけで椿事《ちんじ》ですので……

　とまれ、これらは本件詐欺事件の一件記録の写し。台車二台分の捜査書類の写し七五〇kgです。

　またこれらは私が一字一句読了し、必要がある都度《つど》修正させ、すべての内容を頭の中に叩《たた》き込んだものです。ゆえに、決裁挟みで御覧に入れました事件指揮簿、及びA４一枚紙の要旨に御不明の段があれば、今、この場で、私が全て即答いたします。何でも御下問ください」

「成程《なるほど》、可愛《かわい》げのないことだ。それだけの性根《しょうね》と覚悟を持ってきた、か……

……なあ司馬。俺は来る朝来る朝、お前と話をするたび思うんだが、お前は小心だな。小心だから芸が細かい。そう、芸が細かいのは気が小さいからだ、あっは。こんなもの、事件指揮簿だけポンと投げてくれればそれでよかろうものを。

　ああ、そちらの君は確か……公安課第四係の、そう内田警部だったな？　秋の懇親会《こんしんかい》で世話になったね。そして大丈夫だ。君の課と、その指揮官の心意気は堪能《たんのう》させてもらった……

せっかくだから、煙草でも吸ってゆくか？」

「い、いえ……内田警部退《さ》がります!!」

「七五〇kgの捜査書類、有難う。

こんなことを思い付く所属長も、やらされる部下も空前絶後だろうよ。保秘に注意して司馬の課長室に突っ返しておけ、あっはは、あっは――」

呆《あき》れたように大笑しながら、東山本部長はセブンスターを燻《くゆ》らせ始めた。

僕もまた、軽く頭を下げながら、自分のマイルドセブンを御相伴《ごしょうばん》させていただく。

――しばしの沈黙。

僕が何か説明をすべきかどうか迷っていると、十九期先輩はそっといった。

「なあ司馬。俺が君の着任日、何を訓示したかは憶《おぼ》えているか？」

「はい本部長。日々悖《もと》ることがないか、自省しております――

第一に、必ず自分自身で決断を下し、その結果に責任を負う覚悟を決めること。

第二に、自分を過信せず、部下に対する依存と信頼をはきちがえない理性を保つこと。

第三に、何がどう在ろうと必ず、MNの教皇庁に討ち入りを掛けること。

第四に、そう、宇喜多前《ぜん》課長の仇《あだ》を討ち、我々の流儀で始末をつけること」

「まさしくそのとおりだ。だから小心だし、だから可愛げがないと言うんだ、あっははは、あっは……

さてこの決裁書類、この本部長指揮事件の指揮伺《うかがい》に、それらに悖《もと》るところは無いな？」

「誓って、ございません」

「それでいいんだよ、それで。

それだけでいいんだ、それで。

仲間を頼って自分で決めて、最後はやるかやらないか、それだけだ。そうなんだよ」

東山本部長はそういって、二本目のセブンスターを灰皿に葬《ほうむ》ると、無言のまま、必要な箇所にあざやかな花押《かおう》を描き、必要な箇所に威風堂々《いふうどうどう》たる本部長印を押した。そして最後の印鑑をデン、と押したあと、やはり訊《き》いてくるであろうことを訊いてきた。

「この一項詐欺事件については何の心配もしていない。

君が俺の予想を遥《はる》かに上回る超絶的な役者でも詐欺師でもないのなら、もはや何も訊くべきことはない。たった今の自分の言行どおり、自信を持って、やりたいことをやれ。やりたいようにやれ。それでいいんだ、それで。

ただし——

この一項詐欺事件は、俺の訓示の第三点と第四点をクリアしてはいないが、それは？」

「はい本部長。

それこそ捜査書類にも事件指揮簿にもＡ４一枚紙にもまとめられなかった、口頭でしか御説明できない、本件事件の真の肝《キモ》。またこの一項詐欺の性格をガラリと一変させる、本件事件の真の顔。すなわち……」

——そして、二〇分後。

すべてを含めた最終の決裁が下りた。

書類はなく、だから花押も印もないが、最高指揮官の決裁は下りたのだ。

そう、あとはやるだけだ……やるだけ……

「思わぬ長時間の検討《ケントウ》になってしまいました。御多用中ほんとうに有難うございました。あとは御決裁どおりに執行いたします。司馬警視退《さ》がります!!」

会議卓から踵《きびす》を返し、重く閉ざされたドアへと進む僕に、東山本部長がいった言葉は。

「吐いた唾《つば》は呑《の》み込めん……警察官のイロハのイだ。

お前が俺の訓示を守るため覚悟を決めたというのなら、まさか止められるはずもない。

……なら。

俺は俺にできることをやろう。

骨は拾う。家族の心配も不要だ。だが司馬、お前の名誉はどうなる？」

「この道を選んだときから、それは諦めています。

家族のことは、感謝いたします」

僕は警察本部長室のドアを開けた。

それは今度は、全ての決裁が下りた分だけ重かった。

85

十二月二日、木曜日。

課長卓上の大きな警電が外線の着信音を鳴らした。

「はい公安課長です」

『アア課長、兵藤だけど』

「お疲れ様、兵藤補佐」

『安心しりん、今、御札《おふだ》出たでね』

「……よくやってくれた!!」

『ええと、まず小川裕美に係る逮捕状。あと小川裕美の自宅等に係る捜索差押許可状。そして当然、愛予市〈拠点施設〉に係る捜索差押許可状。

それから、あとは……イヤこれ多いわ、課長のお強請《ねだ》りは度が過ぎとるもん……ともかく、本部長決裁を終えた令状請求はぜんぶやった。それらの令状審査もぜんぶ終えた。ケッチンは無し。だから却下も取り下げもなし。

要は請求どおり、ぜんぶの御札が出たでのん』

「了解。予言どおり一時間弱コースだったね。有難う兵藤補佐」

86

十二月五日、日曜日。

すなわち暫定《ざんてい》Xデー・暫定討ち入り日の、その前日。時刻は一七四五《ヒトナナヨンゴー》。

――僕は、ひさびさの休日出勤をしていた。

霞が関ならともかく、都道府県警察勤務の課長が休日出勤をするのは、そうそうあることじゃない。とりわけ、『国家百年バカ』で『一年に一度も事件を検挙しないスパイ稼業《かぎょう》』と揶揄《やゆ》される公安課の課長としては、なおさらだ。それが、俄《にわか》に休日出勤なり徹夜なりをし始めたとなると、かえって自分から『今とても大事な事件検挙を控えていますよ～』と吹聴《ふいちょう》してまわるようなものだ。

ゆえに、できることならこの十二月五日は、警察本部から遠ざかっていたかった。

警察本部への出勤ですら、そのような気を遣う。ゆえに無論、機動隊舎に起ち上げている捜査本部になど、先の十一月十日に訪問した分を含めても、結局三度しか立ち入ってはいない。そもそも僕は機動隊舎になど近付かないし、どうしても直接捜本で検討《ケントウ》をしたり決裁をしたりしなければいけないときは、〈八十七番地〉の運転技術・防衛《ボウエイ》技術をいかんなく発揮してもらって、『一二〇％いや二四〇％の水準で』点検消毒《テンケンショウドク》をしてもらっている。要は、僕を乗せた課長車の動きが絶対に捕捉《ほそく》されない玄人芸《くろうとげい》を、披露してもらっている。それはもちろん、次長についても管理官についてもそうだ。ゆえに断言するが、僕らの行動確認によって、『機動隊舎にこそ捜本が起ち上がっている!!』ということを知ることなど絶対にできない——絶対にだ。そして当然、僕らの用いる車両は徹底的に洗浄されてもいる。すなわち、電子的な方法で捜本の在処《ありか》を手繰《たぐ》ることも、絶対にできはしない……

（よって、機動隊舎にある捜本は、討ち入り前日の今日ですら、完全秘匿《ひとく》の内にある。なら、何もこの日曜日、警察本部で目立った動きなどしたくはなかったのだが……）

……ところが、そうもゆかない。

というのも、MN側に大きな動きがあるからだ。

その『大きな動き』というのは最早《もはや》言うまでもない——例年恒例の、〈教皇生誕祭〉に伴う出家信者の大規模上京である。

ここで、僕らは既述《きじゅつ》のとおり『二〇〇名体制』の大部隊で討ち入りに臨《のぞ》むが、そしてそれは当県警備部の懐《ふところ》事情が許す最大動員なのだが、ところが……それでも当県に存在するMN出家信者二、一〇〇人の、一〇％にも満たない。ガチンコ勝負では試合にならない。ゆえに僕らは、留守宅に侵入盗をさせていただく計画を立てた。要は、出家信者のほとんどが当県を留守にしてくれる、夢のようなタイミングを有効活用する計画を立てた。とすれば『実際に今年も、確実に出家信者が当県を離れてくれるかどうか？』が、討ち入りにとって極めて重要となってくる。

また、〈教皇生誕祭〉に在家信者は出席できないため、当県内に分散居住する二、六〇〇人の在家信者の動向も実態把握しておく必要がある——電撃的に討ち入りをし、拠点施設はもとより周辺道路を封鎖すれば、ガサそのものへの影響は最小限に抑えられようが、それでも数百人規模の捜査妨害者が出現するとなると厄介《やっかい》極まりない。ここで不幸中の幸い、それらは『在家』信者ゆえ、拠点施設には常駐していない（もちろん教皇庁にもだ）。だから籠城《ろうじょう》のおそれは最初からオミットできるが、ただ、僕らがする拠点施設の包囲を『逆包囲』してくることは当然に予想される。その際、恐るべき〈キューピッド〉が使用されないという保証もない。ゆえに在家信者の動静も、討ち入りにとって極めて重要だ。

（要するに、城攻めを明日に控えた今、どうしても当県内MN情勢を、しかも当県内最新のMN情勢を、知っておく必要がある——

それは結局、ほんとうに明日〇六〇〇《マルロクマルマル》に着手をするかどうかの判断にも、実に大きく関わってくる）

……僕は課長室の応接セット、その自席で深く物思いに耽《ふけ》っていたようだ。

同じ応接セットの定位置、すなわち僕の真正面に座した宮岡次長が、そっという。

「課長、集中力が切れとりますよ。彦ちゃんに言うて、濃い紅茶でも淹《い》れさせましょうか」

「ああ次長ゴメン。いやそれにはおよばない。ええと、それで、どこからだったっけ……」

「いえもう一度、最初から行ってみましょう」

「さ、最初からですか……悪いね。どうにも、その、いろいろ気になっちゃって」

「それは当然ですぞな。ただ本日の休日出勤は、飽くまで――」

「――十二月七日から十日までの、会計検査のための猛勉強会、だったね？」

そうなのだ。これまた既出《きしゅつ》だが、当該《とうがい》日程で……すなわち討ち入りの翌日から、会計検査院が当県警察へ実地検査に入る。戦争が始まろうと始まるまいと、管理職の日常業務は続くのだ。そしてこの検査は要は、口調が優しいかどうかは別論、検査官による、各課長＝各次長コンビに対する口頭試問《しもん》あるいは査問《さもん》である。出席できるのはそのふたりのみ。答弁できるのは課長のみ。質問事項は事実上無制限。カンペなし、資料の持ち込み不可、途中退場による事実確認も不可（無論『答えられない』『白旗』は論外!!）。ゆえに次長と僕は、事件指揮のあいまを縫《ぬ》って、次長を検査官役、僕を受検者役として、えんえん『一問一答式の模擬訓練』をやってきたと、まあそういう話だ。

（さすがに三〇〇問以上の想定問答をマスターするのは、霞が関でもやったことがない。会計検査がこれほどキツいものだったとは……どうせ実態どおりなんだから、『忘れました』『確認します』『そんな細かいこと暗記している方がおかしいです』って言えればいいのに。

ただまあ、こと今日この日に限って言えば、会計検査院に感謝したくなる点も無くはない……）

そうだ。

これは、警察本部のすべての課長＝次長コンビに課せられたタスクなのだから、実は、どの所属も今現在、必死に猛勉強中である。すなわちこの日曜、警察本部は休日出勤者ばかり。管理職もさることながら、当課でいえば庶務係の谷岡係長・彦里係員まで、帳簿・書面その他の最終確認のため動員される。要するに、僕らが意図したわけではないのだが、公安課の怪しい休日出勤はそれに紛《まぎ》れ、隠れ、まったく目立たないものとなっている……

「ほしたら公安課長サン、アタマから行ってみましょうわい」

「また三〇〇問かあ……」

司馬警視了解です、検査官ドノ」

「さあ行きますよ――」

公安課の事務分掌を教えてください。公安課には何人の課員がいますか。公安課にはどのような係がありますか。それぞれの仕事を教えてください。課長の御着任日はいつですか。御前任とはどのような引継ぎをしましたか。捜査費の執行の流れを説明してください。現金の配分はどのように受けますか。公安課の金庫はどこにありますか。金庫の開け方を教えてください。金庫の鍵は誰が保管していますか。決裁印はいつ、誰が押すのですか。捜査員にはどのように手交するのですか。捜査費はどのような費目で執行していますか。ここ三箇月の執行状況を教えてください。先月、最も金額が多かった執行はどれですか。それは何の為《ため》の執行ですか。アジトとは何ですか。拠点とは何ですか。大家さんはいるのですか。すべてのアジトと拠点の住所を教えてください。アジトと拠点には何がありますか。この捜査協力者の方のお仕事と住所を教えてください。この捜査協力者の方には先月、幾らの捜査協力者謝礼をお支払いしていますか。その金額設定の理由を教えてください。他に捜査協力者の方は何人おられるのですか。それぞれの成果物を見せてください。領収書はペンですか、実名ですか。領収書の住所が町名までなのは何故ですか。この捜査協力者の方に先月、倍額をお支払いしているのは何故ですか。この居酒屋はどこにありますか。何故この居酒屋を使用するのですか。この『四〇円』という金額は何を意味するのですか――

――コンコン。

まだノルマの一〇%も達成していないそのとき、課長室の金属パーテがノックされた。

「課長、次長。御多用中失礼いたします、丸本です」

「ああ、丸本補佐」僕は思わずマイルドセブンを灯した。「時の氏神《うじがみ》かな、どうぞ入って入って」

「ほしたら、丸本警部入ります‼」

それは、当県〈八十七番地〉をあのぞなぞな内田補佐とともに担当する、当課第三係の丸本補佐だった。若々しく整えた短髪が、武闘派の坊さんあるいは俳人《はいじん》に化けた忍者を思わせる、四十三歳の気鋭の警部である。この丸本補佐が尺八《しゃくはち》とツーリングと井上陽水を趣味とすること、そして何故かゴルフはからっきしであることはもう述べた。

「ああ、どうぞ座って――次長の隣でいいよ」

「丸本警部座ります。

ですが課長、次長。今報告をしてよろしいのですか？」

「もちろん。

というかドキドキしながら待っていたよ」

「それでしたら」丸本補佐は〈八十七番地〉らしく人懐《ひとなつ》っこく笑った。このあたり、明日は僕の首席参謀を務める、四十一歳の律儀《りちぎ》な広川補佐とはまた特性が違う。「結論として、きっと御安心いただけると思います。すなわち課長の御下命《ごかめい》どおり、拠点施設・

教皇庁における出家信者の動向、及び県内各警察署管内における在家信者の動向を調査・解析しとりましたが――

第一に、拠点施設・教皇庁はいわば通常営業を停止しました。現在、それぞれの施設は信者が自由に出入りできる状態になく、玄関・門扉《もんぴ》その他の開口部は固く閉ざされとります。すべての窓も閉ざされ、すべてのカーテン等は引かれ、灯りひとつ零《こぼ》れてこない在《あ》り様《さま》。これは施設の実態把握上問題もあるのですが、いずれにせよ外周警戒は現在も継続しております。内部の様子は分かりませんが、人の出入《しゅつにゅう》その他の特異動向は確実に押さえます。なおこの営業停止は例年、〈教皇生誕祭〉前後にのみ確認できる動向であります。

第二に、拠点施設・教皇庁に居住する出家信者でありますが、枢機卿《すうききょう》・大司教クラスは観光バスを列《つら》ね、また司教以下のクラスは高速バス、鉄道、フェリー、高速船、空路その他により、三々五々、大挙《たいきょ》上京を終えております。

その動向は、既にこの週末の金曜日から確認されとりましたが、本日日曜・一七三〇《ヒトナナサンマル》現在、最後のバス車列が拠点施設・教皇庁を離れるのを視認《しにん》いたしました。また警察用航空機による応援を依頼し、その進行方向及び数的規模をも確認いたしました。結果、拠点施設・教皇庁における枢機卿・大司教クラスの九〇％以上が上京したものと認められます。

――ここで、課長・次長御案内のとおり、我が方が設置したMN内の定点《オトモダチ》は既に壊滅しとりますけん、MNの内側から情報を獲《と》れんのが痛いのですが……ただ、旅行代理店におけるオトモダチの提報《ティホウ》、あるいはJR駅・私鉄駅・愛予観光港・山松空港・高速バス発着所、主要IC等における集団上京動向の現認《ゲンニン》結果を踏まえますと、枢機卿・大司教クラスのみならず、司教以下の出家信者もまた、その九〇％が上京を終えたものと判断できます。これは数的にもそう判断できますし、理論的にもそう判断できます。なんでかゆうたら、司教以下の出家信者は、枢機卿・大司教クラスの出家信者に先んじて東京入りし、〈教皇生誕祭〉の諸準備をせんといけんからです」

「端的《たんてき》には」次長がいった。「今や当県を蛻《もぬけ》の殻《から》にしてくれた――ゆうことやな？」

「ハイ次長。

　今や当県に残存する出家信者は、一九〇人から二二〇人までの間と算出しとります。かつ、諸情報を解析した結果、営業を停止しとる〈拠点施設〉には、まさに留守居《るすい》ていどの三〇人前後しか残っておりません」

「すると、残りの一六〇人ないし一九〇人は御油町の〈教皇庁〉におると」

「そうなります。言い換えれば、〈拠点施設〉の守りは小学校ひと学級程度。〈教皇庁〉の守りは小学校ひと学年程度、となります」

「さっき『ヘリの応援頼んだ』ゆうとったけど、まさか我が方の目的は伝えとるまいの？」

「無論です。捜本関係、討ち入り関係はもとより完全秘匿《ひとく》しとります。また、実はこの警察用航空機の応援は、当課が毎年依頼する、まあ定例行事となっとりますんで――航空隊は今年も難しい事いわんと、二つ返事で引き受けてくれました」

「すると、じゃ」次長はいった。「あとは二、六〇〇人おる在家信者やな。そっちは？」

「ハイ次長。

　各警察署警備課に対し、『この週末だけは最優先でそれを実態把握せえ』と、内田補佐から気合《くうき》を入れてもらっとります。そして今現在、県下十九警察署のどの警備課も、管内居住の在家信者について不穏な動向を確認してはおりません」

「教皇生誕祭があるんじゃけれ、在家は在家でどこぞに集まって祝おうがな、もし」

「教皇生誕祭そのものは十二月七日の火曜ですけん、それ以前に多衆の在家が集結してイベントを挙行することはない。ゆえに討ち入りには影響ない。私はそう分析しとりますが……

　いずれにしましても、特異動向があれば私に即報《ソクホウ》が来よります。そして一般の、在家レベルの警戒心であれば、我々が特異動向を見逃すことなどありません」

「――まだ課長はHアワーを最終決定されとらんけど、仮に〇六〇〇《マルロクマルマル》着手とするなら、今現在からちょうど十二時間程度は最大級の警戒を要するけんの。在家じゃゆうて舐《な》めるな」

「了解しました、次長」

「あと丸本補佐よ、教皇生誕祭の主役たる〈教皇〉――村上貞子はどうなっとるんぞ？」

「こちらも例年どおりの動きをしとります。

すなわち、既に教皇車で御油町を離れました。その車列も、教皇車に乗車しとる『六十歳代半ばと思《おぼ》しき老齢の、修道女姿の刀自《とじ》』も現認しとります。むろん車列は今も常に視野に置いとります。そしてこのままゆけば当該《とうがい》女は、やはり例年どおり、本日十二月五日の最終便――一九三五《ヒトキユウサンゴー》山松空港発羽田空港行きに搭乗することとなる。当然、ボーディングブリッジの先へ消えるまで送り込《オクコ》みをします。

ただ次長、飽くまで確認のため申し上げますが、現在の日本警察に『村上貞子』の面割りができる警察官はただのひとりもおりません。『村上貞子』本人のものと断言できる写真・映像の類《たぐい》もまったくありません。ゆえに」

「当該《とうがい》修道女姿の刀自がはたして〈教皇〉なのかどうかは、まったくの未知数やな」

「ここで、ＭＮは教皇・村上貞子のカリスマ性で保《も》っているようなもの。ゆえに、もし死去していたならば当然ダミーを立てるでしょう。

またそうでなくとも、この大晦日《おおみそか》はＭＮにとって終末の刻《とき》。警察が死に物狂いで城攻めに来ることは、当然ＭＮにとって想定内のはず。だとすれば」

「既に、〈終末〉まで一箇月を切った今――

たとえホンモノが生きとっても、防衛《ボウエイ》のためダミーを立てている蓋然性《がいぜんせい》はある、か」

「特に今年に限って言えば、影武者《かげむしゃ》を使《つこ》とる蓋然性は大いにあります。なんでかゆうたら、MNとしては、〈終末〉までは死んでも村上貞子を検挙される訳にゆきませんけんね」

「ありがとう丸本補佐」僕はいった。「現時点における、当県内の、最新のMN現勢《ゲンセイ》。よくぞ実態把握してくれた。それが討ち入りにとって――予定どおり――極めて好ましいものであることもよく理解できた。

ただ次長が言っていたとおり、くれぐれも、引き続きの実態把握を怠《おこた》らないよう」

「了解しました。内田補佐ともども死力を尽くします。

丸本警部退《さ》がります!!」

――そしてふたたび、課長室には次長と僕が残された。現時刻、一八一〇《ヒトハチヒトマル》。

頭の整理ではないが、しばし次長と紫煙《しえん》を燻《くゆ》らせていると、今度は僕の警電が鳴る。

「――はい公安課長です」

『アア課長、兵藤だけど』

「お疲れ様、どうした？」

『どうしたもこうしたも。マル被・小川裕美の動静だけどね――』成程《なるほど》それはトップクラスの重要事だ。重ねて、死んでも身柄を確保しなければならない恋人だ。『――たった今、自宅まで無事送り込んだわ。今日はマル被、一〇三〇《ヒトマルサンマル》から一七三〇《ヒトナナサンマル》までの七時間勤務だったもんでね。で、たっぷり働いたもんだで、今夜はもう自宅を出んとは思うけどもが――そこは当然、朝まで夜を徹して見張っとく。そう、討ち入り時刻までは、確実に』

「怒らないで聴いてほしいけど、それ絶対に、本当にマル被本人に間違いない？」

『……アンタ俺に喧嘩《ケンカ》売っとるだかん？』

「だっ、だから怒らないでって事前に頼んだだろ――

ともかく司馬警視了解っ‼　そして兵藤警部にあっては、天地が引っ繰り返ってもマル被の所在をロストしないよう、そう、死力を尽くしてくれ」

『これまたハイソな警備警察らしい、大袈裟《おおげさ》な物言いだのん、ほい……

まあ任せときん。俺も伊達《だて》に人狩り、三〇年以上もやっとらんでね。事ここに至って、まさか女一本《イッポン》逃がしゃあせんわ。ほいじゃあ‼』

――最大のピースは今埋まった。僕は兵藤補佐の報告内容を次長に告げる。そしていう。

「さてそうすると、次長。

いよいよ時間と持ち札からして、討ち入りのHアワーを決めるべきだね」

「これで会計検査の勉強から逃げられる――思ったでしょう？」

「どき」

「課長は他にも六十七名分の勤評《キンピョウ》と、警備部門の春の異動の玉突《タマツ》き案を作ってもらわんといけんのですよ。当然、渡会部長の御検討・御決裁のための時間も見とかんといけんですし。ああ、課長はやる気になれば仕事早いのに、エンジン掛かるのがコレマタ遅いけん……」

「あ～あ、課長職が事件指揮官だけやっていられるなら、そんな嬉しいことないのにな」

「世の中に嬉しいだけの仕事なんぞございません。管理職は管理仕事をしてナンボです。そして、部下が猪突猛進《ちょとつもうしん》できるだけの環境を作ってやるんが管理仕事の肝《キモ》……

――とはいえ、確かに時間も時間です。ゆえに次長としては実に無念ながら、今日のお勉強タイムはここまでにしましょうわい。庶務係の谷岡係長も彦里嬢ももう帰します」

「そういえば、庶務係は明日どうしよう？」

「明日は月曜。通常営業日ですけん、特段の体制をとる必要はない思います。いつもどおり、朝イチで公安課の掃除と消毒《ショウドク》をやってもらえばそれが自然ですぞな――ゆえに明日、公安課には課長と、あと首席参謀を命じた広川、そして庶務係が残ることとなります」

「そしてその他の係はもう『二〇〇名体制』でフル動員。

だから、あとはHアワーさえ決めれば、何も考えることはない……」

「ほしたら、如何《いかが》されますか？」

「明日の日の出は何時だっけ？」

「気象庁に問い合わせたところ、〇六五九《マルロクゴーキユウ》。午前六時五九分です」

「なら〇六〇〇《マルロクマルマル》着手としよう。それならまだ真っ暗だ。夜討ち朝駆けとしては充分だ」

「了解しました課長。

　ほしたら二〇〇名の集合時刻は〇五〇〇《マルゴーマルマル》。

　総員集合後、所要の部隊編制及び任務付与《ニンムフヨ》ののち、粛々《しゆくしゆく》と出撃――としましょうわい」

「そうだね。そして最終会議での方針どおり、捜本の仕切りは次長に頼む。

　……次長ほどの人に何を今更だが、拠点施設及びマル被の自宅に対しては、〇六〇〇《マルロクマルマル》ジャスト、きっかりぴったりの同時着手を頼む。また、きっかりぴったり『五分』が経過しても扉が開かないときは、躊躇《ちゆうちよ》なくエンジンカッター等の攻城機器を使用して」

「了解です。

　通謀《つうぼう》や証拠隠滅《いんめつ》は確実に防ぎます。また捜査員の集合状況、出発状況等は確実に課長卓上に御連絡します。加えて当然、着手の最終決定については課長の指揮を仰ぎます」

「ありがとう。そして僕の方は、〇三〇〇《マルサンマルマル》には警察本部に登庁するようにするよ。

　あっ、これは僕の小心さからくる我《わ》が儘《まま》なんで、広川補佐には『適宜《てきぎ》な時間に登庁すればよい』と伝えておいて」

「といって、課長が〇三〇〇《マルサンマルマル》に登庁されるゆうんなら、広川は絶対に〇二〇〇《マルフタマルマル》には来るでしょう。

また、あまり課長のお出ましが早過ぎると、かえって悪目立ちする虞《おそれ》もあります。

先の丸本補佐の報告を聴くかぎり、現時点でのＭＮには、課長の動静を追っ掛けとる余裕なんぞないとは思いますが、悪目立ちすれば万が一、兆《チョウ》を嗅ぎ取られるということも……」

「……それもそうか。

なら、首席参謀の広川補佐にぜんぶ任せよう。プランＴＸで、広川補佐が決めた時間に、そうだな、僕をあのつるやゴルフ駐車場近傍《きんぼう》から回収するよう伝えて」

「了解しました。広川には課長のピックアップを命じます。ピックアップ時刻にあっては、本日二〇〇〇《フタマルマルマル》以前に広川から連絡させます」

「重畳《ちようじよう》。

じゃあ検査官ドノ、じゃなかった次長、僕は上がるよ。

湯は既に茶に注がれた。

そして次に会うときは、もう、城攻めの結果が出ているときだ。だから……

……最後に。いろいろ我《わ》儘《まま》をいってすまなかった。そしていろいろ迷惑を掛ける。

こころから謝る。ただそれは、もしこんな言い方が許されるなら、すべては愛予県警察の」

「課長それ――」次長は両腕をロールのように回した。そして僕を指差す。「――指導!!」

「ううっ、ひさびさの指導かあ!!　もうそろそろ指揮官として、独り立ちできると思うんだけどなあ……」

「管理職なり指揮官なりが、決断したことを部下に謝るんはただの自己満足。もっといえばただの自己陶酔《とうすい》。いつもあれほど怒っとるでしょう。まだ不覚悟《ふかくご》を言いよりますか。けんど……

課長のその感情は受け容《い》れられませんが、課長のそのお気持ちは伝わりました。……そして正直、東京からの渡り鳥でいらっしゃる課長がここまでしてくださること、地元警察官として嬉しく思います。無論、管理職に自己陶酔は許されませんけん、これも、私の感情でのうて私の気持ちを、そう戦友として、受け止めていただければさいわいです」

「戦友かあ」

「戦友です」

「ぶっちゃけ、息子みたいなもののなのに？」

「あっは。最初はマア、可愛げのない、小憎たらしい息子じゃ思っとりましたが──」

「なら今は？」

「可愛げのない、小憎たらしい、親離れ間近の息子じゃ思っとります」

87

課長官舎。

固定の、警察電話が鳴っている。

昭和の香りゆたかな、今時バランス釜《がま》の小さな風呂《ふろ》を出、みかんジュースを飲んでいた僕は、若干訝《いぶか》しみながら警電の受話器を取った。若干訝しんだのは……

（さて、もう今更、何を判断することも検討することも無いはずだが？）

事態はもう動き始めたのだ。決断は終わった。あとはオートマチックのはず。

「……もしもし？」

『ああ課長、よかった、まだ起きとられたわい──宮岡です』

「ありゃ次長、いったいどうしたの？」

単身赴任の僕は、いまだ殺風景な居間をさらに殺風景にする目覚まし時計を見遣った。

現時刻、二一三〇《フタヒトサンマル》。

『結論から。

大至急、警察本部に御登庁願えませんか？

ただ、谷岡係長をちょうど帰してしもたけん、急ぎの足が無いんです』

「いや了解。それは全然かまわない」

次長は無駄に焦燥《しょうそう》する人ではない。理由が言えるのなら言わない人でもない。

だから僕は、何も訊かずに即答した。

「まだ宵《よい》の口《くち》だから、タクシーを使うよ。

誰に目撃されても、まあ忘れ物で通るだろう」

『ありがとうございます、願います』

――とはいえ念の為点検《テンケン》を行いつつ、タクシーを乗り継いで市役所裏手に乗り付ける。

そこから一見無意味に駐輪場なり駐車場なり雑居ビルなりを経由すること一〇分。お尻の先がキレイなのを確認してから、僕は結局、二一五五《フタヒトゴーゴー》に公安課入りした。

そして癖どおり、自分の動静を告げる。

「登庁しましたー」

「ああ課長」宮岡次長が自分のデスクを起《た》った。「突然申し訳ありません」

「課長、お鞄《かばん》とコートを――」

「おっと彦里さん、まだ帰っていなかったんだね？　遅くまでありがとう」

「ちょうど次長が帰るようおっしゃってくださった所でした。結果的にはよかったです」

僕は彦里嬢に、自分のアタッシェとチェスターコートを手渡しながらいう——

「ああ、両方とも適当に、課長室のソファの上にでも投げておいて。ハンガーその他はどうでもいい。バッと投げ入れておいて」

「了解しました」彦里嬢は微妙に残念そうだったが、僕の下命《かめい》どおり、また僕の許可どおり、そのまま課長室に入り、僕の鞄とコートを課長室に整え入れる。そしていう。

「課長、次長。

もし急な御検討があるようでしたら、お茶と軽食を御用意いたしますが……」

「ほしたらの、悪いけど茶でのうて、冷蔵庫のリポDと、あとカップ麺《めん》が切れとるけん、それだけ外で買《こ》うてきておくれんかな、もし」

「もちろんです次長。すぐに行ってまいります。十五分ほどお待ちください」

彦里嬢は自分のデスクの上をテキパキと片付けると、自分のロッカーからコートとバッグを取り出し、そのまま次長の下命どおり、たちまち公安課から消えていった——

——そして次長は、彦里嬢が消えるタイミングを待っていたかのように、身振りで課長室での検討《ケントウ》を願い出た。僕はむしろ次長の腕に腰と肩を押される感じで、自分の課長室に入る。課長室に入り、壁際《かべぎわ》三人掛けソファの定位置に就く。むろん次長はその真正面、一人掛けソファのこれまた定位置に就く。

その次長はまずピースに着火すると、通常の声量を維持するかぎり絶対に声の漏れないこの室で、いよいよ声を潜めながらいった。これは普段ならありえないほどの用心で、警戒である。むしろその主眼は、声量を落とすことでなく、僕の覚悟をうながすことと も思えた。そしてその想像は、実にどんぴしゃりで当たった。

(課長、悪い報告です。そして鉄則。悪い報告は結論から――

情報が抜《ヌ》けました。

明日払暁《ふつぎょう》を期して公安課が〈まもなくかなたの〉の拠点施設にガサを掛ける旨《むね》、既に愛予新聞がつかんどります。地元紙の、あの愛予新聞です)

「なっ――――――!!」

僕は懸命に自制した。

(――――――なんと!!)

(そして、実に最悪な点が一点。

すなわちこの情報は、あるいはその記事は、明日の朝刊に余裕綽々《よゆうしやくしやく》で間に合います。いやなんならあと三時間、取材をしたり裏付けをとったり上司と掛け合《お》うたりしても、新聞社としては全然間に合う)

(……そうか、次長はかつて広報室長だったね)

(ほやけんさっき、そう、ちょうど課長が御退庁されてからすぐ、記者が私とこに仁義を切りに来よったんです。マア、抜け駆けをされんかっただけでも救いはある……

　そして、やや最悪な点が一点。

　すなわち愛予新聞社は、これを『着手まで絶対に書かん』『明日の朝刊には載せん』ゆうことはどうしても約束できん、ゆうとります）

（教皇生誕祭に合わせた総攻撃、とでも考えているんだろうなあ……実際のところは、小規模県の体制不足からくる、いじましいスケジューリングの結果に過ぎないんだけどなあ……）

（いずれにせよ日本警察初のMN事件ですけん、特ダネじゃゆうんは間違いナシ）

（なら、『絶対に書く』『明日の朝刊に載せる』と断言しないだけまだマシか……）

（そこにはまだ迷いがある思います。ゆうたら、捜本がどこにあって、捜本が誰のどいな犯罪を狙《ねろ》とるのかは、まさか詰め切れとらん。むしろ『今書いたら飛ばしか誤報になる』ゆうレベルじゃ思いました――

　そこは広報室長時代からの人間関係がありますけん、私も言えることは全部言いましたし、言えんことはひとつも言いません。また、こがいなやりとりは言うたらお互いの取調べですけん、一言一句や態度・目線からこっちも情報は獲《と》ります）

（その次長の調べから判断すると……）

（①公安課が、②詐欺《さぎ》事件で、③MNの拠点施設に、④明日払暁ガサを打つ――

これが愛予新聞のつかんだネタの全《すべ》てでそれぎりです。むろん実証はできませんが。

そして取り敢《あ》えずの御報告の最後に、ややマシな点が一点。すなわち——

当たりを付けにきたのは愛予新聞一社ぎり。他社は、微塵《みじん》もこのネタを知りません）

（成程《なるほど》、この戦慄《せんりつ》すべき凶報《きょうほう》のうち、確かにややマシな点だね……

しかし、よりによって諜報《ちょうほう》部門たる警備部門のやる事件ネタがどこから抜けたのか）

（課長。課長も私も公安課員全員を信用しとる思います。ほやけん推測はできます——

例えば、課長と検事が住田《すみた》温泉で会合を持ったことは特異事象でしょう。公安課長が検事協議をするゆうんはそれだけで奇異ですけん。それが記者の耳目《じもく》を引いたのかも知れん。

まして、検察庁には競合他社の公安調査庁がくっついとる。そしてウチの捜本はあちこちで派手に動いとりますけん、一般市民はともかく競合他社になら、警備部門のおかしな動きが察知できたのかも知れん。

はたまた、本件には被害者がおる。言うまでもなくハロワです。その公共職業安定所と労働局には、むしろ当課から、積極的に、事件化の働き掛けをしとる。被害届も取っとれば被害調書も巻いとる。その被害者は、本件事件のあらましを知っとって当然。とりわけそれが『詐欺』じゃゆうことも……

——ただ、以上は推測です。しかも、今更何の役にも立たん推測です。

私思うんですが、こがいなとき、犯人捜しはどうでもええんです。少なくとも、事件捜査がすっかり終わった後でええんです。そがいなことしとる暇《ひま》は無いんです。誰が、どこから、どう漏らしたかなんぞどうでもええ。いちばん大事なんは、今《いま》我々にできることをすること——そう、この事件を壊《つぶ》さんようにすること、それぎりですけん。ほやけん）

（前倒しだね）

（直球勝負で、ほうです。記者の説得は、そりゃ上長《じょうちょう》がおることですけん意味が無い。また言い方はともかく、約束が守られるとも限らん。なら、我々のみでできることは）

（朝刊がガサ先を含むエリアへ配達される前に、電撃的に討ち入りを掛ける。
そのために、着手時間の前倒しをする）

（そこで、課長の御決断が必要となります）

（——なら次長、データとして教えてほしい。広報室長時代に類似の事案はあった？）

（失礼ながら実にええ質問です課長。そしてそれが、本件の実にさいわいな点、一点。すなわち類似事案の経験からして——当時懸命に〈八十七番地〉を使《つこ》て調べました——マル被小川裕美が居住する『愛予市三蔵子町《さんぞうごちょう》四丁目一五番地二六号』、この三蔵子町ゆうんは下町の住宅街でして、昔からの一軒家から新しいアパマンまでが大いに入り乱れとります。ゆえに当然、朝刊の配達には時間が掛かる。概算で〇四三〇《マルヨンサンマル》から〇五三《マルゴーサン》〇《マル》の間とみて間違いありません。

他方、MN拠点施設がある愛予市駅徒歩一〇分鉄道ガード近傍《きんぼう》は、あれ駅前商業地域のいちばん端《はし》っこにありますけん、実は付近に愛予新聞の取扱販売店が少ない。また雑居ビルやコンビニが多いエリアですけん、これまた朝刊の配達には時間が掛かる。こちらは概算で、〇四〇〇《マルヨンマルマル》から〇五〇〇《マルゴーマルマル》の間とみて間違いないでしょう）

（解《わか》った。

なら決めよう。全捜査員の集合時間及び事件の着手時間を変更する。

集合時間にあっては、従前の〇五〇〇《マルゴーマルマル》を〇三〇〇《マルサンマルマル》に。

着手時間にあっては、従前の〇六〇〇《マルロクマルマル》を〇四〇〇《マルヨンマルマル》に。

要はそれぞれ二時間の前倒しだ。

そして令状に夜間執行は付けてある。手続的にも何ら問題はない）

（めずらしく直球勝負の御即断。感謝しますぞな）

（いやそれ感謝されることじゃないよ……

ただ二〇〇名の捜査員にあっては、大変だな）

（ゆうても元々『Hアワーはフレキシブルになる』――ゆうことは広川も強調しとりましたし、各課長補佐もこの程度の修羅場《しゅらば》は修羅場とも思いませんわい。ダテに年寄りを長うやっとりませんけんね。また公安課員の義理堅さにあっては、既に課長も御存知のとおり。
ゆえに課長の御決断さえ下れば、何も大変なことなんぞありません
(よし、なら次長、僕はもうこのまま課長室で朝を迎えるよ)
(また、小心者はすぐこれやけん〜
そがいに気の小さいことを言うとったらいけんですぞな、もし。大将と兵卒の役目は
違うと、日々あれほど——課長は今こそ堂々と鼻提灯《はなぢょうちん》を膨《ふく》らます胆《キモ》を発揮せんといけん
のです。私いつも言うとるでしょう？ 私ら、みすぼらしい神輿《みこし》を担《かつ》ぐ気は——)
(い、いや次長、ちょっと待ってよ。僕は何も貧乏性からそう決めたわけじゃないから。
——実は着手まで、もう六時間を切っているよ？ 集合までというなら五時間を切っ
ている。
なら、今更官舎に帰って仮眠するのもあからさまに無駄だし、防衛上《ボウエイ》の配慮もいちい
ち面倒だし。それにどうせ、次長もこのまま捜本へ直行するんだろう？)
(マア、それはそうですが……)
(なら今夜は、もうお互い実戦モードに入ろう。
今夜の教訓を踏まえれば、僕らは、更なる突発事態に対処できるようにした方がいい。
ほら、警察あるある。『危機は一発だけではない』。そうだろう？)
(……成程《なるほど》、それは確かに道理で鉄則です。宮岡警視納得しました。

ほしたら私は捜本にゆき、全捜査員の非常呼集に備えます。また、広川には直ちに登庁して課長を補佐するよう伝達します）

（しかるべく願う）

（あと、明日月曜は恒例の、CSZ－40の二十一桁《けた》の鍵を更新する日です。ですが、もう現時刻以降、事件捜査でバタバタしますけん、それは今此処《ここ》で私が設定しておきましょうわい。課長には今すぐお伝えします。各警部には、広川から伝達させます）

（確かに。それはすっかり忘れていた。頼む）

次長はいったん二十一桁の記号列を手近な附箋《ふせん》に書くと、それを僕の眼前で読み上げた。いつものことなので、僕はそれを直ちに記憶する。僕が記憶完了の意を込めて大きく頷《うなず》くと、次長は応接卓上のガラスの灰皿で当該《とうがい》附箋を燃やし、無論その灰を吸い殻で徹底的に壊し尽くす――

ふう、と一緒のタイミングで大きな嘆息《ためいき》を吐《つ》いた僕らは、どちらからともなく『ああ、やれやれ』といった感じの微苦笑をすると、互いの煙草《たばこ》に火を点《つ》けあった。ちなみに僕はかなりのヘビースモーカーだが、次長のペースは僕に勝るとも劣らない。たちまち課長室は紫煙《しえん》のコロイドにあふれ、扼殺《やくさつ》されてゆく吸い殻が四本、六本……

「――ああ、遅くなって申し訳ありません!!」

「おう、彦ちゃん!!」

「ち、近くのコンビニに課長お好みのチョコラBBとスパ王ミートソースがなくて!!」

「……課長」次長の両腕がふたたび回転した。「警察官はリポDとカップヌードルでええんです。あさま山荘の時代からそうなんです」

「ご、ゴメン彦里さん。まさかわざわざ捜してまで調達してくれるとは……」

「今、ポットにお湯を沸かしておきました。私が明日登庁するまでは保《も》つと思います」

彦里嬢は、課長室の応接卓上に、おつかいの品を丁寧に並べ始めた。

そして、返す刀で――ではないが、僕の下命《かめい》どおりにただソファに置いてあったアタッシェケースとチェスターコートも、丁寧に整え始める。といって、チェスターコートをハンガーに掛けて僕のロッカーに入れ、また、アタッシェケースを巨大な窓際エアコン近傍《きんぼう》にキチンとした角度で置き直すのに、二分弱――

「それでは課長、次長、これで上がります。

また明日、どうぞよろしくお願い致します」

「ありがとう彦ちゃん。夜道に気ぃ付けてな」

「遅くまで有難う彦里さん。じゃあまた明日」

――そう言いながら僕は、『今夜は完徹《かんてつ》だから明日も何もないなあ』と改めて思った。

(成程《なるほど》、これまた警察あるある。予想外のことは起きるもの……

まさか、こういう展開を挟《はさ》んでくるとはね)

88

十二月六日、月曜日。
〇三〇〇《マルサンマルマル》、捜本の総員約二〇〇名、一名も欠けることなく集合を終える。見事。
〇三三〇《マルサンサンマル》、部隊編制及び任務付与終了、各部隊機動隊舎を出発。
〇三五〇《マルサンゴーマル》、各部隊配置完了。
そして、〇三五五《マルサンゴーゴー》――
僕が執務卓から課長室の掛け時計を見たその刹那《せつな》、卓上の大きな警電が鳴った。
マイルドセブンを灰皿で扼殺《やくさつ》して、大きく深呼吸し、受話器を採る。
「司馬です」
『宮岡です。
事故、突発等ございません。最終の、着手の可否を御下命《ごかめい》ください』
「許可する。
予定どおり、〇四〇〇《マルヨンマルマル》をもって拠点施設及びマル被自宅に突入。
直ちに捜索差押えに着手するとともに、マル被の身柄を確保するよう。
なお、受傷事故の防止を再度徹底すること」

『了解いたしました、課長』
僕は受話器を置き——
もう一度、マイルドセブンに着火した。
その一本で、幾つかの紫煙を紡いだとき。
課長室の時計は、既に午前四時を三分、過ぎていた。
（はじまった）

89

〇四一〇《マルヨンヒトマル》、特段の報告なし。
〇四二〇《マルヨンフタマル》、特段の報告なし。
〇四三〇《マルヨンサンマル》、特段の報告なし——
（……やはり、僕の無線機を開局すべきだったか）
決戦の夜は未《いま》だ、恐ろしいほどの静寂《しじま》の内にある。
（ここ警察本部からでは、現場の状況が全く分からない）
しかしながら、捜本で各部隊を指揮する次長の統率《とうそつ》に疑いは無い。
拠点施設突入の部隊指揮官である、藤村管理官の経験にも不安は無い。

マル被自宅突入の部隊指揮官である兵藤補佐の手腕にあっては、何をか言わんやだ。だから、僕は自分の無線機を開局しなかったし、現場からも一切の無線報告を求めなかった。それは、各級の現場担当者の無線報告が、僕と次長への二重報告で混乱することを恐れたからでもあった。また、現場における無線通話は、本日僕の首席参謀を務めてくれている広川補佐が、第一係の自分のデスクで必ず傍受してくれている……

ゆえに僕は、濃密に紫煙を燻《くゆ》らせながら、執務卓上の警電がまた鳴るのを――あるいは広川補佐が現状報告に入ってくるのをただ待った。

そして、〇四四〇《マルヨンヨンマル》――

コンコン。

課長室の金属パーテが、微妙すぎる緊張を胎《はら》みながらノックされる。

その主は無論――

「課長失礼します広川です。現状報告を数件、願います」

「もとより」

律儀《りちぎ》な広川補佐はそのまま課長卓に接近し、僕の眼前で書類を掲げながら直立した。

「まず、現状報告が遅れまして大変申し訳ありません。現場がいささか錯綜《さくそう》しております」

「――何か問題が？」

「無線通話そのものも錯綜しておりまして……実態が断片的にしか理解できません。
ただ現時点、抗議・牽制《けんせい》その他の捜査妨害は一切、発生しておりません。また現時点、
各現場への突入及びその封鎖は確実に成功しております。更に、懸念《けねん》されておりました
愛予新聞ですが、結局、現時点までの版においては本件事件の報道を行っておりません」
「その現場突入だけど、先様《さきさま》、任意に扉を開けたの？　それとも攻城機器を用いたの？」
「いずれの現場におきましても任意に開けたそうです。よってエンジンカッター等は使
用しておりません。
ゆえに『突入』というより、平穏無事な『立入り』として着手に至っております」
「肝心要《かんじんかなめ》の、マル被小川裕美の身柄は？」
「兵藤補佐の部隊において無事確保いたしました。無論、もはや逃亡のおそれはござい
ません。よって、三蔵子町のマル被自宅等のガサに立会《りっかい》させたのち逮捕状を執行。その
まま、女性専用房《ぼう》がある愛予警察署に引致《いんち》いたします。ゆえに弁解録取《べんかいろくしゅ》等は、愛予署で
行います」
「……ちょっと、よく解らないんだけど。
なら、何が錯綜していて何が問題なの？」
「それが、その……
各現場における無線通話を傍受するかぎり、ガサが不可思議なほど穏当に推移してい

るのです。無論、それ自体は喜ばしいことながら……特に錯綜しているのが、拠点施設における『ガサの成果物』に関する情報でして」

「御免《ごめん》、まだよく事態が解らないや」

「申し訳ありません――極めて端的《たんてき》に申しますと、現時点、拠点施設において『パソコンのハードディスク』、あるいは『外部記録媒体』を無事押さえたとの無線通話が、まるで確認できないのです。要は、我が方にとって死活的な、『MN情報の電子データ』が確保できたかどうか、全く判断がつかないのです。

しかしそれらは、マル被小川裕美本人とならんで本件捜査の主眼……

そのことについて無線通話が傍受できないのは、まこと不可解です」

「確かにそっちも、すさまじく超絶的な最優先目的だからね……」

そして、討ち入りまでしておきながら、対象勢力に我が方垂涎《すいぜん》のデータをみすみす自壊・自損・自爆されてしまったとあらば、これまた僕の首が飛ぶ失態となること必定《ひつじょう》。

だがしかし。

「……ただガサが平穏無事に、穏当に推移しているというのであれば問題はないだろう。ましてして結局、愛予新聞は特ダネを詰め切れず書き切れなかったのだから、僕らの只今《ただいま》の討ち入りの情報が、まさかMNに漏れたはずもなし。おまけに僕ら自身さえ予想していなかったことだが、計画を変更して、いきなり午前四時の夜襲を掛けることとなった

——そのことを考えても、MNに証拠隠滅《いんめつ》の猶予《ゆうよ》などありはしない。

よってガサの成果物については、引き続き無線通話の流れと次長からの報告を待とう」

「了解しました、課長」

「その他は？」

「こちらの、平文のペーパーですが——」広川補佐は決裁挟《ばさ》みからA4一枚紙を取り出した。「——本日の午前八時三〇分からセットしております、課長による記者レクの内容を取り纏《まと》めた一枚紙となります。無論、課長の頭の中には全ての事件記録が入っている。それは存じ上げておりますが、ただ次長いわく——『課長は悪ノリして要らんこと喋《しゃべ》る癖《へき》があるけん、お前の方でも台本を用意しとけ』とのこと。

とはいえ、差し出た真似《まね》をして申し訳ありません」

「いやありがたい——記者レクは何処《どこ》で？」

「記者クラブで行います。

会議室に雛壇《ひなだん》をセッティングするほど込み入った内容でもなければ、事実関係も質問が殺到しそうにない明確なものですので。記者クラブのソファのあたりに各社記者を集めて、一〇分一五分のプレゼンをしていただければと。

なお、お時間が近付きましたら広報室から迎えを出すとの連絡がもう入っております」

「ありがとう」僕は咥《くわ》え煙草のまま、記者レク用の一枚紙をチェックした。「ああ確かに。例えばマル被の住所。これ番地まで『要らんこと』喋っちゃうところだった。三蔵子町、で止めておかないと、現場にとりわけTVが殺到して厄介なことになっちゃうね」

「TVは絵が命ですから番地まで取りたいでしょうが、警察が被疑者をさらしものにした――なる物言いが弁護士から付きますと、後々の手続に影響がないともかぎりませんので」

「シンプルなものほど恐《こわ》いな。いずれにしろ記者レクまでには脳内を整理しておくよ。

あとは、そうだな――愛予地検。栗城暁子検事が登庁したら警電を架ける。適宜《てきぎ》な時間になったら立会事務官さんに連絡して、在席を確認しておいて。

それから、愛予労働局に愛予公共職業安定所。着手の旨《むね》の連絡と、今後の報道対応・MN対応について取り敢えずの連絡をする。これも関係者の在席を、夜が明けた適宜な時間に確認しておいてほしい。

あっ最後に、稲宮秘書官が登庁したなら、『すぐ警察本部長室に入りたい』と伝えて。最高指揮官には全てを逐次《ちくじ》御報告する必要がある」

「全て了解しました。それではいったん失礼致します。常に第一係のデスクにおります御下命があればすぐにお呼びください」

「そのつもりだよ、ありがとう」

90

〇六〇〇《マルロクマルマル》。着手から二時間後。

捜本・宮岡次長より警電が入る。

『ああ課長、宮岡です。御報告遅くなりまして申し訳ありません』

「それは全然かまわない」僕はいよいよ必要な台詞《セリフ》を紡《つむ》ぎ始めた。「全部隊の指揮を執《と》っているのは次長だ。多用は承知している」

『有難うございます、それでは――

〈拠点施設〉のガサが概《おおむ》ね終了しました』

「……いささか早過ぎない？

〈拠点施設〉の規模からして、どう考えても夕刻までは掛かるはずだけど？」

『実は、押収すべきブツが圧倒的に少ないのです』

「というと？」

『……では直球勝負で。

ＭＮにあっては、我が方の討ち入りを察知しとった形跡があります』

「なんだって⁉」

『要は、我々が本日〇四〇〇《マルヨンマルマル》に着手するゆう情報、これ、MNに抜《ヌ》けとりました』

「そのようなことが――」

『事実です』

「でも結局、愛予新聞は本件事件を報道しなかった。まして愛予新聞がMNに情報を漏らす動機などありはしない。僕らに事件をやらせて報道するのが彼らの仕事なんだから。

――いや、そんなことより。

我々が着手を〇四〇〇《マルヨンマルマル》と決定したのは、着手のわずか六時間弱前のこと。ましてその時刻を知っていたのは、二〇〇名に非常呼集を掛ける前は我々のみ……僕と次長のみだ。すなわち二〇〇名の捜査員ですらその決定を知らなかった。なら理論的に、そんな情報がMNに漏れるはずがない。死んでもあり得ない」

『いえ課長、これは残念ながら確乎《かっこ》たる事実です……

理由の第一。数多《あまた》のパソコンのハードディスク。これ、枢要《すうよう》なものの全てが、MNの準備したデータ消去プログラムで上書きされとります。またその上、特に機密にわたると思われるものは、ドリルで幾度も穴を穿《うが》たれとります』

「なら、我が方が求めるMNの組織情報は――」

『ハードディスクについていえば、絶望的です。無論、ブツを押さえるのに手続上の問題はありませんけん、消去・破壊された分を含めて一切合切《いっさいがっさい》持ち帰りますが、そして情報管理課等の応援を受けて解析・復旧に努めますが……技術的な知見を有する捜査員複数の見立てでは、只今《ただいま》申し上げたとおり、再現は絶望的だと』

「……改めて聴くと、衝撃が大きすぎる」

『まして、情報漏れを裏付ける理由の第二。只今《ただいま》申し上げたハードディスクのみならず、FDその他の外部記録媒体にあっても消去・破壊されとります。こちらは、折られたただの切られたただの燃やされたただの水没させられたただの、より安易な方法が用いられとりますが』

「それも、FD等のほぼすべて？」

『ほぼすべてです。無事残っとる分もありますが……それはMNにとって痛くも痒くもないけん残したんでしょう。

また、情報漏れを裏付ける理由の第三。そうした電子的な記録のみならず、『紙媒体の文書』もほぼすべてが隠滅されとります。水溶され、焼却され、細断されとります。これまた残骸《ざんがい》を含め一切合切持ち帰りますが、電子的な記録以上に、視覚的に、もはや意味を成さんことは明白』

「ぱ、パソコンも、FDも、まして紙媒体も始末されたというのか……

ただそれには相当の時間を要するはずだ。まさか着手後、〇四〇〇《マルヨンマルマル》からの数分間ででできるものではない。こちらもガサのプロだ。そんなタイミングでの証拠隠滅など絶対に許しはしないし、実際に許していないはずだ、そうだろう？」

『ゆえに、情報漏れを裏付ける理由の第四――

確かに〈拠点施設〉への突入ゆうか立入りはスムーズに行われました。ゆうたら、MN側は玄関先・門扉《もんぴ》における抵抗を一切しとりません。ここで、藤村管理官の指揮する部隊が〈拠点施設〉に討ち入りを掛けたのは無論○四○○《マルヨンマルマル》。部隊が〈拠点施設〉入りしたのは実に○四○二《マルヨンマルフタ》――すなわち、インタホン越しにこれから捜索差押えを実施する旨《むね》を告げてすぐのこと。

ところが、これ自体が既に奇妙なんです。なんでかゆうたら』

「……なるほどね。

〈拠点施設〉は教皇生誕祭を控え、営業停止状態だった。まさかそんな施設が、二十四時間稼動状態にあるはずもない。

だのに、午前四時などという未明も未明、およそ訪問者など想定できない時刻において、実にスムーズに、しかも『警察』などという珍客を、平然と招き入れている……わずか二分の、インタホン越しの会話をしただけで」

『なら、MNは珍客が来るゆうことも、珍客が来るその時刻も知っとったゆうことです。またそれは、電子的な記録なり紙媒体の文書なりの、徹底した証拠隠滅からも裏付けられます……より正確には、そがいな証拠隠滅に要する時間の逆算から裏付けられます』

「現場の判断では、概《おおむ》ねどれほどの時間が証拠隠滅に費やされたと考えているの？」

『技術的な知見を有する捜査員にゆわせれば、少なくとも四時間。より細かく、四時間と十七分じゃゆう捜査員もおりましたけんど。

これ、なんでかゆうたら、現場で押収したパソコンのスペックとデータ量から、大体の消去所要時間は分かるらしいんですぞな。ここで、MNは御丁寧《ごていねい》にデータを消去してから物理的に破壊しとりますけん、証拠隠滅に必要な時間が消去所要時間を下回ることはない」

「そして消去所要時間だけで『四時間』とすると……

それぶっちゃけ、僕らが昨夜、着手時間を再決定してからほとんどすぐだよね？」

『ほうなります。再決定したとき既に、昨夜午後一〇時を過ぎとりましたけん……

あと、技術的な知見を有さん捜査員でも、膨大《ぼうだい》な量の紙媒体を溶かすなり燃やすなり細断するなりするのにどれほどの時間を要するかは、まあ、日々の勤務から想定できます』

「そっちは、どれくらいの時間を想定しているの？」

『少なくとも五時間。

ここで、さっきゆうた四時間にしろ、今ゆうた五時間にしろ、それは『物理的にギリギリの時間』ですぞな。言い換えたら、現実にはそがいなギリギリのスケジュールでは動かんかった思います。なんでかゆうたら』

「MNは証拠隠滅を、徹底して秘《ひ》密裡《みつり》に行わなければならなかったから」

『まさしくです』

「——MNとしては、警察が〈拠点施設〉を始終監視していることを前提にしなければならなかった。すなわち、お引っ越しよろしくお祭り騒ぎを繰り広げることはできなかった」

『ほうなんです。実際、丸本補佐の指揮で〈拠点施設〉の監視は継続されとりましたし。ゆえにMNとしては、〈拠点施設〉にあわただしい動きがあることを察知されんよう、それこそ灯火ひとつ物音ひとつにも敏感になりながら、ひっそりと、抑えた動きで証拠隠滅をする必要があった。そう、急なお引っ越しのお祭り騒ぎも、敗戦真際の文書焼却騒ぎも、まさかできんかった——

　と、すれば』

「証拠隠滅に費やした時間は、まさか物理的にギリギリな四時間五時間だけではない」

『といって、我々が〇四〇〇《マルヨンマルマル》に着手するゆう情報がこの世に生まれたんは昨夜の午後一〇時過ぎですけん、証拠隠滅に費やせた時間は、最大でも六時間弱ゆうことにはなります』

「……いずれにしろ、残念な凶報《きょうほう》だ。

二〇〇名体制で警察史上初の討ち入りを掛け、ガサの成果物がまるで望めないとは」

『いえ課長、どのみちガサ札の許すかぎり、MN拠点施設にあるブツは一切合切持ち帰ります――それがたとえどがいに無意味に見えようと。ゆえにそうしたブツの解析の結果、思わぬおたからが手に入る確率はまだ断じて低くありません。

さらに。

なるほど現時点、我々の敗勢は濃厚ですが、MN関連資料はこれ宝捜し。宝が出てこん事態は、プロとして当然覚悟しとかんといけん事態です。予想外のことは、起きるもの。ただ、我々の捜査の基盤となるのは、実は宝捜しと違います。それは『被疑者小川裕美に係る一項詐欺事件を確実に立件すること』です。そしてこの基盤、この最後の一線さえ適正に処理できれば、我々の敗北はない。なるほどそこに宝捜しの勝利はないけんど、トータルとしての敗北はない。マル被の詐欺事件をキチンと立てれば、そしてマル被の取調べ結果いかんによっては、この勝負、まだまだ充分引き分け以上に持ち込める――

――ゆえに。

敗北主義に陥るのは、まだ早過ぎます。

そして僭越《せんえつ》ながら、課長のそのような失意は捜査員の士気に響きます』

「確かにそのとおりだ。またもや不覚悟だった。では次長、引き続きガサ札が許すかぎりの、水溶紙の糸屑《いとくず》も漏らさぬ徹底したガサを続行してほしい。それこそお引っ越し業者になって、〈拠点施設〉を空っぽにしてくれ」

『宮岡警視、了解っ』

91

〇六三〇《マルロクサンマル》。着手から二時間半後。

マル被自宅担当の部隊を率いる、兵藤補佐から警電が入る。

『アア課長、兵藤だけど』

「待っていたよ、そっちはどう？」

『それが、次長にはもう即報《ソクホウ》しとるけどもが……』

「……何か事故でも？」

『イヤそれは無い。

広川サンから聴いとるかも知れんけど、着手は〇四〇〇《マルヨンマルマル》で予定どおり。マル被が三蔵子町のワンルーム、トロワ・クール二〇一号室のドアを開いたのが〇四〇一《マルヨンマルヒト》。これでもうマル被の逃亡はない。そして、ガサ札を呈示してガサを開始したのが〇四〇二《マルヨンマルフタ》』

「スケジュール的には、順調すぎるほどだね。

ただその割りには、また現場《ゲンジョウ》が『ワンルームマンション』の割りには、自棄《やけ》に慎重なガサをしているみたいだけど？　というのも、既に二時間以上にわたり、相当数の捜査員で、当該《とうがい》ひと部屋をガサってもらっているわけだから」

『実はそこに、かなり不可解な点があるんだわ』

「実は凶報は聴き慣れている。遠慮なく頼む」

『……このマル被・小川裕美のワンルーム。これ捜査書類で報告しとるとおり、八畳＋キッチン＋ユニットバス＋玄関＋ベランダっちゅう間取りだけどもが、そしてそれには何の不思議な点も無いんだけどもが』

「めずらしく迂遠《うえん》だね？」

『これ、真っ当な女の住める環境じゃないに？』

「というと？」

『ワンルームじゅう、段ボールだらけなんだわ。

そして段ボールっちゅっても組立て前じゃない。段ボール箱。いや段ボール箱の群れ。八畳の居室はおろか、キッチンの廊下、玄関、クローゼット、靴箱、果てはユニットバスの中にまでわんさか、わんさか。

現時点、大中小諸々《もろもろ》のサイズを引っくるめて優に五〇箱以上はあるわ。尋常《じんじょう》じゃない』

「でもそんなんじゃあ小川裕美、そこに暮らせないだろう……

ただ徹底した行動確認の結果、絶対にそこで起臥寝食《きがしんしょく》していた。それに疑いは無いはず」

『だもんで、実態は寝袋生活だわ。毎日段ボール箱に囲まれてキャンプしとる様なもん。何せ、ベッドの上にまで段ボール箱が積み上がっとるもんでね。ユニットバスに入るにも、いちいち段ボール箱の山を除《の》けんといかん在《あ》り様《さま》。もっといえば、トイレの上にも積み上がっとるもんで、用を足すにもいちいち山を崩さんといかん在り様……本人が自由に動けるスペースなんて、ぜんぶ合算しても一畳ないわ。まさに起きて半《はん》畳《じょう》、寝て一畳を地で行っとる』

「じゃあ小川裕美は、いわば自分の『トロワ・クール二〇一号室』を段ボール箱の倉庫にして、自分はその狭間《はざま》で、寝袋なんかまで使って生きていたということか」

『そうなる』

「……確かに不可解だ。

あっ、そもそも当該《とうがい》段ボール箱の群れ。それどんな奴なの？」

『これまた不可解なことに、あの『三河屋』の屋号とロゴが印字されとる段ボール箱。そして現時点、五〇箱以上について、ひとつの例外もありゃあせん』

「その『三河屋』って、そりゃ小川裕美の稼働《かどう》先の弁当屋だろ？」

『まさしく』

「……ならガサの結果は。要は、当該《とうがい》不可解な段ボール箱の中身は」

『どれがどれに入っとったかの説明を、ぜんぶ省略すれば——

　三河屋が使っとる、プラスチックの弁当箱容器と総菜を入れる容器。三河屋が使っとる、割り箸《ばし》・フォーク・スプーンの類《たぐい》。三河屋が使っとる、ロゴ入りのビニール袋。三河屋が使っとる、使い捨ておしぼりに紙ナプキン。あとは輪ゴム、クリップ、ボールペン、市販の帳簿用紙、市販の領収証伝票、コピー用紙、感熱紙、洗剤、スポンジ、ビニール手袋、マスク等々——といった事務用品に消耗品』

「なら小川裕美は、稼働先が業務に使っている品々を、大量に……しかも自分の生活に支障があるほども保管していたと、そういうことか？」

『外観としては、そうなる』

「じゃあ小川裕美本人はどう説明しているんだ。

　だって今も捜索に立会《りっかい》させているんだろう？　本人の指示説明は？」

『三河屋さんに御迷惑がかかるので、今はお話しする訳にはゆかない——の一点張り。といって、まだ逮捕状は執行しとらんでね。よって取調べどころか弁録《ベンロク》にも進めん』

「いや、そこは是非《ぜひ》とも彼女の弁解を聴きたいところだが……

　なら当該トロワ・クール二〇一号室のガサ。あとどれくらいで終わる？」

『実はまだまだ掛かるぞん。ちゅうんも、結局俺らの仕事は、五〇箱以上の段ボール箱、これらをいちいち確認して、押収すべきブツを選別する――なんて厄介なことになったもんだで。そう、まさか弁当箱容器だの割り箸だのを、詐欺の証拠品としてゴッソリ押収する訳にはゆかんでのん……

ここで、確かに着手から二時間半が経過した今、ほとんどの段ボール箱にはベキモノ、、、なんぞ入っとらん。それはもう分かっとる。だもんで、俺らからすれば全部いらん子だわ。けどもが、事務用品の中には帳簿用紙だの領収書だの、文書も混じっとる。ほとんどは市販の、未使用の新品だけどもが。けどベキモノが入っとる可能性は無視できんらあ？』

「結局、ワンルームにぎっしり詰まった段ボール箱を総当たり、ということか……」

『ただ課長、小川裕美の生活空間がそんな感じだもんで、本人の私物は極めてかぎられる。衣類も日用品も娯楽品も何もかも引っくるめて、ちょっとしたキャリーケースなら収納できちゃうレベルでしかないわ。だもんで、被疑者自宅における本人の私物の方は、たいした時間を要せず選別・確認できる。そこだけは救いだぞん』

「私物は容易、段ボール箱は難儀《なんぎ》。状況は解った。

するとと結論として、捜索を終え現場《ゲンジョウ》から撤収できるのは何時頃《いつ》になる？

これすなわち、いよいよ小川裕美を逮捕して引致を始める時間だけど」

『あと二時間、いや一時間半は欲しい――〇八〇〇《マルハチマルマル》には目鼻を付ける。逮捕状を執行する』

「了解。ならそれは確実に、広川補佐に連絡してくれ。

……状況が実に不可解なので、どうしても小川裕美の取調べを急ぎ進めたい。あまり現場《げんば》を焦燥《あせ》らせたくはないが、小川裕美の一項詐欺だけは何としても、是が非でも、絶対確実に立件しないといけないから――無論それは当初の当初からの目的だが、いよいよ死んでも失敗が許されなくなった事情ができた。できてしまった」

『課長、それはひょっとして……

……それ次長から聴いた？」

〈拠点施設〉は気付《ヅ》いとった、ガサの情報は抜《ヌ》けとった――ゆう事情かん？』

『次長から聴いたし、次長からも訊《き》かれた。

お前んとこはどうじゃと。マル被は――小川裕美の方は気付《ヅ》いとったんかと』

「どう答えたの？　実際マル被はどうだった？」

『……ありゃ気付《ヅ》いとったね』

「理由があれば」

『そりゃ、午前四時にピンポンしたとき、どう見てもマル被、寝とらんかったもん。

前日は七時間働いて、クタクタのはずなのに、ありゃ一睡もしとらん顔だったわ。また女の子らしく、なんとまあ、来客に備えて身綺麗《みぎれい》にしとったしのん……』

……成程《なるほど》、それなら確実だ。

三〇年以上人狩りをしてきた兵藤補佐の瞳《め》。それを誤魔化せるものではない。

（まあ、拠点施設に抜けてしまっている以上、肝心の被疑者がそれを知らされない――なんてこと、これが組織犯罪である以上、ありえないのだけれど）

すなわち、小川裕美もまた、午前四時の来客を待ち侘《わ》びていた……

『もちろん、家《ヤサ》は俺らが完全に監視しとったもんで、結局小川裕美は、闇《やみ》の中でジッと息を殺しながら、諸々《もろもろ》の準備をしとったに違いないぞん。それが逮捕をされる準備だろうと、あるいは、証拠を隠滅する準備だろうと――』

92

〇八二五《マルハチフタゴー》。着手から約四時間半。

「課長」広川補佐が課長室のたもとで声を掛ける。「広報室の松浦《まつうら》補佐がお越しです」

「おっと、記者レクか」僕は三つ揃い《スリーピース》の上着を羽織り、革靴を整えた。「じゃあ行ってくる。ああ広川補佐、念《ねん》の為《ため》の確認だけど、逮捕状はもう執行したね？」

「ハイ課長。兵藤補佐から検挙の第一報が入っております。兵藤補佐の部隊はそのままマル被を愛予署に連行。直ちに同署で手続を進める手筈《てはず》」

「正確な逮捕時刻は？」

「ハイ課長。本日午前八時一〇分であります」

「了解。それじゃあ一階に下ります――」

ああすみません松浦補佐、私ときたら記者レクなんて初めてなので、いろいろ緊張してしまって」

「私、宮岡室長の時代から広報室の補佐をしとりますが――」松浦警部は笑った。

「――司馬課長はそんなしおらしいタマと違うぞ、と日々脅されとります、あっは」

「いやいや、捜査二課長ならともかく、公安課長なんて記者レクすることないもの」

――平静を装《よそお》い雑談を展開しつつ、エレベータで一階へ。一階奥の記者クラブへ。

その入口近傍《きんぼう》に、大ぶりなソファが会議卓っぽく設《しつら》えてある。

その頂点に当たる位置に、急いで調達したとみられる、どこにでもありそうなキャスター付きのオフィスチェアが置かれている。見ればクッションが弾《はじ》け、スポンジが飛んでいる。僕はソファに着座し終えている一〇名前後の記者にそっと一礼すると、ギィと鳴るそのオフィスチェアに着座した。一堂を見渡し、ひと呼吸置いて……にっこり微笑《ほほえ》む。

「おはようございます。公安課長の司馬です。

親しい方《かた》も、初めての方もおられますが……ではさっそく。『〈まもなくかなたの〉在家信者に係る雇用保険不正受給事件』について御説明します。

こほん。

本日、当県警察本部警備部公安課は、宗教法人〈まもなくかなたの〉の信者である女性を、詐欺事件の被疑者として逮捕いたしました。またこれに伴い、被疑者の自宅及び当該《とうがい》〈まもなくかなたの〉愛予教会の捜索を実施いたしました。

――以降、重複をまじえつつ本件の概要を御説明します。

第一、被疑者。

愛予県愛予市三蔵子町、飲食店アルバイト小川裕美おがわ・ゆみ、二十八歳女性一名。

第二、逮捕の年月日時。

平成十一年十二月六日午前〇八時一〇分。

第三、逮捕の場所。

当該三蔵子町、被疑者の自宅。

第四、被疑事実の概要。

被疑者は、平成十一年九月一日から同年十二月一日までの間、現実には当該飲食店において就労をしていたのにもかかわらず、失業中であるかのように装い、被害者である愛予公共職業安定所から、四回にわたり、合計五四万二、二〇六円の失業給付金を騙《だま》し取ったもの——

雑駁《ざっぱく》ではありますが、私からは以上であります。御質問をお受けします」

……御説明だの御質問だの言ってはいるが、ちょっと触れたように、実は過半数の記者とは顔馴染《かおなじ》みである。

というのも、全国紙だと、同年代かやや後輩になる年齢の若手記者が、最初の修業先として地方の警察回りをすることが多いからだ。ゆえに、実は年若いキャリアの課長だと、着任挨拶《あいさつ》以降、一緒に焼き肉に行くだのジンギスカンをやるだの、はたまたお互い手酌《てじゃく》の宅飲みをするだの、そうした機会も多くなる。勤務時間内でも、次長が許可すれば課長室にまで遊びに来るし、そうすれば三〇分六〇分は駄弁《だべ》る（無論たがいに狙いがあるわけだが）。

さすがに特ダネの宝庫、捜査二課長ほど『人気』はないが——そもそも当課は諜報部門である——それでもなお、月に数度はいわゆる『夜討ち朝駆け』で官舎を襲撃されることが普通だ。闇の中の路上で、ジッと帰宅を待たれることすらある。

ただ、『広報は次長／副署長に一元化する』というのが警察のオモテのオキテなので、とりわけ広報室長までやった海千山千の宮岡次長がいれば、僕自身が厳しい記者対応をせまられることなど事実上ない（昨夜の愛予新聞の『特ダネ騒動』において、愛予新聞の記者が次長を襲撃したのは、まあ、僕なんぞを相手にする時間が惜《お》しかった——というのがホンネだろう。地元紙の記者は、全国紙の記者と違って、それなりの年齢と経験を積んでいるのが一般である。顔にドスが利《き》いているのは地元紙記者か、全国紙の応援・遊軍記者だ)。

——いずれにしろ、顔馴染みが過半数ゆえ、まさか緊張することはない。

しかもそれらは、課長室その他で駄弁《だべ》っている同世代である。ゆえに知り合いたちは、むしろ懸命に失笑を堪《こら》えつつ（それはそうだ。僕の『モーニング娘。』まで聴かれている……）、懸命にマジメな口調で質問攻勢を開始した。

「容疑者ですが、女性ひとりということでよいですか？」

「はいまさしく」

「〈まもなくかなたの〉の、『在家』信者ということでよろしいでしょうか？」

「はいまさしく。教団の信者であることは確認しておりますし、関連施設に居住しておりませんので在家となります」

「この事件、端的《たんてき》に言えば、いわゆる失業保険の不正受給ですね？」

「はいまさしく。御指摘のいわゆる失業保険、雇用保険を騙し取った詐欺です」

「罪名は詐欺になるのですね？」

「はいまさしく。いわゆるハローワークさんを騙して現金を振り込ませていますので」

「容疑者の認否《にんぴ》を教えてください」

「はいまさしく……じゃなかった油断した、ええと……逮捕が実に二〇分前のことですので、これから弁解を聴くなどして認否等を確認するところです」

「なら現時点で、何か発言はありましたか？」

「捜査員が未だ捜査中でありますので、現時点におけるコメントは控えます」

「ええと、捜索の場所は、容疑者の自宅と、あとその〈愛予教会〉の二箇所ですか？」

「はいまさしく。被疑者の自宅その他と――その他はメールボックスなり倉庫なり自転車置き場なりですが――そして教団のいう〈愛予教会〉、あの愛予市駅近くの旧映画館・旧劇場ですが、この主要二箇所を捜索いたしました」

「どのような物件を押収しました？」

「捜査員が未だ捜査中でありますので、確たることが判明し次第、御説明いたします」

「本件は在家女性の詐欺罪ということですが、教団関連施設を捜索したということは、これ、『教団による組織犯罪』ということになるのでしょうか？」

「捜査員が未だ捜査中でありますので、確たることが判明し次第、御説明いたしますが。すべて裁判官さんの御許可を頂戴《ちょうだい》した上での捜索ですので、裁判官さんに御納得いただけるだけの『組織性』は、既に立証できているものと考えております。よって、引き続きの捜査により、押収した資料を解析するなどして、特に不正受給に係る資金の流れを徹底解明し、本件事件の『組織性』を鋭意解明してまいりたい、そう考えております」

「他にも逮捕者は出ますか？」

「捜査員が未だ捜査中でありますので、現時点における臆断《おくだん》は控えます」

「容疑者は今現在、どこに？」

「愛予警察署に引致《いんち》したところであります」

――ここで質問が収まった。というのも、そもそも本件の事実関係に難しい部分はないから。いつ・どこで・誰が・何を・どのように・どうした。これらが極めてクリアだ。よって難しい質問などあろうはずもない。また僕はレクをしつつ『特ダネ事件』を起こしてくれた愛予新聞の記者を時折見遣《みや》ったが……危惧《きぐ》したような特異動向も特異発言もなかった。

「以上でよろしければ、これからまた当課に帰ります。

次長が捜査に出ておりますので、必要な広報対応は私が直接行います――それでは」

記者レクは当然、無事に終わった。

（今のところは、そして記者レク**だけ**は、だけどね……）

93

〇八五五《マルハチゴーゴー》。着手から約五時間。

公安課に帰った僕は、しかし突然兵藤補佐に襲撃された。

「アア課長、アンタ何処《どこ》行っとったん、ずっと待っとっただに⁉」

「いや予定どおりの記者レクだけど。

というより兵藤補佐、兵藤補佐は被疑者と一緒に愛予警察署にいるはずでは？」

「いや課長、あっちは和気《わけ》と小西に任せときゃ問題ない。それだけの仕込みはしてある。

それよりもアンタ、一大事だぞん‼

大至急報告せんといかんと思って、被疑者も愛予署も放り出して飛んできたんだわ‼」

「というと？」

「……この事件、保《も》たんかも知れん」

僕は課長室に兵藤補佐を招き入れた。

その兵藤補佐の顔は、僕らが出会ってからの日々でいちばん蒼白《そうはく》である。

ともかく僕は応接卓の定位置に着座し、興奮状態にある兵藤補佐をどうにか座らせた。

「……課長。アンタはもう当然、覚悟しとると思うけどもが……これ俺の務めだもんで、俺がハッキリ言葉にして言うわ。

　事態は、そう、最悪のシナリオをまっしぐら」

「すなわち？」

「第一に、東京におるMNの顧問弁護士から警告の電話が来た。神保《じんぼ》なる女弁護士。いわく、これは重大明白な違法逮捕であるから、直ちに小川裕美さんを釈放しろと」

「そんな戯言《たわごと》を意に介する兵藤補佐でもあるまいに。

　ちなみに、愛予県内にはMNの顧問弁護士っていないの？」

「どうやらおらんらしい。

　普段からおらんのか、教皇生誕祭でおらんのかそれは知らんけど、どのみちその東京における神保弁護士が本件を担当することは確実だわ。

　なんといっても、彼女御本人がこれから飛行機で飛んでくる――っちゅう話だでね」

（なら、そのニュースには好ましい側面もある）

　……というのも。

　これによって、MNがいったい何時《いつ》、着手情報をゲットしたのかが推定できるからだ。

　すなわち、それはどう考えても昨日の飛行機の最終便が離陸した後である。さもなくば、当該顧問弁護士は既に愛予県入りして、直ちに弁護活動を開始しているはずだから。

　そして、より想像をたくましくするなら、MNが着手情報をゲットしたのは昨日の午

後一〇時過ぎ以降……次長と僕が着手時間を最終決定したそれ以降のこととなる。また
これは、MNが証拠隠滅活動に要した時間とも整合性がある。
（とすれば、次長と僕が着手時間を最終決定して以降、その情報が誰に、よってどう漏れ
たのかも、追及しやすくなるというもの――）
しかし僕のその物思いは、兵藤補佐の焦燥《しょうそう》した一喝によって一掃された。
「……ホイ課長、アンタ呆《ほう》けとる場合じゃないに。事態はもう、俺とアンタの詰《つ》め腹《ばら》を
必要とする段階にある。くだんの女弁護士の抗議は、まさか戯言《たわごと》でもハッタリでもない
ぞん。
すなわち、報告の第二――
弁当屋『三河屋』の経営者、大崎有子《おおさきゆうこ》が愛予署に来た」
「えっ、被疑者の雇用主の、あの大崎有子？」
「まさしく。そしてくだんの『段ボール箱』の正体について説明をした」
「ええっ、これすなわち⁉」
「あの、謎《なぞ》の五〇箱以上の段ボール箱。
大崎有子いわく、中身ともどもあれは『三河屋』が業務で使うものに間違いないと。
そしてそれを保管するスペースが『三河屋』にはないもんで、親切な従業者の小川裕美
に甘えて、小川裕美のワンルームマンションに預けておいたんだと。

そして、ここからが凶報の本番……

大崎有子いわく、大崎有子はそのために、小川裕美と賃貸借契約を結んだと。すなわち大崎有子が、事業のために、小川裕美のワンルームマンションを借り上げる契約をしたと。ここで、家賃は小川裕美本人が払わんと大家がうるさい。だもんで家賃月額八万三、〇〇〇円はそのまま小川裕美が払うことにして、大崎と小川の契約で、大崎は月額九万三、〇〇〇円を小川に支払うことにしたと。一万円がせめてもの御礼《おれい》分だと。そしてその旨の賃貸借契約書を、借り上げを開始した八月下旬に作成をして、両者で署名押印したと。ゆえに大崎有子は、九月十六日から『ミカワヤ』名義で小川の銀行口座への振込を開始したと。それはもちろん、賃貸借契約に基づく家賃であって、まさか弁当屋におけるバイト代ではないと。なるほど小川裕美は弁当屋を手伝ってくれとるけど、そこに時々、そう三日に一食程度、弁当実物をタダで渡す以外の謝礼・報酬が発生せんことは、これまた両者で署名押印《おういん》した現物給付契約で明確に規定しとると。

また、銀行振込の詳細について説明すれば、九月分は賃貸借の日数が短かったので八、七一五円、これ『家賃の一〇％』に『消費税』をキチンと支払ったその合計額だと。さらに、十月分と十一月分はそれぞれ十五日に振り込んだと。今度はそれぞれ賃貸借の日数が足りとるもんで、先の『月額九万三、〇〇〇円』に『消費税』をキチンと支払ったその合計額を入金したと。だから十月分と十一月分はきっちり同額になるし、それぞれサービスの対価として消費税五％が合算された金額になると。またこれ、非居住用の物件の賃貸借契約だもんで、当然に消費税の出納《すいとう》も法令にしたがってキチンとやっとると。最後に、これらのことは、八月下旬に作成した賃貸借契約書にハッキリ明記されとるし、それは神保なる弁護士も立ち会って署名押印してくれとると――」

「――そして当然、大崎有子は当該契約書をきっちり持ってきた、愛予警察署に」

「そのとおり。もっといえば、俺らが逮捕手続を終えた絶妙のタイミングでね」

「なんとまあ、芸の細かいことだ」

……本件詐欺事件を支えるのは無論、被疑者小川裕美の就労だ。

小川裕美が弁当屋でバイトしている。その給与を受領している。そこが肝《キモ》。

そして小川裕美の銀行口座には、確かに『ミカワヤ』からの振込があった。

(ただそれが、給与所得でなく、不動産所得であったとするなら!!)

……大前提が崩れる。

何故《なぜ》ならば、『雇用保険を受給しながら不動産所得をえること』は、違法でも不当でもなんでもないから。無論、それが既に『業』『事業』と呼べる不動産貸付けであれば、もはや失業状態ではありえないのだから、そのときは確実に違法となる。すなわち、不動産事業を営みながらそれを秘して雇用保険を受給したのなら、それはめでたく犯罪で、めでたく詐欺だ。ところが。

（確か……不動産貸付けが事業と評価されるためには、かなりの事業規模が必要とされるはずだ。一度、国税庁の知人とそんな議論をしたことがある。そして僕の記憶が確かならば、本件のごときアパートの貸付けは、ワンルームならワンルームを一〇室以上は用意していなければ、まさか事業とはみなされないはず……すなわち桁《ケタ》が違う……

なんてこった。

これを裏から言えば、本件のように、自分のワンルーム一室を貸し付けるだけならばそれはまさか不動産事業ではないし、だから依然として失業状態にあるし、だから雇用保険を受給しようとしまいとまったくの自由ってことだし、まして――

それを国税庁が……お国が認めてしまっているということだ）

お国が認める以上、八、七一五円の家賃をもらおうが、九万七、六五〇円の家賃をもらおうが、総額二〇万四、〇一五円の家賃をもらおうが……それは絶対に雇用保険の不正受給には結び付かない。再論すれば、不動産所得をえながら雇用保険を受給することは全くの合法だから。

なんてこった。ほんとうにここまでやるとは。

僕は確かに、ＭＮの底力を見括《みくび》っていたきらいがある……

「……さて、兵藤補佐」

「ウン」

「胡散臭《うさんくさ》いほど大量の段ボール箱。御丁寧《ごていねい》な屋号にロゴ。もっともらしい消耗品。弁護士まで立ち会った賃貸借契約書。故意《わざ》とらしく消費税まで合算した賃貸料。逮捕後直ちに行われた顧問弁護士の抗議。あと、『ミカワヤ』なる嫌らしい振込名義人設定……してやられたね。白旗だ」

「よりによって、八月から周到に準備して『雇用保険の不正受給』の外観を作出して俺らを嵌《は》めるとは。まさかMNがここまでの敵とは。大崎有子、とんでもない女狐《めぎつね》だわ」

「そして奴等《やつら》は外観を作出しただけでなく、僕らに外観を作出させてもいる。僕らは奴等に踊らされ、あざやかにすぎる『誤認逮捕』という外観を作出してしまった。

まして、僕らに言い訳は許されない。それが外観であり、真実とは異なるんですなんて絶対に言えやしない――だって警察は死んでも『まんまと犯罪者に騙されました～』なんて言えやしないからね。

それに、騙した騙した踊らせた――と非難してみたところで、そもそもMNは、実は今回何らの犯罪を犯しちゃいない。そりゃそうだ。個人がどのような賃貸借契約を結ぼうと、それは契約自由の範疇《はんちゅう》にあるものね。家賃設定なり振込名義人設定なりも、またしかり。

成程《なるほど》、見事なほどこのイカサマには犯罪がないよ。これこそが詐欺の真打《しんう》ちだったんだね、あっは」

「アンタ悠長《ゆうちょう》に褒《ほ》めとる場合かん……!!」

「確かにそうだ」

僕は苦笑を続けつつ自分のソファを起《た》った。そしていった。

「今は事態を動かすべきだね。

ゆえに兵藤補佐、小川裕美の釈放手続をとるように——そう、直ちにだ」

第6章 更迭《こうてつ》

94

詐欺《さぎ》容疑で20代女性を誤認逮捕
6時間後に釈放、県警

愛予県警公安課が6日、ハローワークから失業給付金を不正に受給したとして、詐欺容疑で20代女性を誤認逮捕し、6時間後に釈放していたことがわかった。公安課は、女性が実際には仕事をしていたのにもかかわらず、失業中のように装《よそお》って計54万円をだましとったとして逮捕、実名で報道発表していたが、女性は実際に仕事をしてはおらず、容疑を否認していた。公安課次長らは誤認逮捕であることを認め、女性に謝罪した。

（99年12月7日、愛予新聞）

県警誤認逮捕　公安課長を更迭《こうてつ》

愛予県警公安課が6日、詐欺容疑で20代女性を誤認逮捕した問題で、県警は7日、捜査指揮を怠り、適正な捜査を尽くさなかったとして、司馬《しば》達《とおる》・公安課長（26）＝警視＝を戒告の懲戒処分にした。7日付で公安課長から警務部付に更迭する。また司馬警視は近く、当県を離任し警察庁に召還される見込み。

司馬警視は平成8年警察庁採用のキャリアで、今年8月に県警公安課長に着任した。県警によると、「誤認逮捕した女性に多大な苦痛を与えたことを深くおわびします」と謝罪しているという。司馬警視は、機動隊舎に捜査本部を置き、機動隊長の統括の下、本件詐欺事件を指揮していた。

県警の東山一《はじめ》本部長は「捜査の適正を欠き、女性の権利と尊厳とを著しく侵害したことについて、心からお詫《わ》びする。今後は各級幹部による捜査のチェック体制を強化するとともに、客観証拠の徹底した吟味を指導してまいりたい」とコメントを出した。

（99年12月7日、愛予新聞）

県警人事

（7日付）

【警視】愛予県警警務部付（愛予県警公安課長）司馬達▽公安課長事務取扱（公安課次長）宮岡公明

（13日付）

【警察庁】警察庁長官官房人事課付（愛予県警警務部付）司馬達▽免・愛予県警公安課長事務取扱（公安課次長・課長事務取扱）宮岡公明▽愛予県警公安課長（鳥取県警警備第一課長）白居秀和

（99年12月7日、愛予新聞）

95

平成一一年（一九九九年）一二月七日。

時刻は〇八二五《マルハチフタゴー》。

僕は既に自分の所属《ショゾク》でも何でもない公安課に入った。

「おはようございまーす」

……無言。

ただ庶務係の島《シマ》にいた彦里嬢だけが、なんともいえない表情と態度でおろおろと起《た》ち上がると、感極まったように僕に一礼する。

その彦里嬢のデスクの先には、大部屋でいちばん大きい次長卓がある。

そこには宮岡次長が着座している。

（いや、既に更迭人事は発令されたから……

今や宮岡次長改め、宮岡公安課長事務取扱《ジムトリアツカイ》だな）

僕は公安課長を解任され、人事と監察を担当する、警務部に身柄を預けられた。ゆえに再論すると、今朝現在、公安課長の任にあるのは――事務取扱《ジムトリアツカイ》すなわち臨時代理ではあるが――宮岡警視であり、僕は今や何の権限も持たない警務部付《ヅキ》である。

……僕はどうにか宮岡課長の執務卓に脚を進めた。そして部下のようにその前に立った。

「おはようございます、司馬警務部付《ヅキ》」

「おはよう、宮岡課長」

宮岡課長は懸命に書類仕事をこなしながら、関係各所に警電を架けたり、はたまた、ひっきりなしに架かってくる警電を受けたりしている。花押《かおう》を描き、あるいは押印すべき捜査書類と行政書類は、宮岡課長の顔の高さまで届かんとするボリューム。ましてこれから作成すべき文書も唸《うな》るほどあると見え、その膨大な捜査書類・行政書類の狭間《はざま》で、課長はバシャバシャバシャバシャと公用パソコンを叩《たた》きっぱなしである。ただ、それも道理だ。

（一将功成《いっしょうこう》らずして万骨枯《ばんこつか》る、か……）

討ち入りは失敗した。大失敗だ。情報漏れで碌《ろく》な押収資料が獲《え》られないことに加え、よりにもよって誤認逮捕である。警察としては屈辱的な、最大級の降伏と最大級の謝罪が必要なのは、もういうまでもない。また、捜査というのも役所仕事である以上、そう、この詐欺事件ひとつとて七五〇kgの捜査書類を必要とし二〇〇名を動員したような役所仕事である以上、当然、それと同等の、あるいはそれを遥《はる》かに超越する敗戦処理が必要になる。その敗戦処理の事務仕事だけでも、今後三箇月間ほど、公安課は通常業務に復帰できないだろう。また、今後三年、五年、いや一〇年と、公安課の違法捜査は警察内外でひろくながく語り継がれるだろう。それは無論、公安課の違法捜査というより、東京から来た未熟な渡り鳥キャリアの違法捜査なのであるが。

——よって今朝現在、宮岡課長は修羅場《しゅらば》にいる。敗戦処理の事務仕事の修羅場にいる。そして今朝現在、パッと見渡して分かるとおり、公安課には宮岡課長と彦里嬢しかいない。これまた今は、誰もが捜本の後始末と幕引きとで修羅場を迎えているからだ。無論、敗戦処理などに他所属の警察官は動員できない。公安課の汚名は、公安課員のみで背負ってゆくのがせめてもの仁義だ。ゆえに二〇〇名体制など夢のまた夢。六十七名で、何の成果も評価も展望も期待できない店仕舞いに、東奔西走《とうほんせいそう》することになる。内偵モノの捜査本部事件の失敗というのは、それだけのダメージを与えるもの。

そして、厄災《やくさい》はまさかそれだけではない。まさかだ。

公安課はＭＮに無条件降伏した以上、もはやＭＮに手出しすることができない。いや実はそれこそが、小川裕美と大崎有子と神保弁護士と……そしてＭＮ中枢《ちゅうすう》部の狙《ねら》いだ。警察を罠《わな》に掛け、誤認逮捕をさせる。偽計を用いて違法捜査をさせる。それを大々的に県民国民にアピールする。もはやこれだけで、ＭＮの〈拠点施設〉も〈教皇庁〉も、目指す大晦日《おおみそか》まで安泰である。完膚《かんぷ》なきまでに大敗した警察に、ふたたびの討ち入りなど絶対にできはしない。もし仮に新たな事件ネタが天から舞い下りてきたとして、裁判官は必要な令状を発付してくれないだろうし、検事は起訴どころか事件そのものを受けはしないだろう。そう、警察の信用を徹底的に毀損《きそん》すること——そして二度と教団施設への討ち入りができないようにすること。そのためにこそMNは、『敢《あ》えて一度教団施設をガサさせる』という奇策に出た。そしてそれは現時点、あざやかなまでに成功している。僕らが『もう一度MNに討ち入りを掛けたい!!』といったところで、まさか、県民国民は誰も僕らを支持しようとはしない、絶対に。

（しかも、だ。

もはや警察によるガサを恐れなくてよい以上、昨日以降、〈拠点施設〉も〈教皇庁〉もアンタッチャブルな聖域として、すっかり『おたから』の貯蔵庫と化しているに違いない。まあ教皇生誕祭の真っ最中ではあるが、僕がMNならまずそうする。

そりゃそうだ。一度ガサさせて失敗させたところほど、安全安心な貯蔵庫はこの世にないからな……）

僕は既に無意味な嘆息《ためいき》を吐《つ》くと、眼前の次長卓を動かない宮岡課長にいった。

「宮岡課長、公安課長室はまだ使わせてもらってよい？」

「どうぞ御自由に」

「……ありがとう」

僕はこれまで無意識に入ってきた自室に、今、無関係な人間として立ち入った。

いささか躊躇《ちゆうちよ》したが、やはりいつもどおり、課長卓の巨大な椅子《いす》に着座する。

するとと彦里嬢が、こちらも微妙な挙動《きよどう》をしめしながら、課長室の金属パーテをノックした。

「課長、あっいえ、失礼しました警務部付。お茶はどちらに御用意しましょうか？」

「こっちの課長卓でもらうよ、ありがとう」

「あと、大変申し上げ難《にく》いのですが……」

「いや、今更何を聴いても『ああ、そうか』と思うだけだよ」

「さ、三階の警務課から連絡がありまして。明日から警務課の大部屋に、課長のデスクを用意するとのことでした。また鳥取県警察の警備第一課から連絡がありまして、御後任の白居警視は十二月十日——今週の金曜日には愛予入りなさるとのことでした。したがいまして、その、この公安課長室ですが、少なくとも今夜の内には……」

「了解しています。公安課長室は今夜明け渡します。

荷造りと掃除をするから、必要な器材の在処《ありか》を教えてください」

「いえ、もちろん私がお手伝い、いえ、私がすべてさせていただきますので……」

そのとき、課長室の外から実に大きな声が掛かった。

「——オイ彦ちゃん!!　今全然手が足りんのよ。朝の茶なんぞもういいけん!!

悪いけど書類のコピー撮っておくれんかな、必要な簿冊《ぼさつ》の量が多くて仕事にならん!!

あと課長室におるなら警務部付にゆうといてや、○九○○《マルキユウマルマル》から会計検査じゃけんの‼」

「は、はい課長‼」彦里嬢も声を最大級に上げた。さもなくば課長室から声は出ない。「只今《ただいま》うかがいます。そして課長にも、いえ課長でなくええと、そう警務部付にもお伝え――」

「――彦里さん」僕は彼女の美味《うま》い紅茶を一啜《いってつ》した。「僕にかまわず、課長の命にしたがってください」

「で、ですが課長、いえ警務部付、宮岡課長のおっしゃりようは余りにも‼」

「いや、あれでいいのさ。

要は、まだ戦っている人と、あとは逃げ去るだけの人だから……

彦里さんにも今朝只今《ただいま》から、そのような認識を持ってほしい。そうお願いする」

……彦里嬢はもはや言葉に窮《きゆう》したか、万感の思いを感じさせる一礼をすると、バタバタと課長室を辞去していった。

そして彦里嬢が辞去すれば、次は宮岡さんの番。ふたりで一緒に、朝の煙草《たばこ》と謀議。

それがこの四箇月間の、課長次長のならわしだったけれど――

宮岡さんはやはり、もはや課長室になど入っては来なかった。

（確かに、もう語るべきことなど無いからな……

あとはただ実務と実行あるのみ。僕としては、この室を明け渡して離県するのみ。

願わくは、最後に一度、次長と美味い酒を酌《く》み交わしたいものだが）
それが実現するかは、今の情勢に鑑《かんが》みると、著しく微妙だろう。
敢えて言えば、それは僕次第なのかも知れない。僕は思わず背筋をぞくりと震わせた。
（僕は、小心者だ）

96

同日、〇九〇五《マルキユウマルゴー》。

宮岡課長と僕は、警察本部三階、第二会議室にいた。

無論、本日から四日間の日程で行われる、会計検査院の実地検査を受けるためである。

（それにしても、この会計検査。

この日程は無論、県民にオープン。一般市民の誰でも知りうる。当然、MNも……

ゆえに僕がMNならば、公安課長も次長もこれだけで多忙、まさか再度の討ち入りなどありえない――ということを確信し、ますます〈拠点施設〉〈教皇庁〉での勝手気儘《かってきまま》を推し進めるだろう。誰が意図したわけでもないが、なんとも絶妙な日程になったもんだ）

――僕の隣に座した宮岡課長は、能面のごとく無表情だ。

そして四箇月のあいだ濃密な関係にあったから、僕にはその意味がよく解《わか》る。

すなわち、激怒の極み。

それはそうだ。MN事件の処理のため、今は一歩たりとて次長卓を離れたくない身の上である。この修羅場を越えずして公安課に未来はない。実際、時間に几帳面《きちようめん》な宮岡課長は、〇八五五《マルハチゴーゴー》に僕が課長室を出て声を掛けるまで、微塵《みじん》も次長卓を動こうとはしなかった。もっといえば、僕が一緒に行かねばならないというそのことすら、既にどうでもいいようだった。課長の顔色《がんしよく》をちらりちらりと窺《うかが》い見る彦里嬢など、既に課長の能面顔に圧倒され、蒼白を過ぎ越して頰《ほお》を真っ白にしているほどである。僕が『課長、行きましょうか』と声を掛けたのに宮岡課長が無言でピースへ着火したときなど、彼女の躯《からだ》は目に見えてびくんと震えたほどだ。

（確かに、宮岡さんはいったん怒ると滅茶苦茶《めちやくちや》恐いんだよなあ……

ここまでやらなくてもいいのに、とは思うけど、僕が何を言えた義理じゃないし）

そして結局、僕らは互いに無言のまま、この第二会議室に来たというわけだ。

ちなみに会計検査は本日からなので、僕らは警察本部全所属のうちトップバッターということになる。僕ら以降の課長たちは、すぐ隣の大部屋で順番待ちをしている。これは東山本部長の御配慮だろう。今や僕のことなど配慮なさる必要はないが、公安課がMN事件の処理のため天地を引っ繰り返したような大騒ぎをしているのは当然、御存知のはず。なら早々に受検を終わらせ、本来の任務を続行してもらいたいというお気遣いがあったはずだ。また、僕の立場が極めて微妙な点も、そのお気遣いに幾許《いくばく》かの影響を与えただろう。というのも、僕が公安課長の任を解かれ警務部付に更迭されるのは、まさに今日この日だからだ。そして会計検査で答弁できるのは『課長』だけである。ゆえに、公安課の受検を明日以降にすると、僕に答弁をさせることができなくなる。もっといえば、取り敢えず『課長』を引き継がねばならない宮岡さんに答弁させるしかなくなる。本来、何も喋《しゃべ》ってはならないはずだった宮岡さんにだ。それはさすがに酷《こく》だと、そう東山本部長は御配慮なさったんだろう……

そんなわけで。

〇九〇五《マルキュウマルゴー》、愛予県警察本部警備部公安課の会計検査は開始された。

検査官と、巨大な机を挟みつつ質疑応答をしてゆく。

むろんその巨大な机には、当課が作成した会計書類なり帳簿なり証拠書類なりが山と積まれている。僕と宮岡さんはふたり並んで、そう電車で隣り合わせる程度の距離に椅子を並べて、会計書類等を繰りながら数多《あまた》の質問を展開してくる検査官に、かくかくしかじか、しかじかかくかくと対応してゆく――

――やがて質疑応答のピンポンが三〇分以上に及んだとき、僕はさすがにイライラし始めた。これからやるべきことが山積しているのに、受検はますますの盛り上がりを見せ始めたからだ。

「この捜査協力者の方《かた》——ええと、水野巖《みずのいわお》さんと接触しているアジトは何処《どこ》ですか?」

「警察本部の北西にあります、向山町《むかいやまちょう》アジトになります」

「どのようなアジトなのですか?」

「どのような……一軒家の離れ、と申しましょうか」

「あれれ~?

一軒家の離れ~? いまどき~? するとその鍵は誰がお持ちなのです?」

「家主さんがお持ちです」

「ええっ、それでは公安課にはアジトの鍵がないのですか?」

「はいございません」

「どうやってアジトを利用するのですか?」

「実際に水野さんと捜査員が利用する際は、事前連絡をして、鍵を開けておいてもらいます」

「アジトの中には何があるのですか?」

「小机に、朱肉です」

「小机は公安課が購入したのですか?」

「いいえ、大家さんが御厚意《ごこうい》で、もう使っていない古いものを置いてくださっています」

「ええっ、ほんとうに~? なら朱肉は?」

「それは当課の消耗品を置いておきます」

「一軒家の離れを借りるのなら、契約書があるでしょう。見せてください」

「いえ契約書などございません」

「あれれ～？

契約書もないの～？　月にこれだけの謝礼を執行しているのに～？」

「……民法上、契約は書面によらずとも有効だと承知しておりますが？」

「ならこれどんな契約なの～？　どう考えても賃貸借契約だけど～？」

「いえどう考えたらそうなるのか全然解りませんけど。だってこれ典型契約でなくても全然よくないですか？　敢えて申し上げればそりゃ経費を負担する使用貸借類似の無名契約とかなんとかいう話になるでしょうがここでアジト使用契約の民法論をしてもまるで意味なんて」

――ぴしゃり。

（あ痛っ!!）

巨大な机の下に隠れるかたちになった、僕の太腿《ふともも》がこっそりと、しかし思いっきり叩かれる。もちろん宮岡さんが叩いたのだ。要はいらんことというな、無駄口を叩くな、挑発に乗るな――という警告である。しかし、いよいよ太腿で躾《しつ》けられるとは……

「あとこの水野さん、今年の何月から捜査協力者になっていただいているの？」

「今年の四月からです」

「それまでに何度、飲酒接触をしたの？」

「十二回です」

「始期は？」

「昨年の十月からです」

「あれれ〜？　おかしいぞ〜？

過去の書類を見ると、熊本満《くまもとみつる》さん、木村秀典《きむらひでのり》さん、小林孝治《こばやしこうじ》さん、そしてその水野さん。これすべて常に六箇月キッカリで捜査協力者になっていただいているようですが、そしてそのための飲酒接触は常に十二回キッカリですが、何故どの方《かた》もスケジュールなりタイミングなりが一緒なの〜？」

「あっは、当課員は極めて優秀ですので。

当課が定めた計画に基づきまして、必ず予定どおりに飲酒接触をし、必ず予定どおりに御協力がいただけるだけの関係性を、必ず予定どおりの期間に醸成《じょうせい》しております」

「ええっ、ほんとうに〜？」

「なんですそれ!!　いいかげん、御発言の意味が解りかねますが!?」

「そんなにキッカリとスケジュールどおり狙いどおりに捜査協力者の方《かた》が確保できるものなのかな〜？」

「事実としてできておりますもの。大変失礼ながら実際におやりになったことでも？」

――ぴしゃり。

（あ痛っ、痛いっ!!）

「おっとっと、さらにあれれ～？　飲酒接触の店舗が常に『亀々《かめかめ》』『御園《みその》』『かぐら』だけなのも、なんだかおかしいぞ～？」

「いえ全然。それらの店舗では、飲酒接触において絶対に必要となる、防衛上の措置が容易だからですよ」

「へえ～、具体的には？」

「店舗の構造がほどよく個室的で、視界がよい意味で悪い、などの利点があります」

「ええっ、ほんとうですかあ～？　では申し訳ありませんが、それぞれの店舗の図面と、飲酒接触の席を略図に描いてみてくださいな」

「……ちょっと御冗談が過ぎますよ!!　社会常識で考えれば解るでしょう!!　管理職がいちいち、部下職員個々が使う会議場の図面なんて描けるものか!!　どんな管理職なのそれ!!　ならあなた自分の部下が公務出張するとき昼飯食うレストランだのガソリン入れるスタンドだの利用する新幹線車両だのの略図描けるのかよ⁉」

──ぴしゃり、ぴしゃり!!

（痛たたっ、痛いってば!!）

あまりの苦痛に、僕は前言撤回して想定問答に無理矢理復帰した。

「などと、血迷ったことを言いたいのをグッと抑えまして──!!

それが御要望とあらば図面をお描きいたします。ただし、私自身は現場実査《じっさ》をしておりませんので、捜査員から聴取し確認している情報に基づいてお描きすることになりますが。また飲酒接触の席については、これ当然店舗の混み状況に左右されますので、可能であれば其処《そこ》を選択する──という箇所を図示するかたちになりますが。

では失礼してお眼の前でお紙とおペンを使用させていただいてもよろしいですか!?」

「お、おう」

（ここまでせにゃならんとは。なんか、あらゆる意味で悲しくなってきた……）

97

〇九五〇《マルキユウゴーマル》。

受検を終えた宮岡課長と僕は、三階から八階までエレベータを用いた。

「……まったく、見え透いた挑発に乗りよって」

宮岡課長は僕の顔も見ずに独り言《ひとご》ちた。

僕は無言をつらぬいた。すると宮岡課長の独言はさらに続いた。

「あがいに怒鳴ったら、隣の控え室まで丸聞こえじゃわい。今頃は、公安課は誤認逮捕やらかした挙げ句《あく》会計検査院に喧嘩《ケンカ》売りよったと、警察本部の誰もが派手に噂《うわさ》しとろう。まったく、物には限度いうもんがあろうが」

僕はまた無言をつらぬいた。そしてエレベータは八階に着く。

宮岡課長はいよいよ上司として僕を置き去り、そのまま憤然《ふんぜん》と公安課に入ってゆく。僕は興奮と虚脱とが入り混じった疲労を憶《おぼ》えつつ、宮岡課長の背を追って公安課に、次いで間借りしている公安課長室に入る。すると、僕が執務卓に着座したタイミングで、宮岡課長の実によく響く声がした。無論、計算された声量だ。さもなくば課長室にはとどかない。

「オイ彦ちゃん!!　警務部付から、公安課員の勤評《キンピョウ》六十七名分と、あと春の人事異動の玉突《タマツ》き案、ぜんぶ回収して、ぜんぶ儂《わし》んとこ持ってきておくれんかな!!　この調子やと、どのみちぜんぶ儂が処理せんといかんけんの!!」

――たちまちノックとともに彦里嬢が課長室に入ってくる。

僕は苦笑とともに、最後の管理職仕事として残されていたものを、すべて彦里嬢に手渡した。ここで重ねて、当課には今、宮岡課長と僕と彦里嬢しかいない。彦里嬢としては、いきなりの、そして耐え難《がた》い針《はり》の筵《むしろ》だろう。ゆえに、彼女が合わせ技で、僕の緑茶と紅茶をいつもどおり入れ換えてくれていったのは、奇跡的な自制心の現れとも思える。

そのとき。

課長卓上の警電が鳴った。ナンバーディスプレイを見ると、それは──

「はい本部長、司馬でございます」

『……会計検査について、会計課長からいろいろと話を聴いた』

「お、お騒がせして申し訳ございません」

『気持ちは理解できるが、やりすぎだぞ』

「気負いすぎました。以降、情勢と立場とを踏まえ、適切に身を処してまいります」

『……今夜、公安課長室を明け渡すそうだな?』

「御指摘のとおりです、本部長」

『今更掛ける言葉も無いが……バカなことを考えるんじゃないぞ。生きてこそ、だ』

「お言葉、ほんとうに嬉《うれ》しく存じます。御下命《ごかめい》どおり、最後まで生きて自分の職責を果たす覚悟です」

『そうか……頑晴《がんば》れ』

本部長からの警電を終え、受話器を置いた刹那《せつな》、課長室の金属パーテがノックされる。

どうぞ、といいながら顔を上げると、課長室の入口には第四係の内田補佐がいた。

「課長……と違《ちご》た警務部付、大変失礼いたします」

「どうしたの内田補佐、そんなに改まって？」

「警務部付には大変申し訳ないんですけんど……

警務部付は本日夜までに、公安課長室を明け渡す予定じゃ聴いとります。

ほやけん、それまでに、警務部付がお手持ちになっとられるあらゆる極秘文書・秘文書・取注《トリチユウ》文書を、FD・紙媒体の別なく、また平文・暗号文の別なく、全《すべ》て回収させていただきたく思っとります。急な御異動ですけん、膨大な量になりよりますが。

特に〈八十七番地〉関係の文書につきましては、現物がキチンとあるかどうか、あるとして汚損・欠落・複写複製の形跡がないかどうか、部数・丁数は適切かどうか、またそれが確実に警務部付用としてナンバリングされたものかどうか——等々を、〈八十七番地〉の諸規定にしたがい確認せんといけませんけん……その……これまた非常に申し上げ難《にく》いのですが……

お、お手持ちの文書にあっては現状をすべて凍結、一切の処理を差し控えていただき、必要な整理をしていただいた上、現状あるがままを私の最終確認に供していただきたいのであります」

「それは当然のことでしょう、謝る必要はないですよ。

どのみち課長室の撤収作業をしますから、文書一切もきちんと整えておきます。ただ、そのためには今日いっぱい、公用パソコンとＩＤ・パスワードは使わせてもらう必要があるけど？　そちらは直ちに凍結しなくてもよいの？」

「本来ならば警務部付の発令があった時点で凍結ですけんど……文書ぎりはきっちり点検していただかんといけんですけん、またそれは膨大な件数になりますけん、儂が最終確認に来るまでは生かしときます」

「ありがとう。なら、内田補佐がその最終確認に来るのは今夜何時？」

「これまた申し上げ難《にく》いんですけんど、捜本がまだお祭り騒ぎですけん、いったん抜け出してこられたとしても……ほうですねえ、今夜二〇〇〇《フタマルマルマル》、いえ二一〇〇《フタヒトマルマル》でしょうか」

「了解。僕の方も撤収作業にそれくらい掛かる。だから何も問題ないよ……最後に、〈八十七番地〉をもう一度訪れて、ウラの皆《みんな》と語らいたかったけどね」

「……残念ながら、公安課以外の方が〈八十七番地〉と接点を持つことは許されません。僭越《せんえつ》ながら、ＣＳＺ-４０やその二十一桁《けた》の鍵とともに、すべて『夢物語』『小説』の類《たぐい》とお忘れくださいますよう。儂なんぞのことも、どうか」

「最初に警察本部へ案内してくれたあの日から、内田補佐はまさか『夢物語』と忘れられるようなキャラじゃないけどね、あっは」

「……儂も課長サンのこと、なんだか、赤の他人とはよう思われんのです。

ほじゃけん、来週月曜、当県をいよいよ離任されるその際も、ほんとうなら儂が鞄《かばん》持ちをして、儂や丸ちゃんが山松空港まで課長車でお送りして、もちろん出発ロビーまでお見送りしたいんですけんど……酷《むご》いことですぞな、儂も丸ちゃんも〈八十七番地〉の人間。公安課以外の方と、そがいな接点を持つことは許されん。

　実は今こうしてお話ししとるそのことも、今夜文書の確認にうかがうそのことも、〈八十七番地〉の鉄の掟《おきて》に違反しとります。ほやけん……

　どうぞお許しください、課長!!」

「いや、そこまで気を遣ってくれただけで嬉しいよ、内田補佐。

　そして宮岡課長の手前、これ以上補佐をここに引き留めるのもよろしくない——

　じゃあ今夜、二一〇〇《フタヒトマルマル》目途《もくと》に、ここ課長室で準備をして待っています。よろしく」

「またそのとき申し上げますけんど、どうかお躯《からだ》に気を付けられて……

　う、内田警部退《さ》がります……!!」

「ありがとう、ほんとうに」

98

同日、一九〇〇《ヒトキュウマルマル》。

僕は四箇月を過ごした公安課長室の掃除を終えた。

また、私物については荷の梱包《こんぽう》を終え、いつでも警察庁に送り出せるようにした。

貸与品にあっては、彦里嬢の協力をえて、これまたいつでも返納できるようにした。

彦里嬢は、一七一五《ヒトナナヒトゴー》あたりまでは、宮岡課長の手前、僕を派手に手伝うことができなかったが――


その宮岡課長は、勤務終了時間の鐘とともに次長卓を離れた。既に僕とはあからさまなほど没交渉《ぼっこうしょう》なので、その行方を彦里嬢に確認したところ、『時間外は捜査本部に出向き、そちらの敗戦処理をほぼ徹夜で行う』とのこと。成程《なるほど》、討ち入りの実戦では僕が警察本部、次長が捜査本部と役割分担をしたが、今や僕は公安課長でもなければ指揮官でもない。ゆえに次長は、警察本部における無尽蔵《むじんぞう》のデスクワークとともに、捜査本部における捜査指揮をも執らなければならなくなったわけだ。

(それが成果や実績を目指したものではなく、謝罪と反省と検証と処分を目指したものだというのは、実にやりきれないことだ)


ただ、宮岡課長には申し訳ないが、宮岡課長が『捜本に出る』といって公安課を離れたことから、僕にはささやかな慶事《けいじ》があった。すなわち、さっきチラと触れたが、課長室の撤収作業に、彦里嬢の協力がえられるようになったことだ。

彦里嬢は勤務終了時間の鐘が鳴り、宮岡課長が上着とコートを纏《まと》って公安課を離れるや、僕が公安課長だった四箇月間と同様、実に献身的に課長室の掃除その他を手伝ってくれたのだ。というか彼女には、『いつ宮岡課長が公安課を出るか出るか』と、ずっと待ち侘《わ》びてくれていた気配がある。それは、今の僕にとってかぎりなく嬉しいことだった。また、もし彼女の献身的な手伝いがなかったら、課長室の撤収作業は、内田補佐との約束がある二一〇〇《フタヒトマルマル》までには絶対に終わらなかっただろう。執務室が過分なほど大きいというのも、いざ城明け渡しとなると悩ましいことだ……

「いや、ありがとう彦里さん。お陰様で、今夜の内にはここを離れられそうだ。

そして今の内に言っておくけど、この四箇月間の彦里さんの献身を僕は忘れないよ」

「そんな寂しいことを仰有《おっしゃ》らないでください。課長は確かに公安課をお離れになりますが、まだあと一週間は愛予県におられます。そのうちに、宮岡課長も各補佐も、いいえ全ての公安課員も、また以前のように課長と接するようになるでしょう」

「せめてお離《わか》れくらいはしっかりと、瞳《め》と瞳《め》を見ながらやりたいものだ……

いや、それを決めるのは僕の方だな。そう、僕にはまだ宿題があるってことだ」

「もし、まだ私などにお手伝いできることがありましたら……」

「そうだな、ええと……

今、公安課内に他の課員はいるかい？」

「何方《どなた》もおりません。誰もが外に捜査に出ているか、捜査本部に出ています」

「警備部長室と、隣の警備課は閉まっている?」

「はい。渡会警備部長は定時に退庁されました。隣の警備課も、既に施錠《せじよう》されています」

「じゃあこの八階、あとは公安課を施錠するだけだね。それで誰もいなくなる。

そして彦里さん、実は僕まだ宿題を残しているんで、そうだな……二二〇〇《フタフタマルマル》くらいまで超勤をすることになるだろう。むろん施錠の仕方等は分かっているから、彦里さんはもう上がってください。最後までいろいろ心を砕いてくれてありがとう」

「いえ課長、実は私も、その……今日の会計検査で持ち出された書類や帳簿を確認して、それぞれ元通りに片付けておかなければなりません。ですので、もう少しだけ公安課に残らせていただきます」

「そうですか。ならそこは任せます。

ただ僕に気を遣わず、自分の仕事が終わったらそのまま上がってください」

「了解いたしました課長。もし御用がありましたら、すぐにお声を掛けてください」

「ありがとう」

――彦里嬢が課長室を出、庶務係の島《シマ》に帰る。

僕はすっかりキレイになった課長室で独りになる。

(キレイになったというより、夜逃げ寸前だな。

こんな状態は、そう、着任日以来だ)

僕は思い立って、課長卓の巨大な執務椅子でなく、応接卓の三人掛けソファに座ってみた。壁際《かべぎわ》に置かれた三人掛けソファの、いちばん窓寄り。それが公安課長の定位置だった。僕はこの四箇月、ずっとそこで諸々《もろもろ》の検討《ケントウ》をし、諸々の決裁をしてきた。

だが今夜を限りに、僕がこの定位置に座ることはないだろう。戦犯たる僕がまた愛予県警察に赴任させてもらえる未来などありえないから、今夜を限りに『未来永劫《えいごう》ない』といってもよい。

そして来週月曜日、僕の正式な後任としてここに座るのは、内示と報道のとおり、鳥取県警察本部から赴任してくる白居《しらい》警視――そう、我が同期のあの白居だ。そもそも仲の良い同期だし、司法試験も通っている白居ならば、後顧《こうこ》に何の憂《うれ》いもありはしない。

僕はそんなことを思いながら、そして白居の不敵な顔を思い浮かべながら、ちょっとした悪戯《いたずら》をすることにした。まずはソファの定位置において微妙に頭の角度を調整し、課長室の巨大な窓をじっくり見遣《みや》る。角度に注意して凝視《ぎょうし》する。

（そう、あれは確か……着任二週目にやったように、だ）

既に日没後。

巨大な窓は、純黒の夜と、城山のささやかなライトアップを映し出している。といって、それはほんとうにささやかなものだ。雄壮な城山のほとんどは、夜と一緒の純黒に溶けて見えはしない。

（二十世紀の終わりを迎える、十二月からのライトアップか。

これまた因果なタイミングだ）

僕はいよいよ、巨大な窓越しに望む景色が見えるのを確認すると、自分の頭の角度と視線のベクトルをしっかり憶えながら、ソファの定位置を起った。定位置を起って課長卓を越え、巨大な窓に接近する。そして課長卓上にまだ残してあったサインペンを採ると、巨大な窓のとある一点、狙い定めたその一点をぐるぐるぐると塗り潰《つぶ》した。黒いサインペンで、黒く黒く、ぐるぐると。掃除をする彦里嬢には申し訳ない悪戯《いたずら》だが、所詮《しょせん》はサインペン、下地はガラス、黒丸のサイズは親指の頭ほど。ゆえに、さしたる労苦なくインクを拭《ぬぐ》い去ることはできるはず――

（宇喜多前《ぜん》課長が、そして僕が、ずっと独り占めしてきた一点だ。

公安課長だけの、この一点。

さて、白居新課長がこの埃《ほこり》のような黒丸に気付いたなら、いったい何を思うだろう？）

……ささやかな悪戯《いたずら》を終え、僕はもう一度、三人掛けソファの定位置に着座した。

再び、微妙に頭の角度を調整。再び、角度に注意して巨大な窓を凝視する。

（完璧《かんぺき》だ。

座高の違いを計算に入れても、これでよし）

僕は思わず暗い微笑を浮かべながら、ウン、ウンと頷《うなず》いてしまう。

ところがまさにそのとき――

「おう、司馬君!! やっぱりまだここにいたかあ!!」

「け、警務部長?」

「いやあ、誤認逮捕以来、警察本部でもいろいろつらいだろうと思ってさあ――」

――それは、今日から一週間だけ僕の上司となる、警務部の澤野《さわの》警務部長だった。

そう、僕は『警務部付』に更迭されたのだから、その上司は当然、この澤野警務部長になる。柔道着だのジャージだのその他諸々《もろもろ》だのを警務部長室に部屋乾ししたり、何の下調べもせず生協の宅配を利用したりで、何かと地元警察官の顰蹙《ひんしゅく》を買ってしまった、まあ無邪気で気のよい、一〇期先輩のあのキャリア副社長だ。

そして澤野警視正はその無邪気さを証明するように、なんとまあ、日本酒の一升瓶《いっしょうびん》を下げている。

「一週間の短い間だけどさ、これから上司と部下になることだし、司馬君の激励をしたいと思ってね!!

さっぱりと、一時間一本勝負でどうだい？

ええと――八時一五分までか。いいだろ？」

「と、突然のことで、大変恐縮しておりますが……

警務部長の御厚意《ごこうい》、ありがたく頂戴《ちょうだい》いたします」

「なら課長室に入っていい？ 愛予城のライトアップを見ながら、しっとりと」

「無論です、どうぞこちらに」

僕は自分の定位置を起ち、上官たる澤野警務部長にその座を譲った。

そして着任以来初めて、人の部下として、公安課長室の下座のソファに座った。

（公安課長室最後の夜に、課長だけの定位置を明け渡す。これまた因果だな）

とまれ、急いで座った下座のソファから首を回し、彦里嬢に大声で告げる――

「彦里さん!! 三階から警務部長がお越しだ。申し訳ないがグラスと、もしあれば摘まみを!!」

99

二〇〇〇《フタマルマルマル》。

澤野警務部長と司馬警務部付の酒宴は、もうじき『一時間一本勝負』を終えようとしている。

俄《にわか》にその面倒を見ることとなった、公安課庶務係の彦里真由美《まゆみ》係員は、日本酒用のグラスにコースター、ホタルイカの沖漬け、うるか、このわた、フグの白子、ベルーガ・キャビアにフォアグラのパテ、そしてトリュフのカルパッチョといった摘まみを課長室に給仕したあと、実は課長室の入口のたもとで待機をしていた。ちなみにこれらの摘まみは、昨日の討ち入りが無事一段落したなら司馬とのささやかな慰労に用いるため、宮岡警視が彦里嬢に命じ、公安課の冷蔵庫に準備させていたものである。それが、このように異様な宴席のため用いられることになろうとは、まさか宮岡も想像だにしていなかったろう……

(また、司馬課長は、あまりお酒にお強くはない)

ゆえに彦里嬢は、司馬のためもあって、チェイサーの冷水グラスをも二客、既に給仕していた。ただいきなり日本酒の酒宴となると、司馬の今の精神状態をも踏まえれば、いきなりの飲酒事故ということにもなりかねない。警察本部内において更迭され、また、その警察本部からも遠からず更迭される司馬が、深く謹慎《きんしん》すべき身でありながら泥酔《でいすい》し、奇行に及びあるいは昏倒《こんとう》するなど、およそ警察組織において容赦《ようしゃ》されることではない。懲戒処分を受けた者がさらに飲酒事故を起こして錯乱する——しかも警察本部内の耳目《じもく》を引くかたちで錯乱する。それは、彦里嬢の絶対に避けたいところだった。

(私がしっかりフォローしなければ、大変なことになる)

よって彦里嬢は、概ね一九一五《ヒトキュウヒトゴー》に奇妙な酒宴が開始されたとき、自分の執務卓のささやかなオフィスチェアのキャスターを転がして、公安課長室の入口——そうあの金属パーテの開口部のたもとにそれを置き、公安課長室の中からは自分の姿が見られないようにしながら、公安課長室外側、その入口近傍《きんぼう》でずっとそれに座りながら待機をしていた。そうでもしなければ、公安課長室内の様子を窺《うかが》い知ることは……少なくとも公安課長室内の会話を聴取することはできない。彼女の主観として、このような『盗み聴き』は下品なことだったし、このようなこと、これまでに一度たりとも試みたことがない行為だったが……

（司馬課長に今、飲酒に絡《から》む不祥事があってはならない。

それだけは絶対、避けなければ）

この四箇月における、彦里嬢の司馬警視に対する献身は、こころからのものだった。彼女は司馬警視のことをこころから大事に思い、司馬警視に立派な役割を果たしてもらうべく、自分にできるかぎりの忠義を尽くしてきた。そしてその献身と忠義は、司馬がいよいよ懲戒処分を受け更迭されたこの日において、ますます強く発揮された。彼女の主観においては、公安課の他の課員はともかく、司馬警視ほど大事な存在は公安課においていない。いや正確には、司馬警視は既に公安課の人間でも何でもないのだが、敢えて言えばだからこそ、彼女は司馬警視を救いたかったし……彼女にとって司馬警視はかけがえのない存在だった。それは外形的には、愛、と呼べるほどの強い態度であり挙動《きょどう》だった。そう、彦里真由美は司馬達《とおる》を、この上なく重要な存在だと認識するに至っていた。彼女の人生において……少なくとも彼女の今夜において、彼女は司馬達をくだらないかたちで失うことはできなかったし、彼女にはそのようなこと耐えられなかった。

だから、彼女は。

これまでに一度も試みたことがない様なかたちでの『盗み聴き』までしながら、公安課長室の入口のたもとにオフィスチェアを移動させ、この四十五分間、ずっと澤野警務部長と司馬達との酒宴の様子を確認していたのだが……

（……澤野警務部長は札付《ふだつ》きの変人で通っているとはいえ、懲戒処分を受け更迭される部下に、日本酒を無理強いしないだけの理性は持っているようだ。だから司馬課長も、おつきあい程度に日本酒を嗜《たしな》んではいるが、まさか泥酔はしていない。いや、ほろ酔い未満）

とはいえ、そこは警察官の酒宴である。時折、バカみたいな呵々《かか》大笑《たいしょう》と大声も聴こえてくる――

だいたいこれ、本部長指揮事件なんだから、東山サンこそ腹切るべきだよなあ⁉

まあ指揮官は僕でしたけど、ガッチリ花押《かおう》もハンコももらいましたからね‼

そもそも、機動隊舎の捜本を仕切っていたのは機動隊長の迫《さこ》サンだろう⁉

いやそこはちょっと誤解がありますが……ただ僕から指揮権を奪うぞ、みたいなことは言っていましたからねえ‼

それ聴いた、俺も聴いた……でも地元警察官はズルいよなあ‼　イザとなったらキャリアに責任を押し付けて、あっという暇《ま》にトンズラだもんなあ!!警務部長、それはこの公安課の様子を御覧《ごらん》になれば解るでしょう。誰もが蜘蛛《くも》の子を散らすように逃げてゆきましたよ!!

俺もさんざん愛予県警にはイジメられているからなあ……司馬君の気持ち、司馬君の悔しさ、ホントよく解るよ……こんな、愛予城さえ小指の先しか見えない部屋をあてがわれてさあ……アッハッハ、アッハ!!

（かつての俊英課長と、お荷物部長。この酒宴、どうなることかと思ったけれど……）

司馬の置かれた状況の為《な》せる業《わざ》か、はたまた司馬が決して強くはない酒の力を借りている為《ため》か、ふたりは不思議なほど意気投合している。そして彦里嬢が公安課長室の入口近傍で腕時計と掛け時計とを確認するに――時刻は二〇〇五《フタマルマルゴー》。

（後の予定もある。一時間一本勝負のはずでもある。そろそろ声掛けをすべきだろうか？）

彦里嬢が司馬の今後を思い、微妙にそわそわ、イライラし始めたそのとき――

しかし彦里嬢は、突如、奇妙な酒宴の雰囲気がガラリと変わったのを察知した。

すなわち、バカみたいな呵々大笑《かかたいしょう》と大声に充《み》ち満ちていた公安課長室が、劇的といえる感じで、突然静かになる。

（……密談？）

彦里嬢は思わずささやかなオフィスチェアを脚で移動させ、公安課長室の金属パーテに最接近した。耳を澄ませる。成程《なるほど》、公安課長室では今、俄《にわか》な密談が始まっていた。そしてその密談はどうやら、澤野警務部長の方が切り出したとみえる。それもそうだ。司馬達の方で、今更澤野警務部長と真剣に語り合うことなどないだろう。どのみち一週間後には、澤野警務部長どころか愛予県警察と未来永劫縁《えん》の切れる身の上である。

（なら澤野警務部長は今、何を語り始めたか……

そして司馬課長は、それをどう受け止めるというのか？）

彦里嬢は普段ならば信じられないほどの興味関心と虞《おそれ》とをいだいて更に耳を澄ませた。

その彼女が聴解した公安課長室内における警視正と警視の会話は、次のようなものだった。

「……ああ、もう一時間一本勝負も終わるなあ。

そこで、実は司馬君に、ちょっとお願いしたいことがあるんだが」

「こんな身の上の僕にできることでしたら、どうぞ何なりと」

「助かるよ。というのも、あっは、僕はとりわけ渡会《わたらい》警備部長には嫌われているから、こんな機会でもなければ公安課に、いや八階に出入りできた身分じゃないからねえ……

そして実は、お願いしたいことっていうのは……ホラ僕の、生協騒ぎ憶えている？」

「ああ、警務部長が生協の宅配を御利用なさっていたという……ただあんなもの、騒ぎと呼べるほどの事案でも何でもないですよ」

「……実はあれ、司馬君も懸念《けねん》していたとおり、対象勢力の経営する生協だったみたいなんだよ」

「なんですって？」

「しかも、その対象勢力っていうのが……何を隠そう、因縁《いんねん》のMNでねえ」

「……警務部長が御利用されていた生協が、MN経営に係るフロント団体だったと？」

「まさしくそうなる」

「そ、それで、警務部長がそのことを知ったのは何故ですか？」

「実は、これまた司馬君が懸念していたとおりだったんだけど……どうやらMNは、僕を警察内スパイとしてリクルートすべく、僕に接近を試みていたんだよ」

「しかしまさか、MNなり当該《とうがい》生協なりが、そのことを自白・自認はしないでしょう」

「いや、僕の自宅への宅配を担当しているドライバーが――これがMNのリクルーターだったんだけどね――昨日月曜の夜、そのことを自白したんだ。

　そして僕に保護を求めた」

「……すみません警務部長、話の流れが急展開すぎて。

　そのあたりの経緯、もう少し詳細に御教示《ごきょうじ》願えませんでしょうか？」

「もちろんだよ。渡会部長の妨害があるから、君以外にこんなこと相談できる相手もいないしね。

ここで、その『昨日月曜の夜』っていうのは、まあ……君がMNの詐欺事件において、その、あざやかな誤認逮捕をしてしまった直後の夜だ。MNとしては、大勝利の夜だな。そしてもはや、MNとしては、警察によるガサその他を懸念する必要がなくなった」

「まったく汗顔《かんがん》の至りですが、まさにそのとおりです」

「ところが、だ。

このMNの大勝利は、僕のリクルーターにとって――以降R君としようか――実に不都合な事態につながった。というのもR君は、僕が愛予県に着任してから数箇月を掛けて僕のリクルートに精を出してきたんだが、まあ、僕がマヌケで鈍感だったのもあって、結局、肝心の討ち入りまで何の情報も獲《え》られなかった。もちろん、僕を警察内スパイとして獲得することもできていない――

するとだ。

MN中枢部としては、R君はえんえん数箇月もの時間を費やして、いったい何をしていたんだという疑問を持つ。いやそれに憤慨《ふんがい》する。そしてその憤慨は理解できるものだ――何故と言って、MN最大の勝負所ともいえる昨日の討ち入りに至るまで、R君は愛予県警の副社長たる僕と何度も何度も接触していたにもかかわらず、何らの警察情報・事件情報を入手できなかったんだからね。『なんたるマヌケだ!!』というMNの憤慨は理解できるだろう？」

「そうですね。ベクトルは真逆ですが、僕らも一緒のことをやっていますから。仮に、そうですね、MNの第二位者に営業を掛け続けていたのに、討ち入りに至るまで何らのMN情報を入手できなかったとあらば、『担当者はいったい何をやっていたんだ!!』と、そう、憤慨する気持ちになるでしょう」

「そして再論すれば、今や、MNは警察を恐れる必要がない。これを僕についていえば、最早リクルートを続ける必要もなくなった。すると、これをR君についていえば……」

「……無能で不要な工作担当者として、まずは解任する。切る。

そしてそれだけでは終わらないでしょうね、何故と言って」

「そう、R君は僕のリクルートに失敗しただけでなく、知らなくてよいことまで知り過ぎてしまっている。『MNが実は警察本部の警務部長・警視正を籠絡《ろうらく》しようとしていたこと』――それを知っているだけでも、今や厄介《やっかい》極まりないが……

実はR君が知っていることはそれだけじゃない。

R君は、MNが対警察工作のため駆使していた、MN生協ネットワークの責任者だったんだよ。これすなわち、R君は僕のリクルートを直接担当していたほか、MN生協ネットワークの誰が、どの警察官の籠絡を担当していたか、それらをすべて知る地位にあったんだよ。

そして重ねて、MNが警察に完全勝利した現在、それらの工作は全て不要となっている。少なくとも今後数年はね。だって警察は今後数年、絶対に攻め入っては来ないのだから。となれば、R君とR君の対警察工作ネットワークは、今や不要であるばかりか、無かったものとして処理すべきものとなった……警察をすっかり加害者に、自分達をすっかり被害者にし終えた以上、被害者たる自分達がそのような非公然活動をやらかしていたという事実は、そう、無かったものとして処理した方が安心だから。今後、せっかく純然たる被害者になれたMNが、そんな対警察工作をやっていたなどということが露見すれば、またMNの危険性が、とりわけ警察によって喧伝《けんでん》されかねない……」

「とすると、やはりMN中枢部は、そのR君とR君のネットワークを」

「亡《な》き者にしようとしている。

これは比喩《ひゆ》でなく、物理的に死んでもらうという意味だよ」

「成程《なるほど》……」

だから警務部長の籠絡を担当していたR君は、俄《にわか》に自分の正体と任務とを警務部長に自白し、むしろ警務部長による保護を求めた」

「特に自分と親しい、ネットワークの構成員二名とともにね」

「それが、昨日月曜日の夜」

「そうなる。

そして僕は渡会警備部長に蛇蝎《だかつ》の如《ごと》く忌《い》み嫌われているから、それを今夜この機会に、司馬君に相談するしかなかったという訳だよ」

「事情はとてもよく理解できました、警務部長。

ただ——もはや公安課長でも何でもない僕が案じるのも何ですが——それがMNの更なる欺瞞《ぎまん》工作である可能性も否定できません。いってみれば、これはR君その他二名の寝返り。寝返りに当たっては、それなりの審査と、それなりの手土産《てみやげ》が必要となりますが？」

「R君はこう言っている。

もし自分達三名を絶対安全なかたちで保護してくれるというのなら、自分達がこれまで諸工作をしてきた警察官をすべて教えるとともに、既にMNに協力を約している警察官もすべて明らかにすると」

「なんと」

「しかもだよ司馬君。

僕は君のところの、よく解らないウラ部隊については全く知見がないが……R君たちはそのウラ部隊の警察官を既に二名、籠絡し終えているとのことなんだ」

「はちじゅう……いえ当課の秘匿《ひとく》部隊員を？　それはちょっと俄《にわか》に」

「このメモだが」警務部長が紙片を取り出し、差し出す音。「既にR君が自白してくれた、当該ウラ部隊の警察官二名、その実名・年齢・階級・住所・家族構成が記されている。もし司馬君が今、ウラ部隊の警察官にそのような者が実在するかどうか確認できるのなら、そしてその個人情報がドンピシャリで正確ならば、R君の自白の信用性は極めて高いと判断できるだろう……ウラ部隊そのものが危機にあるというそのことも。そう、もし司馬君がまだウラ部隊の資料にアクセスできるのなら、だけどね」

「確かにそのとおり」司馬達がチェイサーの水をごくりと飲む音。「そしてさいわい、未《いま》だ必要な公用文は私の手元にありますし、さらにさいわい、公用パソコンもそのID・パスワードも凍結されてはいません。まずは所要のFDで、そのメモに記された警察官の個人情報を突合《とつごう》することとしましょう」

「助かるよ、司馬君」

司馬達がもう一度チェイサーの水を飲み、ソファを離れる音。常日頃と異なり、ソファの最上位席は澤野警務部長によって占められ、司馬達はソファの末席に座していたため、その動きを耳で追うのは難しくない。

司馬達は、課長卓の巨大な執務椅子に着座すると——キィ、と聴き慣れた音がする——課長卓上の公用パソコンを開き、それを起動した。やがてそれに、まだ凍結されてはいない自分のID・パスワードを入力する。それらと並行して、恐らくは肌身離さず持っていた幾つかの鍵で、課長卓の引き出しを開錠する音がする。恐らくはFDなり公用文なりを取り出す音も。そして司馬達は課長卓にチェイサーの水を移動させたようで、ほろ酔いの頭をしゃんとさせる意味もあってか、水で始終喉《のど》を潤《うるお》している様子。

（お酒もそれなりに飲まれたようだけど、水もかなりお飲みになっている。ならば……）

やがて、公用パソコンが完全に起ち上がり、ＩＤ・パスワードによる認証も終わり、司馬達が所要のＦＤを挿し込んでその読み出し音がガガガッ、ガッ、ガガッと響いた頃。

それは俄《にわか》に起こった。

「ううっ……うぐっ‼」

――あきらかな苦悶《くもん》の声‼

三つ揃い《スリーピース》のスーツを、ワイシャツを、そして恐らく喉を掻《か》きむしる音。

司馬は今悶絶《もんぜつ》している。

その巨大な執務椅子が大きく軋《きし》む音。

その巨大な課長卓に、腕が大きくばしん、どたんと叩き付けられる音。

そして、やがて……

「ぐふっ」

誰がどう聴いても末期《まつご》の悲憤《ひふん》が響いた後。

公安課長室はまったき静寂《しじま》に閉ざされた。

公安課長室の入口近傍《きんぼう》でひたすら聴き耳を立てていた彦里嬢は無論、公安課長室に駆け込む――

「澤野警務部長……

なにをしているの」

100

「なにをしているの、あまり時間はない。

直ちにFDと公用文の回収を――

録音機によれば、午後九時には当課の警部が来る。さほどの猶予《ゆうよ》はない」

そういいながら彦里嬢は、まず司馬警視が愛用していた黒のアタッシェケースに近寄った。そして、日々課長室に入室し整頓《せいとん》等をする際その底に仕掛けた、そう、今日この日も掃除だの何だのの際その底に仕掛けた、超小型の録音機を回収する。もっともこれは証拠隠滅の意味しか持たない。今彼女が回収したこの録音機は、さしたる情報を録音してはいないからだ。例えば今週のCSZ－40読解のための二十一桁の鍵は、先の日曜夜に録音し、もう回収してある。公安課については来る朝来る朝、徹底した点検《テンケン》消毒《ショウドク》が行われるが、掃除をしながらそれに立ち会うのは彦里嬢自身。課長室の備品なりロッカーなりを整えるのも彦里嬢自身。彼女だけは、司馬警視のアタッシェケース――

司馬警視と一緒にあちこちへ移動してくれるアタッシェケースにおみやげを付することができる。そしてこれは録音機だ。それ自体、何の電波も発信しはしない。電子的な点検《テンケン》に引っ掛かりはしない。そしてこれにまして、彼女は異なる箇所にも複数、録音機を設置することができた……

その、彦里嬢は。

課長卓上ですっかり絶命しているであろう司馬警視には目もくれない。汚らわしい、既に用済みの、もはや何の信頼も勝ち獲《と》る必要のないこましゃくれた若僧キャリアの死《し》骸《がい》になぞ何の意味もありはしない。いや、もっといえば不用意にこの無意味な死骸へ近寄るのは危険でもある……そう、司馬警視が彼女にとって大事だったのは、今夜この芝居が終わるまでだ。それまでは泥酔も酒乱も困る。冷静な頭で課長卓の鍵を開けさせ、所要のＦＤ・文書が出せるようにし、あるいは公用パソコンのパスワードを入力してもらうまでは、いつもの、しれっとした理性を維持していてくれなければ困るのだ。それをいえば、もっとたくさんのＦＤについて、ＦＤ自体のパスワードをも開錠してほしかったが……それは不自然だしその時間的余裕もない。宇喜多前《ぜん》課長のときと異なり、極秘文書・秘文書・取注文書が、ＦＤ・紙媒体ひっくるめて膨大な量、入手できるのだから、それだけで既に大戦果だ。多数に上るＦＤ自体のパスワードは、それなりの時間を掛けて解析してもよい。もっとも、司馬警視はせっかく〈八十七番地〉とやらの名簿なり体制表なりを、自分の公用パソコンで開いてくれたのだ。そのFDのパスワードはまさか解析するまでもない。そして今現在、公用パソコンにディスプレイされているのはCSZ－40の暗号文、すなわち一見しただけではまるで意味不明な記号列のみだが、その二十一桁の鍵は各週月曜ごとすべて――そう今週分ですら入手できているのだから、このディスプレイの記号列さえ完璧に『保存』してしまえば、その解読など児戯《じぎ》に等しい。

「澤野。予定どおり、お得意の写真撮影でパソコンのディスプレイを接写して頂戴。そう、八月二日の夜、あの宇喜多が開いた文書を接写したようにね……

ちなみにあのときは何と言って呼び出したの？」

「はい、我が教皇台下《だいか》――」

澤野警務部長は公安課長室ソファの首座を起ち、直立不動になった。

「――あのときは、『宇喜多が我が教団に布石したスパイが、いわゆる二重スパイである疑いが強い』『その二重スパイは、警察本部内の警察官信者の指揮監督を受けている』云々《うんぬん》との出鱈目《でたらめ》を告げ、所要のFDを開かせました。

宇喜多は当初半信半疑でしたが、私が当該《とうがい》スパイの本名と、あと警察本部内における我が教団信者の本名をチラと知らせましたところ、俄《にわか》に不安になったようで、急いで既存資料との突合《とつごう》をする気になったものです。

もっとも、私のような昼行灯《ひるあんどん》が突如そのような旨《むね》を語り始めるのは異様ですので――

『渡会警備部長のいないところで、三〇分程度の慰労会・送別会をしたい』『今僕は柔道を終えて警察本部にいるが、僕の警務部長室は洗濯物だらけなので、悪いが公安課長室で飲ませてほしい』等々と架電し、まんまと宇喜多を誘《おび》き寄せ、ここを会場にできました。無論、宇喜多のときは司馬と違って、既にほとんどの公用文の引継ぎを終えてしまっておりましたが――台下《だいか》の秘密録音により、宇喜多がいまだ我が教団垂涎《すいぜん》のＦＤを二枚所持していることは明白でした。そのことについて疑いは無い。ならば作戦上、どうにかしてここ公安課長室で、そしてこの公安課長自身の公用パソコンで、宇喜多にそれを開かせる必要があったところ――宇喜多は私をタダ飯喰らいの無能者と考え、さしたる警戒心もなくそれをやってくれました、あっは」

「公安課の宮岡なり広川なり、そしてこの司馬なりも愚かというか……

宇喜多警視が警察本部に『呼び出された』とすれば、それは直属の、上位階級者によって為《な》されたのだと考えるのが道理。ならそれは警視長か警視正よ。ここで、それがおなじく東京から赴任しているキャリアの、同期警視の捜査二課長などであれば、まだまだこれから幾らでも飲酒の機会はある。何も離任真際の警察本部などで飲む必要はないし、何も課員との送別会を中座するまでのことは無い……

しかもその宇喜多を『呼び出した』警視長・警視正とは、宇喜多同様、宇喜多の送別会に出席していた渡会警視正ではありえない。何故と言って渡会部長は、自分で自分に課したルールとして、宇喜多の時代も司馬の時代も、決して公安課長室に入室しようとはしなかったのだから……いいえ、これはむしろさかしまに、『その渡会警視正が不在のとき、宇喜多を呼び出そうとする警視長・警視正はいったい誰か？』『そんな夜間に警察本部にいる警視長・警視正は誰か？』『平日の九時十時まで、あるいは時として日付が変わるまで、警察本部のとある施設を使用する習慣のある者は誰か？』を考えるべきよ。まして当県に警視長はひとりしかいない。その東山警視長はとりあえず焼酎《しょうちゅう》派でビールなど飲まない。それをいったら、出崎捜査二課長とていきなりワインか日本酒派なのだから、そして公安課にはワインも日本酒も焼酎もあったのだから、ビール缶が応接卓に出ているのは奇妙なこととなる。

　なら、正解まではもうあと半歩もないというのにね」

「また、宮岡警視らが気付いていたかどうかは別論、宇喜多殺しにおいて『来客用のグラス一客』及び『来客が飲んだと思《おぼ》しきビール缶一本』が消失しているのは大ヒントだったのに、これもマヌケですな……わざわざ、来客があったことを露《あら》わにしてまでそれらを始末する者など、『水洗いした程度で指紋は落ちはしない』『だから捨てるにしくはない』との常識を有する、そう、警察官くらいしかあり得ないのですから」

「ただ澤野、あなたは公安課に常備されているグラスが『十二客ジャスト』であることは知らなかった。そうよね？」

「はい、それは御指摘のとおりであります」

「そこから敢えて『一客』だけを捨てるというのは、悪目立ちしすぎた気もするわね
……指紋のリスクを甘受してまでも、グラスをしれっと茶器の棚に返しておけば、そもそも『来客があったことを露《あら》わにする』必要はなかった。もっともその場合、宇喜多がどうやって〈キューピッド〉を入手できたか、それを工作する必要が生じるけれど、来客があったことを確定できないようにしておけば、公安課の混乱はより深まったはず。

いずれにしろ澤野、あなたは結果として膨大なヒントをバラ撒《ま》いてはいた。必要と事情と切迫性とがあったとはいえ、それだけ雑で荒っぽいことをした。

にもかかわらず、あの宮岡も司馬も、それらを正しく解読することができなかった
……全くできなかった……

まして。

八月二日の宇喜多殺し当夜、宇喜多が公用パソコンを起動させたのはたったの八分のみ。それで何ができたかを考えれば、答えは『文書を読み出す』ことくらいだと想定できる。

なら何故文書を読み出したのか？　そこには誰の、どのような事情があったのか？

それを詰めて考えれば、当該夜の客人とは警察官であるのみならず、『宇喜多に所要の文書を確認させることのできる上位階級者』『そんな時刻まで警察本部に居残りをす

ることが常態である上位階級者』であると当たりはつくのにね。これもまた、普段から課報部門課報部門とイキがっている割りには、恐ろしくマヌケに過ぎる……

……いえ澤野。公安課の愚昧《ぐまい》さに係る回顧と展望は、また後々にとっておきましょう。

確かに慨嘆《がいたん》したくなるほどのマヌケぶりとはいえ、我々に許された時間は残余《ざんよ》三十五分強。ゆえに、しかるべくこのディスプレイを撮影し、しかるべく司馬の管理する極秘文書・秘文書・取注文書を回収し……計画どおり、司馬には覚悟の自決をしてもらう。捜査指揮を誤り、愛予県警察の名誉と威信とを失墜《しっつい》させ、懲戒処分と更迭まで食らった司馬に、せめて最期《さいご》は雄壮で優美なフィナーレを用意してあげましょう……

ガソリンその他の準備は？」

「万端《ばんたん》です、台下」

「かくも我が教団の役に立ってくれた功労者。

かくも我が教団による終末を確実なものとしてくれた功労者。

それにふさわしい、厳粛なる火葬を――」

「了解致しました、我が教皇台下」

それは無論、これからふたりが極秘文書等を窃取《せっしゅ》するその状況・証拠を、司馬や公安課長室もろとも火葬することでもあった。

「それでは私が諸準備を行いますゆえ、しばし公安課長室外で御待機を。教団の生化学部門を信じるのであればさほどの危険はないはずですが、〈キューピッド〉の毒性は侮《あなど》れません。台下におかれては、極力、その死骸からお離れくださいーー

あとこちらのグラス等ですが、本日は特段の措置を？」

「いいえ澤野、普段私が措置を講じるのはこのアタッシェケースと、あと司馬の湯呑《ゆの》み・ティーカップよ。それらのグラス等には何の小細工もしていない」

「了解しました。それならばさっそくーー

さ、さっそく、さっそ、く」

「……澤野警務部長？」

「さ、さっそさっそくふうっ!!

さっそぐはっ……ぐふはあっ!!　げほっ……!!」

「澤野!?」

公安課長室のソファ、その最上位者用の席を起って直立不動の姿勢を維持していた澤野警視正は、今なんと、つい先刻司馬警視が悶絶《もんぜつ》していたのと一緒の態様で悶絶している。まるでいきなり呼吸ができなくなったかのように喉を押さえ、喉を掻《か》きむしり、やがて躯《からだ》じゅうを痙攣《けいれん》させ、そのままたソファに崩れ墜《お》ちてしまう。そう、この四箇月間ずっと、司馬警視が定位置として使用していた席にーー

「うぐっ、ぐおっ……!!」

「澤野、あなたまさか⁉」

「そのまさかだよ、彦里さん」

――思わず顧《ふりむ》いた彦里嬢。

視線の先の、公安課長卓には。

まるで朝の挨拶《あいさつ》でも受けるかのように律儀《りちぎ》に着座し直した、彼女の上司――

無論、生きた司馬警視がいた。

101

「司馬、公安課長……」

「正確に呼んでくれて嬉しい」僕は〈教皇〉にいった。「現状を詰めて考えれば、彦里さん、聡明《そうめい》な君のことだ。もう、すべてが芝居で茶番だったということは解るはずだからね。だから僕は引き続き、警務部付などではなく、君の上司として――あるいは公安課員六十七名の上官として、いやあるいは捜査本部二〇〇名捜査員の上官として、必要な捜査指揮を執らせてもらう」

「辞令も、処分も、すべてが嘘《うそ》だったと⁉」

「君らを騙《だま》すため、書類上・手続上は全て正式に発令されているけどね。

だが事ここに至って、そんなことはどうでもいいじゃないか？」

「あなたは、澤野を……」

「宇喜多前《ぜん》課長の仇《あだ》を討つ。これは東山警察本部長の、絶対の御下命《ごかめい》だったので。澤野警視正は重要な被疑者ゆえ、殺さないですむのなら殺したくはなかったが……

宇喜多前課長殺しについて、しかるべき報いを受けさせる。我々の流儀で始末をつける。それが宇喜多前課長への最大の供養《くよう》であり、僕らの最低限の義務だ。まして澤野警視正は今、僕さえも殺す気満々だったのだから——既に実行の着手もあった——僕がやったことは、一点の曇りも疑問もない正当防衛だよ」

「……ならあなたは、澤野があれを混入させたグラスを」

「ああ入れ換えた。だが宇喜多前課長のときと一緒の手口とは、また芸がない……日本酒のグラスも、チェイサーを入れたグラスも入れ換えさせてもらった。澤野警視正はまるで気付かなかったよ。ここで、君が御記憶かどうか解らないが、僕はこれでもピアニストの端暮《はしく》れでね。柔道でごつごつした澤野警視正よりは、指先の小細工に自信がある」

「……し、司馬貴様ッ!!」僕の定位置で、澤野警視正が瀕死《ひんし》のそして絶望的な怒号を発した。「い、いったい何時《いつ》から……ど、どうして俺のことを⁉　何故俺を疑えた⁉」

「そりゃ愛予城ですよ。当然じゃないですか」

「あ、愛予城⁉」

「つい先刻も、奇妙なことを幾度か仰有《おつしや》っておられましたが……

僕が澤野警視正、いや警察内MN病毒《ウイルス》〈ヒデアキ〉、お前を最初に疑ったのは、あの懐《なつ》かしの生協話のとき……そう、僕が警務部長室に赴いて、幾許《いくばく》かの諫言《かんげん》をさせていただいたあのときですよ」

「い、意味が解らん‼」

「あのときお前はいった。『君の課長室に居ながらにして』『ライトアップで豆粒ほどに浮かぶ愛予城を肴《さかな》に一杯』と――だがこれは面妖《おか》しい。お前がそんなことを言えるはずがない、絶対に。

何故と言って。

公安課長室から愛予城が見える。小指の先ほどに見える。この夏場からなら夜でも見え得る。このことは常識でも何でもない。むしろある意味秘密といってもよい。というのも、普通に公安課長室へ入室するあらゆる者は、どこからどう窓を見ても、愛予城など一㎜も視認することができないのだから。その意味で、公安課員らそのものを含め、『公安課長室からは愛予城が見えない』というのがむしろ常識だ。

そしてその常識をくつがえし、実は小指の先ほどは見えるのだと、そのちょっとした秘密を知りうるのは世界にたったひとり――公安課長だけだ。例えば宇喜多前《ぜん》課長だけがそうだったし、今なら例えば僕だけがそうだ。理由はシンプル。公安課長室には公安課長の許可が無ければ絶対に入室できないし、例外として朝の掃除と点検消毒《テンケンショウドク》があるがそれは複数名が相互監視しながら行われるし、だから誰ひとりとして公安課長の定位置たる、そう、澤野警視正いまあなたが座しているソファのその最上位席には着座することができないし、ゆえに――その最上位席以外からは絶対に視認することのできない愛予城を瞳に収めることは不可能だからだ。言い換えれば、応接セットの三人掛けソファの最上位席に座れる者しか『実は愛予城は小指の先ほどなら見える』ということを知らない、分からない。

だのにお前はあの日、『君の課長室に居ながらにして』『ライトアップで豆粒ほどに浮かぶ愛予城を肴に一杯』なる発言をした。これはまさか伝聞ではない。例えば宇喜多前《ぜん》課長がお前にそんなことを喋《しゃべ》るはずがない。というのも、八階のボス・渡会警備部長は、お前に対し、間違っても自分の八階には立ち入ってくれるなと、八階の警備部の者とは口を利《き》くなと断言しているし、宇喜多前課長も絶対にお前を八階に入れないよう、不用意にお前と会話しないよう、細心の注意を払っていたのだから。これについては東山本部長の御証言があるし、それが無いとしても、だからこそお前は八月二日、宇喜多前課長離任のドサクサと渡会警備部長の不在、もっといえば公安課員の不在を狙《ねら》って八階へと侵入し、宇喜多前課長殺しを決行したのだから。ゆえに、これらから解ることは、宇喜多前課長がお前に『実は愛予城は見える』などということを話すはずもなければその機会もなかったし、また、お前が勝手気儘《かってきまま》にここ八階に来てましてここ公安課長室に入ってましてそこ公安課長専用席に座って『実は愛予城は見える』のを確認することなど、絶対にできはしなかったということだ――要は伝聞もありえなければ実査《じっさ》もありえなかった。だのにお前は、公安課長だけが知りうるその秘密をしれっと吹聴《ふいちょう》している。いや、その秘密を当然の事実として、あたかも確認ずみの前提として、アタリマエのように、確信を持って喋っている。

ならお前は何時《いつ》その秘密を知ったのか？

お前がその不可思議な確信を持てたのは何時《いつ》か？

――そうだよ澤野。

お前が今座っている席に、上位階級者として、目上の客として座れたそのときだよ。そしてそんな機会があるとすれば、警視正であるお前が警視である宇喜多前課長の下を訪れたとき以外にない。また僕が知るかぎり、公然とそのようなイベントが発生した事実などないし公安課員の誰もその事実を知らない。そもそもそんな訪問は禁じられている。

――そうだよ澤野。

それは極秘裡《ごくひり》に行われた飲み会だよ。

実はお前が今夜のように上座にすわり、その事実を隠蔽《いんぺい》するため宇喜多前課長の躯《からだ》をそこに動かし直した、そんな奇妙な飲み会だよ。

そしてそんな飲み会が行われた可能性があるのは八月二日の夜だけだよ。

それだけでお前の死刑を確定するには充分だ」

「ば、バカな……ことを!!

今さっき見たんだよ!!　ここに今日座った……そのときに!!」

「もうあまり口を利かない方が、末期《まつご》の安息《あんそく》の為《ため》にはよかろうと思うが……

それこそそんなバカなこと、ありはしないよ。

というのも、僕はお前の為、ちょっとした悪戯《いたずら》をしていたのでねえ。もし今、顔を上げて見られるのならば幾らでもその窓を見るがいい。二十世紀の終わりが来るのを記念してライトアップされているはずの、だから小指の先ほどは光っているのが見えるはずの愛予城、その一点の灯りは今夜、絶対に見ることができないんだよ。何故ならば」

僕は課長卓上のサインペンをそっと翳《かざ》した。

「その三人掛けソファの最上位席からは、絶対に愛予城が見られないよう、窓のしかるべき点を塗り潰《つぶ》しておいたのでね。ああ、僕は執拗《しつよう》な性格をしているから、お前の座高等も勘案しておいたし、念には念を入れて親指大を塗り潰しておいた。結果も繰り返し繰り返し確認した。

だから今のお前の弁解は嘘《うそ》も嘘、大嘘だし……

……その嘘がまたお前の犯人性を補強するんだよ澤野。ああ反論はいい。あらゆる意味で無駄だ。今やお前から何を訊こうとも思わないし、知るべきことは全て知っている。

おっと、ちなみにだが、お前のMN性も――要はお前が警察内MN病毒《ウィルス》だということも――お前の余計な、愛予城云々《うんぬん》の発言を聴いた直後に直感できた。お前が信者そのものかどうかは直ちに分からなかったが、最大級の警戒を要することは直ちに分かった。

何故と言って。

お前が利用していた生協の名は〈きれいな川　すいしょうコープ687〉だったな？

これは幾ら何でも公安課を舐《な》めすぎだ。すなわち〈687〉は聖歌『まもなくかなたの』の聖歌番号。〈すいしょう〉〈きれいな川〉もまた聖歌『まもなくかなたの』の歌詞だからな……水晶より透き通る流れのそばで。神様のそばのきれいな川で云々《うんぬん》。そうだろう？　ましてお前は奥方との離婚話まで進めており、ゆえに奥方は断じて愛予県になど来ない、お前の警務部長公舎になど来ないというのに、例えば平脇監察官はお前の警務部長公舎で夜間、『奥様』『妹さん』の姿を見掛けている。離婚話云々《うんぬん》については東山本部長の御証言もあったから、それはまさか真の『奥様』ではありえないし、またまさか真の『妹さん』でない蓋然性《がいぜんせい》が強い。極めて強い。ならばそれらは何者か？　MNのフロント団体〈きれいな川〉と明々白々な接点を有するお前のことだ、それらをMN

信者だと仮定して何らの不合理はあるまい？　どのみち、警務部長・警視正・筆頭役員たる最上位警察官が、部下である監察官にも真実を秘し、夜間の公舎にまで招き入れているそんな不可解な対象だ。ここで、すべて不可解なことには理由があり、すべて理由のあることには証拠がある――

だから僕はお前との面談後直ちに、お前を容疑解明対象とするオペレーション〈ヒデアキ〉の実行を公安課員に下命《かめい》した。お前は既に僕らの徹底した監視下にあったんだよ澤野。

ああ、あとひとつ。

あのとき。僕が警務部長室でお前を諌《いさ》めたとき。

お前は『監察官室が僕の女性関係に興味を持っている』――云々《うんぬん》とほざいたね。それもお前が警察内《とう》MN病毒《ウィルス》であることを僕に確信させた。というのも、僕の女性関係とくれば、それは当公安課があるいは我が国警察が組織として行っているとある〈営業《エイギョウ》〉、某MN最上位女性聖職者に係る〈営業《エイギョウ》〉でしかありえない上、それをお前ごときに安易に察知されるほど僕らの防衛員《ボウエィイン》はマヌケではないのでね。まあ、億兆を譲《ゆず》って営業対象との接触が目撃できたところで、まさかそれが不倫だと断定できるような解りやすい脚本は書いていないし、そんな脚本に沿った演技などしはしない。僕はその〈営業《エイギョウ》〉の担当者を熟知しているから、これは絶対の確信をもって断言できる。するとだ。お前が僕の『女性関係』とやらを知っているというのなら、それは営業対象から——MN側から知った以外にない。それは実際、お前の発言内容からも裏付けられる。すなわち、『お相手の女性にも、週刊誌だの何だのの取材で、派手な迷惑を掛けるおそれがあるからさ』云々という御忠告は、要は『我が方の大事な最上位女性聖職者だから、くだらんスキャンダルに塗《まみ》れるおそれのないよう仕事をしろ』という、当該営業対象をできるだけ守れという誘導だし、『悩み事なり相談事なりがあるのなら、僕にこっそり耳打ちしてくれてもいいよ』云々という御親切は、要は『公安課が大事な最上位聖職者の真実をどれだけ理解しているのか知りたい』という、営業の現在の進捗《しんちょく》状況と現在までの解明事項を教えてもらいたいという誘導だ。そして事実として、当県警察本部の監察官室は僕の女性関係になどまるで興味関心が無かったのだから、お前は明白な虚偽を述べているし、ましてその虚偽はMNを守るものか利するものだ。

ただもう御心配には及ばないよ、澤野。

当該〈営業《エイギョウ》〉はお陰様で、大成功裡《せいこうり》にその最終盤を迎えている。

お前たちの努力と献身は実を結んだ。

すなわち今夜、僕らは戦争に勝てる。ありがとう。

——さて、やはりもう声も出ないようだが、最期に何か言い残すことがあるとすれば」

「た、たすけ……救けて……許してくれ!!　救けてくれ後生《ごしょう》だ!!　な、何でもする!!」

「それは駄目だよ澤野。仮に僕が慈悲《じひ》と慈愛《じあい》の塊《かたまり》だったとして、まるで無意味だ……だって、もうどうにもならないことは、それで僕を殺そうとした自分自身がいちばんよく解っているだろう？　ＭＮが回収・開発した〈キューピッド〉は、まさかそんななまやさしいものではないのだから」

澤野は涙すら零《こぼ》しながら、公安課長室内の応接卓、その僕の定位置で、懸命に躯《からだ》を輾転《のたう》たせ、腕を蚊弱《かよわ》く伸ばしては虚空《こくう》を掻《か》きむしっていたが……

「こんな城で……こんな城で～～～～～～～～～～～～～～～～～!!」

どさり。

ある一瞬を境に、糸の切れた糸繰《あやつり》人形のごとく応接卓に突っ伏した。

その無駄に膨満《ぼうまん》した巨体はもう、動かない。

「――さてと。

102

残るは〈まもなくかなたの〉教皇、二代目村上貞子こと彦里真由美。君の処遇だね」

「私が〈まもなくかなたの〉の教皇だと？」

「おや、それはついさっき、澤野が語っていたと記憶しているけど？」

「……そしてそれを録音していると」

「そうだね。

君が献身的に、僕のアタッシェケースや茶器に録音機を仕掛けてくれていた様にね」

「どうしてそれを？」

「疑念を持ったのは、宇喜多前《ぜん》課長殺しのことを考えていたときだ。

正確に言えば『何故殺人犯は、二十一桁《けた》の鍵がなければ絶対に解読できない文書を強奪していったか？』を考えていたそのときだ。

殺人までして強奪しているのだから、そこには解読できるという自信があったのだろう。しかし我々が用いているCSZ－4なりCSZ－40なりは、もし二十一桁の鍵を欠くのなら、解読するのに市販のパソコンで二十三年から三十二年を要する。それは事実上、解読不可能ということだ。だが不可能を前提に文書を強奪するはずがない。とすれば――

殺人犯は、あるいはMNは、当該《とうがい》週の、二十一桁の鍵を知っていた。

まして殺人犯は、何のラベルや表記もない『無地の』FD二枚を強奪している。

すると殺人犯は、あるいはMNは、当該FDの中身をも知っていた。

そう考えるべきだ。いやそう考えなければこの情報戦、我々が負ける。

ならどうやってMNは、その二十一桁の鍵を知りえたか？　FDの中身を知りえたか？

——ここで、二十一桁の鍵は月曜の朝、次長から課長・各警部に口頭で伝達される。口頭でだ。ならそれを窃取《せっしゅ》するには、秘聴器か録音機が必要になる。ところが、公安課は朝イチで徹底的に点検消毒《テンケンショウドク》されるのだから、電子的に音声を伝える秘聴器は論外だ。それなら必ず摘発できると、いつか宮岡次長も断言していた。

　とすれば、残るのは録音機だね。

　これは何らの電波を発しない、実にアナログな、しかも小型のものがよい。電波を用いないため、リアルタイムで傍受することはできないが、こまめに入れ換えるならさほどのタイムラグなく必要な情報を入手・再生できる。

　そう、こまめに入れ換えるならね。

　このことに思い至ったとき、僕は君が、異様なまでの献身と親切心とで、僕の緑茶と紅茶を幾度も交換する癖《へき》があることに気が付いた。おしなべて二時間に一度もだ。ちなみに当公安課では、湯茶の類《たぐい》は手酌《てじゃく》が基本。お茶汲《く》みをしてもらえるのは唯一《ゆいいつ》、公安課長のみ。言い換えれば、君が湯茶の類を給仕するのは当課でただひとり、僕だけだ。次長ですら手酌だ。ゆえにここでもう一度、僕は自分の茶器を——緑茶用の大きな湯呑みと紅茶用の大きなティーカップを持ち上げてもみた。そういう目で観察してみれば——今の僕らにとっては自明なことだが——湯呑みもティーカップも、その底に何か小さなものを仕掛けるには充分なつくりをしているからね。

そうだ。

君が、君自身が調達してくれたあの美愛焼《みあい》の湯吞みとティーカップ。湯吞みなら脚の部分――そう高台《こうだい》がかなり高く、ティーソーサーならばくぼみの部分――そうカップを受け止めるミコミがとても深い。まあなんと、小指の幅ほどはあろうかというくらいに。

そして実際に確認する前、僕は四つの大事な事実にも気が付いたよ。

ひとつは次長が証言してくれたとおり、宇喜多前《ぜん》課長の茶器もまた彦里さん、君が調達してきたということ。このことは、そう、僕の着任時から明らかで確実な事実だ。

いまひとつは、これはいつか澤野が証言してくれたんだが、君の人事異動について。すなわち極めて優秀で、警務部各課をはじめ引く手数多《あまた》だった彦里真由美嬢は、他ならぬ澤野警務部長の進言で、是非《ぜひ》とも公安課に配置すべきだとされたこと。言い換えれば、澤野はお膝元《ひざもと》である警務部各課の怨《うら》みを買うのも承知の上で、あえて君を公安課に譲ったこと。

いまひとつは――これは十月六日午前中の出来事、そう『部課長会議』中の出来事なんだが――警察内MN病毒《ウィルス》である御油警察署副署長の〈ミツヒデ〉が、なんと僕の執務卓上に警電を架けてきたこと。着任挨拶で一度しか会っておらず、一度として警電を架けてきたこともなく、また、警察文化として副署長が所属長《ショゾクチョウ》に直接架電するのはおかしく、架電するのなら次長にすべきであるのにもかかわらず——だ。ましてその用務は『Y2K問題の資料をくれ』などという、あらゆる意味で公安課長に頼むのは意味が無いことだった。このことには、次長も僕も、課長補佐たちも大いに疑問を持った。そして僕は思った——それは言い訳だと。そんな資料なんて実はどうでもよいのだと。また僕は思った——ならば何故〈ミツヒデ〉は、謀略の首魁《しゅかい》たる僕にそのような警電を架けてきたのか？　このささやかなパズルは、解くのに若干の時間を要したが……三本ほど煙草《たばこ》を灰にして考えればどうということはない、『それは僕宛《あ》ての警電ではなかった』んだよ。ただ次長の証言からして、それが僕の番号に架かってきたことは確実。すると、だ。『僕宛てではないのに、僕の警察電話機に架けてきた』ことになる。それにはどのような意味があるのか？　ここで、警電は14をプッシュすれば回線を自分の電話機へ接続できることに思い至る。実際、その〈ミツヒデ〉からの警電も、そうやって次長によって次長卓上に接続されている。何故か？　答えはシンプル、課長室に最も近いからだ。そう、課長室に最も近いのは次長卓と庶務係の島《シマ》。とすれば、それらの事実から『最初から14プッシュで回収してもらうため、敢えて僕の卓上に警電を入れた』という稚拙《ちせつ》な詐術《さじゅつ》を理解するまではあと一歩もない。『敢《あ》えて僕の不在時を狙い、僕の卓上に警電を架け、それを14プッシュで回収してもらう』というのが〈ミツヒデ〉の選択した合理的な戦術……そして〈ミツヒデ〉がそうまでして電話連絡を取りたい相手は誰か？　言い換えれば、最初から狙う相手方に警電を架け、その架電記録を残すなどして、自分と相手方のつながりを明らかにはしたくない、絶対にしたくはない、そんな相手は誰か？　そりゃどう考えても警察内ＭＮ病毒《ウイルス》のお仲間だろう。架電記録ひとつ残したくない、内緒内緒の電話の相手方なんだから。ましてそれは、僕宛ての、課長室で鳴り響く警電を、14プッシュで取ったとして何の不思議もない位置と立場にいる者となる。そして執拗《しつよう》に再論すれば、距離的にも任務的にも、それは次長か庶務係の誰かだろう。以上をまとめれば、〈ミツヒデ〉の詐術のお陰で、そこに警察内ＭＮ病毒《ウイルス》がいるということが、有難くも解明できたということだね。

あと。

僕が気付いた大事な事実、その最後のひとつは、そう、次長が東京で開催される『警察運営科』に入校するということで僕が次長の任も兼ね、課長室を出て次長卓で執務をしていた時期があること——正確にはその時期、次長卓上は湯呑みもティーカップも置けないほど物で埋まってしまっていたことだ。それはそうだ、次長卓は課長卓よりずっと狭いから。このとき君は、僕の湯呑みとティーカップを、結局無人のままとなる課長室にセッティングせざるを得なかった。まして君は、そのことについて僕に苦言を呈したりもした——『課長は課長室にいらっしゃるのが仕事です』『幹部の方はお諫《いさ》めなさいませんが、課長が大部屋にずっとおられると課員が緊張する面もあります』等々とね。

それも瞳《め》の色を変えて、極めて残念そうに。

何がそんなに残念だったか……

結局、僕の茶器を引っ繰り返してみれば一目瞭然《いちもくりょうぜん》だろう？　そういうことさ。

ゆえに、公安課長室における会話はほとんど拾える。特に、次長との会話は。

なら当然、月曜朝に次長が伝えにくる二十一桁の鍵も録音できる。

宇喜多前《ぜん》課長が肌身離さず所持していたFD、その中身が何であるのかさえ。

――むしろ明瞭に、だ。

何故ならば、これは当課の常識でもあれば物理的に実証されていることでもあるが、

『公安課長室内における会話は、通常の声量であれば絶対に室外には漏れない』んだからね。だから誰もが安心して、普通の声で喋る。君はこの常識と事実をむしろ逆用したわけだ。そしてそれができるのは、何を今更だが君だけ……当課において、君以外に、誰が僕の茶器を用意したり洗ったりするというんだ？

――またさらに。

僕はマヌケにもようやく茶器の絡繰《からく》りに気付いたとき、君ならば当然、他にもバックアップを仕掛けていると思った。しかもそれは、まずバックアップの役割を果たすものであり、かつ、可能であれば茶器以上の役割を果たすものであろうとも考えた。というのも、君らMNは僕らが事件捜査をすることを知った以上、いやあるいは僕らを誤認逮

捕によって嵌《は》めようとした以上、当然、公安課長室のみならず外の捜査本部と外の〈八十七番地〉の情報をも獲《と》りたいと考えること必定《ひつじょう》だからね。だから僕は考えた。茶器以外の何処《どこ》に仕掛ければ、その目的を達することができるかと……

答えはシンプル。

僕のチェスターフィールドのコートか、僕の黒いアタッシェケースだ。

何故と言って、これらは公安課長室から出撃してくれるから。

そしてこれらは、僕の三つ揃い《スリーピース》なり革靴なりネクタイなりと違って、僕が警察官としてやたら整えるものじゃない。すなわち露見や遺失のおそれが少ない。おまけにこれらは、君が整理整頓《せいとん》の一環としてとても手に触れやすいものでもある。ここで、チェスターフィールドの方は、それなりに派手に動く。纏《まと》うとき。脱ぐとき。畳むとき。携《かか》えるとき。風に吹かれるとき……それらを考えれば、より安定性があるのはアタッシェケースの方だ。これも実際、現物を確認させてはもらったが、もはや確認するまでもなく、それが実際に稼動し活用されていたという証拠はある。デカい奴がある。

――それは、愛予新聞の十二月七日付け記事、『県警誤認逮捕　公安課長を更迭』なる新聞記事だ。ここに実に不可解な文章がある。すなわち『司馬警視は、機動隊舎に捜査本部を置き、機動隊長の統括の下、本件詐欺《さぎ》事件を指揮していた』なる一文だ。

これは明白に事実に反する。

迫《さこ》機動隊長は、いわば親切心で場所を提供してくれただけ。捜査本部の事件指揮になど、いっさいタッチしてはいない。また、実際に捜査本部がどこにあるのかは、その愛予新聞自身ですら詰め切れていなかった情報だ。少なくとも、先の日曜、愛予新聞が『特ダネ』をすっぱ抜こうとしたその時点でも彼等はそれを知らなかった。それは僕と次長とで確認をしている。先の日曜においても、それは秘密のままだったんだよ。

とすれば、この一文が意味する情報は、ごく最近流れた情報だ。

なら、それを知りえたのは誰か？　機動隊舎に捜査本部があり、機動隊長がその統括をしていた、などということを知りえた者は？

――これが、たったひとりいるんだよ。

そのたったひとりとは、十一月十日水曜、僕が黒いアタッシェケースを持って機動隊舎を訪れたとき、その際の迫機動隊長と僕の会話、その音声だけを聴いていた者だ。これは、どうしてもそうなる。何故と言って、確かにその日その場において、僕は『機動隊舎に捜査本部があること』『機動隊長に統括指揮してもらってもよいこと』を発言しているからだ。正確には、たしか……

「しかし、警備部ゴルフコンペで堂々と一五五を叩《たた》き出した恥知らずには、こがいな事件の指揮官は到底務まらんぞな。なんだったら儂《わし》が直接捜本を統括指揮しようかな、もし」

「うわあ、力強いお言葉。是非《ぜひ》今日こんにち只今《ただいま》からお願いします!!　司馬警視、よろこんで迫警視の指揮下に入ります!!」

だったかな。ここで、この音声だけを聴けば、なるほど新聞報道の一文は正しくなる。そう誤解しても無理はない。ただし、この発言の前後で僕は大きく首を振ったし、機動隊長は可愛《かわい》らしく舌を出してもいる。要は冗談、軽口なんだ。そしてそれは当事者にも列席者にも確実に理解できたこと。もし理解できなかった者がいるとすれば、機動隊長と僕のジェスチャーを視認《しにん》できなかった者だけ。言い換えれば、音声のみを聴いていた者だけだ。そして、ここで考える——列席すらしていなかったのに、音声だけ聴けていた者とは？

もう縷々《るる》論じるまでもないね、僕のアタッシェに録音機を仕掛けたその者だよ。

そしてそれができたのも、始終僕の課長室に入室でき、始終僕のアタッシェを整頓することのできた、君ひとりしかいない。

ちなみに僕らを誤認逮捕で嵌《は》め終わったのに、なお愛予新聞に捜本の在処《ありか》やその指揮体制をリークしたのは、これから更に捜本の情報や事件捜査の実際の情報を——如何《いか》に断片的なものであろうと——だらだらと流し続け、この『誤認逮捕』に係るニュースをさらに延々と燃え広がらせよう、世間に関心を持ち続けさせようという意図があり、その意図に基づいて『試射』を開始したんだろう。そしてその『試射』を実行し始めたのは澤野、いや今は亡き澤野だろうね。というのも、また御調子者《おちょうしもの》の本領を発揮して、つ、いさっき、機動隊舎に捜査本部が置かれていたことと、機動隊長がそれを仕切っていたなることを、べらべらと喋っていたんだから。そして澤野は、君らが望む終末までは、自らが副社長を務めるこの愛予県警察の名誉を、小出しに、嫌らしく、徹底して毀損《きそん》する役目を担《にな》っていたんだろう。〈ガラシャ〉の安全さえ確保できれば、僕の破廉恥《はれんち》な不倫情報さえも流しつつ、だ。

けれどね、彦里さん。

その作戦自体は、的を射ていたけれど……

でも打つ矢が遅すぎたし、また少なすぎたよ。

どうせやるならこんな試射程度でない方がよかった。

そう、如何《いか》に断片的なものであろうとも、例えば公安課にとって死活的な〈八十七番地〉の情報でも、おもしろおかしくリークすべきだった。そのときは実際、僕らも火消しと事後処理とに追われ、最後の一手が打てないところだった。

そうだよ、彦里さん。

君はこの終盤戦、一手を誤った。一手遊んだ。

だからもう、遅すぎた」

「……ねえ、公安課長さん。あなたの公安課もあなたの捜査本部も、既に敗北したわ。

もう終盤戦でも何でもないの。勝負は終わったの。あなたたちの敗北は、もはや決して転覆《くつが》えらない。私達の作戦は、すべて既定路線どおりに進んだの。そして」

彦里嬢は今、オートマチックの拳銃《けんじゅう》をさらりとかまえた。そしていった。

「あなたが前途《ぜんと》を悲観し、極秘文書等とともに焼身自殺をするそのことも、既定路線のまま――」

なら何が誤りで、何が遅すぎたというの？」

「……僕らのお芝居が、僕の更迭《こうてつ》だの、僕の懲戒処分だの、それだけだと本気で信じたのかい？」

「え」

「――彦ちゃん」

そのとき、僕らのいずれにとっても聴き慣れた声が、彦里嬢の背から響く――

「あんたの〈教皇庁〉はもう、終わりじゃ。これまでの貢献と献身に免じて、命までは奪いとうない。その銃をお捨てな」

「宮岡、次長……」

103

「課長、遅うなってすみません。今、捜本の方がお祭り騒ぎですけん――」

「いやかまわない。むしろ時間どおりだ。そして――内田補佐もね？」

「ああ課長、お疲れ様ですぞな。……死せる司馬達《タツ》、生ける公明《コウメイ》を走らす。ただ一手間違えば課長死ぬけん、もう、ハラハラしよりました……」

「またまた、そんなタマだったかい――まあ内田補佐、さっそくだけど彦里嬢の拳銃をお預かりして。それから、念の為身体捜検《シンタイソウケン》を。この期《ご》に及んで自傷他害は困る。まして〈キューピッド〉をバラ撒《ま》かれるのは論外だ」

「了解しましたぞな、課長。彦ちゃん、こんなおっさんの身体捜検で悪いけんど、セクハラゆわんと我慢してな」

「課長、どうぞ室外に――」宮岡次長が自分の拳銃を収めながらいった。「――澤野警務部長は〈キューピッド〉で死んどります。仮にこれが空気感染能力を持っとる奴だとすると、課長の御身《おんみ》にも悪影響が」

「いや、MNがその開発に成功したかどうかは別論、今夜使用された〈キューピッド〉に空気感染能力はないよ――

何せ、教皇自身が実行した作戦だ。教皇が受難するようなリスクは、まさか冒さないはず」

僕はここで。

課長卓の引き出しからカッターナイフを取り出すと、応接卓のソファで死骸《しがい》となっている澤野警務部長に近付いた。そしてその、僕のより遥《はる》かに太い手首を採る。そのまま、太い手首を大きく一文字に斬《き》りつける――

冗談のように、人形の唇のように、ぱかりと開いたその傷口からは。

暗赤色のいびつな粉末が、砂時計の砂のように零《こぼ》れ落ちる。

液体として流れ出るべき澤野の血液は、凶々《まがまが》しい顔料のような砂礫《されき》となってフロアに零《こぼ》れる。

「宇喜多前《ぜん》課長をも殺した〈キューピッド〉、なるほど恐ろしいものだ……

彦里さん。

君達がもしこれを手に入れていなかったとするならば。そして今年が一九九九年でなかったとするならば。君達の終末論は、まるで違った無難《ぶなん》なものになっていたかも知れないね？

——すなわち、一九九六年二月。

合衆国のNASAは〈NEAR Shoemaker〉という小惑星探査機を打ち上げた。目的地は、地球から最短でも二、三〇〇万kmは離れている、火星軌道の内側にある小惑星・エロスだ。そしてこの〈NEAR Shoemaker〉は一九九七年一月、当該《とうがい》エロスに到着。以降一年、エロスを探査するとともに、成功確率一％と揶揄《やゆ》されていた『エロスそのものへの軟着陸』にも成功した。これで〈NEAR Shoemaker〉は全ミッションを終え、一九九八年一月、そのまま当該宙域で運用停止・放棄となるはずだったが……

それはNASAの、だから合衆国の嘘だった。

成功確率一％というのも大嘘なら、そのまま放棄されたというのも大嘘。〈NEAR Shoemaker〉は確乎《かっこ》たる勝算と確乎たる目的どおり、実は今年一九九九年二月に、地球へ帰還している。というのも、〈NEAR Shoemaker〉は当初から『サンプルリターン機』だったからだ。小惑星エロスから試料《サンプル》を採取し、それを地球まで搬送するのがその任務だったからだ。だが、その任務の真実と帰還の真実は徹底して秘匿《ひとく》された。今日この日に至るまで、その秘密は異様にわずかな例外をのぞき、日米を問わず、いや世界のどの国にも漏れていないし開示されていない。何故ならばそれはあまりにも不穏当で……率直に言えば邪悪なものだったからだ。

けれど、もし。

〈NEAR Shoemaker〉の帰還カプセルが――それを警察庁の一部ではその形状から〈中華鍋〉と呼んでいるが――ここ愛予県の、そう御油町の山岳地帯に落下しなかったのなら、事態はこうも因果なものにはならなかったろう。そうだよ彦里さん。君が熟知しているとおり、〈NEAR Shoemaker〉の帰還カプセルは〈まもなくかなたの〉の支配区域八万ha内にパラシュート降下した。もとよりそれは合衆国の意図ではない。当該帰還カプセルは、予定どおりならオーストラリア南部、オーストラリア国防軍の規制下にある広大な砂漠地帯に降下するはずだったからね。そしてそれが実現していたのなら、君らは君らの終末論を実現させるための、そうエロスの化身〈キューピッド〉を獲《え》ることなどできなかったろう。二十世紀最後の年の幕開けに、Y2K問題に便乗してそれを首都圏その他の大都市で散布《さんぷ》し、黙示録《もくしろく》にあるカタストロフを自らの手で現出させようなどとは思わなかっただろう。あの鉛バリウムガラス製の、冷戦下における全面核戦争を想定した巨大シェルター――恐ろしく微細な放射能塵《じん》を遮蔽《しやへい》でき、ゆえに〇・一μmの物質など余裕で遮断できる〈教皇庁〉を、現実に稼動《かどう》させようとも思わなかったろう。ゆえに無論、『二〇〇〇年一月一日から、終末後の日本を祭政一致の新国家として支配しよう』などという、誇大妄想《メガロマニア》を実現可能なものだと確信しはしなかったろう……

すべてはヒトの邪悪な好奇心に端《たん》を発している。

地球外からのサンプルに混入するかも知れない、未知の細菌・菌類・ウイルスその他の微生物等を濫用《らんよう》し、とりわけ軍事的なブレイクスルーを実現させたいという邪悪な好奇心に。

もっとも、科学的にいえば——地球外微生物は例えば宇宙を飛び交う放射線で著しく滅菌されてしまうから、サンプルリターンの試料に微生物が混入してくれる確率など、一〇万分の一ないし一〇〇万分の一であると想定されているらしいが……

想定外のことは、起きるもの。

しかも一粒子わずか〇・一㎛の〈キューピッド〉は、想定外の厄災《やくさい》のうちでも極め付きの鬼子《おにご》だった。すなわちヒトに摂取されるや、急激にその毒性を発揮する死神だった。これは摂取後約三〇〇秒ないし約六〇〇秒で、ヒトのすべての血液を——全血管系五ℓの血液を——どのような酵素《こうそ》の働きか、なんと砂礫《されき》状に凝固させてしまう。血栓《けっせん》どころの騒ぎじゃない。血流が無くなって即死だ。頸動脈と頸静脈《けいじょうみゃく》をすべて掻《か》き切っても死ぬのに一分は掛かるが、〈キューピッド〉ならそんな手数も必要ない。こんな御伽噺《おとぎばなし》のような微生物、まさか地球上には存在しないし、これが地球の環境においてどのように変異してゆくのかも未知数だ。当然君らは毒性を強める方向で、そう例えば〈キューピッド〉が未だ持たない空気感染能力を付与する方向で、これまた邪悪な研究を続けてきたわけだが……

すべて終わりだよ彦里さん、いや教皇・村上貞子。

僕の任務どおり〈中華鍋〉は回収させてもらう。無論その中身も押さえさせてもらう」

「あら、どうやってですか？」

「それは無論、〈教皇庁〉と〈拠点施設〉に討ち入りを掛けることによってだ。

僕らが警察である以上、攻撃手段はそれしか無いじゃないか？」

「司馬課長さん。

私が〈まもなくかなたの〉の教皇であることなど、この澤野警務部長のささいな妄言《もうげん》でしか証明できてはいない。ましてあなたはその澤野を殺した。私こそが教皇であると口を割らせることのできる、最重要の証人をね。そして録音内容などどうとでも編集できるもの。さしたる証拠能力もなければ、そう、実はあなたたち自身とてそんな証拠を公判廷に出すことなどできないはず——だってあなたたちは澤野の謀《たくら》みを熟知した上で、充分な故意を持って澤野を殺したんですもの。警察官がそれと知りながら、証人を故意に殺すことなど許されない。殺人罪で裁かれるのはあなたたちよ、澤野の会話の録音などという証拠を使う蛮勇《ばんゆう》があるというのならね。そしてそんな出鱈目《でたらめ》な捜査を、我が国の裁判官も我が国の国民も許しはしないわ、絶対に。

まして。

まさかお忘れではないだろうけど、あなたたちは昨日、〈拠点施設〉への討ち入りに失敗している。そして私の記憶が正しければ、最早《もはや》あなたたちに新たな事件ネタなどは無い。事件ネタが無いのであれば〈教皇庁〉その他へのガサなどできはしない。また仮に、その陰湿かつ執拗《しつよう》な努力でどこかから微罪のネタを拾ってきていたとしたところで――あなたたち自身が充分理解しているとおり、誤認逮捕だなどという破廉恥《はれんち》と大失態を犯した愛予県警察公安課が、新たな令状の発付を受けることなどできはしない。そんなもの、まず最高指揮官である東山警察本部長の決裁を通らないし、通ったところでどの裁判官も令状請求を却下する。どの検事もその事件を食おうとはしない。だから。

無意味な虚勢とハッタリは、そのあたりにしておいた方がよいわ。あなたたちに〈教皇庁〉その他への討ち入りなどできはしない――少なくとも今日《こんじつ》今夜にできはしないし、どう考えても今後一年、いえ今後三年は誰もそれを許してはくれない」

「と、いうことだけど次長、彼女の直属上司として何か指導すべき事項はあるかい？」

「――ほしたら彦ちゃん、あんたはMNの教皇とは違う、いいよるんかな」

「そのとおりです、宮岡次長」

「あんたがMN信者じゃゆうんは、今夜の言動からして明白じゃけんど……」

「人殺しまでしている次長たちが、それを証拠化できるとでも？　そもそもこの澤野殺しは、次長たちによる私刑。ましてキューピッドの存在を公判廷で開示することさえできはしない、絶対に。よって、次長たちが宇喜多殺しを徹底して秘匿《ひとく》したように、今夜のことはまさか刑事裁判になりはしない。なら、私が〈まもなくかなたの〉の信者であれ教皇であれ、私の身柄を獲《と》ることもできなければ、私がこれから警察本部を無事退庁するのを妨害することすらできはしない――むろん私をも殺すというなら別論だけど、あっは、そんなことをすれば〈まもなくかなたの〉の事件化なんてますます遠ざかるだけだし、もし仮に私が教皇であるのなら、その報復テロは苛烈《かれつ》を極めるでしょうね、これ仮定の話だけど」

「ほしたら彦ちゃん、これを見てもらおうわい」

ここで宮岡次長は、A4コピー用紙の写しを数枚、彦里嬢に手渡した。

……突然のことに、強い訝《いぶか》しみの顔色を見せる彼女。

当初はしかし、まだそこに、侮蔑《ぶべつ》と嘲笑《ちょうしょう》と余裕とが浮かんでいた。

だが、彼女がA4コピー用紙を一枚、また一枚と繰ってゆくたび、その侮蔑と嘲笑と余裕は、あからさまに、驚愕《きょうがく》と猜疑《さいぎ》と焦燥《しょうそう》とに変わってゆく……

「そ、捜索差押許可状。そして逮捕状」

「その被疑者と罪名とが意味するところは解るかな、もし？」

「被疑者……本栖《もとす》充香《みか》。罪名……詐欺。

被疑者は、平成一一年一〇月七日午前九時五五分頃、愛予県愛予市所在の愛予県警察本部内一〇階診療所において、他人である澤野浩美《ひろみ》名義の警察共済組合組合員証を使って治療を受け、その治療費を一部しか支弁しなかったもの……

け、健康保険証の、不正使用」

「これまた立派な詐欺罪になる。今度は二項詐欺じゃけんど。

そしてこれ、、、、、、、、、、、、日付を確認してもろたら解るとおり、疾うの昔に発付されとる令状のコピーじゃ。延々論じてもろたように、これから本部長や検事や裁判官を説得する必要なんぞ端《はな》から無い。ホラ、捜索差押許可状も既にホンモノが複数、発付されとるのが解ろうがな。

それらのベキバショ――捜索すべき場所はどうなっとる？」

「あ、愛予県御油町の〈教皇庁〉、そして愛予教会……〈拠点施設〉‼

しかも、これらの令状が発付されたのは……

い、い、十二月二日ですって⁉

これは、これは小川裕美の詐欺事件に係る令状が発付されたのとまったく一緒の日。

なら。

まさか。

まさかあなたたちは。

私達の誤認逮捕作戦をも逆手《さかて》に取って。

私達が完全勝利に浮かれ、〈教皇庁〉〈拠点施設〉に重要資料を搬入し直すのを待って。

そこを急襲しようというの……そこを、一網打尽《いちもうだじん》にしようというの……

そう、〈中華鍋〉と〈キューピッド〉を含めて」

「そして無論、教皇御本人の身柄も含めて――やけどな。

あとは課長の御下命《ごかめい》を待つぎりじゃ。捜本二〇〇名捜査員は、既に配置を終えとる」

「……教皇、御本人ですって？」

「それはそうじゃろがな、もし。

この二項詐欺被疑者・本栖充香ゆうんは、あんたらが儂らを釣るために用意した〈教皇〉、その真偽はともかくあんたら自身が儂らを誤認させるためにでっちあげた〈教皇〉じゃけんの。言い換えたら、この本栖充香が教皇じゃゆうんは、その外観は、あんたら自身が作出してくれたもんぞな。ならそれに乗らん手はないわい。

まして、この本栖充香が他人名義の保険証を使《つこ》て不正に治療費の一部の支払いを免《まぬか》れとるゆうんは、小川裕美の雇用保険不正受給なんぞと違《ちご》て、今度は絶対確実な事実じゃ。なんでかゆうたら、まずは当《とう》公安課員がその状況を確認しとるけんの。もっとゆうたら、犯行当日とされる当該十月七日木曜日――いやその前日から被疑者と小旅行に出とったんは当公安課員じゃわい。ここまでは、釣り針を垂らしたあんたもよう知っとろう。そう、儂らが〈ガラシャ〉と呼んどるこの本栖充香は、儂らが教皇として容疑解明を行っとった営業ダマであるのと同時に、あんたらが儂らを引っ掛けようとした教皇のダミーじゃけれ。

――ただ、ここからは知らんか、知っとっても意味を理解できんかったはずじゃ。

すなわち。

当該《とうがい》小旅行の明け方、被疑者が絶対に欠かすことのできん朝薬《ちょうやく》の、抗不安薬ロラゼパム――いわゆるワイパックス二錠が何故か、そう何故か無くなっとったこと。マル被はどうしてもその午前中に当該ワイパックス二錠を入手する必要に迫られたこと。正規の主治医のルートでは入手が著しく遅れるけんど、マル被はあと一時間もすれば人事不省に陥《おちい》ってしまうこと。ゆえにマル被はこの、依存性が強く初診での処方が危ぶまれる薬剤を、主治医以外のルートで、絶対確実に処方してもらわんといけんかったこと。よってマル被は、MN内における調達ルートを利用すると決意したこと。その調達ルートは、完璧《かんぺき》に秘密が保たれ、かつ、MNの完璧な統制下にある必要があること――

ほうよ。

被疑者が当該十月七日の朝コンタクトを取って、必要な診療と処方が確実になされるよう依頼しあるいは命じた相手方は、そこで死んどる澤野警務部長じゃ。マル被はだからこの澤野警務部長と接触し、便宜《べんぎ》を図らせ、警察本部内一〇階診療所でワイパックスの処方を受けた。無論そのことは儂自身が裏付けを取っとる。診療記録、防カメ映像、処方記録、行動確認……あらゆる裏付けを取っとる。そもそもその日マル被らが移動に使たタクシー、これ儂ら警察が用意したもんじゃけんの。

——元々、澤野警務部長が二度も三度も家族分の保険証を無くすことや、家族なんぞ当県に来とらん単身赴任者なのにやたらその再発行を急がせること、いやもっとゆうたら、当県警察全体において保険証の遺失事案がふえとること、また当県警察全体において医療費が急増しとることは、そりゃ誰でも知っとる事実じゃ。その事実と、澤野こと〈ヒデアキ〉がMN性を有する警察内MN病毒《ウイルス》であることを併せ考えれば、あんたらがやっとるビジネスの実態はすぐ割れる。

すなわち。

極めて信頼性の高い、警察共済の組合員証——要は一般でいう保険証を、澤野警務部長の力を使てやたら再発行等させる。そしてMN信者にそれを使わせて、需要の大きいリタリンだのハルシオンだのを最大限購入させる。無論これをみだりに売り捌《さば》く……

確かにこのとき、警察職員あるいはその家族の保険証は、実に有力な武器になる。それがそのまま使用できるならそれでよし、そのままの使用に問題があるなら変造すればよし。例えば、まず県内において実際に使用される虞《おそれ》のないもんじゃったら、名義人のある程度の生活パターンを確認しておけば、そのまま県内で使てもリスクは僅少《きんしょう》。

他方で例えば、本件被疑者が使とる『澤野浩美』名義の奴――すなわち東京に住んどって区役所の非常勤づとめをしとる、澤野警務部長の妻名義の奴じゃったら、奥さんが既に区役所から保険証を出してもらっとるんか、それとも未《いま》だ扶養家族として警察共済組合の奴を使とることになっとるんか、確認せんといかんわな。

後者のパターンであれば、なんでも奥さん『健康状態はすこぶる良好』とのことじゃけれ、これまた奥さんのある程度の生活パターンを確認しておけば、そのまましれっと使えばええ。一般論として、警務部長の奥方等が当県入りすることも、当県の医療機関を受診することも、これ、まったく自然じゃけれ。

また前者のパターンであれば、そのまましれっと使えば直《じき》にバレよるけんど、せっかく入手できた警察職員専用の有印公文書じゃけれ、まさか打ち捨てるんは勿体《もったい》ない。ならその一部を変造することで、露見リスクを回避することになるわな。その場合は、有印公文書変造・同行使まで付いてくるけん、警察としては美味《おい》しいとも言えるけんど――

さらにここで。

儂は課長の御下命《ごかめい》により、県内二七五の病院・クリニックを訪れて三〇〇名の警察職員及びその家族について保険証の使用状況を捜査したけん――そして十九件の不正使用を洗い出したけん――愛予県警察の副社長であり、給与厚生部門を配下に置く澤野警務部長が、このMNの処方薬横流しビジネス、あるいは保険証提供ビジネスの中枢《ちゅうすう》におったことは立証ずみ。現実に、十月七日木曜日に被疑者へ妻名義の保険証を貸し出したんも立証ずみ。現実に、被疑者がその保険証を使《つこ》て診療を受け、かつ処方を受けたことも立証ずみ。

となれば。

第一に、被疑者の犯罪は確実に立件できる。誤認逮捕のおそれなんぞ皆無《かいむ》。ここで、詐欺罪が立つかどうかをカンタンに検討しても、被疑者・本栖充香は、①他人名義の保険証を呈示し（欺罔《ぎもう》行為）→②医療機関の者に自分のことを当該他人だと誤解させ（錯誤《さくご》）→③診療を行わせた上、保険適用の自己負担額だけを請求させ（処分行為）→④保険証がないときの全額負担を免れる（移転）ことに成功しとるし、この①〜④にはキレイな因果関係がある。ほら、愛予地検の栗城暁子検事とてよろこんで起訴するキレイな二項詐欺じゃ。

そして、より重要なこととして第二に――

既に捜索差押許可状がキチンと出とることから解るとおり、この詐欺からは、小川裕美のエセ詐欺と違《ちご》て、なんと〈教皇庁〉まで登れる。被疑者本栖充香からは、何の不自由も苦労もなく〈教皇庁〉を手繰《たぐ》れる。理由は彦ちゃん、あんたが今唇を嚙《か》み締めとるその様子からも解るとおり、それはむしろ、あんたらMN自身が御膳立《おぜんだ》てしてくれたルートだからじゃわい。言い換えたら、本栖充香と〈教皇庁〉の結び付きを作出したんはあんたらMN自身じゃ。

故意《わざ》とらしく必ず各月、本栖充香を教皇庁に出入りさせたり。諸々《もろもろ》の機会に本栖充香が枢機卿以上の高位聖職者であることを見せ付けたり。教皇も本栖充香もともにピアニストであることを強調したり。ゆえに本栖充香の父親が教皇の父親——すなわち小学校の音楽教師にしてピアノを充分に嗜《たしな》む者じゃと判断できるよう情報を流したり。教皇も本栖充香も指のもつれ、強ばり、不随意な動き等に苦しんどることを強調したり。ゆえに本栖充香の父親が教皇の父親——遺伝による脳腫瘍《のうしゆよう》に苦しんどった者じゃと判断できるよう情報を流したり……

あと小細工としては、本栖充香に命じて、当該十月七日木曜、旅館において課長が筆記したCSZ-40をメールに転打して送信させてみたり。本来本栖充香はiモードの携帯端末を持っとらんはずなのに——執拗《しつこ》いほど繰り返しとる——二三九字のメールが打てるところを見せ付けさせたり。同様に、携帯端末ではネットなりiタウンページなりが見られんはずなのに、近隣の医療機関をたった三分未満で検索させてみたり。いやもっといえば八月中旬、課長の勤務先が『警察本部』『公安課』であることも全く知らんはずの本栖充香にいきなり、あからさまに課長室を訪問させたり……要は、儂らが本栖充香＝〈ガラシャ〉に対する不審と容疑を濃くしてゆく為《ため》の布石を、着々と重ねてくれとったの。

ただ、例えばあの、いきなりの課長室訪問は悪ノリでやり過ぎじゃった。なんでかゆうたら、再論になるけんど、本栖充香は課長の職名も勤務先も知らんかったはずやけんの。そう、本栖充香は、課長が更なる接触の布石として送信したメールにあるとおり――課長が『愛予県に赴任することが決まった』『世間でいう県職員、身分も地方公務員で、愛予県の、港湾課長というのになる』としか知らんかったはずじゃ。ほうよ。港湾課長よ。課長はこのメールでタイプミスをされとるんよ。それは御同期の蘆沢《あしざわ》警視に確認済み。まして課長は『県職員』『地方公務員』としか書かれとらん。これらの組合せから、愛予県警察本部警備部公安課なり愛予県警察本部警備部公安課長なりを導き出すことは絶対にできん。どう読んでも、愛予県の県庁職員になるとしか読めんけんね。ましで課長の御異動は、メディアゆうなら愛予新聞にしか掲載されんかった。ところが本栖充香は地方紙を読まん。本人が断言しとる。まして当課は課報《ちょうほう》部門。純然たる一般市民から課長のお名前なり職名なり在席状況なりの問い合わせがあればまず相手方を確かめようし、そもそも安易に答えるはずなかろう。にもかかわらず本栖充香は、儂にも彦ちゃんあんたにも、いや公安課員の誰にも連絡せずアポも取らず、いきなり単身、ズバリ公安課に出現した。このことについても裏付けを取っとる。ましてそのとき、彦ちゃんあんたは、本栖充香の湯茶の好みも確認することなく、本栖充香が好む珈琲《コーヒー》を決め打ちで給仕した——なら、本栖充香は課長から教わるまでもなく課長の職名と勤務地を知っとったし、また、それを教えた者《もん》がいったい誰なんかについても、そりゃ見当が付こうがな、もし。これが彦ちゃん、あんたの悪ノリとやり過ぎによるポカじゃわい。いずれにしろ儂らとしては、あんたに対する不審と容疑を感じ始めるとともに、『本栖充香は知らんはずのことを知っとる』『それはなんでぞ?』『何故このタイミングでわざわざ敵地に現れたんぞ?』と、本栖充香＝〈ガラシャ〉に対する不審と容疑を濃くしてゆくことになるけんど——

これすなわち。

儂らを嵌《は》めるために、『本栖充香＝教皇』なる偽《にせ》の証拠なり外観なりを作出し続けてくれたんはあんたら自身ゆうことになろうがな、もし」

「次長には、ほんとうに苦労と迷惑を掛けた……」僕はいった。「……何せ、〈ガラシャ〉と彦里さん、このふたりの徹底した捜査を実施するため、東京での三週間の『警察運営科』はまるごと諦《あきら》めてもらったから。だから……だから少なくとも次の春の異動で、次長に署長として栄転してもらうことができなくなったから。いよいよ次長が所属長になるというのは、僕がそんな秘匿《ひとく》捜査を命じさえしなければ、すっかり既定路線だったというのに」

「えっ、それじゃあ」内田補佐が唖然《あぜん》とした。「あのとき……課長が課長室から出て次長卓で執務しとったあのとき。あの三週間。あの三週間、次長は東京の警察大学校に入校しとったわけでのうて……」

「たったひとりで、本栖充香と彦里さんの捜査、あと澤野警務部長と県内医療機関の捜査を、三週間のあいだ、むろん東京などではなくこの愛予県内で実施してもらった。そうでもしなければ、僕が我が公安課で最も信頼する捜査員を、その直属部下である彦里さんの目も眩《くら》ませつつ、自在に運用することはできないからね」

「けんど、まず警察運営科を修了せんことには、次長は絶対に所属長には……」

「内田補佐、そがいなことは些細《ささい》なことじゃ」次長は端然《たんぜん》といった。「また半年でも一年でも待てばええだけの話ぞな。それに、ようお考えな。この作戦で――小川裕美なり大崎有子なりに故意《わざ》と騙《だま》される作戦で――課長は昇任が遅れるどころか、懲戒処分と更迭まで喰らっとられるんぞ。それに比べたら、警察運営科だの昇任だのを諦めるなんぞ、そんなん犠牲の内にも入らんわい」

「……最初から」彦里嬢の顔は既に蒼白《そうはく》だった。「小川裕美の一項詐欺など捨てるつもりで。最初から、本栖充香の二項詐欺を本命にして。でも録音機には一切、そんなこと」

「それは愚問だよ、彦里さん」僕はいった。「僕らは既に、茶器とアタッシェケースの小細工を見切った。あんなもの、ブツさえ現認《ゲンニン》すればその効用は直ちに理解できる。無論、それが誰によるお茶目なのかもね。だとしたら、それを最大限逆用するだけのこと。

こちらが望む情報だけを流し、秘匿《ひとく》すべきことは一切その近くでは喋《しゃべ》らない。たったこれだけの作法で、君らの行動を望ましいベクトルに誘導することができる。しかも、騙している気になっている側は、自分が騙されているとは露《つゆ》ほども思わない——実にコスパのよい手法だ。そして君らは実際、見事騙されてくれた。見事騙されて、いったん隠《いん》匿《とく》し尽くしてしまった枢要《すうよう》なブツを、もう一度〈拠点施設〉〈教皇庁〉に搬入してくれた。あらゆる文書、あらゆる電子データ、武器兵器の類《たぐい》、そしてもちろん〈キューピッド〉……

ただそれを確実にしないといけなかったから、今日一日もずっと芝居を続ける必要があったし、何より宇喜多前《ぜん》課長の仇《あだ》を討つという任務があったから、いろいろ偽《にせ》情報も流し続けたけどね。例えば『僕の課長卓にはまだ極秘文書等が手付かずでゴッソリ残っている』とか『それが最終確認され回収されるのは今日の午後九時だ』とか。ねえ内田補佐？」

「課長はまあ、その、嫌らしい謀略が大好きですけんねえ……」

「なら、宮岡次長があれだけあなたに激怒していたあの様子も」

「演技」

「会計検査であなたが錯乱し激昂《げっこう》したというのも」

「演技」

「小川裕美の詐欺が誤認逮捕に終わり、あれだけ焦燥《しょうそう》し動揺し狼狽《ろうばい》していたことも」

「演技。

……と三連続でカッコよく断言したいところだけど、僕は正直なのでホンネを喋れば、それだけはちょっと違う。

僕らは確かに疑っていた。小川裕美の一項詐欺が恐るべき罠《わな》、壮大な陰謀であることを疑っていた。それはそうだ。僕らの手の内が知られ、また僕らも手の内を流し始めた以上、君らは確実に何かを仕掛けてくるはずだから。ましてそもそも『三河屋』は胡散《うさん》臭《くさ》い……とても胡散臭い。小川裕美に対する『給与』が妙に整った数字だということも胡散臭ければ、小川裕美の就労がなんと僕の着任直後から始まっているというタイミングも実に胡散臭い。まして『三河屋』の開業資金は本栖充香が勤務する愛予大学から流れているし、『三河屋』の経営者・大崎有子もその亡夫も、本栖充香が勤務する愛予大学の職員だった。もっといえば、小川裕美自身もその愛予大出身者……これに危機感を感じない方がおかしい。

ただ僕らは、君らがどんな罠を仕掛けたのかあるいは仕掛けてくるのか、それは解明できなかった。だからそれが対処可能な罠なのかそうでないのか判断できなかった。しかし僕らにはタイムリミットがある。僕らには待つことができない。僕らにできるのは先手を打つこと、攻めの手を打つことだけだ。

だから、大きな博打《ばくち》になるとは思ったが……

一項詐欺が無事立つならそれでよし。

それが君らの陰謀で崩されるようなら、直ちに二の矢を射る。間髪《かんはつ》を入れずに射る。

その結論は当然、一項詐欺に着手する以前から次長・管理官・各警部と共有していた。

共有するのはカンタン。声に出さず、必要事項をＣＳＺ－４０で回覧すればよいから。

――ところがところが、だ。

君らの仕掛けた罠は、あまりに念の入った、それは見事なものだった……

いくら二の矢があるとはいえ、僕らは真実焦燥《しょうそう》し、動揺し、狼狽したよ。それは九九％、真実のリアクションだ。ちなみに残余の一％は、『知ってはいたが、これほどとは……』という、実は罠の存在を知っていた事実を隠し、それを知らなかった演技をしたことだが。ただその真実の焦燥・動揺・狼狽は、結果として、君らをすっかり油断させる名演技の役割を果たしたともいえるし、また、そのせっかくの名演技には拍車を掛けさせてもらった。

すなわち、僕の懲戒処分と更迭だ。

次長も管理官も各警部も、これには心底、愕然《がくぜん》としてくれたよ。

というのも各位には、まさか即日、まさか適法な手続をへた懲戒処分だの更迭だのが行われるとは、露《つゆ》ほども説明してはいなかったのでね。すなわちその噂《うわさ》を警察本部内に流したり、その旨《むね》をメディアにリークする程度だと説明していたのでね。どこまでも正規の、ゆえに有効な懲戒処分と更迭が行われると知っていたのは、それをどうにか決裁してくれた東山本部長と、既に当県を離れる決断をしていた僕だけだ。

よって各位とも、心底吃驚《びっくり》してくれたし……

……命に代えても二の矢を成功させるという、性根《しょうね》と覚悟を固めてくれた。

それ以降の、二の矢を射るための演技も、感涙《かんるい》したくなるほどの熱演にしてくれた。

それは教皇台下《だいか》、貴女《あなた》が特等席で御鑑賞になったそのとおりですよ」

「あなたを神輿《みこし》として熱烈に支える、その部下たちをも欺《あざむ》き、騙《だま》して」

「そうした言葉がお望みならそうだ」

「私達をおとしいれるその為《ため》なら、結局の所、誰ひとりこころから信頼することなく」

「だよね。それがお望みならそうだ」

「……それもそうね。

あなたは肉体関係すらあった〈ガラシャ〉を、本栖充香を、あっさり被疑者にして逮捕してしまおうっていう、結構な卑劣漢《ひれつかん》だものね」

「それに関しては、確かに涙数行《すうぎょう》下るところが無くもない……

というのも、彦里さん。

君が僕から情報を窃取《せっしゅ》できたのは、むろん僕の着任日以降だから、これを君が知っているのかどうか、僕の与《あずか》り知ることでも知りたいことでもないが……

　僕は〈ガラシャ〉とは大学四年からのつきあいなのでね。いや正確を期せば、僕はその頃から警察庁の協力者だった。協力者ゆえ〈ガラシャ〉と交際し続けていたというのは一面の真実だ。そして僕がやがて警察庁に入庁できたのは、それは僕の実力ゆえと信じたいが、いずれにしろ僕が〈ガラシャ〉営業を専属的に、入庁前から担当してきたことは、警察庁にとって実によろこばしいことだったろう。よって無論入庁後も、僕は〈ガラシャ〉営業を実施してきた。そこに肉体関係があったのも君が今指摘したとおりだ。君が知っている幾倍もの数にはなると思いたいがね。そして当該《とうがい》〈ガラシャ〉営業の目的は当然、ＭＮの教皇・村上貞子であると目されていた〈ガラシャ〉を我が方に堕《お》とすことだ。僕が結局愛予県警察本部の公安課に赴任することとなったのも、僕が〈ガラシャ〉営業の担当者だったから。いうなれば〈ガラシャ〉営業が僕の最優先目的のひとつだった。そして次長たちの指導の甲斐《かい》もあって、思わぬ結果ではあったが、僕の最優先目的は果たされた。すなわち〈ガラシャ〉の正体については確証を獲《え》たし、もうじき〈ガラシャ〉は我が方の手に堕ちてくる――重ねて、それが事件検挙の結果だというのは我ながら意外も意外だったが。

　また。

　事ここに至って、警察官らしからぬ、営業担当者らしからぬことをいうならば……

……僕はやはり彼女を愛していたよ。

無論、今でも愛している。

それがこのような結果となったことは、本懐《ほんかい》なはずだが、何故だか涙が落ちてくる。

だからだ。

だから僕は懲戒処分も更迭も甘受《かんじゅ》するし、そう、警察官の職を辞する。

ただ、懲戒処分を食らった警察官に許されるのはどのみち辞職しかない。だから、それが僕自身の決断だと、彼女へのせめてもの贖罪《しょくざい》だと、そう断言できないのは悲しくもあるがね」

104

「なら公安課長」教皇はいった。「あなたは本栖充香の正体を知っている」

「ああ知っている」

「彼女が教皇などではないというそのことを」

「彼女は君達が用意したダミーだからね。

そしてその確たる裏付けも、これまた次長がくだんの秘匿《ひとく》捜査で固めてくれた。

そのうち、実にシンプルなものをひとつ挙げれば、すなわち——

本栖充香はMNの教義を遵守《じゅんしゅ》してはいない。

彦里さん、君がそれを厳守しているのとは対照的だ。

――僕が何を言いたいのかは解《わか》るだろう？

そう、斎《ものいみ》だよ。

MNはキリスト教原理主義の一派。よってその教義には、厳格な食事制限がある。すなわち一週間のうち『キリストがユダに裏切られた日』と『キリストが十字架にかけられた日』には、肉・魚・卵・乳製品・ワイン・オリーブ油を絶対に口にしてはならない。これがMNの斎《ものいみ》で、だから教義だ。

ここで。

本栖充香はこの斎《ものいみ》を無視している。それは先にも出た、十月七日木曜日の僕との小旅行で確実になった。正確に言えば、その前夜の夕食、創作懐石の席においてだが。そこで彼女は躊躇《ちゅうちょ》なく乳製品・ワイン・オリーブ油を口にしている。ところが当該《とうがい》前夜というのはどう考えても水曜日だろう？　そして水曜日とはどう考えてもキリストがユダに裏切られた日だろう？

他方で。

当公安課員に、毎週水曜と金曜は『琴《こと》と日舞《にちぶ》のお稽古事《けいこごと》がある』とやらで、絶対に懇《こん》親会《しんかい》等には出席しない者がひとりいる。なんでも、一度金曜にセッティングしたらば、顔には出さなかったがそれは怒って、松阪牛《まつさかうし》にも関アジにも箸《はし》を付けてくれなかったとか。それは『肉にも魚にも』と言い換えられるだろうし、ここで金曜日とは無論、キリストが十字架にかけられた日だろう？

――これで決まった。

本栖充香は、MNがあの『三河屋』のごとく御膳立《おぜんだ》てしたダミー教皇。

そして当該《とうがい》お稽古事好きの公安課員は、少なくともMN信者だ。ましてそれがどのようなMN信者なのかは、澤野警務部長のおしゃべりを再生するまでもなく明らかにできる……彦里さん、ここと僕らを舐《な》めてはいけないよ。君はもはや罠に掛かった。今日《こんじつ》今夜を境に、君が僕らの腕から逃れることは未来永劫《えいごう》、できはしない。それがここであり、僕らだからだ」

「……なら、私こそが教皇だと確信しているというのに、本栖充香を教皇として逮捕すると？」

「まさしくそのとおり」

「それこそ誤認逮捕じゃないかしら？

もし、私こそが教皇であると名乗りを上げたら？」

「それならそれでいい。

そのとき僕らはMNのすべての信者に、今日《こんじつ》今夜、ここにこそMNの教皇がいるということを教えて差し上げるだけだ――大々的に、鉦《かね》と太鼓《たいこ》を打ち鳴らしながらね」

「なんですって⁉」

「でも、それっておかしいよねえ。すごくおかしいよ。だってMNの教皇は、まさに今日十二月七日、生誕祭を迎えているはずだもの。ゆえにMN〈東京教会〉には、六十歳代半ばと思《おぼ》しき老齢の、修道女姿の刀自《とじ》が祝典に臨御《りんぎょ》し、出家信者の熱烈な祝福を受けているはずだもの。無論どの出家信者も、それこそが教皇台下《だいか》その御方《おんかた》であると確信している。まさか教皇本人が影武者を立て、自分達を欺《あざむ》き続けているなどとは夢にも思っていない。その愛情と敬愛と崇拝は、まこと真摯《しんし》なもの……

　ところが、だ。

　厳格なキリスト教原理主義の一派である〈まもなくかなたの〉が、よりによって教団にとって最も重要な祝典において、教皇台下その御方を隠し、何処《どこ》の誰とも分からぬ影武者を仕立てていますよ、だなんてことがもし露見したなら……それはかなりちょっとしたスキャンダルになっちゃうんじゃないかな？　ヴァチカン大聖堂におけるクリスマスミサにローマ教皇御本人が出ない。皇居における天皇誕生日一般参賀に天皇陛下御本人が出ない。それはカトリックにとっても神道《しんとう》にとっても、いやヴァチカンにとっても日本国にとっても驚嘆すべき椿事《ちんじ》だろう？　そして騙され欺かれた人々は何を思うだろうか？　ましてその後の、ローマ教皇なり天皇陛下なりの権威と求心力は？

――ねえ、彦里さん。

僕はMNの出家信者各位に、そんなカタストロフは体験させたくないねえ」

「……端的《たんてき》には、私があなたたちの軍門に下らなければ、出家信者を煽動《せんどう》し、私と教団の権威を地に堕とすと？」

「いいや、全然違うね。

端的には、君が既に僕らの軍門に下っていることを認めなければ、出家信者を煽動して、君と教団を破滅させるということだよ。

ここで彦里さん。君はここ愛予県において、MN内に警察の協力者が複数存在していたことを知っている――宇喜多前《ぜん》課長のFDによって知っている。ならそれが愛予県だけの特異事項だと思うかい？　まさか、まさかだよ。僕らの稼業《かぎょう》はそんななまやさしい稼業じゃない。オトモダチをたくさんつくるのが僕らの本懐だ。ねえ、何が言いたいかは解るだろう？　僕らは、僕らの煽動の尖兵《せんぺい》となってくれるオトモダチには事欠かないんだよ……」

「……ただ、本栖充香が教皇本人として逮捕されても、やはり同様の破局は避けられないじゃないの」

「君がこころから僕らのオトモダチになってくれるというのなら、本栖充香が教皇であるという報道発表は控えてもかまわない。そもそも裁判官の令状が無事出ている以上、既に、本栖充香が果たして教皇かどうかなんてどうでもいいんだ……

そう。

〈教皇庁〉に攻め入ることさえできれば、本栖充香が教皇なのか上級聖職者なのかヒラ出家信者なのかなんて、またそれをどう報道発表するかなんて、僕らにとって実にどうでもよいことだ」

「そして真なる教皇の秘密は守られ、私は教団における権威を維持し……

その実、あなたたちに繰《あやつ》られる飼い犬、無力な人形となるわけね？」

「君らが二〇〇〇年問題に便乗した〈キューピッド〉その他による終末論テロを断念し、今後、我が国における公共の安全と秩序を害することのない、おだやかで遵法《じゅんぽう》意識あふれる宗教団体になってくれるというのならば——

僕らは君にも君らにも、無闇《むやみ》な干渉は控えるよ。信教の自由って、大事でしょう？

いや、こころからのオトモダチとして、教皇と教団の発展と弥栄《いやさか》を賛助後援しよう。

無論僕らには、そう我が国にはそれだけの力がある。さてどうだい？」

「……是非《ぜひ》もないわ」

「もう一声」

「あなたたちのオトモダチになります。どうかならせてください——

これでよい⁉」

「と、いうことだ内田補佐。これで教皇台下の確約が獲《え》られた。

よってこれから彦里真由美改め通称村上貞子を〈マグダラ〉と命名し、これを課長直轄《ちょっかつ》営業としたい、ところだが……

僕は警察官を辞するのでね。

ゆえに実施《ザッヘ》の神様内田補佐、内田補佐を〈マグダラ〉の担当者に指定する。

――彼女は大袈裟《おおげさ》でなく、今年の大晦日《おおみそか》と今後の我が国を左右する、太い太いオトモダチだ。その運営には万全を期するよう」

「了解しました、課長」

「あとは次長、〈マグダラ〉と必要な調整を頼む」

「了解ですぞな、課長――

まず〈マグダラ〉よ、これから教皇庁及び拠点施設にガサを掛けるけん、それぞれの防衛責任者と、東京教会のニセ教皇に、ここから電話を架けておくれんかな、もし」

「……架電の内容は？」

「それは当然、『教皇の御名《みな》において、警察による捜索差押えに対する一切の抵抗を絶対に禁ずる』旨《むね》じゃろがな、もし。

今度は本格的な城攻め、しかも初の〈教皇庁〉討ち入りじゃけんの。銃器だの爆発物だの〈キューピッド〉だので攻撃されたらかなんぞな、もし」

「解ったわ……それから？」

「次に当該《とうがい》〈キューピッド〉とそれが入っとった〈中華鍋〉。
教皇庁の研究開発担当者・保管担当者等に命じて、それを確実に警察に引き渡すべき旨を命じておくれんかな、もし。

あんたはもう儂らの大事なオトモダチじゃけれ、万一の事故があったら気の毒やけんの。またあんたらはもうおだやかで遵法意識あふれる宗教団体になってくれるんじゃけれ、そがいに物騒なもん持っとっても意味がなかろうがな、もし」

「結局、私と澤野を今夜この舞台へ引きずり出したのは──

総勢でも二、〇〇〇名しかいない、私達より遥《はる》かに劣勢な愛予県警察が、他の都道府県警察の力を借りることなく独力で、しかも事故なく〈教皇庁〉を陥落させるそのためね？

そのためにこそ、私の無条件降伏と私の降伏命令とが必要だった」

「ん？〈マグダラ〉よ、儂まだよい返事を聴いとらんけんど？」

「私、あなたたちのそういう執拗《しつよう》なところが大嫌いよ。ずっと大嫌いだったわ。

──そして解りました宮岡次長。私の執務卓上の、警電を使ってよろしいですか？」

105

同日、二一五五《フタヒトゴーゴー》。

機動隊舎、公安課捜査本部。

「課長」次長がいった。「捜本《ソウホン》全部隊、配置完了ですぞな——最終の御判断を」

「了解」僕は命じた。「全部隊、二二〇〇《フタフタマルマル》を以《もつ》て着手だ。ブツの確実な押収《おうしゆう》と、事故防止の万全を期せ」

——そのキッカリ五分後。

再びの集結・編制を終えていた二〇〇名規模の部隊が、拠点施設へ、そして教皇庁へと討ち入りを開始する。今般は、何の小細工もない直球勝負だ——次長好みの。

するとその次長がいう。

「課長、私はこれから御油町の〈教皇庁〉に赴き、同庁全容解明の指揮を執ります」

「次長、なら僕も同道させてもらうよ——」

ああ広川補佐。ここ捜査本部の指揮は、首席参謀の広川補佐に一任する」

「しかしながら課長、指揮官が捜本に不在となりますと……」

「いや、今般は何の心配もないさ。それだけの仕込みはしてある。

また、今夜は僕もそれなりに働いた……

これくらいの我《わ》が儘《まま》ならよいだろう、次長?」

「ええでしょう。確かに今夜はええ仕事をされた――

次長内賞《ナイショウ》としてその我《わ》が儘《まま》、認めます。

そして御油町まで、夜道を捜査車両で四時間強。

どうせまた課長は助手席に乗りよるけん、諸々《もろもろ》語りながら男ふたり、むさい道中を楽しみましょうわい」

「いいね、なんだかバディっぽくて」

「まあ孔明《コウメイ》と、仲達《チユウタツ》ですけんね」

「それ、バディなのか何なのか微妙だなあ……それにその綽名《あだな》、小学生の頃からどうにも苦手で」

「ええやないですか。今夜の為《ため》にあるようなもんです。

あと、現地の藤村管理官に無線連絡して、総本山の〈教皇執務室〉だけは我々の到着まで手付かずで残すよう、下命《かめい》しときましょう」

「――そのこころは?」

「総本山の中枢。敵首魁《しゆかい》の本拠。

そこへ真っ先に脚を踏み入れるべきは、他の誰でもない、公安課長だからです」

「いや次長、それは駄目だ」

「――ハテ何故？」

「そこへは次長と一緒に入りたいからさ。

だって、僕もちょっとは、次長も担《かつ》ぎたくなる神輿《みこし》になれているだろう？」

「いや課長、それはお心得違《こころえちが》いですぞな」

「ええっ？」

「なんでかゆうたら。

……今《いま》し方《がた》、課長も嬉《うれ》しいこと、言ってくれよったけん。

今夜は神輿と担ぎ手でのうて、戦友ふたり、並んで入りたいんですぞな。願います、
司馬警視」

「ありがとう」

「こちらこそ」

――そして、捜査車両は夜道を駆ける。

ふと黙ってしまった、僕らは。

きっと、互いの別離が遠くないことをともに痛感していた。

第7章　離任

106

　十二月十日、金曜日。

　時刻は二〇三〇《フタマルサンマル》。

　僕は愛予市の奥住田《おくすみた》エリアにある、警察本部長公舎にいた。

「そういえば」瀟洒《しょうしゃ》なガウン姿の東山本部長がいう。「司馬はここ、初めてだったな」

「はい本部長」僕はいつもの三つ揃い姿《スリーピース》だ。「さいわいこの四箇月、夜間に本部長を叩《たた》き起こして御決裁——といった事態は、ございませんでしたので」

　警察本部長公舎は、僕が想像していた規模よりは小さかった。

　それでも社長公邸ゆえ、六畳間の３Ｋでしかない僕の課長官舎に比べれば、もう宮殿のようなものだったが……

　例えば、今僕らふたりがいる応接間など、警察本部庁舎の警察本部長室に比べれば、半分以下のつくりである。ただそれゆえ、巨大に過ぎる警察本部長室より、おだやかな居心地のよさがあった。緋《ひ》の絨毯《じゆうたん》にセピアの腰板にライムの灯。漱石《そうせき》のいう『大正浪漫』あふれる和洋の雅趣《がしゆ》が美しく優しい。また、茶と黒とがすらりと凜々《りり》しい暖炉では、真物《しんもの》の薪《たきぎ》がぱちぱちと火を舞わせている。

「実はここ以外に、七つだか八つだか部屋があるんだが、俺はあと和室一間しか使っていないんだ。正確に言えば、赴任してきたときの荷が――依然として解いてもいない荷があちこちに置いてはあるが、今更開く気にもなれんし、だからどの部屋も使えないときた」

「ああ、本部長も御単身でしたね」

「しみじみした話をすれば、餓鬼《がき》の教育があるからなあ。四〇歳も過ぎると、若い頃のように赤児《あかご》を連れて一家総出で全国異動――とはゆかなくなる。二年に一度の異動の都度、転校させる訳にもゆかんし、中学生高校生、いや人によっては小学生ともなれば、そりゃ受験のことを考えない訳にもゆかん。だから単身赴任は、警察官僚の宿命だな」

「奥様が愛予県にいらっしゃるようなことは……」

「月に一、二度かな。最初はどうにかこのホーンテッド・マンションを人の住める環境にしようと意気込んでいたが、如何《いかん》せんこれ、大正の普請《ふしん》でもあれば、俺が荷解きに全く興味無いからなあ……今では大掃除は諦《あきら》めたようだ。だから、それこそこの応接間と和室一間を掃除して、あと日持ちのする料理や冷凍保存できる料理を仕込んでは帰ってゆく。

といって、食事を含め、身の回りのことには困らないがね。そこは司馬も知ってのとおりだ。単身赴任の警察本部長を放置しておく都道府県警察はない。実際、稲宮君も甲斐甲斐《かいがい》しく世話を焼いてくれる。いや逆に世話を焼いてくれすぎるほどだ。総務室や警務部の誰かが鯛《たい》を釣ったとなれば、それをすっかり包丁で捌《さば》いてもくれるし、生安部や刑事部で芋煮会《いもにかい》があったとなれば、給食かよと言いたくなる巨大な寸胴鍋《ずんどうなべ》が、いつしか台所のガスコンロに置いてある。あと、稲宮君の漬ける辣韮《らっきょう》は、唐辛子の加減が絶妙でな――

いやすまん、せっかく夜の報告と……離任の挨拶《あいさつ》に来てくれたのに。

まさか司馬と四箇月程度で離《わか》れるとは思わなかったから、ついつい普段どおりの客を迎える気分で、無駄話をしてしまった……できればもっと無駄話を重ねたかったがね」

「私も東山本部長の下で、更に御薫陶《ごくんとう》を受けたいと思っておりました。

愛予を離《はな》れるに当たり、それが大きな心残りです」

「司馬、君はどうしても……

いや、それでは話が進まんな。まずは所要の報告を受けよう」

「それでは。

――先の火曜日から実施しておりますMN〈教皇庁〉〈拠点施設〉への討ち入りでご

ざいますが、これは以前御説明申し上げたとおり、既に教皇をオトモダチとして獲得しておりますゆえ、至極《しごく》順調に進んでおります。特に〈教皇庁〉は巨大な施設ゆえ、今現在も捜索を続行中でありますし、それは概《おおむ》ね来週水曜日までを要する見込みですが――あらゆる油断・慢心等を慎《つつし》むよう自戒しても、成功裡《せいこうり》に終わること疑いありません」

「念《ねん》の為《ため》だが、これまでにMN信者による抵抗・反撃は」

「皆無です」

「〈キューピッド〉の実戦使用は」

「現在に至るまで、ございません」

「〈中華鍋〉ともども確保したのだな？」

「既報《きほう》のとおり先の火曜、最優先物件として確保いたしました」

「押収《おうしゆう》資料は」

「あらゆるハードディスク、外部記録媒体等々を原状のまま押収しております」

「証拠隠滅活動は」

「現時点、電子的又は物理的な措置は、すべて未発動であると確認できております」

「なら、確かに大成功だな」

「情報管理課の応援をえて、押収物の解析を鋭意進めており、その結果を待たなければなりませんが――そしてそれにはまだ週単位の日数を要するとのことですが、逐次《ちくじ》解析されている各種情報からすれば、今般の討ち入りによって、MNの組織実態・活動実態を丸裸にできるものと確信しております」

ここで東山本部長は、警察本部でするように自分のセブンスターに着火した。

そして警察本部における日々のレクとは違うかたちで、僕の瞳をぐっと見据えた。

「よくやった。警察本部長として嬉《うれ》しく思う」

「ただいまのお言葉、感無量です」

「――あのとき。

司馬が雇用保険の不正受給とともに、組合員証の不正使用を報告して指揮伺《うかが》いに来たとき。俺はまた司馬好みの謀略が過ぎるとも思ったが……だがあの七五〇kgの捜査書類の山を見たとき、あっは、演出とは解《わか》っていながらも、これなら大丈夫だと思った。成程《なるほど》お前は陰湿で陰険な謀略家だが、それは小心と臆病《おくびょう》の裏返しでもある。そんなお前が詰めて詰めて詰めまくった事件であれば、もう細かいことを指揮せず任せてよいと思ったし、今だから言えるが、お前がそこまでやったのなら、結果として失敗してもかまわんとすら思った。そのときは俺が腹を切ればすむだけのことだからな。そしてそれは当然、俺本来の仕事だ。俺は腹を切るそのために禄《ろく》を食《は》んでいるのだから」

「本部長に御心配をお掛けしてしまったこと、申し訳ありませんでした」

「いや、いいんだよそんなことは。全然いいんだ。

やればいいんだよ、やれば。警察官はそれだけだ」

「あと、現に御心配をお掛けしていることについての御報告を──」

「……それは、澤野の関係だな？」

「はい本部長。既に御報告し、御決裁を頂戴《ちようだい》しましたように──澤野警務部長は、MNの上級聖職者に組合員証を貸与し、その不正使用の共犯となるなど、警察の最上級幹部としてあるまじき非違《ヒイ》行為・規律違反行為を行いました。これが当公安課の事件捜査によって露見するや、澤野警務部長は己の行為を深く恥じ、警務部長室において服毒自殺をしたものであります。

ただ。

愛予県警察の副社長までがMNに汚染されていたことを受け、また、みすみす被疑者に服毒自殺を許したことを受け、一部メディアにおいては、これを『警察の信頼性と中立性とを著しく毀損《きそん》する警察不祥事・口封じ』であるとして、愛予県警察叩き・警察キャリア叩きのキャンペーンを開始しております」

「それは仕方あるまいよ」東山本部長はそっと紫煙《しえん》を吐いた。「澤野が死んだ以上──まあ君が殺したのだが──その死は隠蔽《いんぺい》できるものではない。なんといっても、当県警察本部の副社長だからな。また組合員証の不正使用による二項詐欺《さぎ》を立件する以上、

『なら誰の保険証が用いられたのか？』を報道発表しないわけにもゆくまい。まして、もし澤野が生きている状態で確保されたという脚本を選んでしまえば、自暴自棄になった澤野があることあること口走るのを延々、懸念《けねん》せねばならんことになる……

ゆえに。

澤野は死ななければならなかったし、その情報を伏せるわけにもゆかなかった。なら、公安課による澤野の事後処理は想定されるオプションのうちベストなものだし、ゆえに、それに伴うリスクは当然甘受すべきものだ。そして、それだけのことだ」

「メディアによる糾弾もさることながら、県議会等における本部長の追及も予想されます」

「些事《さじ》だよ。

それに現在の所、公安課による情報統制は功を奏している。

澤野が如何《いか》に警察キャリアらしからぬ凡夫《ぼんぷ》であったか……いや公務員らしからぬ非行者であったか。あるいは、澤野がマヌケにもMNの生協に絡《から》め捕《と》られた個人的失態はどのようなものであったか。そうした情報は適切に蔓延《まんえん》している。ゆえに実際、澤野がMNの協力者なり共犯であったことをバッシングする論調よりも、警察内部にまで侵略を行っていたMNの脅威なり危険性なりに警鐘を鳴らす論調の方が遥《はる》かに強い。要は、『警察の組織防衛がなっていないからケシカラン』という声よりは、『警察はもっとMN

諸対策を講じて組織防衛をしろ』という声の方が遥かに強い。これは、我々にとってむしろ追い風だ。

ましてだ。

澤野が飛んでもない非常識人であったこと、そして地元警察官から総スカンを喰らっていたことは、故人のことゆえかくも喧伝《けんでん》するのは気が引けるが、嘘《うそ》偽りのない事実そのものだ。おまけに奴は、宇喜多をあっけなく殺した外道でもある。ゆえに少なくとも俺は、今般の澤野の処理をいささかも悔いることがないし、仮にそれが今以上のバッシングなりリスクなりを発生せしめるものだとしても、よろこんで指揮伺いに花押《かおう》を描くだろうよ。

もとより、公安課には引き続き澤野に関する適切な情報を流布《るふ》してもらう必要があるが……とはいえそれも、年内一杯で任務解除としてかまわないだろう。その頃には愛予県警察叩き・警察キャリア叩きのキャンペーンなど鎮火する。というのも、押収資料の解析が陸続と進み、メディアがよろこぶMN内部情報が次から次へと広報されるのだからな」

「了解致しました、本部長。澤野警務部長関係については御下命《ごかめい》のとおり、引き続きの適切な広報対応に努めます」

「頼む」

東山本部長は、僕が酒をあまり嗜《たしな》まないことを熟知している。だから酒類をいっさい持ち出すことなく、ただただ煙草盆《たばこぼん》を供してくれている。そこに本部長のセブンスターが五本、僕のマイルドセブンが三本刺さったとき、いよいよ東山本部長はいった。

「司馬、君は俺の下命《かめい》を守り、果たすべき任務を果たした。

俺としてはそれに報いねばならん。望みがあれば、何なりと願い出てくれ」

「……それでは大変僭越《せんえつ》ながら、みっつのことを」

「すなわち」

「第一に、当課の赤松警部、内田警部、兵藤警部が管理職試験を既に受験しています。

その結果は年内に発表されます。

ここで、私は当該《とうがい》の警部についても自信を持って、これからの愛予県警察を支える管理職たるにふさわしい人材だと、そう断言することができます。それは今般のMN事件の捜査結果からもあきらかです。無論、私は当該の警部も実力によって合格を勝ち獲《と》っていることを信じて疑いませんが……万々が一、そう万々が一私の確信に反する結果が生じているのであれば、それを適正なものに是正していただきたいのです」

「あっは、論功行賞として、どうしても当該《とうがい》三警部を合格させろと？」

「まさかです。

実力と実績からして合格していないなどという事態はありえませんので、もし当該ありえない事態を認知なさったときは、その誤りを正していただきたい。それだけです」

「なるほど了解した。君らしい、あっは、実に嫌らしい物言いだがな。さて次は？」

「第二に、当課の宮岡次長ですが。

今般のMN事件の捜査のため、警察大学校に入校することができませんでした。具体的には、所属長になるための不可欠の要件である『警察運営科』の三週間コースを修了できなかった……

これは宮岡次長にとって実に酷《こく》です。

というのも、東山本部長が充分御存知のとおり、宮岡次長は来春の人事異動で所属長となり、小規模署長に栄転することが既定路線だったので。それが、熱心に事件捜査をしたあまり、また半年、また一年と延期されるのは不当です。無論、宮岡次長は人事構想上、将来の筆頭署長であり将来の刑事部長ですから、その昇任の遅延は、一〇年後における当県警察の運営に甚大《じんだい》な悪影響を及ぼします。

ゆえに。

ぜひ警察庁・警察大学校と御協議いただき、宮岡次長については『警察運営科』の免除をお認めいただくか、あるいは、年内にそう数日間程度の補習を組んでいただくなどして、どうにか来春、所属長で出る資格を与えていただきたいのです」

「それは道理と正義に適《かな》う。よって警察庁の人事課長や、警察大学校の教務部長に掛け合ってみよう。結果はこの場で確約できんが……まあ事情と実績からして大丈夫だと思う」

「ありがとうございます。

ここまでで既に、後顧《こうこ》の憂《うれ》いはなくなりました」

「だが願い事は、確かみっつあるんだろう？」

「はい本部長。しかし最後のものは、実に個人的かつ些細《ささい》なことです――

すなわち。

昨日御内示いただいた、警視庁公安総務課管理官の職ですが、本部長のおちからで、何卒《なにとぞ》なかったものとしていただけるよう」

「……やはり、警察官の職を辞するのか」

「今般の事件で、諸々《もろもろ》思う所がありまして。

それに警察官としては、冥利《みょうり》に尽きる大仕事をさせていただきました。これは既に、私の生涯のたからものとなるでしょう。私はそれで充分です」

「警視庁公安総務課に新設される、MN担当の管理官ポスト。

知ってのとおり、これは愛予県警察公安課長より格上のポストとなる。

俺も詳細は聴き及んでいないが、無論そこには警察庁〈八十七番地〉の、鷹城《たかしろ》君の強い意向が働いているだろう――それこそまさしく論功行賞だ。今般の『教皇庁討ち入り』『中華鍋回収』の成功はもとより、君は学生時代からずっと〈ガラシャ〉営業を担当してきたのだからな。

あの、漢気《おとこぎ》あふれる鷹城君のことだ。

君には素直に、率直に、最大限の感謝と慰労を示しているのだと思うが？」

「鷹城理事官のお気持ちは痛いほど解ります。ただ正直……」

「やはり〈ガラシャ〉のことで胸が痛むか」

「警察官としては何ら恥じることも悔いることもない。また警察官としてはそうでなければならない。ただ私は……

むしろ彼女のために、恥じたいし、悔いたいのです。

彼女を被疑者にし、被告人にし、刑罰を食らわせ、私だけが警視庁に栄転するなどという脚本は……それは破廉恥《はれんち》に過ぎるのではと。

なら『警察官として』という前提を外し、もう一度、裸のヒトとして考えてみたい。

警察官でなくなった自分として、自分のしたことを嚙《か》み締めたい。

……それが彼女に対する、せめてもの、最低限の倫理なのではないかと」

「確かにお前は警察官僚にしては、センチメンタルに過ぎる所があるが……

だから、必ずしも警察官僚向きの性格をしているとは言い難《がた》いが。

それにしても、二十六歳で辞職というのは突然に過ぎるぞ。

そもそもお前への懲戒処分なり更迭《こうてつ》なりは、確かに法令の定める手続を経た正規のものだが、少なくとも警察庁人事課は事の次第をすべて知っている。要はそれは、MNを欺《あざむ》くための苦肉《くにく》の計《けい》だったということを。だから、これまた手続を経て懲戒処分を取り消すことも全く可能だし、そうでなくとも栄転の内示をしていることから解るとおり、まさかお前を手放そうなどとは思っていない。懲戒処分を理由に、警察文化にしたがい、お前に退職願を書かせようなどとは露《つゆ》ほども思っていない。

だからむしろ、お前の辞職の決意が堅固だと聴いて、いちばん仰天しているのは警察庁人事課と鷹城君だろう……考え直す気は？」

「現在の所、ございません」

「警察官を辞めて何をする。

君には東京に残した妻もあれば子もあろう。しかも赤児《あかご》があろう」

「司法試験を狙《ねら》うか、作家でも狙うか、はたまた……

せっかく彦里嬢とオトモダチになれたので、みかんづくりに精を出してみるか。

いずれにしろ、一市民として、警察のよき協力者・応援者となることはできます」

「……言いたいことは解った。

ただ、俺は君のその選択が、必ずしも正しいものだとは思っていない。

できれば、これについては、君ともっと話し合いたいと思っている――

警察本部長と公安課長としてではなく、警察キャリアの先輩後輩としてだ。

ゆえに。

MN事件のいちおうの終結を見届けるその日までは、辞職を許可しない。

ちょうどあと三週間で大晦日《おおみそか》、十二月三十一日だ。

それは無論、MNが二〇〇〇年問題に便乗してテロを敢行しようとしたその日だ。

だから。

俺の方で警察庁人事課と鷹城君に調整を掛ける。君が警視庁公安総務課管理官として着任すべき日は、年明け御用始《ごようはじ》めの一月四日にしてもらう。君の後任のあの白居についても、一月四日に着任するよう時期を動かす。そのあいだ――

君は、『十二月三十一日の愛予県の姿』を見届けるとともに、ほんとうに警察官の職を辞するべきなのかどうか、時に俺と一緒に考えてほしい。そしてその十二月三十一日には、警察本部の一〇階大会議室に〈愛予県警察2000年問題対策本部〉のオペレーション・ルームが開設される。所要の警察官を動員しての、夜を徹しての警戒体制がとられる。君は大晦日の愛予県の姿をその瞳で確認してから、君の最後の決断の内容を、そのオペレーション・ルームにいる俺に教えてほしい。

……こんなことは言いたくないが、俺は未《いま》だ君の人事権者だ。

君の辞職を許可するもしないも、俺の判断ひとつ。

だからせめて、あと三週間、君の来《こ》し方《かた》と行《ゆ》く末《すえ》について、熟慮してはくれまいか。むろん俺の名誉に懸けて、君がどのような決断をしようと、先に君が俺に願い出た論功行賞、それらはすべて実現させる。だから、これを取引だなどとは思わないでほしい」

「充分理解しております、東山本部長。そして——我《わ》が儘《まま》を聴いてくださった上、そこまで慰留《いりゅう》していただき、こころから感謝します。そのこともまた、私の生涯のたからものとなるでしょう。

……それでは夜も更《ふ》けてまいりました。そろそろお暇《いとま》いたします」

「最後に、司馬。

地元警察官たちはな、特にキャリアについては、自慢の神輿《みこし》を担《かつ》ぎたいと願っている。もっといえば、その自慢の神輿が、他の都道府県警察あるいは警察庁で、より偉くなって活躍するのを願っている——『あれは自分達が尻《しり》を叩いて育てた神輿なんだ』と、『あの長官は、あの総監は、自分達と一緒になって汗と涙を流した神輿なんだ』と、そう笑って言える日が来るのを信じている。

ゆえに、司馬。

お前の警察人生は、お前が新任課長として着任したその日から、もうお前だけのものではなくなっている。そのこともまた、来《きた》る大晦日《おおみそか》までに嚙み締めておいてくれ」

「すみません本部長……いろいろな……いろいろな思いが錯綜《さくそう》して……いったい何が正義なのか、いったい何が正解なのか。誰の思いも正しく、そして……」

「いいんだよ、そんなことはいいんだ、いいんだよ。お前が悔いなく今後を生きられること。実はそれだけでいいんだ。だから、俺が今夜喋《しゃべ》ったことは、しっかり憶《おぼ》えて心に刻んで……い、い、い、い、い、すぐに全部忘れてしまえ。

――どうすれば自分が悔いないか？

決断というのは実はそれだけだ。いいんだよ、それだけでいいんだ」

107

愛予市のシンボルといえば、愛予城と住田《すみた》温泉本館だ。

そして平成十一年（一九九九年）十二月三十一日、大晦日《おおみそか》――

僕はその住田温泉本館の前にいた。

（これで最後か。

改めて眺めれば、なんともいえない趣《おもむ》きがある。雄壮で優美だが、大衆的だ）

──住田温泉本館は、明治中期から昭和初期にかけて建てられた大公衆浴場だ。東西南北に別個の棟を配し、それらがたがいに接続して、複雑精緻《せいち》な一大城郭を形成している。といって、そこは愛予県のこと。複雑精緻といってもどこか悠然《ゆうぜん》としていて、またどこか懐《なつ》かしさのある優しさを醸《かも》し出している。はたまた、純和風建築と文明開化を意識した洋風の意匠とが絶妙にとけあい、不思議なテーマパークのようなワクワク感をも醸し出している。

そしてここは大公衆浴場ゆえ、銭湯の感覚で温泉が楽しめる、のだが──

現時刻、二三五〇《フタサンゴーマル》。

年末年始もはりきって営業中の住田温泉本館とて、もう二一三〇《フタヒトサンマル》には札止めとなった。

だから僕が今、この住田温泉本館前にいるのは、温泉を楽しむためではない。

まして、二十世紀の終わりの開始を我が国有数の観光地で迎えようという、日本中からの観光客の群れを眺めるためでもない。

（それにしても、やっぱり人が多いなあ。

ただでさえ温泉地、ただでさえ大晦日だからな）

そんなことを考えながら、もう一度、十二月三十一日の群衆を見遣《みや》っていると──

「今晩は、司馬君」

「今晩は、充香さん」

——待ち人はやってきた。

懐中時計の針はまだ新たな分を刻んではいない。時刻どおり。

「今日も三つ揃《スリーピース》いなの？」

「なんだか癖になっちゃってね」

そういう充香さんも、学者らしいスーツ姿にステンカラーコートである。

僕らはしばし互いを見詰め合った。

不思議と、観光客の喧騒《けんそう》が耳から消えてゆく。

また不思議と、除夜の鐘が耳に染《し》みてゆく。

「来てくれて有難う、充香さん」

「これがいよいよ最後だと聴けば」彼女は苦笑した。「来ないわけにもゆかないでしょう。私とあなたの、互いを欺《あざむ》きあったいびつな関係をも思えば、なおのこと」

「どうしてもふたりで、千年紀最後の年始を確認したくてね」

「それはやっぱりお仕事だから？」

「それもあるけど」僕も苦笑した。「ふたりの終わりにふさわしい、そんな季だから」

そのとき。

住田温泉名物・人力車が一台、住田温泉本館前に乗り付けた。人力車は観光客に人気がある。まして今夜は大晦日の夜。だから普段はそこそこ客待ちをしている人力車も、今この瞬間まで、一台とて待機してはいなかった。

それがようやく一台、住田温泉めぐりの観光コースから帰ってきたようだ。若々しく整えた短髪に、軍人のごとき綺麗《きれい》な丸眼鏡をかけた車夫《しゃふ》さんが、僕らの真横に人力車を乗り付け、しかも僕らに声を掛ける——

「今晩は!!　御夫婦でどうですか？」

「あっは、夫婦じゃないけど、幾らだい？」

「一〇分一、五〇〇円から六〇分六、〇〇〇円まで、お好み次第で」

「そうしたら六〇分で」

「かしこまりましたぁ!!」

「ただし、お願いがある」

「なんでしょう？」

「観光スポットめぐりはいい。そこでの口上《こうじょう》その他もいらない。ただ無言で街を駆けてほしい」

「……どのあたりを？」

「市役所だの愛予銀行だの、家庭裁判所だのがある地域は分かる？」

「ああ、城山の真南の官庁街ですね」

「あそこで下りる。あそこまで、市街地、住宅地、繁華街、駅前……ルートは任せるから、新年の愛予の街が堪能《たんのう》できるように駆けてほしいんだ。ものすごい距離になって、悪いんだけど」

「そんなことをいうお客さんは初めてですが……ま、いよいよ二〇〇〇年代を迎える年末年始ですから、よろこんで引き受けましょう。それじゃあどうぞ、こちらに――」

充香さんと僕は、踏み台と蹴込《けこみ》を使いながら、純黒の幌《ほろ》に紅の座席がなんともレトロな、二人掛けの人力車に乗り込んだ。いささか狭く、互いの体温がしっかり感じられる。座席と一緒の色をした、大きな膝《ひざ》掛けの毛布を掛けるや、車夫さんはいよいよ新年も近い愛予の街へと人力車を引き始めた。こちらのオーダーが特異なものだったこともあってか、車夫さんは極力観光客の通らない裏道を縫《ぬ》いながら、ぐんぐん、ぐんぐんと住田温泉エリアを離れてゆく。こちらが頼んだとおり、まったくの無言のままで。

夜の帷幕《とばり》と静寂《しじま》とが、人力車のスピードに揺られ、不思議なかたちで後方へと流れゆく――

僕らの声もまた、後方へと流れる。

「ああ、司馬君」充香さんがドスンとした剛毅《ごうき》な封筒を出した。「これ、借金」

「借金？」

「保釈金よ。司馬君が払ってくれたと、栗城検事から聴いたわ」

「そんなもの、どうでもいいのに」

「私の気分がよくない。耳を揃《そろ》えて三〇〇万円、お返しする」

「そういうことなら」

充香さんは、言い出したら聴かない。ゆえに僕はそのドスンとした剛毅な封筒を受け取ったが、あいにく鞄《かばん》がない。仕方なく、現金そのものを取り出して、チェスターフィールドと三つ揃い《スリーピース》の内ポケットにドスンドスンと収めてゆく……

そう。

二項詐欺で逮捕されていた本栖充香は、ツー勾留《こうりゅう》目の途中、御用納《ごようおさ》めの十二月二十八日に起訴された。そして彼女は実は、僕らにとって既に、さほど重要な対象ではない。所詮《しょせん》は彦里嬢のダミーでしかない上、彼女の二項詐欺は立証が困難なものではないからだ。ゆえに僕らにとって重要でないばかりか、栗城検事にとっても重要でない。なら保釈請求は通る。

あの『運命の十二月七日』に検挙された本栖充香が、今やほぼ自由の身だというのにはそうした事情があるが――まあ、それこそどうでもいいことだ。

ただ、彼女の二項詐欺が無事起訴されたことで、愛予県警察本部公安課は、今年全国二件目の起訴事件を手掛けることができたことになる。それとMN〈教皇庁〉等の大規模ガサ結果とをあわせれば、来年、警察庁長官賞が出ることは確実だ。それは無論、組織に対して出るのであって、例えば僕に対して出るのではないが……それが大学四年の後期からつきあってきた〈ガラシャ〉のお陰であることについては、無論、倫理的な負い目を感じる。そりゃ感じない方がおかしい。ただこれは僕が『謝る』べきことではないし、また謝ってどうかなるものでもない。胸が痛む、などとしれっと言ってのけるのも、はなはだ破廉恥《はれんち》に過ぎよう。躯《からだ》を幾度も重ねあった愛する人に、犯罪を犯させる。世の中にこれ以上の因果な商売があったら、是非《ぜひ》教えてもらいたいものだ……

――さて人力車は、夜の街をひた駆ける。

既に住田温泉エリアを完全に離れ、いつぞやの『県民みかんホール』がある閑静な住宅地へと入っている。観光客の賑《にぎ》わいなどとっくに雲散霧消《うんさんむしょう》し、雪のひとつでも欲しくなるほど街路はしっとり閑散としている。僕は道中、様々な建物や自動車、そしてささやかな通行人や自転車に目を遣《や》りながら、いよいよ充香さんに訊《き》いた。

「供述調書でも確認したけど――

今夜、君の口から聴きたい。君がMNと関わりを持ったのはいったい何故だい？」

「それはきっとあなたも熟読してくれたとおり、例の交通事故があったからよ」

「君から右手の自由を――だからピアニストとしての希望を奪ったあの交通事故だね？」

「そして〈まもなくかなたの〉は苦痛を除去するプロフェッショナル。

だから私は藁《わら》にも縋《すが》る思いで教団の門を敲《たた》いた。

無論、私は宗教になんか興味ない。私が興味を持っていたのは、ハッカクキリンよ」

「MNが、蜜柑《みかん》とともに熱心に栽培しているという外国産のあの植物」

「そのとおり。そしてその実態は、ある種の麻薬なの。

……これは表現が正確ではないかも知れないわ。幻覚作用だの麻酔作用だの、そうしたものはないから。まして、向精神薬でもなければ抗精神病薬でもない。

ただし、ハッカクキリンの成分であるRTXなる猛毒には、空前絶後といえるほどの鎮痛作用があるの。RTXを医療的に適切安全な方法で患部へ注射すれば、苦痛を伝達する神経の末端をいわば焼くことができる。痛覚神経末端を破壊することができる。そして破壊されるのはそれだけ。言い換えれば、他のあらゆる感覚は保持される。触れたときの感覚、指を動かすときの感覚その他あらゆる感覚は何の影響も受けない。その意味でこれは、緩和ケア等における夢の薬。またこの世に、ハッカクキリンほどRTXに恵まれた植物は存在しない。ハッカクキリンには超絶的な量のRTXがある。教団はそれに気付いた。そして臨床使用にも成功した」

「つまり、君はキリスト教原理主義などには微塵《みじん》も興味がないが、当該RTXには死活的といえるほどの興味を抱いた」

「この右手がもう一度望むまま動くなら、キリスト教原理主義だろうが悪魔だろうが公安警察だろうが、誰とでも契約をするわ。けれど実際にそれができたのは、〈まもなくかなたの〉だけだった――という陳腐《ちんぷ》な物語よ」

――引き続き、人力車は駆ける。閑静な住宅地から、路面電車のジャンクションへ。大きな病院を越えると、次第に商業施設が多くなる。もうじき県都いちばんのアーケード、大街道《おおかいどう》だ。路面電車に過ぎ越されつつ、またいよいよ数を増した自動車の渋滞を片目に、人力車は器用に街路を縫ってゆく。

「君の右手は、今どんな感じなの？」

「今はそこそこ痛むわ。

というのも私、ずっと愛予警察署に勾留されていたから。そこでは無論、ＲＴＸの注射など受けることはできない」

「注射の効果はどれくらい維持できるの？」

「個人差があるけど、私の場合は概《おおむ》ね二箇月」

「その注射はいつから開始したの？」

「……あなたとつきあいだしたあたりから。

要は、私があなたを騙《だま》し、あなたが私を騙し始めたあたりから」

「成程《なるほど》、それも教団との契約だったと」

「それはそうよ。私は私の人生における死活的なものを求めた。なら私はその代償を払わなければならない。そして教団が求めるだけの金額は、到底用意できなかった……

私が用意できたのは、私自身という釣り針。無論、教皇・村上貞子という釣り針。

言い換えれば、それに警察が引っ掛かってくれるであろうそのことでもあるけどね」

「例えば僕らが東京で最後に会った夜、君は右手に痛みを感じていたけれど……」

「あなたと会うときは注射を切らすか、苦痛がある演技をする。これも契約の内」

「それは、教皇・村上貞子の健康不安と同様の症状を見せ付けるため」

「まさしく。

だからあなたには――これは残念で屈辱だけど――私のピアノを聴かせることができなかった。それは契約上、そしてタイミング上、どうしてもそうなる」

――人力車はいよいよ大街道に入った。さすがに県都いちのアーケードとあって、新年を祝い、二〇〇〇年代の幕開けに興じる人々であふれている。今夜の大街道は、灯りの消えない不夜城のようだ。人力車は、四苦八苦しながらその人の波を越えてゆく。待ち合わせスポットの大きなユリちゃん人形が、ひときわ美しくライトアップされている。この大街道を越えてしばらくすれば、今度は愛予市駅、そしてJR愛予駅方面だ。

「……あの日。あの温泉旅行の日」僕は訊いた。「僕が君のワイパックス二錠を隠したこと、怒っている？」

「私がまだあなたを愛していたのなら、きっと怒っていたでしょうね」

「成程《なるほど》」

「すべてが終わってみれば、『ああ、そうか』と思うだけよ。だってそれはあなたの必然で、お仕事で、だから私でいうところの契約だったもの。それを、教団との契約で動いていた私がどうこう言うのは……そこに愛も恋も無くなったのであれば……むしろ破廉恥《はれんち》じゃないかしら。騙し騙され、欺き欺かれ、それでも魅《ひ》かれあっていたであろう私達。そこから最後の部分を取り除けば、残るのは嘘吐きどうしの駆け引きなり謀《たくら》みなり、それだけでしょう？　将棋にもチェスにもクリケットにも、まさか当事者どうしの恋愛物語は不要でしょう？

ましてそこに怒りだなんて、感傷が過ぎる」

――愛予市駅。JR愛予駅。これらをぐるりと回ったなら、目指す市役所あたりはもう遠くない。鉄道は終夜営業をしているようで、そちらにも群衆がかいまみえる。ただ地方都市は車社会だ。鉄道は生活の中心じゃない。ゆえに人力車が目的地に近付けば近付くほど、人の姿は少なくなり、車の流れは疎《まば》らになり――とうとう、誰もが眠りに帰ったのではないかと疑いたくなるほど、街路は寂しくなってきた。

実際、この五箇月の勤務でたまに派手な超勤をしたときなど、警察本部庁舎を出ると『この街では自分独りしか外に出ていないんじゃないか？』と疑いたくなるほど、地方都市の夜の寂しさを実感できる。まして官庁街とくればなおさらだ。といって、僕はその地方都市の深々《しんしん》とした寂しさが、決して嫌いではなかった。夜の街を独り占めするその感覚は——夜の帷幕《とばり》や夜の吐息を纏《まと》いながら地元を独り歩くその帰途は、東京からの異邦人であり渡り鳥である僕にとって、なんだか妙に嬉しいことだった。

——そしていよいよ、人力車から瞳《め》を凝らせば、愛予市役所が見えてくる。いつだったか内田補佐が案内してくれたように、愛予市役所が見えてくれば、愛予銀行が見えてくる。続いて愛予家裁も。それが意味することは、すなわち。

「充香さん。最後に、供述調書には絶対に書かれていなかったことを訊きたい」

「というと」

「鰯《いわし》の頭ほども信じていない宗教団体に縋《すが》ってまで、君が右手の自由を恢復《かいふく》したかったその理由が訊きたいんだ」

「それは当然、もう一度私のピアノを弾きたいからよ。ただそれって、和気《わけ》警部補さんが供述調書にちゃんと録取《ろくしゅ》したはずだけど？」

「そうじゃない。充香さんそうじゃない……そういうことじゃ、ないんだ。たとえ痛みがあったとしても、僕との連弾が趣味として楽しめる程度には、君の指は動いたはずだ。なら、カルト教団の教祖の真似事《まねごと》までして、警察に検挙される生贄《いけにえ》になる覚悟までして、そうまでして何故もう一度、君のピアノを求めたんだい？」

「恐ろしく愚問ね」

「問いが無ければ答えも無いのでね」

「それは当然、私の『ラ・カンパネラ』を聴かせたかったからよ」

人力車は速度を落とし――

さしたる暇《いとま》を置かず停車した。

愛予家裁の先。そこには無論、愛予県警察本部庁舎がある。

人力車はそのたもとで停車した。

小指の先ほどの大きさで、ライトアップされた愛予城がほのみえる。

清澄《せいちょう》な黒い夜空に浮かぶ、下弦《かげん》の有明月《ありあけのつき》が、黒と紅との人力車をさらさらと照らす。

その、玲瓏《れいろう》たる月光を受けて。

やはり、本栖充香は美しかった。僕は今夜の彼女の体温を、生涯忘れないだろう。

「誰に、聴かせたかったの？」

「無論、私自身に」

「そこに聴き手は」

「もういらないわ」

「なら、いよいよ終わりだね」

「ええ」

――僕らは人力車を下りた。
この時間、この官庁街を歩いている者など誰もいない。車とて一台も通り過ぎない。
彼女はそんな静寂《しじま》をパンプスの靴音で破ると、不思議なかたちで瞳を伏せた。
「二十世紀の終わりの新年。最後に一緒に話ができてよかったわ。
司馬君にとっては当然、大事なお仕事をかねていたんでしょうけど――
ちなみに昨日、十二月三十一日。それが何曜日だったか憶えている？」
「……金曜日だよ」
「それはつまり？」
「僕らの、この四年のつきあい――
フライデー・ナイト・ファンタジー」
「解っているなら合格よ。
だからここで、さようなら」
「課長室で珈琲《コーヒー》を用意できるけど？
それに、この趣向を申し出たのは僕だ。せめて君の官舎までは送るよ？」
「あっは、警察施設はもう充分に味わったわ。それに路面電車も終夜運行していれば、
あなたたちの用意したものでないタクシーだって捕まる……
そして人力車の車夫《しゃふ》さん、公安課のお仕事でもないのに残業、御苦労さま」

それじゃあ。

——本栖充香はあっさりと夜道に消え。

警察本部庁舎前の街路には、僕と第三係の丸本補佐だけが残された。

「ふられましたね、課長」

「当然の結末ではあるけどね。

以上、これにて〈ガラシャ〉営業は終了だ。丸本補佐、ド派手な肉体労働お疲れ様」

「いえ課長、〈八十七番地〉担当補佐として、〈ガラシャ〉営業の最後を見届けるんは私の任務ですけん。

それに——、、、、」

「——ああ、街は平和だ。混乱も事故もなければテロもない。

ほぼ予測したとおりとはいえ、警察官としては胸を撫《な》で下ろしたいところだ」

街でもビルでも民家でも、電気はとどこおりなく灯《とも》っている。

ビルやマンションで断水が起こった気配はない。

エレベータや空調システムに誤作動が発生した様子もない。

ガソリンスタンドは平然とガソリンを売っている。

公衆電話も携帯電話も、誰もが普段どおりに使っている。

iモードを使っている人もいたから、ネットにも障害はない。

自動車のカーナビはくっきりと光っていたから、衛星にもまた障害はない。

鉄道は瞬間風速的に停止をしたそうだが、それも予防的なもので、事実、終夜営業中。

病院は静穏そのものだったから、ＣＴ、ＭＲＩ、ＩＣＵ等にトラブルはなかった。

まさか、飛行機やミサイルが突っこんで来るなんてこともない――

――そして、警察官として何よりホッとすることは。

（無人の街の、あの信号機たちの健気《けなげ》なともしび。

改めて思えば、なんて整然としていることか。また、なんて安心できることか）

――官庁街ゆえ、また城下の堀端《ほりばた》ゆえ、街区は整然とし、視界はすっきりと広い。

すなわち道路にそって瞳《ひとみ》を流したなら、一定距離ごとに、幾つも幾つも信号が見える。

あざやかな遠近法で数多《あまた》見える。

今はずっと緑に染まっている。

それらが、一定のリズムを遵守《じゅんしゅ》しながら、流れる水のようにひとつ、またひとつと点滅してゆく。

そしてやはり、流れる水のように赤になる。今度は赤い灯火の列が瞳に映える。

それは実に、実にアタリマエのことではあったけれど……

我が国として、数百億円とも数兆円ともいわれる費用を投じ諸対策を講じた、二〇〇〇年問題のとりあえずの終息《しゅうそく》であり、また。

愛予県警察公安課として、死力を尽くし諸対策を講じた〈まもなくかなたの〉による終末テロを封圧《ふうあつ》できている、それは確かな証《あかし》であった。

「警察本部一〇階のオペレーション・ルームも」丸本補佐がいった。「取り敢《あ》えずホッとひと息吐《つ》いとるところでしょう。もとより、人出しで動員されとる宮岡次長や広川補佐は、任解《ニンカイ》となる翌朝まで解放されんでしょうが……

課長、そういえば課長の御下命《ごかめい》どおり、オペレーション・ルームへの差入れ用チョコラBBと缶コーヒー、それぞれ六〇本を公安課に用意しておきましたが――課長御自身で一〇階に上がられますか？　宮岡次長も、いえ東山本部長もがいに喜ぶ、思うんですけんど」

「いや、僕はこのまま街の様子を味わいながら官舎に帰るよ。

差入れは、悪いが丸本補佐から一〇階に届けてくれ。

あと、宮岡次長に伝言を願いたい」

「承ります」

「――僕は一月四日午後の飛行機で当県を離れる。その手配は既に終えた。

一月四日は御用始《ごようはじ》めだから、次長以下公安課員にもくまなく会えるだろう。

そのとき離任挨拶《あいさつ》をして、そのまま空港にゆく。

よって、三が日における僕の離任関係の世話は一切不要だ――伝言終わり」

「丸本警部了解です。確実に宮岡次長に伝達します」

「頼む。あと東山本部長に、この手紙を――」

「それも了解です。確実に本部長御本人にお手渡しいたします」

「それじゃあ僕はここで。

今夜はとんだ日程、とんだ時刻にお疲れ様。御家族に、僕が深く詫《わ》びていたと伝えてほしい」

「そ、そがいなことは。私も警察官ですけん……むしろ、課長こそお疲れ様でした。

そしてMN諸対策のための〈ガラシャ〉営業に四年の歳月を費やしてくださったこと、〈八十七番地〉の課長補佐として深く御礼《おんれい》申し上げます。課長直轄《ちょっかつ》の〈ガラシャ〉営業がなければ、MNの事件化も討ち入りもなかったですけん。

課長の今の苦衷《くちゅう》をお察しするに、私ら愛予の警察官としては、お詫びしてもお詫びしきれん負い目を」

「――それこそ無用の気遣いだよ」そして僕は大嘘を吐いた。「僕もまた、警察官だからね」

108

平成十二年（二〇〇〇年）一月一日。

僕は申し訳程度の仮眠をとった後、公安課長官舎からタクシーを飛ばして、今は山松空港にいた。

時刻は、午前六時四五分。

チェスターフィールドの懐《ふところ》から航空券を出し、搭乗便を確認する。

（羽田行き、午前七時三〇分の始発便。間違いなし）

官舎からは既に荷を出し、掃除をして、その鍵《かぎ》をすべて公安課長卓上に置いた。

課長室の荷出しや掃除は、誤認逮捕騒動があったとき既に終えている。

極秘文書、引き出しの鍵、金庫の鍵の引継ぎも、更迭《こうてつ》が発令されたときに完了させた。

――それはそうだ。その実情がどうであれ、僕は十二月七日に公安課長の任を解かれている。十二月十三日には、警察庁人事課付《ヅキ》となる人事が発令されている。東山本部長の御配慮で、年が明けるまでは愛予で勤務できたし、有難くも捜査本部の捜査の行方と二〇〇〇年を迎えた愛予の無事をこの瞳《め》で確認することができたけれど……法令上は飽くまで警察庁に更迭された人間であり、もはや愛予県の警察官でもなんでもない。そしていよいよ一月四日からは、我が同期の白居が、新たな公安課長として愛予に着任する。なら、課長室も官舎も引き継ぐ準備をしなければならない。ゆえに次長と僕は十二月十三日から、苛烈《かれつ》を極める捜本指揮のあいまを縫《ぬ》って、着々と引継ぎ作業・撤収作業を開始していた。これはむしろ、警察官僚としては破格の日程的余裕である。というのも、僕の着任当時の状況から解るとおり、警察官僚の異動は大原則として一週間の内に行われなければならないからだ。それが、十二月十三日から二〇日強の余裕をもらえるなど、むしろ感謝しなければならない恩情の大安売りである。これで、完璧《かんぺき》な撤収作業のできない方がおかしい。

ゆえに。

（……もうこの愛予の地に、僕の痕跡《こんせき》や足跡はどこにもない。残余の事務処理もない。思い残すことなら無尽蔵《むじんぞう》だが、どのみちあとは旅立つだけだ）

——タクシーが去るのを見送り、空港一階に入る。

この空港は、新しく美しいが、とても可愛《かわい》らしい規模の空港だ。

空港ビルだけをとらえれば、警察大学校のある中野駅なり、住みたい街第一位の吉祥寺駅なり、そうした都内の平凡な駅舎とほとんど変わらないサイズである。また、それらより動線が遥《はる》かに分かりやすい。すなわち、横一本のフロアが左右に続いているだけ。それも、ひょっとしたら都内のJR線ホームだの地下鉄ホームだののより短いかも知れない。すらりと続いたフロアはあっけなく視界が利《き》き、仮に端《はし》から端まで駆けたとしても、まさか五分を要しない。

だから、一階チェックインカウンタも直ちに見出《みいだ》せる。

僕は空港ビルに入ってほんとうにすぐ、全日空のカウンタに近づいて、所要の手続をした。

（それにしても、さすがは一月一日。年末年始混雑の穴。チェックインに列を成す人とて、実に一〇人未満だ。それをいったら、空港施設内の雑踏《ざっとう》密度の低いこと低いこと。着任した八月の、なんでもない平日とほとんど変わらない）

まあ、ギリギリまで離県の日程を決められなかったので、航空券がまだ買えたのはこの一月一日と十二月三十一日しかなかった。そして、十二月三十一日にはまだ仕事があったから、どのみち今日この日しか東京へ帰ることはできなかった。

ゆえに、どんな混雑も覚悟してはいたのだが……

確かにいつかどこかで聴いたとおり、一月一日は年末年始の狙い目だ。考えてみれば正月早々から、しかもその午前六時あたりから、わざわざ国内旅行に出たい人などかぎられる。また確かに、警察の世界でも、一月一日は嘘のように仕事の凪《な》ぐことが多い。駆け出しの交番勤務の折、あまりにお客さんがないので、石油ストーブのてっぺんで勤務員数ぶんの餅《もち》を焼き、ありあわせの醬油《しょうゆ》だのコンビニで調達したきな粉だのを、わくわくしながらぶっかけたことを思い出す。

（あのころは警部補だった。

警察庁で警部になり、ここ愛予県で警視になり、そして……）

——僕は空港ビルの、これまた可愛らしいエスカレータを上った。

空港ビル二階は、いよいよ出発ロビーだ。

といって、フロアの分かりやすさが一階と変わるわけでなし。ほどよい開放感がある二階は、右手を眺めればおみやげエリア。左手を眺めれば飲食エリア。いずれも『手の届く』といいたくなるほどの距離感である。そしてエスカレータから前方を眺めれば、そこはたちまち手荷物検査場であり、その先はもう搭乗待合室と搭乗ゲート。そこに入ってしまえば、アタリマエだがもう二度と出られない。さらにアタリマエだが、それは僕がおそらく未来永劫《えいごう》、愛予県を離れることを意味する。手荷物検査場のあの金属探知ゲートを越えれば、そこはもう実質、東京なのだ。

（現時刻、午前六時五〇分。搭乗手続は、あと三〇分弱もすれば開始される。すなわち、すべてがあっという暇《ま》に終わる……）

そして空港ビル二階も、これまた雑踏密度が極端に低い。人がまばらだ、というほどではないが、全員を数えて顔を確認しろ——といわれても、さしたる困難と時間を要せず終えることができるだろう。ちょっと混み合った大型書店か、殺気立ってはいない駅前銀行みたいなものだ。間違ってもTDLではない。とはいえ、午前七時三〇分の始発便を目指して、ゆっくりと、ゆっくりと人が集まり始めている感じではある。

（さて、食事をする気もなければ、みやげを物色する気にもなれない。とすれば、とっとと搭乗ゲートへ進んでもよいのだが……）

だが僕は、最後にやるべきことをすぐに思い立った。

そのまま、手荷物検査場の近くにポツンとある喫煙所にむかう。

スライドを開けて入った喫煙所は、無人だった。

そのまま装備資器材であるライターを取り出し、きぃんと銀の蓋《ふた》を開け、側面の銀柱を撫《な》でてマイルドセブンに火を灯《とも》そうとする――灯そうとする――

（あれ？）

幾度かの試みの後、僕は唇を噛んだ。

どうしても火が点《つ》かない。

確かにこの離任と引継ぎのドタバタで、火打ち石の状態も確認してはいなかった。また荷出しのドタバタで、ガスボンベというかガスレフィルをも無くしてしまっていた。

さて、着火用の石が飛んでしまったか、ガス欠か……

仕方ない——と僕が売店で百円ライターを調達しにゆこうとした、そのとき。

僕のちょうど背後から、スッと一本の腕が伸びた。スッと、オレンジの百円ライターが差し出される。

——同好の士だ。やがて時代に駆逐されるであろう、絶滅危惧種《きぐしゆ》の喫煙者。

僕が自分のライターを凝視しながら、懸命にそれと格闘している内に、喫煙所に入ってきたのだろう。僕は指紋でべたべたになってしまった自分のライターを諦める。それをベストの腰ポケットにすべりこませる。返す刀で、右手をちょいと翳《かざ》して拝む仕草をしてから、ありがたく当該オレンジの百円ライターを受け取る。そのままマイルドセブンにようやく着火して、思いきり紫煙《しえん》を吸い込みながら、その同好の士に対し身を翻《ひるがえ》そうとする。無論、喫煙者どうしのうるわしき紐帯《ちゆうたい》と相互扶助《ふじよ》とを確認しながら、ささかで無難な雑談をするためだ——

「いや、どうも有難うございました。

何せいきなりのガス欠で」

「それはそうでしょう。

課長が少しでも空港で手間取ってくれるよう、ガスも石も抜かせときましたけん」

僕は絶句した。そしていよいよ、オレンジの百円ライターの主《ぬし》を直視した。

「み、宮岡次長……⁉」

「課長。課長は常に動静をあきらかにしていただかんと困りますぞな、もし」

109

「ど、どうしてここに」

「私らは公安課員です」

「そ、それもそうか……」

その追っ掛けの実力は誰あろう、僕がいちばんよく知っている。ましてて、いつか次長が明言していたとおりだ――公安課長にプライヴァシーなんぞは無い。

「なら、既に公安課長官舎を出るときから？」

「いえ」次長は苦笑した。「今夜、丸本補佐と離《わか》れられよったそのときから」

「今日は元日だよ？」

「今の課長にだけは言われとうないですけんど――警察官に、元日も大晦日も、肌を合わせた女にふられたも何もありません」

「まして始発便の時刻だ」

「警察官に、午前六時も午前七時も以下同文です」

「——それもそうだね。

僕らは……次長らは公安課員だ。二四時間三六五日体制を生きる公安課員だ」

「ほしたら課長。恒例の、朝のミーティングをやりましょうわい。

本日の日程ですが、まずは、今のお煙草が愛予での最後の一服になりますけん、充分御堪能《ごたんのう》いただいて——」

確かにそうだ。

思いがけず、わずか五箇月の課長職となったけれど、そのわずか五箇月のあいだでさえ、どれだけの煙草が、公安課の無数の仕事とともに灰となっていったことか。また、どれだけの煙草を、この宮岡次長とともに灰にしてきたことか。

それはまさに煙と消えて、残り香すらもうこの世に無いが——

けれどそれは、僕のこの人生において、確かにかけがえのない時間と経験を、ともに刻んできたものだった。

そしてもうすぐ、その最後の一服が終わる。次長がライターを、仕舞う。

「——その後、課内課長補佐会議及び離任式を行います」

「なんだって？」

「すなわち。

愛予県警察本部警備部公安課幹部会《かんぶかい》総員八名、事故等なし、現在員八名。既に集合を終えとります」

「公安課幹部会……管理官も、すべての警部も？」

「ハイ課長。課長のお出ましをお待ちしとります」

「、、、ここで？」

「ここで」

――どうやら、公安課長としての最後の任務ができたようだ。

僕は最後のマイルドセブンの、最後の一吸《いってつ》を思いっきり吸い込んだ。そしていった。

「ならばゆこう、次長」

「ではこちらへ、課長」

次長は喫煙所のスライドを開き、いつものように腕と身振りで僕の出座をうながす。

僕は次長が開けてくれたドアから脚を踏み出す。

次長はたちまち僕の右斜め前方に位置すると、そのままここ空港ビル二階中央、国内線出発ロビーへと僕を誘《いざな》う。最後の随行《ズイコウ》として。

そして、国内線出発ロビーの、そのまた中央には。

既に一列横隊となって集合を終えている、我が公安課の警部以上の総員がいた。

僕はあたかも点検官のように、その一列横隊の中心と正対する。

随行を終えた次長が、今度は僕の右斜め後方に位置する。

やがて国内線出発ロビーに響き渡る、宮岡次長のあの朗々《ろうろう》とした声——

「気を付け‼」

——いくら旅客が多くないとはいえ、さすがに始発便目指して集まり始めていた人々の視線が、次長と僕らに集中する。無論、次長も誰もそのようなこと意にも介さない。

「ただいまから。愛予県警察本部警備部第二十五代公安課長、司馬達《とおる》警視の離任式を行います。敬礼‼」

藤村管理官が。広川補佐が。赤松補佐が。丸本補佐が。内田補佐が。伊達補佐が。兵藤補佐が。それぞれ一糸乱れぬ室内の敬礼をする。僕は既に膝《ひざ》を震わせながらそれに答礼する。

「司馬課長より、御離任の挨拶を賜《たまわ》ります」

「休んでください——」僕は部下の気を付けを解いた。「——僕はいったね。初訓示でいった。我々に喧嘩《けんか》を売ってきている治安攪乱《かくらん》要因にあっては、今日勝てなければ明日勝つ、明日勝てなければ明後日《あさって》勝つ、明後日勝てなければ弁当を取り寄せて勝つ迄此処《までここ》に居ると、その覚悟を持って仕事をしてほしいと。そのために、重き荷を負うて遠き道を行ってほしいと。自分で自分に鎖を課して、公安課員としての重い義務に耐えてほしいと。
そして結果はあきらかだ。
我々は最大の戦争に勝った。
第二のオウム真理教の、完全封圧《ふうあつ》に成功した。
これすべて各位の、性根《しょうね》と覚悟のたまものだ。
公安課長として、指揮官として、こんなに嬉《うれ》しいことはない。
僕はこれから愛予を離れる。
よって、僕らの道はここで分かれるが――
各位の献身と努力を僕は忘れない。
僕がこれからどのような道を歩こうと、それを生涯のたからものとして生きてゆく。
各位は僕のたからだ。
そして、愛予県警察の、いや日本警察のたからでもある。
……どうか躯《からだ》に気を付けて、警察道の遠き道を、これまでのように邁進《まいしん》してほしい。
各位と公安課のますますの活躍を祈念《きねん》してやまない。僕からは以上だ!!」
気を付け!!
次長の号令。そして敬礼の交換。
センチメンタルに過ぎる僕が膝を震わせ、目頭《めがしら》を熱くして躊躇《ちゅうちょ》していると――

次長が僕の背をそっと押した。

僕は部下の一列横隊に近付き、そして先頭の藤村管理官から、別離の挨拶をしてゆく。

管理官、携帯電話は充電器から離して使って大丈夫だからね

広川補佐、次のコンペは一四〇を切りたいから、エリエールにしよう

赤松補佐、モーニング娘。には句点のマルが付くよ

丸本補佐、井上陽水を指南してくれてありがとう

内田補佐、管理職試験に受かって、一刻も早く署長にならなきゃダメだよ

伊達補佐、俳句は通信添削でもいいでしょうか？

兵藤補佐、できればこのまま刑事部に帰らず、公安課に骨を埋《うず》めてほしいんだ

「そして次長……今度会うときも、三次会は」

「はい。いちばん甘いものと、いちばん辛いもので」

――万感胸に詰まり、万言《ばんご》が喉《のど》を塞《ふさ》ぐ。こんなくだらないことしか声にできない。

ただ、それも僕らしいし、敢えて言えば僕等らしいかも知れなかった。

そうだ。

僕らは権力の犬でもなければ、暴力装置でも怪物でもない。

スパイというならスパイかも知れないが、そうだとしても僕らはどこにでもいる、アタリマエのスパイだ。ともに笑い、ともに泣き、一緒にバカを言い合える、そんな日常

を生きるスパイ。汗臭く、泥臭く、そして人間臭い、どこにでもいる普通のスパイ――

だからこそ、僕は彼等がこんなにも愛《いと》おしく。

だからこそ、僕は彼等の前でこんなにも目頭を熱くするのだ。

――すると。

最後に僕と握手をし、抱き合いながら背を叩《たた》いてくれていた兵藤補佐が、スッと身を引いた。そしていかにも刑事らしい親分肌の声で、しっとりと、しかししっかりと、とある歌を歌い始める。そう、その歌は。

　明日《あす》があるから　明日《あした》のために

　ただそれだけを　創《つく》るため――

ドスの利いた兵藤補佐の歌声が、国内線出発ロビーに響き渡る。

その歌声と心意気はたちまち伊達補佐に、内田補佐に、丸本補佐に、赤松補佐に、広川補佐に、藤村管理官に、そしてもちろん宮岡次長に伝わってゆく。一列横隊を、男たちの声が伝ってゆく。兵藤補佐の独唱は、すぐさま八名の斉唱となった。

　われらは選んだ　この道を

　たとえどんなに　遠くても

　歩いてゆこうよ　この道を

風が吹くから 嵐《あらし》のために
ただそれだけを 防ぐため
われらは選んだ この道を
たとえどんなにつらくても
歩いてゆこうよ この道を

影があるから 光のために
ただそれだけを 守るため
われらは選んだ この道を
たとえどんなに遠くても
歩いてゆこうよ この道を

——我が社の代表歌のひとつ、『この道』。
そしてその『この道』の大斉唱が終わった瞬間。
僕はいきなり宙を舞っていた。
なんと、八名での胴上げだ。それを、何度も何度も繰り返して。さすがは警察官……
何が何やら解《わか》らなくなった僕が、とうとう着地すると。
密集した輪になっていた八名が、いよいよ天地も割れんほどの怒号を発した。

「司馬公安課長、バンザーイ!!」

「バンザーイ!!」

「バンザーイ!!」

「バンザーイ!!」

「バンザーイ!!」

110

万歳三唱が終わったとき、国内線出発ロビーには、既に人集《ひとだか》りができていた。

『ヤクザの親分か何かか?』という視線が僕らに突き刺さる。

その、あぶないひとたちと一定距離を置いた人集りを、ギャラリーにして——

——しかし宮岡次長は、いつものごとく泰然自若《たいぜんじじゃく》として言った。

「課長。お名残惜しいですが、そろそろ出発のお時間です」

「そうだね」僕は次長と、そして皆《みんな》を見渡した。「いよいよ、さようならだ」

すると、筆頭補佐の広川警部が、どこからか立派な純白の紙袋と、白い花の花束を用意してきた。いつもどおり、やることにソツがない。

それを受け取る宮岡次長。

そして次長は、まず純白の紙袋を、ゆっくりと僕に手渡した。

「まずはこれ、これは渡会警備部長からですぞな」

「渡会部長が、送別の品を？」

「しかも『絶対に中身を喋るな』ゆう厳命を受けとりますが――

儂は課長にここで知ってほしいけん、抗命《こうめい》しましょうわい。

――これは、渡会部長が夏場から用意しとった、お宮参り《みやまい》用の着物です。

タツは単身赴任じゃけれ、まだ赤ん坊と一緒にお宮参りしとらんじゃろがな、ゆうて」

「夏場から……それじゃあわざわざ、いちから誂《あつら》えたの、そんな高価なものを!!」

「その渡会部長から伝言です。

――ゆうたとおり、タツは儂《わし》ら愛予県警察の子じゃ。いや儂の子じゃ。そのタツの子は儂の孫じゃ。タツがどんな決断をして、どんな道を歩くことになろうが、親子の絆《きずな》は一生じゃ。ほやけん必ず、儂のところに孫を見せに来い。タツがそのときどうなっとろうとかまわん。必ずじゃ。必ずもう一度、儂んとこ来て元気な顔を見せえ」

「……了解したよ次長。渡会警備部長の御下命《ごかめい》、しかと承った。

それが何時《いつ》になるかは分からないけれど、必ず子供と一緒にまた愛予に来る。

むしろ、渡会警備部長にはこう伝えてほしい――

僕がどうあろうと、また愛予に来る機会を与えてくださって、また愛予の皆に会える機会をくださって、有難うございますと。お心遣い、ほんとうに嬉しく思いますと」

「宮岡警視了解です。

そしてこれは――不肖《ふしょう》、私から」

「これは」

次長がそっと僕の右手に握らせたものは。

――切符ほどの長方形の徽章《きしょう》。

胸元にクリップで留める徽章。

青と紺のあいだのような色をしたバッジ――

白い字で『ＡＰ』と書かれた、そう、愛予県警察本部入庁証のＡＰバッジだった。

「――返納しなきゃいけないはずだ」

「持っとってください」

「だけど」

「同じ道を歩いとった者どうし。

今こうして別離が来ても、この一期《いちご》一会《いちえ》を、今後の道の励《はげ》みとするために。

課長と私の人生において、確実に大切な一時代を刻んだ、その証《あかし》として。

——課長のお陰で、私もこの春から新任署長になります。

そのとき。

あれだけ厳しく、あれだけ喧騒《うるさ》く鍛えた新任課長のことを、今度は自分の道標《みちしるべ》として、何度も何度も思い出すことでしょう。課長はどんな思いであの決断をしたんか。課長はどんな思いであの指揮をしたんか。今度は、課長の姿にこそ自分のこれからを学ぶ、新任署長として思い出すでしょう。

ほやけん。

課長にも、できることなら私のことを、私らのことを思い出してほしい。

課長がこれからどんな道を選ぶとしても。

いや、課長が私らと道を違《たが》えるとするならば、よりいっそう、思い出してほしい。

このバッジを着けて戦った日々があったゆうことを。

このバッジを着けて戦った仲間がおったゆうことを。

ほやけん——

『ウリータは行く《ウリータ・イエーディエト》、いつかは着くだろう《カグダー・タ・ブーディエト》』。

その課長の旅路の友として。私らの絆《きずな》として——願います、課長」

「……有難く受け取るよ」僕は右拳《みぎこぶし》を胸に当てた。「そして道に迷ったとき、必ずこのバッジを手に思い出そう。僕には最高の次長と最高の戦友と……そしてまたもや、最高の父親がいたというそのことを」

「ありがとうございます、課長。

そして最後に、ここにおる公安課幹部会総員から、この花束を」

——警大からの不思議な縁があった赤松補佐が、あざやかな白い花にあふれた巨大な花束を手渡してくれる。その白い花そのものはさほど大きくない。しかし花束は両腕に余るほど巨大だ。すなわち、ひとつひとつは小さい花を、幾つも幾つも一所懸命に集め、細心の注意とまごころをもって、あたかも花畑のように咲き誇らせたのがよく解る。

「ねえ赤松補佐、この花ってひょっとして……」

「ほうです課長。

これは当県名産にして、当課因縁のみかんの花です」

「だよね。

ただ僕の記憶が確かなら、みかんの花は初夏に——五月頃に咲くはずだ。今は元旦《がんたん》」

「次長がハウスみかん農家に頼み込んで、もう無理矢理お集めになりました」

「そうか。ハウスみかんの花なら、ちょうどこの時季に咲いていても不思議はないね。

ただ何故みかんの花なの？」

「そろそろ次長が感極まっとりますけん、情報担当の私から御説明しますと——

私らの代紋《だいもん》は、いわゆる桜の代紋。

そして実は、みかんの花と桜の花には——例えばソメイヨシノの花には、不思議な共通点があるんです」

「——というと?」

「第一に、花言葉。

桜の花もみかんの花も、その花言葉は『純潔』『純粋』。英語でいうpurityですけんど。

第二に、桜の花もみかんの花も、ともに五弁の花。

第三に、桜の花もみかんの花も、自分の雄蕊《おしべ》と雌蕊《めしべ》では受粉せんのです。ゆうたら、雄蕊《おしべ》の花粉、まあ雄蕊《おしべ》のタネで受精することはないし、ゆえに雄蕊《おしべ》のタネで実を結ぶことがない。

最後に第四、桜の花もみかんの花も、開花時期が来たら同時に、一斉に咲きます。ゆうたら個体差なく、ある環境がえられたら皆同様に、一斉に咲く」

「興味深いことも、不思議に感じることもあるが——

理屈や絡繰《からく》りは後刻自習するとして。

今日この日、この別離にこそみかんの花を贈ってくれる理由があれば」

「課長」宮岡次長が眼鏡を掛け直した。「私らはこれから、桜の道をゆく。課長がそうされるかどうかは解らん。課長は桜の道を諦め、他の花の道をゆかれるかも知れん。それがええことかどうかも、誰にも解らん。課長の苦しみも、課長の決断も課長だけのもの。課長だけがかかえてゆくもの。私らの誰にも解らんもの……それが道で、決断で、ヒトですけん。その意味で、ヒトとヒトとが解り合えるゆうんは、こどものための、勧《かん》善懲悪《ぜんちょうあく》の御伽噺《おとぎばなし》ですけん。それでも出会《でお》うた間、解り合えんと知りながら、歩調をそろえ懸命に生きる。それが大人ですけん。そして課長は、もう八月のときのこどもとは違う。

けんど、例えば。

桜とみかんなんて、まるで違うと思われるような花であっても、思わぬ共通点を持っとります。ほやけん、実はそれぞれの道に——そう人生の大きな道に、大きな違いなんぞは無いんかも知れません。

桜でのうても、純粋を旨《むね》とする。

桜でのうても、凜然《りんぜん》と五弁。

桜でのうても、来たるべき日に一斉に咲く。

そして桜でのうても、子を、後継者を残すのにはそれなりの努力がいる……

ほうです。

それが警察の道であれ、何の道であれ、守るべきものも在るべき姿も目指すべきものも、実はまるで変わらんのかも知れん。

ほじゃけん。

桜の道を懸命に歩まれてきた課長に、私らはみかんの花を贈ります。

そして、祈ります。

ありのまま、思うまま、飾らずに、一所懸命に、御自分の花を咲かせられるようにと。

ほうです。

『声もなく心も見えず神ながら神に問われて何物もなし』――

あるがままを、思いっきり出し切って、御自分の道を行かれてください。

そうすれば、桜の花とみかんの花のように、いつかは私らの生き方がまた重なるかも知れん。いや重ならんかも知れん。ほやけど、柔道でも剣道でも合気道でも職質《シヨクシツ》道でも、そして警察道でも、その道に終わりはありません。その道を歩きながら、様々な人に出会い、様々な場所に出会い、そして……とどのつまりは別離。我々もこうして離《わか》れる。ただ、私らは祈ります。終わりのない旅路の中で、またあの公安課内全体に響き渡る課長の莫迦《バカ》笑いが、いつかどこかで聴けることを。課長がそうやって、また御自分の花を咲かせてくれることを」

「ならば僕も祈ろう」受け取ったみかんの花々は、むせるほど濃厚に甘酸《あまず》っぱい。「公安課の誰もが、一所懸命に、自分の花を咲かせるようにと。そして願わくは、終わりのない人生という道の途上で、またひょっこりと顔を合わせるそんな日が来ることを――

以上だ!!」

僕は自分から直立不動となり、気を付けの姿勢をした。
当然、誰もが直ちに一列横隊を作り、誰もが直ちに気を付けをする。それが我が社だ。
「敬礼!!」
次長の最後の号令は、確かに涙に染《にじ》んでいた。
それは僕が初めて聴く、裏返りかけたものだった。
——そして最後の敬礼の交換が終わる。
僕は総員が躯《からだ》を起こしきったのを見られず、靴音を立てて一列横隊から踵《きびす》を返した。
そのまま、駆け足になりそうな勢いで、手荷物検査場をただ目指す。
視界が染《にじ》んで、染んで……
……指揮官は泣かない。
課長はこんなところで号泣したりしない。
僕は掌《てのひら》で両瞳《りょうめ》を思いっきり殴り上げた。
ところがそのとき——
「——いけませんねえ、課長サン」
猛烈な勢いで追い縋《すが》ってきた内田補佐が、やにわに僕の鞄《かばん》その他を強奪する。
「な、なにをするんだ内田補佐⁉」
「課長サンの鞄持ちは、着任日以来——いいえ天地開闢《てんちかいびやく》以来、儂の仕事じゃ決まっとりますけん。もうお忘れですかな、もし」

「何をバカな……あと五mないけど⁉」

「長い長い、人生の旅路ですけんねえ。

その五mで儂、課長にお強請《ねだ》りしたいこともありますけん」

「す、すなわち？」

「儂は上品な宮岡次長や広川補佐と違いますけん、欲望のままに言いましょうわい。

──課長にはやっぱり、桜の道が似合うとる。

こっちの手の内全部知られとるんは手痛いけんど、そうです、いきなり商売敵になられるんは実に手痛いですけんど……

警視庁公安部管理官の任、受けてください。

ほんで一月四日から、儂らのライバルとして儂らをイジメてください。

儂らが手塩に掛けて育てた課長サンが、あの大警視庁の管理官になるゆうんは、こりゃ儂、娘にも自慢できますけんね」

「──せっかく感動的に終わったのに、なんてカーテンコールだ」

「ここぞというときに執着する。ここぞというときに追い縋る。そして諦めが異様に悪い──

そんなん警備警察官の基本のキの字ですぞな、もし」

「そ、それは確かに」

「ほしたら、儂の管理職試験合格の祝いとして、只今《ただいま》この場で御決断を」

「……ねえ、内田補佐」

「なんでしょう？」

「保安ゲートの先、搭乗待合室にも喫煙所はある？」

「あります。実態把握は警備警察官の基本のキの字ですけんね」

「なら、内田補佐の執拗《しつよう》なお強請《ねだ》りに免じて、そこで五分だけ、考え直すことにするよ。

そして、決断をする――

ただし」

「ただし？」

「次長の脚止め策のお陰で、僕のライターは火が点かない。

だから。

そこで五分、考え直すためには、どうしてもライターが必要だ。

さもなくば僕は何も考え直さず飛行機に乗る。

――さて。

オトモダチの願いを叶《かな》えるのは、警備警察官の基本のキの字だよね、実施《ザッヘ》の神様？

もし今、内田補佐がたったひとつ、ライターを持っているのなら……

僕の、あるいは僕らの道はまた大きく変わるのかも知れない。さてどうだい？」

「ら、ライターですか。

今朝は次長からの非常呼集で、もう取るものも取り敢えずここに駆けつけたけん、サテ……」

内田補佐はあわてて自分のスーツやワイシャツを捜索し始める。

――そして、〇七三〇《マルナナサンマル》。

湯は既に茶に注がれ。

僕は定刻どおりの羽田便に乗った。

むせかえるように濃密で甘酸っぱいみかんの花と、掌《てのひら》のＡＰバッジ。

その純白と、濃紺。

その組合せに、どうしても警察官の制服を思い出しながら、僕は無理矢理瞳《め》を閉じる。

僕の新任課長としての物語は、そこで、こうして終わった。

――終幕

終章　人事異動

県警人事

（9日付）

【警察庁】特別捜査幹部研修所長（愛予県警本部長）望月周平▽愛予県警本部長（外事課長）司馬達▽外事課長（愛知県警警務部長）織田光次郎▽愛知県警警務部長（地域課長）北野勉▽地域課長（官房付）司隆彦

（2019年9月9日、愛予新聞）

司馬・愛予県警本部長が着任会見

重点課題に人身安全関連事案、災害対策など

県警本部長に就任した司馬達《とおる》警視長（47）＝写真＝が9日、県警本部で着任の記者会見を開き、今後の重点課題として、ストーカー、DV、児童虐待《ぎゃくたい》といった人身安全関連事案への適切な対処、部門や所属の垣根を越えた特殊詐欺《さぎ》対策、巨大地震、渇水《かっすい》、風水害などの災害対策を挙げた。各課題に関しては、「関係機関や関係団体、県民の皆さんと真摯《しんし》に協力し、実効性のある取り組みをしてゆきたい」と強調した。

司馬氏は東大法学部を卒業後、平成8年に警察庁に入庁。京都府警警備部長や警察庁外事課長などを経て、9日付で本県の県警本部長に着任した。本県の印象については、「20年前にも勤務させていただいたが、海と山と温泉に恵まれ、人々は人情に厚く、非常に住みやすい県。他方で、こうと決まれば断固としてやりぬく力強さがあり、非常に働きがいのある県警だ」と述べた。

（2019年9月10日、愛予新聞）

文庫版あとがき

本書は、二〇二〇年五月二五日に上梓《じょうし》した単行本『新任警視』の文庫版である。

この作品は、二〇一六年の『新任巡査』、二〇一七年の『新任刑事』とともに巷間《こうかん》、新任シリーズと呼ばれている。そして成程、これら三冊は——長期にわたり未完となっている第四作、信義と契約に基づいて納品せねばならぬ第四作とともに——シリーズと呼んで強《あなが》ち誤りではない公約数を持つ。それは基本的にはタイトル、舞台、テーマである。

すなわち基本、タイトルに冠せられた〈新任〉なる語。まったく架空の〈愛予県〉なる舞台。そして〈新人を応援する〉というテーマ。これらが三作品の公約数である。裏から言えば、これら三作品には基本——基本、基本、基本と小心に繰り返す趣旨はじき述べる——それら以外の公約数がない。ましてタイトル及びテーマとは畢竟《ひっきょう》、物語そのものとは位相を異にするメタな要素であるから、物語そのものの公約数はさらにかぎられる。いや、ほとんど公約数がないと断じてよい。

私が、新任シリーズなる呼称にささやかな恥じらいと途惑いとを感じる所以《ゆえん》である。

実際、巡査‐刑事‐警視の三作品につき、相違点の方を挙げてみよう。
【時代設定】（いつ）
巡査は二〇一五年の物語、刑事は二〇一〇年の物語、警視は一九九九年の物語
【登場人物】（誰が）
三作品いや二作品をまたがって活躍する者は誰もいない
【採り上げる警察分野】（何を）
巡査は地域警察、刑事は刑事警察、警視は警備警察
【主人公の立ち位置】（どのように）
巡査は新入社員、刑事は新人刑事、警視は新任課長
【登場人物の活動内容】（どうした）
巡査は交番勤務、刑事は警察署刑事課勤務、警視は警察本部勤務
すなわち所謂《いわゆる》新任シリーズ各作品の公約数は結局、物語そのものについて言えば基本、
舞台となる架空県（どこで）
主人公を新人の発達課題に対峙《たいじ》させるというテーマ（なぜ）
の二点しかない。

これを要するに、所謂新任シリーズの実態は『連作』に過ぎず、例えば第二作が第一作を、第三作が第二作・第一作を前提とすることはない。まったくない。三作品は各々《おのおの》物語として独立・完結しており、端的には各々読み切りである。それはそうなる。何故《なぜ》と言って、私は本来的に本格ミステリ作家だからだ。

本格ミステリが人殺し等に係る謎々《なぞなぞ》パズルである以上、一編の本格ミステリはひとつの完結した証明問題となり（Ｑ＆Ａの一問）、一編の本格ミステリはひとつの完結した公理系となる（一問の独立性）。よって、一編の本格ミステリは他のどのような作品の情報・補助・干渉をも必要としない。一冊のパズルは一冊で完結させる。お客様に無用の金銭的負担を強いない。これは私がこの十六年間、自分に課してきた商品設計上の鎖である。

よって、極めて陳腐な総括ではあるが、これら連作はどの作品から読んでも、はたまたどの作品だけを読んでも全く、完全に、嘘《うそ》偽りなく何の問題もない。無論これらは連作であるから、パズルにとって本質的な『問題』→『証明』→『正解』以外の情緒的箇所を共有することがある。当然ある。したがって、ミステリの謎解きに無関係な情緒的箇所については、二作品あるいは三作品を読了することでよりたのしめるが、それはまさか読書の本質的要素ではないし本質的要素とはしていない。それも私の流儀であり宗派である。

ただ、一冊を一冊で完結させることと、お客様に無用の金銭的負担を強いないことは、必ずしも整合しない。

……そもそも論として、この御時世に原稿用紙一、二〇〇枚以上まして価格三、〇〇〇円の書籍を出すなど狂気の沙汰《さた》。そんなもの私の我儘《わがまま》のみに起因する、超絶的な時代錯誤の愚行である。同じ新潮社の編集者各氏ですら唖然《あぜん》とし呆《あき》れる商品である……常識で考えれば解るが、そんなモノがファストミステリ／ファスト警察小説全盛の今の世に、ひろく売れる筈《はず》もないからだ。

にもかかわらずこの『新任警視』単行本は――いや巡査も刑事もだが――そのような狂気の奇書であることにこだわった。紛れもなく時代錯誤の奇書であることにこだわった。しかしながら他方で、そうしたデカダンな奇書であると同時に、『リアリズムを突き詰めたお仕事小説』『正統を極めた本格ミステリ』を指向する書であることにもこだわった。

それゆえ、僭越《せんえつ》の誹《そし》りを恐れずに言えば、少なからぬお客様からの好感と支持を得、既刊は嬉《うれ》しくも版を重ねた。新任の三連作は、私のあらゆるシリーズ／連作のうち最も部数を重ねたものである。この場を借りて、お客様各位に深甚《しんじん》なる御礼を申し上げたい。

しかしながら。

私が今最も憂慮し申し訳なく思うのは、奇特にもこの『新任』あるいは他の連作である『天国三部作』（同様の枚数と価格設定を特徴とする）を手に採ってくれようとする学生生徒等、金銭の余裕を本質的に持たない若きお客様のことである。

私の作品は本来的に青春小説でもあるから——所謂 Bildungsroman——若きお客様にこそひろく読んでもらいたい。だがそもそも、私の我儘あるいは業《ごう》・性《さが》により、今の私はどうしても右の如《ごと》きデカダンな、異端の奇書しか著すことができない（短編は別論だが……）。それが私の手癖であり、私自身が満足できる『世界』を描くときのフォーマットとなってしまっている（私は世界を描く作家、自分でひとつの世界を創造しながら物語を紡《つむ》ぐ作家であると自認している）。よって実際、世捨て人として世間と交渉のない私の耳朶《じだ》にさえ、「古野さんの本が読みたいのですが、月のお小遣いが五〇〇〇円なので買えません」「リアルタイムで追い掛けたいのですが、価格を見るとどうしても手に採ることができず……」という声が響いてくる。

まこと無念、まこと汗顔の至りである。

私の似非《えせ》芸術家としての我儘が、お客様のかかる苦衷に帰結している。慚愧《ざんき》に堪えぬ。

そこで。

病苦等により既に商業出版の第一線から身を退《ひ》き、いわゆる三河の赤味噌《あかみそ》問屋の隠居としてカボチャ作りに勤《いそ》しんでいる身ながら、新潮社さんの励ましを素直に受け容《い》れ、今般、単行本であった本作品を文庫化していただく搬《はこ》びとなった。

いや正直、文庫化の暁にも右の問題が抜本的に解決される訳ではないのだが——そもそも上下巻である——とはいえ一歩前進とは思う。廉価《れんか》版・普及版によりお客様の御負担をいささかなりとも低減させる。やるかやらないかと問われれば、是非やるべきそれは使命である。

隠居の身ながら、私にしかできないこと、私がやらなければならないことは使命として受け容れねばならぬ。さもなくば、これまでのそしてこれからのお客様に対する破廉恥な裏切りとなる。頑迷固陋《ころう》な三河者としてそれは断じてできぬ。やるべきことはやる。やってから死ぬ。

——以上、『新任』の文脈そして文庫化の文脈について、そのあらましを述べた。

最後に、本作品の大きな特徴三点について触れる。

第一点。繰り返しになるが、本作品は連作の他の二点同様、『リアリズムを突き詰めたお仕事小説』にして『正統を極めた本格ミステリ』を指向している。すなわち警察小説読みにも本格ミステリ読みにも充分、違和感なくたのしんでいただけるよう設計してある。著者の身勝手な言い分ではあるが、「警察小説はともかく、ミステリは嫌いだから……」「ミステリは読むけれど、警察小説は読まないから……」というお客様におかれても、どうぞ騙《だま》されたと思ってお手に採っていただきたい。新潮社さんも私も、両者の融合と相乗効果に一定の自負を持っている。そもそも小説はジャンルで読むものではない。

第二点。近時私は自著について〈総伏線主義〉なる用語を用いている。それは昨今、お客様多数にも違和感なく受け止められている。

既にお読みになった方は、この『新任』であろうが『天国三部作』であろうが、一冊の内に三〇〇だの四〇〇だの、常軌を逸した数の伏線が、最終的にはすべて真実に収斂《しゅうれん》しすべて回収されるよう隠されているのを御存知だ。端的には、全《すべ》ての頁《ページ》、全ての見開きに仕掛けがある。

それが物語の九〇％が終わった時点で一気に稼働《かどう》する。この物語はそう設計してある。いや、それこそが冒頭で説明をしなかった、『新任』の隠された公約数である。無論、お客様が購入された書をどう読むかは全くの自由であるから、この仕掛け・設計などまるで意識していただかなくとも問題はない。これまた「ミステリは好きだけど、頭を酷使するのは嫌だ」「伏線回収の妙をたのしむのがミステリで、お仕事小説の部分はいらない」というお客様のいずれにも満足していただくべく、新潮社さんも私も最大限の工夫を凝らした点である。仕上げを御覧《ごろう》じていただければ幸甚である。

第三点。本作品はリアリズムを追求しているのであって、リアルを追求しているのではない。そもそも本作品は小説であり、私は小説家である。小説家が小説を書くというのは畢竟、大嘘つきが派手な虚構をでっち上げることである。お客様各位におかれては、本書が〝見てきたような嘘をつく〟……いや実際に〝見てきたように嘘をつく〟もの、すなわち現代の御伽噺《おとぎばなし》であることに御留意いただきたい。

成程私は元警察官であるから、実際に見てきたことは間違いない。しかし私は見てきたことを見てきたままに書き下ろすほど真摯《しんし》な人間ではない。私は事実などより私の望む世界を描く作家、私の望む世界を創造しながら物語を紡ぐ作家である。私は私の描きたい世界を描く。事実がそれを妨げるというなら事実の方に屈服していただく。そんな私にとって死活的に重要なのは、『派手な大嘘に変換できるもっともらしいネタ』であって、まさか純然たる事実でも真実でもない。事実・真実に価値があるとすれば私の場合、それが〝見てきたように〟というスタイルで嘘に貢献してくれるときだけだ。

このことを本作品について述べれば——読了された方が直ちに理解されるとおり——

そもそもアシモフの『第二ファウンデーション』、クライトンの『アンドロメダ病原体』、夏樹静子《なつきしずこ》らの『βの悲劇』等々を借景している時点で、本作品が御伽噺であることは明々白々である。もっと言えば、本作品のリアリズムとは庵野《あんの》のそれである。まさか『シン・ゴジラ』を実話と考える方はおられまい。怪獣こそ登場しないが、本書の追求するリアリズムとはまさにそうしたものである。本書について、嘘を嘘と見抜く必要はない――理由はシンプル、これすべて嘘だからである。

よって、下らぬことを付言すれば、警察に係る真摯な暴露を期待なさる方は本書を開かぬ方がよい。

私は円満離婚した古巣に対し何の含むところも無い。むしろ恩義を感じている。ゆえに今でもその弥栄《いやさか》を祈念している。よって特定のけしからん者に係るけしからん条件が成就《じょうじゅ》したとき以外、永遠に暴露も告発もへったくれもない。

私の数多《あまた》ある警察小説なり警察新書なりに暴露・非難の要素が微塵《みじん》もないのは周知のことだが、そしてそれゆえに体制ベッタリと非難すらされることも周知のことだが、それはこのような文脈による。

換言すれば、本格ミステリを愛する方も、警察小説を愛する方も、青春小説を愛する方も、本作品には世俗の不純物がないという意味で、どうぞ安心して頁を切っていただきたく思う。

私は大嘘吐きとして、このスマホ全盛時代、敢《あ》えて紙媒体の文芸そしてその創作世界を愛するあらゆる好事家《こうずか》の御期待に応《こた》えるべく、私に編めるかぎりの最高の御伽噺を用意したつもりである。乞《こ》い願わくは、本作品とその壺中《こちゅう》の天地がお客様各位の生涯の伴侶《はんりょ》とならんことを。三時間未満で読み終わり三時間未満で捨てられるそんな本は書かない、それが私の誇りゆえ。自著を生涯の伴侶にしていただくこと。これぞ大嘘吐きの冥利《みようり》である。

それでは末尾になったが、本作品の単行本版を担当してくれた大庭大作氏、本文庫を担当してくれた小川寛太氏、それぞれの校正を担当いただいた校閲諸氏（当代一流といってよい）、及び来たるべき第四作品を熱望してくれている新井久幸編集長に、あらんかぎりの感謝の誠を捧《ささ》げる。かかる奇書を商品化してくれた、その労苦と胆力と功徳《くどく》は筆舌に尽くしがたい。まして結果が出ているよろこび、またしかり。

老いさらばえた三河の赤味噌問屋の隠居ゆえ、編集長の熱望を実現できるかどうか、深刻な不安を感ずるところまこと大であるが……この文庫本を手に採ってくださった御各位が応援してくださるのなら、カボチャ作りの老人にとってそれほど心強く励みになることはない。作品の、だから作家の生殺与奪の権は挙げてお客様各位にある。再度御礼申し上げるとともに、いっそうの御愛顧を賜りたく深く頭《こうべ》を垂れ、私の挨拶《あいさつ》としたい。

令和五年二月二十日
ＴＤＨ１５０３にて

著者

解　説

麻　生　幾

小説には、冒頭の一ページから「恐怖心」を感じることがある。

今回の作品がまさにそれで、思わず呟《つぶや》いたのが、《ヤバイな、これ》という言葉だった。ヤバイというのは、ストーリーにはまってしまうぞ、時間が奪われるぞ、今日は寝られないな、という、毎日が原稿に追われる小生にとっては、まさに「恐怖心」そのものであった。

最初、表紙を見るだけの印象では、かつて警察官であった、それもキャリア（警察官僚）であるとする著者の肩書きからは、専門用語が並べられるだけなのかとのイメージがあった。しかし、そう多くのページを捲《めく》るまでもなく、そのイメージが痛快に裏切られる感動に浸ることとなった。

と同時に、著者の前作に、極めて専門用語にあふれ、公安警察の秘められた世界を舞台にした『ヒクイドリ』があるが、かつて故安倍首相が、冬休みの貴重な一冊として選び、読まれたというエピソードをあらためて思い出した。〝本物の実力〟は政治指導者をも引き寄せたのである。

ここで登場する専門用語はすべて絶対に不可欠なものだ。

なにしろ、警備、公安、刑事で専門用語が語られる世界は、実際に、生きた人間が現場で語っている〝真実〟そのものだからだ。

著者の思いは、読者の方々に、寝る間を奪われることを覚悟し、本作品の世界にどっぷり浸《つ》かって、まるでその世界に、主人公と刑事たちが、調査や捜査の機微をひそひそ話で囁《ささや》きあっている、その傍らに座っている——そんな共有感を得て欲しいのだろうと私は想像している。

しかも何より作者は元キャリアである。

刑事警察官を見ている世界とは全く異質な、いや知ることが決してできない、出会ったことのないリアルさで読者を震撼《しんかん》させることになっている。

本作品のストーリーは、ごく簡単に言えば、巨大なカルト集団VS.警察の熾烈《しれつ》かつ、ち密である一方、心理戦も加えた闘いである。

主人公の司馬達は、〝現場〟である地方警察本部公安課の課長に、「警察庁」（全国都道府県警察本部を統括する行政機関）から抜擢《ばってき》された二十五歳の若手キャリア。階級は、一般の警察官が巡査から始まるのと違い、四年目にしていきなり警視である。

しかも数十名の部下——ベテラン警察官も含めて——を指揮下に置くというから警察

庁キャリアの凄《すさ》まじさを思うばかりだ。

司馬公安課長は、本来なら大きな垣根がある公安、警備、刑事の各組織を縦横無尽に駆使してカルト集団の摘発へとまい進する。

そして警備公安警察による調査や刑事警察の捜査の手法などをきめ細やかに駆使し、「死んでも警察は事件化しなければならない」という強い意志のもと、逮捕、送検、起訴のみならず、審理と裁判を維持するという目的に向かって、司法警察員たる本分をまっとうするために突き進んでゆくシーンは実に詳細である一方で、リアル感にあふれているのでダイナミックでもある。

しかし、本作品を読みふけるにつれ、私はもう一つの「恐怖心」を――長らく私の体の奥深くに沈めていたはずの「恐怖心」を突如、立ち上がらせることになった。

本作品では、テーマの底にあるのが、一九九五年に摘発されたカルト犯罪集団「オウム真理教事件」（以下、オウム）だということは容易に想像がつく。今更言うまでもなく、オウム事件とは、地下鉄サリン事件、弁護士一家殺害事件など大量犠牲者を伴う殺傷事件を繰り返しただけでなく、日本国家を転覆するというクーデター計画までも実際に進めていた。

私事になるが、日本警察が総力を挙げて容疑と実態の解明、さらなるテロを敢行する恐れのある逃亡中のオウム幹部の追及作業を行っていたその時、私はその片隅で取材を行っていた。

警察庁は、オウムに対する大がかりの捜索を行う前年の一九九四年十月、いかなる容疑で令状をとって一発目の捜索を行うのか、非常に苦悩していた。

全国の都道府県警察本部から報告を受けている七つの事案のうち、一つでも捜索を実行できれば、波状攻撃でオウムの実態、容疑解明を行うことができると踏んでいた。

しかし、容疑を立証するための採証資料の獲得の難しさ、検察庁との関係など複雑な事情が絡《から》まってなかなか決められずにいたのである。

当時の警察関係者の言葉を思い出せば、「(七つの事案のすべてが)帯に短し、タスキに長し、という状態なんだ」と表現したことが核心を衝《つ》いていた。

私は七つの容疑の一つ一つを自分なりに検証してみたが確信を得られなかった。詐欺《さぎ》事件から派生した宮崎県資産家拉致《らち》事件もその一つだったが、詐欺の立証ひとつとっても難しい、と捜査関係者から耳にしてはいたが、そのためにいかなる苦悩があったのか、それは知る由《よし》もなかった。

その他にも警察は、図書館で借りた本の返却期限が切れた信者を摘発、捜索することでさらなる情報を得ようとするなど、まさに〝法令を駆使して〟の苦悩に満ちあふれていた。

ただ、その一方で、警備公安警察の〝決して公《おおやけ》にできない〟調査手法も垣間見《かいまみ》ることとなった。

例えば、山梨県のある警察署の刑事課が入手した新たな信者リスト——公安部門に渡さない——を警察庁「オウム対策室」と完全に繋《つな》がった、同じ警察署の警備課が夜な夜な刑事課に〝忍び込み〟コピーした上できちんと元に戻すことを手際《てぎわ》よく行った。また、オウム内にモニター（協力者）を獲得しそこからオウム中枢《ちゆうすう》部への心理戦を仕掛けたりしたこともあった。

さらに殺人予備罪ではなく殺人罪でのオウム教祖の身柄拘束という〝キレイな形〟での晴れ舞台に拘《こだわ》った刑事警察が敢《あ》えてオウム施設の捜索を止《や》めたことに対して、オウム施設の警備で疲弊しながら決しておおっぴらに文句を言わない警備警察は教祖の封じ込め作戦を逆に行うことで〝晴れ舞台〟を演出した——など様々なことを思い出すこととなった。

しかし、それらの記憶は、私の中では「恐怖心」というカテゴリーに沈められていた記憶である。なぜなら、オウムと対決していた当時の警備公安関係者とこんな会話があったからだ。

警察が捜索や検挙を繰り返す度に、オウムは都庁爆弾テロなどを行った上で、さらなるテロを予告するという壮絶な日々が繰り広げられた。

だから恐怖心に煽《あお》られた小心者の私は言った。捜索と検問を緩めればテロが起こらないのではないか？　すると警備公安関係者は、とがめをすることもなく静かにこう言った。

《テロをやれば、前回の二倍の勢力で捜索と検問を実施しオウムを追い込む。それによって反発したオウムにさらなるテロをさせる。すれば今度は十倍の威力でオウムを追い詰める。その作戦でオウムを完全に壊滅させる。その過程での警察官の犠牲は仕方がない。警察の恐ろしさを見せつける》

私はそれから数日間、その時に感じた「恐怖心」に呪縛《じゅばく》されることとなった。その時の警備公安関係者の、淡々とした顔にしても今でも鮮明に思い出す。

本題から少々脱線したが、私が言いたいことは、本作品を読んで、その時のそれら「恐怖心」のすべてがまざまざと蘇《よみがえ》るほど、小説とはいえども余りにもリアルな描写に満ちあふれているということだ。

結論的に言えば、当時のオウム事件で警察が行った、また経験したシーンの、その真相の多くが本作品に含まれていると言っても過言ではない。

後半、事実上捜査の核心を握り指揮をする司馬は、警察組織に疑いの目を向けることになるが、ストーリーにかかわることなのでこれ以上ここでは触れない。

ただ、そのことも、オウム事件に関する私の「恐怖心」をひたすら揺さぶることとなった。

オウム事件の着手後になって、警察は大急ぎで警察官の信者と道場（祈禱《きとう》施設）出入者の「リスト」を密《ひそ》かに作成することとなった。

しかし、警察庁長官狙撃《そげき》事件に関連し、元警察官の存在がマスコミで盛んに取り上げられたことがあったが、その人物は信者でありながら「リスト」に載ってはいなかった。

第5章はサスペンスとして圧巻で、いかにカルト組織を立件するのかを、法令を駆使して検討するシーンは、前述で、私が知ることができなかった警察庁が七つの容疑を決めかねていた、その時の警察の苦悩が二重写しとなる。重ねて、検察庁との関係にしても、本作品で《警備警察というのは、成程《なるほど》、なんとも嫌らしいところね》と言わせているシーンも、私が知らない裏側で、実はこういうことがあったのかと感服しながら想像してみた。

本作品では、そういったシーンが多く、そのたびに、ああ、あの時、実はこういうことだったのか、と思ったこともしばしばあった。

ストーリーの後半はまさに衝撃的である。しかもその〝材料〟は、警備公安と刑事の両方を知り尽くしたキャリアでしか書けないトリックに満ちている。最終章に至り、これまでの警察小説では出会えなかった感動を引き摺《ず》ることになろう。

著者には是非にお願いしたいことがある。

本作品において、元キャリアであったことから、すべてを書きたかったが書けなかった——専門用語ではなく——という思いが行間から多くの場面で感じられる。

次回作へ早くも期待するのは、主人公の「僕」に語らせてほしいという、私の単なるわがままである。

（令和五年一月、作家）

この作品は令和二年五月新潮社より刊行された。
この作品はフィクションであり、実在の人物や団体とは無関係です。

JASRAC 出 2300263-303

新《しん》任《にん》警《けい》視《し》

下　巻

新潮文庫　ふ－52－56

令和五年四月一日発行
令和五年五月二十日三刷

著者　古《ふる》野《の》まほろ

発行者　佐藤隆信

発行所　株式会社新潮社
郵便番号　一六二―八七一一
東京都新宿区矢来町七一
電話 編集部(〇三)三二六六―五四四〇
読者係(〇三)三二六六―五一一一
https://www.shinchosha.co.jp

価格はカバーに表示してあります。

乱丁・落丁本は、ご面倒ですが小社読者係宛ご送付ください。送料小社負担にてお取替えいたします。

印刷・株式会社光邦　製本・株式会社大進堂

ISBN978-4-10-100476-1 C0193